LAMARTINE

Portrait d'Elvire

Julie Bouchaud des Hérettes

d'après la miniature d'Elvire

Paris 30 fructidor an 9 de la
R.F.

Au Citoyen Le Brun consul de la république française
Bouchaud.

Citoyen Consul.

Longtems habituée aux temoignages de votre interest, de votre
bonté, j'ose encore aujourd'hui réclamer l'un et l'autre c'est en
faveur de mon malheureux Pere que je viens vous Solliciter. daignez
Citoyen Consul écouter ma priere et l'accueillir avec votre bienveil-
lante Ordinaire

Je recois une lettre de mon pere qui me déchire le Cœur!
j'ignorois l'étendue du malheur de sa position, il m'en fait
le détail il serait aussi difficile de se faire une idée de ce qu'il
Souffre, que de la douleur que j'en ressens - il m'offre un moyen
de diminuer Ses maux, et c'est à vous Citoyen Consul que
j'ose m'adresser pour cela. Mon pere me mande, qu'il desireroit
que je lui procurasse une lettre de recommandation auprès du
Préfet de Son département (Le C.en Letourneur) pour lui faire
Obtenir les Secours accordés aux Colons par le Gouvernement
Serait ce une indiscretion que de vous demander cette Lettre
Citoyen Consul? Si c'en est une, pardonnez la je vous en

Supplie au motif qui me la fait Commettre. Je n'ai Vu que
mon pere mon pere malheureux et vous Seul après Dieu pour
le Secourir. J'espere j'espere encore, que Votre Reponse me
Sera favorable, Secondera mon desir. Veuillez Citoyen Consul,
agréer l'expression de ma reconnaissance qui est bien vive mais qui
augmentera encore par ce nouveau bienfait

Salut et Respect
Julie Bouchaud

Ma tante vous prie Citoyen Consul. de vouloir bien
recevoir Son compliment.

LÉON SÉCHÉ

—

ÉTUDES D'HISTOIRE ROMANTIQUE

—

Lamartine

de 1816 à 1830

Elvire

et les « Méditations »

(Documents inédits)

AVEC LE PORTRAIT D'ELVIRE EN HÉLIOGRAVURE

PARIS

SOCIÉTÉ DV MERCVRE DE FRANCE

XXVI, RVE DE CONDÉ, XXVI

—

MCMV

IL A ÉTÉ TIRÉ DE CET OUVRAGE :

7 exemplaires sur papier impérial du Japon, numérotés de 1 à 7.

12 exemplaires sur papier de Chine,
numérotés de 8 à 19

et 54 exemplaires sur papier de Hollande, numérotés de 20 à 73.

JUSTIFICATION DU TIRAGE :

277

A

MON FILS ALPHONSE

EN SOUVENIR

D'ALPHONSE DE LAMARTINE

SON GLORIEUX PATRON

HISTOIRE DE CE LIVRE

A ceux qui cherchent la Vérité.

I

Ce livre est né de circonstances que je crois bon de raconter.

Lamartine ayant toujours vécu en dehors des clans romantiques, bien que romantique de la veille, mon intention première, lorsque j'entrepris d'écrire l'histoire des Cénacles de la *Muse française* et de *Joseph Delorme*, qui paraîtra prochainement, était de ne lui consacrer qu'un ou deux chapitres, pour montrer l'influence qu'il avait exercée, de 1820 à 1830, sur le jeune chef de la nouvelle école poétique et sur ses principaux lieutenants.

Mais un événement inattendu modifia mon plan et me détermina à faire un livre au lieu des deux chapitres projetés. Cet événement fut la publication dans la *Revue des Deux Mondes* (1) des quelques lettres

(1) N° du 1er février 1905.

d'Elvire à Lamartine qui avaient échappé à la destruction de sa correspondance.

L'existence de ces lettres était connue depuis longtemps. On savait, par une indiscrétion de son dernier secrétaire (1), que Lamartine les avait enfermées à Saint-Point dans un tiroir secret de son cabinet de travail, avec une mèche des cheveux de celle qui les avait écrites; mais pour des raisons que je suppose avoir été de simples scrupules, Mme Valentine de Cessia, nièce et fille adoptive du poète, n'avait pas voulu les livrer à la publicité. Ce n'est que dans ces derniers temps que M. de Montherot, propriétaire actuel du château et du reliquaire de Saint-Point, consentit à les sortir de leur sachet de satin blanc.

Qu'il reçoive ici l'expression de toute ma gratitude. En agissant de la sorte il a rendu à l'histoire littéraire un grand et louable service. Car, s'il n'est jamais indifférent, à mes yeux tout au moins, que l'on connaisse l'état civil de la Muse en chair et en os qui eut le mérite d'inspirer un ou des chefs-d'œuvre dans le domaine de l'art ou de la littérature, à plus forte raison y avait-il intérêt à ce que nous fussions renseignés, édifiés, sur le compte de la femme exceptionnelle, unique, qui fut, vivante ou morte, le bon génie de l'auteur des *Méditations*.

A la vérité, M. Anatole France avait, dès 1893, dans

_____

(1) Cf. les *Souvenirs* de Charles Alexandre.

une très curieuse plaquette (1), soulevé un coin du
voile qui nous cachait la personnalité d'Elvire, mais la
curiosité du public était trop éveillée pour être satis-
faite à ce prix. D'où venait cette Julie Bouchaud des
Hérettes? — Était-elle vraiment d'origine créole? —
Que faisaient ses parents?— Dans quelles circonstances avait-elle connu et épousé le physicien Charles?—
Quelle avait été la nature de ses relations avec Lamartine? Toutes ces questions étaient demeurées jusqu'ici
sans réponse. Il n'y a que la dernière que M. Anatole
France eût effleurée en passant de sa plume sou-
riante, encore avait-il trouvé le moyen de laisser planer un doute sur la pureté de l'amour de Julie. Sur
ce point si délicat et qui commandait une si grande
réserve, M. René Doumic fut plus affirmatif encore.
Trompé par l'exaltation des sentiments de Julie et la
flamme extraordinaire de son style, il interpréta d'une
façon fâcheuse certains mots plus ou moins énigmatiques de ses lettres à Lamartine, et, dans le commentaire désobligeant dont il les accompagna dans la
Revue des Deux Mondes, il ne craignit pas de faire
une tache à sa robe blanche.

J'en fus scandalisé et presque aussi contrarié que
M. de Montherot, qui ne croyait certainement pas, en
confiant à M. Doumic ces lettres d'Elvire, lui fournir
des armes pour attaquer sa vertu. On a bien raison
de dire qu'il n'y a rien de plus traître que le docu-

(1) *L'Elvire de Lamartine*, 1 vol. in-12, chez H. Champion.

ment et qu'avec trois ou quatre lignes de l'écriture d'un homme on est capable de le faire pendre !

Du jour où je lus l'essai de M. Doumic, je n'eus plus de repos que je n'eusse reconstitué toute la vie de Julie et prouvé moralement, la preuve matérielle étant impossible à faire, que Lamartine ne nous avait pas trompés en disant qu'il n'avait été pour elle qu'un amant idéal et passionné.

Cette preuve morale, je n'eus pas grand'peine à l'établir et j'espère que mes lecteurs la jugeront convaincante et décisive. Quant à la reconstitution de la vie de Julie, elle présentait des difficultés énormes, sans pour cela me paraître insurmontables. Si M. Anatole France n'avait pu débrouiller l'écheveau de ses origines, il nous avait fourni un point de repère en nous apprenant, par une pièce tirée des archives de la Loire-Inférieure, qu'elle avait un oncle à Nantes (1). Comme, par ailleurs, Lamartine avait raconté qu'elle avait été recueillie, après sa fuite de Saint-Domingue, par de pauvres parents qui habitaient la Bretagne, j'eus le pressentiment qu'elle était nantaise et je priai sur-le-champ M. Paul Bellamy, greffier du tribunal civil de Nantes, qui m'avait documenté précédemment sur les origines maternelles de Victor Hugo, de faire des recherches dans ses archives.

M. Paul Bellamy n'est pas seulement le plus servia-

_____

(1) Ce qui était faux, du reste, cet *oncle* étant tout bonnement son père.

ble des hommes, le greffier chez lui est doublé d'un érudit et d'un lettré qui partage depuis longtemps mon amour pour la Bretagne. Quelle gloire pour la ville de Nantes qui a déjà donné naissance à la mère de Victor Hugo si elle avait donné le jour aussi à l'El-vire de Lamartine!

Et le voilà qui, d'enthousiasme, avec le concours actif d'un autre érudit nantais, M. Morel, juge hono-raire au tribunal de cette ville, le voilà qui fait descen-dre de leurs rayons et qui bouscule et qui parcourt fiévreusement tous les registres antérieurs à la Révo-lution dont il a la garde... Quinze jours après j'avais entre les mains tous les éléments du tableau généalo-gique qu'on pourra consulter plus loin. Julie Bou-chaud des Hérettes n'était pas nantaise de naissance, du moins on n'avait pas trouvé trace de son acte de baptême, mais sa famille paternelle était de Nantes où elle habitait depuis la fin du seizième siècle. Et comme un document en appelle généralement un autre, je sus à quelques jours de là par le docteur Plantard, un méde-cin de mes amis, que le nom de Bouchaud était encore porté par plusieurs familles nantaises, — que les parents qui avaient recueilli Julie sous la Révolution n'étaient autres que les seigneurs du Plessis-la-Musse, — qu'il avait soigné lui-même les derniers propriétaires de cet ancien fief dont le castel Louis XIII existe encore, — et que, chose étrange et presque incroyable, la commune de Chantenay où il est situé avait donné, il y a environ deux ans, le nom de Lamartine au chemin qui longe cet ancien manoir.

Entre temps, M. Morel avait découvert aux archives départementales de la Loire-Inférieure la lettre de Julie au consul Lebrun que je reproduis en fac-simile en tête de ce livre.

J'étais donc aussi documenté qu'on pouvait l'être sur les origines paternelles de Julie. Mais sur ses origines maternelles je ne savais rien encore. J'ignorais même le nom de sa mère, l'acte de sépulture de Julie, que j'avais eu la bonne fortune de retrouver à l'église Saint-Germain-des-Prés, n'en faisant pas plus mention que celui de son père, décédé à Nantes quatre ans après elle.

C'est alors que j'eus l'idée de recourir aux archives de l'Enregistrement et des Domaines. Comme elles sont fermées au public, je priai M. Marcel Fournier, directeur général de cette administration, que j'avais connu à la *Revue politique et parlementaire* quand il dirigeait cette Revue, de vouloir bien faire rechercher les déclarations de successions relatives à Julie et à Charles, son mari.

M. Marcel Fournier fit droit à ma demande avec un empressement dont je ne saurais trop le remercier, car c'est par son canal que je pus arriver à mes fins.

L'acte de succession de Julie me causa d'abord une vive déception, Charles ayant volontairement trompé l'Enregistrement par ses déclarations mensongères, mais je fus servi à souhait par l'acte de succession de son mari. Comme il y avait eu un inventaire après son décès, je trouvai le nom du notaire qui l'avait dressé, et, par lui, j'eus la clef avec laquelle allaient dorénavant s'ouvrir devant moi toutes les portes.

Cet officier ministériel était Mᵉ Deshayes, notaire à Paris. Son successeur actuel est Mᵉ Fauchey. Celui-ci, pressenti par un ami commun, voulut bien me donner lecture de cet inventaire, et l'on juge de ma surprise et de ma joie à la nouvelle que Julie, contrairement à la déclaration de Charles, s'était bel et bien mariée par contrat reçu en l'étude de Mᵉ Archambault de Beaune, notaire à Tours. Cette fois je surprenais la pie au nid. Non seulement, en effet, ce contrat de mariage me révéla le nom de la mère de Julie, mais encore celui du « bon oncle » qui l'avait élevée, et la situation exacte de la propriété de la Grange, où cet acte avait été signé.

Sur la foi d'une lettre de Charles publiée par M. Anatole France, j'avais cru que la Grange, d'où cette lettre était datée, se trouvait aux environs de Tours, et j'avais fait des recherches autour de cette ville et dans la ville même, avec l'espoir de mettre la main sur l'acte de mariage de Julie. Mais je n'avais pas été plus heureux que M. L. de Grandmaison, archiviste du département d'Indre-et-Loire, qui, pendant sept ans, avait fait à ce document une chasse inutile.

Or, cette propriété de la Grange, dont le vrai nom

était la Grange-Saint-Martin, dépendait de la commune
de Saint-Paterne, laquelle est distante de plus de 3o
kilomètres de Tours. C'est donc à Saint-Paterne
qu'avait eu lieu le mariage de Charles avec Julie
Bouchaud des Hérettes. Fort de ce renseignement, je
m'apprêtais à demander copie de l'acte au maire de
cette petite commune, quand M. de Grandmaison, qui
venait par hasard de le découvrir au cours d'une ins-
pection, me l'offrit obligeamment. J'appris ainsi à la
dernière minute que cette « bonne Julie », comme disait
Charles, était née, non pas à Saint-Domingue, mais à
Paris, d'une mère créole, en l'an de grâce 1784.

  Ce n'est pas tout. Ayant lu dans *Raphaël* que Julie
avait une sœur aînée et n'en ayant jusqu'à ce jour
trouvé aucune trace, je commençais à douter de son
existence, lorsqu'elle me fut confirmée par un de ses
arrière-cousins, M. Favreul, de Nantes. D'après lui,
cette sœur aînée avait épousé un Desmarets de l'O-
ménie et en avait eu un fils, mort vers 1840 officier
d'artillerie. La chose était facile à vérifier, car lorsqu'il y a un militaire dans une famille, on est sûr d'être
renseigné sur elle au ministère de la Guerre. Je priai
donc le ministre de ce département de vouloir bien me
communiquer les états de services de cet officier. Au
bout de quelques jours, il me fut répondu qu'il n'a-
vait jamais figuré dans les cadres. Le renseignement
de M. Favreul était-il faux ou bien le nom de ce Desmarets de l'Oménie mal orthographié ? Pour éclaircir

ce point j'eus l'idée de m'adresser à M. Charles de
Loménie dont j'avais éprouvé déjà le savoir et la com-
plaisance. Il m'écrivit qu'il ne connaissait pas de
Desmarets de l'Oménie, mais des Loménie de Marmé.

De Marmé, Desmarets ! cela rendait à peu près le
même son, et à la distance qui nous séparait des événements, le petit-cousin de Julie avait très bien pu
prendre un nom pour l'autre. Il en convint lui-même
le premier. J'écrivis de nouveau au ministre de la
Guerre pour le prier de faire des recherches de ce
côté, et quelques jours après j'étais invité à passer aux
archives où l'on me communiqua tout un dossier au
nom de Jean-Baptiste-Sébastien Loménie de Marmé.
Il était né à Paris — comme Julie, et huit ans seulement après elle — le 17 août 1792, de Joseph-Jean-
Baptiste de Loménie de Marmé, ancien mousquetaire,
neveu du cardinal Loménie de Brienne et du comte
de Vaudreuil, mort à Paris le 11 avril 1807 (1), et de
Marie-Chantal Bouchaud, morte à Saint-Louis de Saint-
Domingue, le 30 avril 1795. Admis à l'école de Saint-
Cyr le 23 août 1810 comme élève pensionnaire, il en
était sorti le 2 juin 1812 pour se rendre comme lieutenant en 2ᵉ d'artillerie à Spandau, avait fait la campagne de Saxe dans le 11ᵉ corps commandé par le
maréchal duc de Tarente, avait été fait prisonnier à

(1) Ce Joseph-Jean-Baptiste était né à Paris, le 21 octobre 1751, de
Joseph-Gabriel de Loménie, capitaine d'infanterie à Saint-Domingue,
en 1750, et de Catherine-Charlotte Guyot de la Miraude, fille d'un lieutenant du roi à Saint-Domingue.

Soissons le 14 février 1814, s'était évadé et, devenu capitaine d'artillerie en 1819, s'était marié, le 28 octobre 1822, à Thaïs Landriève-Desbordes, sa cousine (1), fille du maire d'Artannes et de Marie-Claire Legardeur de Tilly (2). Enfin, après avoir atteint le grade de chef d'escadron, il était mort à Sainte-Gemmes, près d'Angers, le 3 juillet 1846.

Je savais donc à peu près tout ce que je désirais savoir sur cette sœur aînée de Julie, morte prématurément comme elle. Et, ce qui ajoutait du prix à cette découverte, j'étais maintenant en mesure d'expliquer ce qu'il y avait d'obscur et d'incompréhensible dans les lettres de Julie au baron Mounier publiées par M. Anatole France.

Il ne me restait plus, pour triompher sur toute la ligne, qu'à découvrir le portrait de l'héroïne de *Raphaël*. Mais sur ce point je me heurtai à des difficultés plus grandes encore.

Julie étant morte sans enfants, il y avait à craindre que son portrait, si jamais il avait été fait, n'eût eu le même sort que sa dépouille mortelle dont, malgré toutes les recherches, il m'a été impossible de retrouver la trace. Cependant ce portrait devait être resté dans la famille de Charles qui avait hérité d'elle. Mais par

---

(1) La sœur du père de M. de Loménie avait épousé Etienne-Simon Legardeur, seigneur de Tilly, conseiller au conseil souverain de Montréal (Canada).

(2) Le mariage fut célébré à Artannes, petite commune du département d'Indre-et-Loire, où se trouve le château de Méré, qu'habitaient les parents de la future.

qui était représentée aujourd'hui la famille du physicien? Mes premières investigations furent dirigées de
ce côté. Je savais par l'inventaire de sa succession que
Charles avait eu pour héritiers sa sœur, Mme veuve
Jacob, demeurant alors à Moulins, et les enfants de
ses deux frères, Charles de Belair et Charles de Talmours, décédés peu de temps avant lui. Charles de
Belair avait un fils qui habitait, au moment de la mort
de son oncle, à la Fontaine-Saint-Martin, canton de
Pontvallain, arrondissement de La Flèche. J'écrivis au
maire de cette commune pour lui demander quelques
renseignements. Il m'en donna de si complets, de si
précis, que je découvris, à quelque temps de là, tout
un nid de petits-neveux de Charles à Paris et dans les
environs. L'un d'eux m'apprit que le physicien avait
légué divers objets à son valet de chambre, notamment l'épée avec laquelle, dans une scène fameuse, il
avait failli embrocher Marat, et divers portraits dont
une miniature qui, d'après une tradition de famille,
n'était autre que celle de Julie. Malheureusement ce
valet de chambre, nommé René Blon, était mort en
1882 à la Fontaine-Saint-Martin et nul ne savait ce
que ces objets précieux étaient devenus.

J'écrivis de nouveau au maire de cette commune; il
me donna le nom de la personne qui avait hérité de ce
valet de chambre et c'est chez elle, à la Flèche, que
j'eus la bonne fortune de trouver le portrait de Julie
avec beaucoup d'autres choses intéressantes.

2

Je la reconnus tout de suite, à un détail dont se souvenaient parfaitement deux petits-neveux de Charles
qui avaient vu autrefois ce portrait à la Fontaine-
Saint-Martin : elle était vêtue de blanc. En la regardant
de plus près, je constatai aussi qu'elle ressemblait étonnamment, sous son chapeau de soie rose, à son oncle,
de Nantes, qui l'avait hospitalisée pendant la Révolution dans son castel du Plessis-la-Musse; enfin, elle
répondait d'une manière assez exacte au signalement
que Lamartine nous a donné de l'héroïne de *Raphaël*:
le front était petit, les yeux veinés de brun, le nez droit
et les lèvres minces. Quant à la mélancolie, dont ses
traits étaient enveloppés lorsque le poète fit sa connaissance, si l'ensemble de sa physionomie ne la respirait pas encore, elle éclatait déjà dans ses grands
yeux remplis de rêve et comme arrêtés sur une image
intérieure. Enfin, ce qui acheva d'authentiquer à mes
yeux cette miniature, c'est que le peintre Elouis qui
l'a signée n'avait pu la faire qu'entre 1807 et 1811, puisqu'en 1806 il était encore aux Antilles et qu'en 1811 il
fut nommé conservateur du Musée de Caen (1). Julie

(1) Elouis (Jean-Pierre-Henri) est né à Caen le 20 janvier 1755. Sa
famille était d'origine allemande; son aïeul, qui habitait Worms et s'appelait Von Ludwig, avait traduit son nom par celui d'Elouis en se faisant naturaliser français ; sa mère était d'une famille distinguée du pays
d'Auge et se nommait Anne Dutrou de la Bénardière.
Ses parents l'avaient destiné à la médecine et lui avaient fait faire
dans ce but ses études au collège du Bois, mais, entraîné par l'exemple
de son père, qui était un peintre amateur distingué, il renonça à la médecine pour cultiver la peinture. Il entra dans l'atelier de Restout dont
il devint un des meilleurs élèves et se mit à voyager. En 1783, il passa
en Angleterre, où il se fit admettre à l'Académie royale de Londres et se
lia d'amitié avec Lawrence, Reynolds et Bartollozzi. Il visita ensuite la

avait donc environ vingt-cinq ans quand elle posa
devant lui : c'est aussi l'âge qu'elle a sur ce portrait.

On juge de la joie que me procura cette découverte.
Depuis que j'avais publié dans le *Correspondant* (1)
mon article sur Elvire, on m'écrivait de tous côtés :
« Ah! si vous pouviez trouver le portrait de Julie!...
Tachez donc de nous donner le portrait d'Elvire! »—
Les vœux des admirateurs de Lamartine étaient exau-
cés : la miniature d'Elvire était en ma possession, je
l'avais achetée pour pouvoir la mettre sous leurs yeux,
mon bonheur dépassait mes espérances (2).

Hollande et l'Allemagne, revint à Calais pour s'y marier, puis, fuyant
les guerres de la Révolution, il s'embarqua pour l'Amérique. Durant son
séjour à Philadelphie il peignit en miniature les portraits de plusieurs
personnages illustres, notamment Washington. Ayant accompagné
M. de Humboldt dans ses voyages scientifiques, il tomba entre les mains
des Anglais comme il faisait voile pour l'Australie, fut envoyé prisonnier par eux aux Antilles et séjourna plusieurs mois dans l'île de la Providence, où il visita maintes fois le duc d'Orléans, depuis Louis-Philippe,
alors réfugié dans cette île. Revenu en France en 1807, Elouis continua
de cultiver son art, mais abandonna peu à peu la miniature pour la
peinture à l'huile. Il devint l'ami de Robert Lefèvre, de Steuben, de
Guérin et de Denon, qui fut son protecteur. En 1811, la place de conservateur du Musée de Caen étant devenue vacante, il l'obtint au concours
et s'adonna complètement au portrait. On lui doit un certain nombre
d'œuvres remarquables. Il mourut à Caen le 23 décembre 1840. Il existe
un assez beau portrait d'Elouis au musée de cette ville. (Cf. l'*Annuaire
normand*, publié par l'Association normande en 1841.)
    Par une coïncidence curieuse, son fils, Léopold Elouis, qui fut un
moment administrateur du *Siècle*, fit partie jusqu'à sa mort de la Société propriétaire des œuvres de Lamartine.
    (1) N° du 25 mars 1905.
    (2) Depuis lors j'ai trouvé à Rennes chez une petite-nièce de Charles
un croquis au crayon d'Elvire, où elle est représentée tant bien que mal
à la fin de sa vie. Je le reproduis dans ce livre à titre de document.

II

A présent que j'ai raconté les circonstances particulières qui ont donné naissance à ce livre, je vais
dire quelques mots du livre lui-même et du plan que
j'ai adopté.

Comme l'indique son sous-titre, je l'ai partagé en
deux parties distinctes, mais qui se tiennent. Dans la
première je reconstitue la vie privée de celle qui fut
Elvire, je lui donne un état civil qu'elle n'avait pas
encore et j'étudie, d'aussi près que possible, le drame
d'amour d'où jaillit la source immortelle des *Méditations*.

Dans la seconde, qui s'étend de 1816 à 1830, j'étudie la formation de l'esprit de Lamartine, les influences étrangères qu'il a subies, du fait de son immense
lecture, et celles qu'il a exercées sur l'école romantique.

J'aurais pu embrasser toute son œuvre, mais, outre
qu'elle est trop considérable pour tenir en un seul
volume, je serais sorti du cadre que je m'étais tracé et
qui n'est autre que celui de l'histoire des deux Cénacles à laquelle ce livre doit, dans ma pensée, servir de
préface.

Plus tard il est possible que je le reprenne au point
où je l'ai laissé et que je lui donne la suite qu'il com-
porte; pour le moment il suffit à mon ambition.

On a beaucoup écrit sur Lamartine, mais personne

jusqu'à ce jour ne l'a encore étudié au point de vue purement romantique. A cet égard, le volume des *Méditations* est un document de premier ordre, éclairé qu'il est à présent par le roman vécu d'Elvire et par la correspondance du grand poète qui nous permet de le prendre en quelque sorte *ab ovo*. On pourrait même dire que Lamartine est tout entier dans les *Méditations*, — les *Harmonies*, *Jocelyn*, les *Recueillements* n'étant que d'admirables variations sur un même thème. Aussi était-il intéressant d'examiner les manuscrits de ce premier recueil. Par malheur, il n'en reste que des fragments plus ou moins mutilés; mais tels qu'ils sont, avec leurs variantes et leurs retouches, ils suffisent au critique averti pour pénétrer la méthode de travail de Lamartine et pour établir la fausseté de la légende qui le représente comme un improvisateur n'ayant aucun souci de la perfection. La vérité c'est que ses négligences ne datent guère que de *Jocelyn*, qui appartient à une époque où la politique ne lui laissait que peu de loisirs.

Comme je le dis plus haut, le présent ouvrage sera suivi, à brève échéance, du *Cénacle de la Muse française* et du *Cénacle de Joseph Delorme*, qui formeront chacun un volume, et d'une *Anthologie des petits poètes romantiques*, qui en sera le complément logique et nécessaire. Après quoi j'ai l'intention de mettre à profit le cinquantenaire d'Alfred de Musset pour écrire un livre sur lui. Avec mes précédents ouvrages sur

Alfred de Vigny et sur Sainte-Beuve, cela fera, je crois, un ensemble assez complet sur la littérature française dans la première moitié du dix-neuvième siècle.

En terminant cet avant-propos je me reprocherais de ne pas remercier publiquement M. Emile Olivier qui m'a très aimablement confié le petit Pétrarque de Lamartine, — M. Chéramy qui, non content de me communiquer les originaux des lettres de Mme Charles au baron Mounier et de celles de Lamartine qui font partie de sa collection, m'a permis de reproduire dans ce livre le portrait de Lamartine enfant et son buste par David d'Angers, — enfin mon excellent ami, M. Paul Pionis, qui m'a fourni les principaux éléments de la notice sur Charles Loyson qu'on pourra lire à l'appendice de cet ouvrage.

Charles Loyson y avait sa place marquée d'avance.

De tous les poètes morts jeunes, je n'en sais pas dont l'œuvre inachevée ait donné de plus belles promesses, et qui par cela même aient laissé derrière eux plus de regrets légitimes.

Sainte-Beuve, qui lui a consacré une bonne étude, quoique un peu trop superficielle, estimait que, comme poète, il était « juste un intermédiaire entre Millevoye et Lamartine, mais beaucoup plus rapproché de ce dernier par l'élévation et le spiritualisme des sentiments ». Ce n'est pas assez dire. Charles Loyson fut, à mon avis, le précurseur direct et immédiat du Cénacle de la *Muse française*, et quand je pense à son

activité littéraire et à l'autorité dont il jouissait parmi
les écrivains de son temps, je me dis que, s'il avait vécu,
il eût très probablement pris la tête du mouvement
poétique qui, de 1820 à 1830, sous l'influence diverse
et trouble de Casimir Delavigne, d'André Chénier et
de Lamartine, chercha vainement des formules et des
formes nouvelles, faute d'un chef de chœur unanimement accepté. En tout cas, il y avait certainement en
lui l'étoffe d'un maître et d'un guide. Non seulement
il avait des principes et des idées qui n'étaient pas
ceux de tout le monde, mais il apportait autant de
résolution dans la défense des uns que de talent dans
l'expression des autres. Et les Muses lui étaient plus
chères que tout le reste. *Dulces ante omnia Musœ,*
c'était là sa noble devise.

Sage et modéré jusque dans ses désirs, ayant une
horreur instinctive de toutes les opinions extrêmes,
aussi bien de l'ultramontanisme que de l'ultraroya-
lisme, il était de la forte lignée des novateurs qui ne
rompent jamais entièrement avec la tradition.

En poésie, il chanta son pays natal et ses souvenirs d'enfance en des vers élégiaques qui étaient à
la fois classiques et romantiques, et, comme il était
philosophe, il fit aussi des épîtres philosophiques
dont Lamartine eût signé les plus belles. Mais ce
n'étaient pas les deux seules cordes de sa lyre. Quoiqu'il eût ressenti de bonne heure le mal impitoyable
qui devait l'emporter à l'âge de vingt-neuf ans, il ne

tomba jamais dans la tristesse contagieuse de René.

Il écrivait, en 1815, à son compatriote et ami Louis-Guillaume Papin, qui l'avait félicité de son avancement : « Si votre joie à la nouvelle de mon bonheur a été jusqu'à l'ivresse, elle a, je vous l'assure, surpassé la mienne de beaucoup. Je n'ai été que bien aise, je ne sais pourquoi. La fortune, bonne ou mauvaise, n'excite plus en moi de transports. Il me paraît également naturel de me trouver heureux ou malheureux. Si c'est là une vertu, je verrai si le sort me mettra souvent dans l'occasion de l'exercer (1). »

Est-ce le sang angevin dont il était issu (2) qui l'avait doté de cette humeur égale ? Ce qu'il y a de sûr, c'est qu'il riait volontiers de son mal, alors même qu'il se voyait contraint de lui céder, et qu'il maniait le madrigal aussi bien que l'élégie.

En critique — car le poète chez lui était doublé d'un critique d'une rare valeur — il aborda toutes les questions d'art et de doctrine qui préoccupaient l'élite intellectuelle de sa génération, et nous pouvons

---

(1) Lettre inédite.

(2) Son grand-père paternel était originaire du Maine et tenait une métairie à Duneau, dans la Sarthe ; son père, qui était bourrelier-sellier à Château-Gontier, avait épousé à Craon, en 1785, Théodose-Sainte-Donatienne Lesuc, fille d'un ancien capitaine de gabelles, d'origine bretonne, et d'une paysanne native du Lion-d'Angers, nommée Renée Cocu, dont le P. Hyacinthe a dit qu'elle avait traversé la tempête révolutionnaire, avec sa lampe à la main, ou plutôt dans le cœur, sans la laisser s'éteindre ou vaciller. « Esprit simple mais élevé, âme ferme autant que douce, elle avait légué à ses enfants beaucoup plus qu'une fortune et qu'un titre : un sang honnête et robuste, la foi de l'Évangile, les vertus de la famille et du christianisme. » (*Œuvres choisies de Charles Loyson*, Albanel, éditeur, 1869, lettre-préface du R. P. Hyacinthe.)

mesurer la hardiesse exacte de son esthétique aux
pages éloquentes qu'il écrivit sur les poésies d'André
Chénier et sur les *Méditations* de Lamartine.

En politique enfin — car il n'admettait pas que le
poète se désintéressât des affaires publiques — il
déploya tout ce qu'il y avait en lui de sage raison, de
clairvoyance, de verve satirique et d'esprit libéral,
dans une suite de petites lettres intitulées *Guerre à
qui la cherche* et dans un écrit de circonstance sur
la conquête et le démembrement d'une grande nation.

Tout cela prouve qu'il était équilibré d'une façon
remarquable. Qu'on ne s'étonne donc pas que je l'aie
étudié à fond et sous tous ses angles, et que je lui aie
fait une si grande place, quoique à l'arrière-plan, dans
mon livre sur Lamartine.

LÉON SÉCHÉ.

PORTRAIT DE LA MÈRE DE LAMARTINE
d'après une miniature du Château de Saint-Point

CHAPITRE I

LA MÈRE DE LAMARTINE

I. — Les sœurs des hommes illustres, d'après Sainte-Beuve :
Jacqueline Pascal, la sœur de René, la sœur de Jocelyn. —
Eugénie de Guérin et Henriette Renan. — Secret de la supériorité de la sœur sur le frère. — De l'influence de la mère
sur son fils. — L'esprit et le cœur de la mère. — Quelques
exemples contemporains de Lamartine : la mère de Sainte-
Beuve, la mère de Victor Hugo, la mère d'Alfred de Vigny.
— Conseils de Mme de Vigny à son fils sur l'honneur de
l'homme et celui de la femme, sur la fréquentation des comédiennes, sur la noblesse, sur la fidélité au roi et l'amour du
pays, sur l'ambition et l'avancement dans l'armée.

II. — La mère de Lamartine d'après son journal. — Ni sermoneuse ni puritaine. — Fille d'une sous-gouvernante des
enfants du duc d'Orléans. — Chrétienne à la mode du
xviiie siècle. — Son admiration pour Jean-Jacques. — Mère
à la façon de Mme de Rémusat. — Le droit d'aînesse dans les
familles nobles après la Révolution. — Comme quoi Lamartine
fut gâté par tous les siens et fut, au physique et au moral, le
portrait vivant de sa mère. — La source naturelle de son panthéisme. — Le sentiment religieux de la nature chez sa mère.
— Il apprend à lire dans la Bible et la *Jérusalem délivrée*. —
Comment on développait autrefois l'imagination des enfants
dans les maisons d'éducation religieuse. — Prières et lectures en commun à Mâcon et à Milly. — Les comédies de
Molière entre la récitation du chapelet et une méditation. —
La mère de Lamartine, pendant une absence de son fils,
brûle ses exemplaires de l'*Émile* et de *La Nouvelle Héloïse*.
— Son goût pour le métier des armes. — La fidélité de son
père à la cause des Bourbons. — Alphonse, maire, à vingt
ans, de la commune de Milly. — Sa passion pour le jeu. —
— Visite inattendue que lui fait sa mère à Paris. — Comme
quoi, lorsqu'il eut une situation sociale, il la paya largement
de retour. — Son chagrin quand elle mourut.

I

Sainte-Beuve, à propos de Jacqueline Pascal, qui par certains côtés fut plus grande que son frère, a écrit une page exquise sur les sœurs des grands hommes.

« Règle générale, dit-il, les sœurs, quand elles sont égales, sont plutôt supérieures à leur frère illustre. Elles se retrouvent meilleures. Ce sont comme des exemplaires de famille, des doubles du même cœur, qui se sont conservés sans aucune tache au sein du foyer, ou dans l'intérieur du sanctuaire. Chez les modernes on pourrait citer bien des noms, même parmi les profanes. Mais combien de fois surtout je me suis plu à rêver la sœur du poète, d'un de ces grands poètes que nous admirons et que nous chérissons à travers les fautes et les faiblesses ! La sœur de René est trop connue, mais la sœur de Jocelyn, par exemple ! Elle aura la mélancolie pure et légère, la tendresse et l'harmonie et le chant d'oiseau, sans mélange des jeux de l'art et sans la ruse acquise. Elles n'ont pas fait de leur âme œuvre ni gloire. C'est une gravure de Raphaël avant la lettre qu'une belle âme avant la gloire. Se figure-t-on rien de plus angélique qu'une sœur de Fénelon (1) ? »

Voilà, certes, un joli couplet ! Il y manque pourtant quelque chose. Sainte-Beuve, qui semble regretter à travers ces lignes de n'avoir pas eu, à certain carrefour de la vie, une sœur très douce et très clairvoyante, a négligé de nous dire le secret de la supé-

(1) *Port Royal*, t. III, p. 346, 358-360.

riorité de la sœur sur le frère illustre, et pourquoi, notamment, la sœur de Maurice de Guérin et celle d'Ernest Renan, qui sont plus près de nous, eurent tant d'influence sur eux. La chose est d'autant plus intéressante qu'on pourrait s'y tromper. Je ne surprendrai personne en disant que le cœur et la tête, par qui le monde se conduit, sont beaucoup plus unis chez la femme que chez l'homme. Eh bien, c'est par l'esprit plutôt que par le cœur — à moins que ce ne soit par les deux à la fois — que la sœur agit sur le frère qui l'écoute. Et plus sa culture intellectuelle sera grande, plus grande aussi sera son action morale. Pourquoi? parce que, si le cœur a des raisons que la raison ne comprend pas, l'esprit a les siennes aussi que le cœur ne comprend pas davantage. Or, quand la raison et le sentiment marchent ensemble, comme dans le cas qui nous occupe, il en résulte des conseils, une lumière si vive que celui qui les reçoit ne peut que céder et obéir. Voilà donc, selon moi, la cause secrète de l'influence de la sœur sur son frère.

Tout autre est celle de l'influence de la mère sur son fils : je parle toujours, comme Sainte-Beuve, de l'homme illustre.

La mère, en effet, n'a pas besoin d'une grande culture pour agir sur lui, sans même qu'il s'en doute. C'est assez qu'elle lui ait donné son sang et puis son lait et qu'elle ait entouré son enfance et sa jeunesse de tendresses et de soins dont le charme s'éternise avec le souvenir. Et le fait est que les trois quarts du temps la mère n'agit sur lui que par le cœur. Est-ce à dire que les connaissances humaines lui soient inutiles et que l'amour ou le simple bon sens puissent lui tenir lieu de tout ce qu'elle ignore? Soutenir une pareille

thèse serait absurde. Molière disait que la femme doit
avoir des clartés de tout ; à plus forte raison, quand
elle devient mère, car la maternité est une sorte de
sacerdoce, et l'homme ne vaut qu'en proportion de
l'éducation que sa mère lui a donnée, partant en proportion de celle qu'elle-même aura reçue. Veut-on
quelques exemples à l'appui de cet aphorisme? Je n'i-
rai pas les chercher bien loin, je les prendrai dans le
monde romantique, parmi les camarades de lettres de
Lamartine, pour qu'ils soient plus saillants et qu'on
sente mieux les différences.

Le premier qui se présente à mon esprit est précisément celui de Sainte-Beuve. Je ne sais pas comment
fut élevée sa mère, mais je m'en doute à la qualité de
ses parents qui étaient de souche anglaise et bourgeoise, et je sais comment il fut élevé par elle. L'éducation qu'elle lui donna fut celle d'une bonne petite
bourgeoise de province, très ordonnée, très économe,
ayant horreur de tout ce qui n'était pas tradition,
usage et pratique, et rendue plus stricte encore sur
ce point par la situation précaire que lui avait faite la
mort prématurée de son mari. Au lieu d'élever son fils
pour lui, pour Dieu ou pour le roi, comme faisaient
alors tant de mères françaises, elle l'éleva pour elle
seule d'une façon si jalouse que, lorsqu'ayant atteint
l'âge d'homme, il eut l'audace de s'échapper de
dessous ses jupons, elle dit à la maîtresse de l'hôtel
où il s'était réfugié, en 183o, qu'elle aimerait mieux
avoir donné le jour à un maçon.

Aussi, malgré de très sérieuses qualités natives,
Sainte-Beuve n'eut-il aucune grandeur, aucune noblesse de caractère.

Victor Hugo n'en eut guère plus. Et pourtant, à

l'entendre, il eut une mère admirable. On connaît le mot dont il l'a peinte : « Ma mère était... ma mère. » Pour lui c'était tout dire, et c'est tout dire aussi pour nous. La mère et le fils furent dignes l'un de l'autre. Ils avaient à peu près les mêmes qualités, comme ils eurent à peu près les mêmes défauts ; parmi leurs défauts je ne relèverai ici que le plus notoire, l'inconstance en matière d'opinion, tant au point de vue politique qu'au point de vue religieux. Ce n'est, en effet, un secret pour personne qu'après avoir été « patriote » sous la Révolution et s'être contentée du mariage civil à une époque où les églises étaient rouvertes (1), la mère de Victor Hugo devint catholique et « vendéenne » au début de la Restauration, moins par conviction que par intérêt. Quant à lui, c'est lui rendre pleine justice que de dire qu'en politique il parcourut toute la rose des vents, et qu'en religion, de catholique ultra qu'il était sous Louis XVIII, il finit sous la troisième République par un déisme qui côtoyait d'assez près celui de Voltaire.

Toute différente était la mère d'Alfred de Vigny, et tout autre son fils. On peut trouver que le poète de *Moïse* et d'*Eloa* avait des manières un peu hautaines, que, lorsqu'il s'isolait dans sa tour d'ivoire, c'était plus par fierté que par sauvagerie, et que, sous son stoïcisme de parade, il cachait une âme et des mœurs d'épicurien. Mais on est bien forcé de reconnaître qu'il avait une très haute idée des devoirs de l'homme et du citoyen, que personne ne nous a donné de l'honneur une plus belle définition (2), de plus beaux exem-

(1) Il résulte, en effet, des affiches de ce mariage qui sont au greffe du tribunal civil de Nantes, qu'il fut célébré non pas en 1796, comme le dit M. Edmond Biré, mais au mois de décembre 1797.
(2) « L'honneur, c'est la poésie du devoir. » (*Journal d'un poète*.)

ples, et qu'il est mort, comme il avait vécu, dans l'armure et avec le geste d'un chevalier qui aurait été nourri de Pascal et d'Arnauld. Or cette attitude, ce geste, ce sentiment de l'honneur qui fut toute sa religion, à partir de 1830, il les devait principalement à sa mère, qui avait été élevée par un curé janséniste, son oncle, et qui lui avait appris à lire dans les livres jansénistes dont elle avait elle-même fait sa première lecture (1). Que ceux qui en pourraient douter veuillent bien parcourir le petit livre [des Conseils qu'elle avait écrit à son intention, quand elle l'eut engagé dans les gardes du corps : ils verront que, pour le guider dans la carrière ingrate où il était entré à dix-sept ans, elle avait trouvé des formules lapidaires, dignes des grands éducateurs de Port-Royal-des-Champs(2).

« L'homme qui vit sans principes, lui disait-elle, a une conduite incertaine, inconséquente ; il est le jouet et la victime de ses passions et de celles d'autrui. Il peut être comparé à un voyageur qui entreprend sans guide une route inconnue ; il va, revient sur ses pas, se désespère ; et s'il arrive au but, c'est par hasard ; ou bien il n'arrive jamais. L'homme qui adopte de faux principes est plus malheureux encore ; c'est un voyageur qui se fie à un guide trompeur qui l'engage dans une fausse route : chaque pas l'égare de plus en

(1) J'en ai rapporté un certain nombre du Maine-Giraud contenant des annotations manuscrites de l'abbé de Baraudin, curé de Saint-Ours de Loches. Il y avait notamment la série complète des *Lettres sur divers sujets de morale et de piété* par l'abbé Duguet. J'utiliserai ces notes dans une prochaine réimpression de mon livre sur Alfred de Vigny.

(2) Les Conseils de Mme de Vigny à son fils ont été publiés récemment dans le *Sillon* (n^os des 10 et 25 janvier 1905) que dirige M. Marc Sangnier, petit-fils de Mme Lachaud, légataire universelle d'Alfred de Vigny.

plus et il s'éloigne toujours davantage du terme où il aspirait. »

Ceci posé, elle s'attachait à combattre les fausses opinions qu'il avait pu recueillir parmi les jeunes gens de son âge sur la façon de se conduire dans le monde, sur l'honneur de l'homme et celui de la femme, sur la fréquentation des comédiennes, sur la noblesse, sur la fidélité au roi et l'amour du pays, sur l'ambition et l'avancement dans l'armée.

I. — « On t'a dit qu'un homme pouvait aller partout sans être déshonoré pour cela ; il est bien vrai qu'on ne voit pas toujours écrit sur son front où il passe son temps, mais tout se sait, et comme l'opinion générale donne ou ôte la considération, je n'ai jamais entendu parler qu'avec le mépris qu'il mérite de tout homme qu'on voit fréquenter les maisons de débauche...

« *En général partout où tu n'oserais montrer ton uniforme, tu ne dois pas porter ta personne; aurais-tu plus de respect pour lui que pour toi-même?* »

II. — « On t'a dit encore que l'honneur d'un homme était sacré, délicat, qu'il ne fallait pas y toucher, mais que celui des femmes n'était rien du tout, que tant pis pour elles si elles avaient des aventures, qu'on pouvait en jaser et s'en divertir puisqu'elles s'y exposaient, et maintes autres sottises de ce genre...Je te dois la vérité sur tous les points, et de te faire connaître l'opinion reçue parmi les gens honnêtes en fait de galanterie (mon père et le tien seraient mes autorités si je n'avais les lumières du bon sens et d'un bon cœur); je te dis donc hardiment que : *tenir ou répéter un propos qui attaque la conduite d'une femme est un crime de lèse-société.* »

3

« Tout dit à un honnête homme : respect aux demoi-
selles et aux femmes honnêtes, mais indulgence et la
discrétion la plus sévère pour la femme faible qui, sans
vous, eût peut-être toujours été honnête et que la
*publicité pourrait empêcher de rentrer dans le che-
min du devoir.*

« Il n'y a pas une réflexion qui ne vienne renforcer
l'obligation d'être discret. Suppose-toi ou mari, ou
père, ou frère, et tu reviendras au grand principe de
ne pas faire aux autres ce que tu ne voudrais pas
qu'on te fît. »

III. — « Je ne te dirai rien de cette espèce de femmes,
aussi justement méprisées par leur état que par leurs
mœurs, je veux parler des comédiennes ; elles sont
aussi dangereuses que les filles publiques pour la
santé, et plus encore par leur cupidité sans bornes,
j'espère bien que tu ne les verras jamais qu'au bout
de la lunette de spectacle, et que jamais tu ne leur
parleras ; ces espèces-là, y compris les belles dames qui
font trophée de leurs folies, ne peuvent attacher le
moins du monde un homme de goût qui veut mettre
de la délicatesse dans ses liaisons. »

IV. — « Voilà encore un sujet sur lequel il est bon
de réfléchir pour s'en faire une idée juste ; tu enten-
dras dire à des gens bassement envieux que la noblesse
n'est rien, que tous les hommes sont égaux ; d'autres,
d'un orgueil outré, regretteront le temps où le noble
pouvait tuer impunément celui qui avait osé lui parler avec violence ; la vérité est au milieu de ces exagérations.

« Devant la loi, tous les hommes sont égaux : tous
ont le droit d'être protégés par elle, et personne n'a le
droit de se faire justice à lui-même, hors le droit d'une

légitime défense; nul ne doit non plus mépriser ou humilier celui qui n'est pas noble, mais la noblesse est quelque chose: c'est un titre écrit que le souverain confère pour des services rendus à l'État, ce titre, en rappelant ces services au souvenir des concitoyens, est un objet d'émulation pour tous par la considération très légitime qui le suit; mais son plus beau titre est l'obligation qu'il s'impose de valoir mieux qu'un autre, d'être plus fidèle à son roi, d'une probité plus délicate, plus lent à donner sa parole, plus fidèle à l'observer : « Si la vérité était bannie de la terre, disait Louis XII, elle devrait se trouver dans la bouche d'un roi; » il aurait dû ajouter : et dans celle d'un gentilhomme ! Nos pères étaient tellement délicats sur ce point, que le seul soupçon de mensonge était puni de mort. On disait : « un démenti vaut un soufflet, et un soufflet un coup d'épée », ce qui prouve combien le mensonge était regardé comme un vice bas et odieux...

« Pour être un parfait honnête homme, il faut être juste, soumis à Dieu, à ses père et mère, à ses supérieurs, au roi que j'aurais dû nommer après Dieu, car il est son représentant sur la terre, soumis aux lois qui nous régissent et aux magistrats qui en sont les organes, mais cette soumission, si elle n'est pas dans le cœur, n'est qu'une hypocrisie qui éclate quand l'occasion d'agir se présente. »

V. — «... Un militaire qui n'aimerait pas son roi, qui ne sentirait pas combien le maintien de son autorité importe au bonheur de la patrie, ou qui serait indifférent à ce bonheur public, ferait de son devoir tout juste ce qu'il faut pour n'être pas déshonoré, mais il n'emploierait pas tous ses moyens si la gloire d'un

autre et non la sienne devait en résulter. Combien de
batailles perdues pour les misérables rivalités entre
les chefs! C'est que l'amour de la patrie est peu de
chose dans une âme commune, et que l'amour-propre
qui se fait le centre de tout étouffe tous les sentiments
nobles. Ne laisse pas éteindre ce feu sacré de l'amour
de ton pays et du roi qui ne font qu'un, il te conduira
dans le chemin de l'honneur : et ton intérêt, bien
entendu, s'y trouvera toujours. Ta bonne conduite,
fût-elle ignorée, ce qui n'arrive guère, tu trouverais ta
récompense dans le sentiment intime d'avoir bien fait ;
une conscience pure et sans reproche est le seul bon-
heur que les hommes ne puissent nous ravir, et c'est
la vertu seule qui nous la donne. »

VI. — « N'écoute que la vanité, l'amour du plaisir
qui entraîne celui de la dépense et le désir des richesses, voilà la source de toutes les sottises, de la basse
envie et d'un malheur véritable ; *toujours tu auras*
avec toi des amis plus riches, plus élevés en grade, et
si tu n'as pas le bon esprit de voir ta position du côté
agréable, tu seras mécontent de tout et tu feras le
malheur de tes parents, sans compter que tu leur feras
faire des démarches ridicules, *comme de solliciter un*
avancement dû seulement aux services ou des excep-
tions de faveur qui ne peuvent être le partage que
d'un petit nombre en crédit.

« Mais ce qui est à la portée de tout le monde,
c'est la modération dans les désirs, l'ordre dans la
dépense, c'est de la régler sur son revenu quand il est
suffisant pour fournir au nécessaire et à la décence
d'état ; or, avec ta pension et tes appointements, tu
as ce nécessaire-là ; réprime donc tes plaintes sur ton
avancement, ainsi que toute idée de luxe et toutes les

petites dépenses journalières et d'imitation où le désœuvrement entraîne. »

Tels étaient les conseils que Mme de Vigny donnait
à son fils, à son entrée dans la vie militaire. Je n'en
sais pas de plus droits, de plus nobles, de plus rigou-
reux. Encore avait-elle voulu, comme pour les fortifier davantage, les appuyer des pieuses exhortations
qui sont contenues dans les livres saints. Elle lui avait
donné, outre *l'Ancien* et *le Nouveau Testament*, *l'Imitation de Jésus-Christ* avec cette dédicace touchante :
« A Alfred, son unique amie (1). »

Eh bien, pendant que je transcrivais les sages conseils de cette mère admirable, j'avais plaisir à constater que le poète des *Destinées* les avait suivis sur tous
les points, un seul excepté. Mais pour enfreindre celui-
là, il avait cette excuse qu'il n'appartenait plus depuis
longtemps à l'armée, quand il se laissa prendre aux
charmes de Marie Dorval.

II

Le Manuscrit de ma mère, qui fut publié après la
mort de Lamartine, ne contient aucuns conseils de ce

(1) Je ne sais pas ce qu'est devenu cet exemplaire de *l'Imitation*, non
plus que la petite *Bible* qui était le livre de route de Vigny, quand il
était au régiment, mais j'ai vu passer récemment dans une vente (Vente
Daguin; du 12 avril 1905, n° 1125) son *Nouveau Testament*. C'est un vol.
in-12, vélin, dos et plats couverts d'ornements dorés aux petits fers, contenant la *Nouvelle Alliance de Notre Seigneur Jésus-Christ* et les
Psaumes de David réunis ensemble, et se vendant à Charenton chez
Antoine Tillier, 1676-1679. Ce petit volume, qui porte la signature de
Vigny sur l'un des feuillets de garde, a été vendu 131 francs.

genre, et je n'en suis pas surpris. D'abord Lamartine avait vingt-quatre ans quand il entra dans les
gardes du corps. Ce n'était plus un enfant. Sans avoir
eu positivement de jeunesse, il avait tout de même
trouvé le moyen de se déniaiser d'assez bonne heure
dans les séjours plus ou moins rapides qu'il faisait
tous les ans à Lyon et à Paris, et quelque temps
avant, son cœur avait achevé de mûrir sous le soleil de
Naples et les baisers de Graziella.

Sa mère n'aurait donc pas pu lui tenir le langage
de Mme de Vigny à son fils. Et puis elle n'était pas
sermoneuse ni puritaine de sa nature. Sa morale était
toute dans ses actions, dans sa conduite, elle prêchait
surtout par l'exemple. Si la photographie avait existé
en 1814, je crois qu'en guise de viatique, à la place de
l'Imitation de Jésus-Christ, elle lui aurait plutôt donné
son image, mais il n'en avait pas besoin pour penser
à elle, et l'on peut dire qu'en s'arrachant des bras de
sa mère il l'emporta toute vive dans ses yeux et dans
son cœur.

Fille d'une sous-gouvernante des enfants du duc
d'Orléans, la religion de la mère de Lamartine se ressentait du milieu où elle avait passé ses premières
années : le Palais-Royal et Saint-Cloud ; elle avait
gardé l'esprit et les manières de la cour et, toute
chanoinesse de Salles qu'on l'avait nommée au sortir
de l'enfance, sa piété sérieuse n'avait pas gardé le pli
du couvent ; elle était chrétienne comme on l'était
dans le grand monde à la fin du dix-huitième siècle,
c'est-à-dire avec un grain de philosophie. C'est ainsi
qu'elle avait conservé une tendre admiration pour
Jean-Jacques Rousseau,—sans doute, nous dit son fils,
« parce qu'il avait plus qu'un génie, parce qu'il avait

une âme. Elle n'était pas de la religion de son génie, mais elle était de la religion de son cœur ».

Comme femme, Alix des Roys (1) fut une épouse accomplie; comme mère, elle me rappelle, avec quelque chose de moins enjoué, Mme de Rémusat qui prenait Mme de Sévigné pour modèle. Elle fut pour son fils et ses filles une amie autant qu'une mère, voire une amie un peu trop tendre, et tendre ici a le sens de faible. Mariée très jeune au chevalier de Lamartine qu'elle avait rencontré au chapitre de Salles, chez la comtesse de Lamartine de Villars, sa sœur, elle lui avait donné coup sur coup six enfants : un garçon et cinq filles. Le garçon était venu le premier : c'était Alphonse. En ce temps-là, quoiqu'il eût été aboli par la Révolution, le droit d'aînesse subsistait encore dans la noblesse et continuait d'être exercé indirectement, du consentement tacite des frères et sœurs. L'aîné jouissait de toutes sortes d'avantages. Non seulement sa part d'héritage était plus grande, mais du vivant de ses parents on dépensait sans compter pour lui et c'est là qui dans la famille l'aurait le plus gâté. Lamartine profita largement de cette situation privilégiée. Il fut gâté par tous ses oncles et tantes, mais surtout par sa mère qui, après l'avoir nourri de son lait, s'efforça de lui faire une âme à l'image de la sienne. Jusqu'à dix ans elle le garda près d'elle et fut sa seule et unique maîtresse d'école. Tout ce qu'il

(1) Elle était née à Saint-Cloud, où elle fut élevée avec le roi Louis-Philippe « dans la familiarité respectueuse qui s'établit toujours entre les enfants à peu près du même âge participant aux mêmes leçons et aux mêmes jeux ». Son père était intendant général des finances du duc d'Orléans. Sa mère était, comme il est dit ci-dessus, sous-gouvernante des enfants de ce prince, M. et Mme des Roys avaient un logement au Palais-Royal l'hiver, et à Saint-Cloud l'été. (Cf. *le Manuscrit de ma mère*, p. 27.)

savait, c'est elle qui le lui avait appris, et il était si
savant pour son âge que, dans la maison d'éducation
où elle le plaça, sa communion faite, il remporta tous
les prix. Mais elle n'en tirait aucun orgueil et je vois
dans son journal qu'elle lui en attribuait tout le mérite. « Je demande pardon à Dieu de cette vanité,
disait-elle, je n'ai contribué en rien à ce qu'il peut
avoir de bon dans l'âme! » Au fond, je crois bien
qu'elle était persuadée du contraire et que c'était par
esprit d'humilité qu'elle disait cela. En tout cas jamais
homme ne fut plus le fils de sa mère que Lamartine.
Au physique, c'était tout son portrait; au moral, toute
sa ressemblance.

Sa seule crainte, quand il était en pension à Lyon,
c'était qu'il perdît la piété qu'elle avait tâché de lui
communiquer. Mais cette piété ne consistait pas seulement pour elle en prières et en exercices religieux,
elle était beaucoup plus large. Elle le faisait lire tous
les matins pendant les vacances « un chapitre d'un
bon livre d'un prêtre allemand », pour bien lui
enseigner le sentiment religieux émané de toute la
nature ».

Et voilà la source naturelle du panthéisme de
Lamartine. Panthéiste, elle l'était, en effet, sans le
savoir : n'ai-je pas dit qu'elle avait un faible pour
Jean-Jacques Rousseau?

« J'aime le temps d'automne, écrivait-elle un jour,
et les promenades sans autre entretien qu'avec mes
impressions : elles sont grandes comme l'horizon et
pleines de Dieu. La nature me fait monter au cœur
mille réflexions et une espèce de mélancolie qui me
plaît; je ne sais ce que c'est, si ce n'est une consonnance secrète de notre âme infinie avec l'infini des

œuvres de Dieu! Quand je me retourne, et que je vois
du haut de la montagne la petite lumière qui brille
dans la chambre de mes enfants, je bénis la Providence
de m'avoir donné ce nid caché et tranquille pour les
couver !

« Je finis toujours par une prière sans beaucoup
de paroles, qui est comme un cantique intérieur que
personne n'entend ; mais vous, Seigneur, vous l'entendez, puisque vous entendez le bourdonnement de
ces insectes dans cette petite forêt de bruyères que je
foule sous mes pieds. »

Il me semble que je viens de lire le motif et comme
le canevas d'une *Harmonie poétique et religieuse!*

Quand on a lu cette page où chante sa belle âme,
on comprend mieux l'éducation que cette mère donna
à son fils. J'entendais un jour quelqu'un s'étonner
qu'elle lui eût appris à lire dans des livres comme la
Bible et la *Jérusalem délivrée*, et qu'elle eût pris plaisir, quand il n'avait que douze ans, à le voir feuilleter
d'une main attentive les *Confessions de saint Au-
gustin.* Il est certain que les *Confessions* de l'évêque
d'Hippone sont un peu hardies, toutes morales qu'elles
soient, pour une intelligence de douze ans, mais en
cela, comme en beaucoup d'autres choses, la mère de
Lamartine n'y regardait pas de si près. Elle était
demeurée fidèle à la méthode des anciennes maisons
d'éducation religieuse, où l'on développait par tous les
moyens l'imagination des élèves.

J'en parle en connaissance de cause, moi qui, dès
l'âge le plus tendre, savais par cœur des milliers de
vers, bons ou mauvais, et des pages entières de *Télé-
maque* et de *l'Ancien Testament.* Nos maîtres d'alors,
nos mères aussi, n'avaient pas contre la folle du logis

les sottes préventions de certains pédagogues actuels. Ils ne craignaient pas qu'elle mît nos jeunes têtes à l'envers : pour modérer ses ardeurs trop vives, ils comptaient sur les effets de la prière et sur la confession. Ainsi faisait la mère de Lamartine. Encore avait-elle bien soin de ne pas lui laisser sous la main les livres de la bibliothèque paternelle qui auraient pu lui troubler la vue. Elle ne disait pas, comme la mère de Victor Hugo : « Bah ! mon fils saura bien s'y reconnaître ! » Elle savait que le mal est l'ennemi né du bien et que c'est fausser l'esprit d'un enfant que de lui donner indifféremment en pâture le bon, le mauvais et le pire.

Nous voyons dans ses souvenirs qu'elle lisait les comédies de Molière à ses filles entre une méditation et la récitation du chapelet. « Il me semble qu'il n'y a pas de mal, disait-elle, je passe en lisant les mots dangereux et nous faisons ensuite la prière en commun... » Molière servi de la sorte, c'était comme une tranche de pain noir qu'on envelopperait de confiture pour mieux la faire passer. La mère de Lamartine ne lisait elle-même avec intérêt que les livres où son imagination trouvait son compte, tels que le *Génie du Christianisme*, dont le style l'éblouissait et l'enchantait, ou l'*Itinéraire de Paris à Jérusalem*, qui lui ouvrait les portes de l'Orient.

Cependant, un jour, l'idée lui vint qu'Alphonse pouvait abuser de la trop grande liberté qu'on lui laissait à Mâcon ou à Milly et lisait peut-être des livres dangereux. Depuis quelque temps, en effet, elle lui trouvait l'air agité, mélancolique, il ne savait pas au juste ce qu'il désirait. Profitant de son absence, elle monta dans sa chambre avec la pensée bien arrêtée

PORTRAIT DE LAMARTINE ENFANT
d'après un crayon inédit appartenant à M. CHÉRAMY

de brûler ceux de ses livres qu'elle jugerait mauvais.
Elle vit sur sa table *l'Emile* de Jean-Jacques et *la
Nouvelle Héloïse*. Elle connaissait *la Nouvelle Héloïse*
pour l'avoir lue et savourée dans les premiers temps
de son mariage, et ce livre n'avait fait qu'augmenter
son admiration pour Rousseau. Mais elle n'avait
jamais lu *l'Emile*. Elle s'assit à la table de son fils et
en lut plusieurs passages qui la ravirent et lui firent
du bien. Elle en copia même quelque chose. Mais elle
ne tarda pas à s'apercevoir que ce qu'il y avait de bon
était empoisonné par des exagérations et des extra-
vagances propres à égarer le bon sens et la foi des
jeunes gens. Elle brûla *l'Emile* et *la Nouvelle Héloïse*,
qu'elle jugeait plus dangereuse encore parce qu'elle
exaltait les passions autant qu'elle faussait l'esprit.

Lamartine avait alors vingt-trois ans.

C'était un peu tard pour surveiller ses lectures. On
eût mieux fait d'occuper autrement son oisiveté et de
lui choisir une carrière. Mais il n'avait de goût alors
que pour le métier des armes, et son père, qui avait
juré fidélité aux Bourbons, aurait cru forfaire à l'honneur en lui permettant de prendre du service dans
les armées de Buonaparte. N'avait-il pas, à la fin de
l'empire, avec la complicité du préfet de Mâcon, trouvé
le moyen de le faire nommer maire de Milly pour le
soustraire à la conscription? Un maire de vingt ans,
ce n'était pas chose banale. Alphonse de Lamartine
remplit ces fonctions de son mieux, mais pas longtemps; l'abdication de Napoléon en fit, quelques mois
après, un garde du corps de Louis XVIII.

A partir de ce moment, sa vie changea du tout au
tout. En lui mettant le pied à l'étrier, son père l'affranchit de la tutelle de sa mère. Je ne parle pas de la

sienne qui ne s'exerça qu'à travers les tendresses de
sa femme, ou de loin en loin directement sous forme
de réprimande, quand il lui arrivait de Lyon, de Naples
ou de Paris des notes un peu trop fortes à payer. Ces
jours-là la mère d'Alphonse se pliait en deux et se serait cachée dans un trou de souris, ayant conscience que
les torts de son fils étaient un peu les siens, ou bien elle
prenait la diligence de Paris, sans rien dire, pour ramener elle-même l'enfant prodigue au bercail. Et il fallait
voir avec quelles précautions et quelles délicatesses ! Ce
n'était plus la mère qui agissait, c'était l'amie, et comme
la sœur aînée de son fils. Laissons-la parler elle-même.
Elle va nous raconter mieux que je ne saurais le faire
la dernière fredaine de son fils, — la dernière en attendant l'autre ! Un matin elle apprend qu'Alphonse,
entraîné par ses amis à la passion du jeu, passait
toutes ses nuits chez M. de Livry, où il se ruinait de
toutes façons.

« Je suis partie à l'instant pour Paris avec ma
seconde fille Eugénie, que je mis dans ma confidence ;
je pris dans le secrétaire de mon mari tout l'argent
qu'il y avait laissé en quittant la maison pour aller en
Bourgogne chez l'abbé de Lamartine. Mon amie,
madame Paradis, mon beau-frère, M. de Lamartine,
et mes belles-sœurs m'en donnèrent encore. J'écrivis
à mon mari pour le prévenir et pour lui éviter la
scène des reproches qu'il aurait eu lui-même à faire à
son fils. Arrivée à Paris, je ne voulus pas aller descendre à son hôtel de peur de lui causer une émotion
de surprise trop forte et trop pénible ; d'ailleurs, je
tremblais, d'après la lettre de ce bon M. de Larnaud (1), que mon enfant ne fût trop changé de figure,

(1) Un ami de la famille qui logeait dans le même hôtel qu'Alphonse

et que son changement ne me fît évanouir si je le voyais sans préparation. Je résolus de voir avant en secret M. et Mme de Larnaud pour tout expliquer et tout préparer. Je descendis dans un hôtel garni de la rue de Richelieu, assez voisin de son propre hôtel ; il était encore grand jour : Dieu, que je souffrais de retarder ainsi le plaisir de l'embrasser et d'attendre jusqu'au lendemain, peut-être, la visite ou la réponse de M. et de Madame de Larnaud ! J'étais anéantie d'inquiétude, pleurant et priant sur un canapé, la fenêtre ouverte. Eugénie se mit à cette fenêtre pour voir passer les voitures qui se rendaient à l'Opéra ou au Théâtre-Français ; tout à coup Eugénie jeta un cri et me dit : « Maman, venez, je crois bien que je vois Alphonse! » Je courus et je le reconnus effectivement : il était dans un élégant cabriolet qu'il conduisait lui-même avec un autre jeune homme à côté de lui ; il avait l'air fort gai et fort animé, ce qui me rassura beaucoup ; c'était bien lui. Toutes mes inquiétudes tombèrent à sa vue ; je ne voulus pas troubler sa soirée. Je passai une assez bonne nuit.

« Je me levai matin, impatiente de voir mon fils, et cependant troublée de l'effet que lui ferait mon arrivée imprévue, ou de la crainte de le trouver souffrant et peu disposé à revenir avec moi, et peut-être avec de bien mauvaises affaires. Enfin, je lui écrivis mon voyage et mes motifs : il accourut tout de suite, il parut enchanté de nous voir et très sensible à la démarche que nous avions faite. Sa santé me parut moins mauvaise que je ne le croyais, il me dit qu'à cause de moi il reviendrait à Mâcon, qu'avec tout autre il ne serait pas revenu ; il me demanda quelques jours pour arranger ses affaires. Je lui en accordai huit, ce dont je ne fus pas fâchée pour montrer un peu Paris à Eugénie (1). »

N'est-ce pas que tout cela est charmant et que cette mère est adorable ?... Un jour qu'elle se demandait pourquoi elle n'avait pas été plus sévère envers son fils, dès la première faute, elle ne trouva pas d'autre réponse que celle-ci : « Sans doute, il aurait craint de me déplaire, mais il ne m'aimerait peut-être pas avec la même passion, et plus tard, pour des circonstances plus graves, la douleur de m'affliger ne serait pas une seconde conscience pour ce jeune homme ! »

C'était vrai. Lamartine qui, jusqu'à trente ans, tira à vue sur le cœur et la bourse de sa mère, lui sut toujours un gré infini de n'avoir jamais laissé protester aucune de ses traites de jeunesse. Et quand il eut une situation sociale il la paya largement de retour. Elle écrivait, le 21 septembre 1829, peu de temps avant de mourir. « Ce pauvre enfant me comble de tendresse, c'est toujours lui maintenant qui vient à mon aide dans mes jours de difficulté ou de détresse. Il vient encore de se charger de payer pour nous la rente de 3.000 fr. que nous devions à ma belle-sœur, Mme de Villars. » Cela prouve que, lorsqu'il tombe dans une bonne terre, le bon grain n'est jamais perdu.

La plupart des parents combattent les inclinations poétiques de leur fils, les Muses ayant la réputation, assez justifiée d'ailleurs, de ne point savoir faire d'homme pratique et de nourrir chichement leur homme. En voyant versifier son fils, Mme de Lamartine n'éprouva jamais aucune crainte. Au contraire, elle aimait à lire par-dessus son épaule les vers plus

(1) *Le Manuscrit de ma mère*, p. 163.

ou moins bons qu'il faisait pour tuer le temps à Mâcon ou à Milly. Elle avait le pressentiment que le chemin du Parnasse serait pour lui le chemin de la gloire. Ce pressentiment ne fut pas trompé. Un jour, qu'il était allé faire une cure aux eaux d'Aix, il rencontra au bord du lac du Bourget la Muse qui devait lui remplir le cœur et du même coup lui donner la gloire et la fortune. Mais comme le bonheur parfait n'est pas de ce monde, à peine avait-il baisé le bas de sa robe blanche qu'elle le quitta pour remonter au ciel. Ce fut le premier grand chagrin de sa vie. Pour le tremper plus fortement et le faire vibrer davantage encore, Dieu lui réservait une plus grande épreuve : il lui enleva subitement sa sainte mère, quand tout lui souriait et que tous ses vœux paraissaient comblés.

Ce jour-là, la terre se déroba sous ses pieds, et son ami de Virieu, qui toute sa vie lui annonça les bonnes et les mauvaises nouvelles, crut qu'elle allait l'ensevelir à son tour !... Mais il n'avait pas vidé son calice.

Comme elle était morte loin de lui et qu'elle était en bière, quand il arriva, il voulut la revoir une dernière fois avant qu'elle descendît dans la tombe (1). Il fit

---

(1) Il écrivait de Saint-Point, le 24 décembre 1829, à son ami de Virieu : « Je t'écris du fond de cette solitude où je suis venu me recueillir quatre ou cinq jours absolument seul, la nuit même où j'y fis apporter la dépouille, la relique de ce que j'aimais et regretterai le plus sur la terre. Enfin je suis plus heureux, je la possède ici. Je puis prier, pleurer, gémir et me consoler sur son cercueil. J'ai l'espoir d'y dormir une fois avec elle. J'élève une chapelle. En attendant, elle est dans une chapelle de l'église même, et il n'y a pas d'interruption à la prière sur son tombeau. J'ai organisé les choses de façon que son âme ne fût jamais seule. Que j'ai pleuré ces jours-ci ! Mais ces larmes sont moins amères auprès de ce qui fut elle, dans le recueillement de l'église et du lieu qu'elle aimait, que sur la terre tous les dix ans labourée d'un cimetière de ville. Au moins à la douleur l'horreur n'est plus associée. Je suis content... » (*Corresp.*, t. III, p. 183.)

rouvrir le cercueil, il mit sur son front de marbre
blanc un dernier baiser, après quoi il la conduisit à
pied, sous la neige, à travers la plaine et la montagne,
jusqu'au caveau de Saint-Point, qui devait recevoir sa
dépouillle. Mais son véritable tombeau fut dans son
cœur. Il lui dressa là, tout à côté d'Elvire, une chapelle ardente où chaque jour il se mettait en prière.
Et jamais, dans ses heures de détresse les plus sombres, jamais il ne douta qu'il la retrouverait dans la
vie éternelle. Heureux, s'écriait-il,

> Heureux l'homme à qui Dieu donne une sainte mère !
> En vain la vie est dure et la mort est amère,
>   Qui peut douter sur son tombeau?

Voilà pourquoi j'ai voulu que le nom de la mère
de Lamartine fût inscrit en tête de ce livre. « Il y a,
disait-il, deux éducations pour tout homme jeune qui
entre bien doué des dons de Dieu dans la vie : l'éducation de sa mère et l'éducation de la première femme
qu'il aime après sa mère. Heureux celui qui aime plus
haut que lui à son premier soupir de tendresse !...
Notre premier maître de philosophie, c'est un chaste
amour (1). »

A présent que nous connaissons la mère de Lamartine, voyons quelle fut la première femme à qui il
donna son cœur.

_____

(1) *Souvenirs et Portraits:* étude sur Alfred de Musset, p. 97.

CHAPITRE II

JULIE BOUCHAUD DES HÉRETTES

4

nage de Western, du roman de *Tom Jones*. — Le contrat
de mariage de Julie. — Son apport et celui de Charles. —
Fausse déclaration de ce dernier au décès de sa femme.
Mariage de Julie à Saint-Paterne, près Tours, son portrait,
d'après Lamartine et d'après la miniature d'Elouis. — M. et
Mme de Vindé. — Caractère de Julie. — Son antipathie pour
Mme Suard. — Sa correspondance avec le baron Mounier. —
Mme de Tilly, M. de Landrière et M. de Loménie. — Le mariage de ce dernier. — Sa carrière militaire. — Elevé et
poussé par Julie, qui le recommande au prince de Poix et à
M. de Vaudreuil. — Origines des familles Landrière et Legardeur. — La dot de Thaïs Landrière-Desbordes lors de
son mariage. — Les thés de Julie sous la Restauration. —
Parlementaires qui fréquentaient chez elle : Lally-Tollendal, Lainé, de Bonald, de Rayneval, etc. — Son indifférence
en matière de religion. — Sa mentalité, lors de sa rencontre,
en 1816, avec Lamartine.

I

Julie-Françoise Bouchaud des Hérettes appartenait
par Sébastien-Raymond, son père, à une ancienne
famille de négociants nantais dont plusieurs furent
échevins, juges-consuls des marchands, auditeurs aux
comptes et trésoriers généraux des finances.

Sébastien-Raymond Bouchaud, qui avait vu le jour
à Nantes le 6 août 1738, était le dernier né de huit
enfants issus du mariage de René Bouchaud des
Hérettes, auditeur aux comptes, et de Jeanne Charet,
dont le père, natif de la Salle, diocèse d'Orte, Italie,
avait été naturalisé au mois de mai 1683.

Ce nom de des Hérettes ne constituait pas un titre
de noblesse; René Bouchaud ne l'avait pris que pour
se distinguer de ses frères qui s'appelaient, l'un de la
Pignonnerie, et l'autre de la Foresterie.

PIERRE BOUCHAUD, 1er DE LA PERVERIÈRE
né en 1598, marié en 1639 à Jeanne Fleuriot

PIDON
marchand à la Fosse
à Nantes

FRANÇOIS
né à Nantes (paroisse de St-Nicolas)
le 12 juillet 1649
y décédé le 17 juin 1694
sieur de la Perverière
ancien sous-maître et juge
des marchands et consuls
marié à Marie Lejeune

MERIN
né à Saint-Nicolas (de Nantes)
le 20 décembre 1668
auditeur aux Comptes en 1693
marié à Louise Bierizi.

CHARLES
né à St-Nicolas (de Nantes)
le 17 avril 1678
sieur de la Forêterie
décédé à Paris en 1733
délégué de Nantes
au Conseil du commerce
marié à Jeanne Forget

JULIEN
né à Saint-Nicolas (de Nantes)
le 28 mars 1680
écuyer, sr de la Pignonnerie
trésorier général des Finances
auditeur aux comptes en 1706
marié en 1707 à Anne Doisil

RENÉ
né à Saint-Nicolas (de Nantes)
le 28 janvier 1687
sieur des Héreties
auditeur aux Comptes
marié à Jeanne Chéret
en 1728

LOUIS BOUCHAUD
marié à Saint-Nicolas (de Nantes)
le 28 juillet 1693

CHARLES
né à Saint-Nicolas
de Nantes le 10 février
1718
capitaine d'infanterie
au Cap français, fin de
Saint-Domingue

RENÉ
né à St-Nicolas
(de Nantes)
le 27 avril 1716
prêtre

SÉBASTIEN
né à Saint-Nicolas
(de Nantes) le 1713
capitaine de troupes
réglées
à Saint-Domingue

MADELEINE
née à Saint-Nicolas
(de Nantes) en 1709
mariée à
M. de Chabanon
capitaine d'infanterie
à Saint-Domingue

JULIEN-NICOLAS
né en 1709
marié
à Gervude
Chapelin
mort en 1789
sans enfants
au Plessis-
la-Muzac
en Chantenay

MARGUERITE
née le 22 juillet
1711
morte à
Chantenay
en 1779

RENÉ
recteur
de Cordemais
de 1766 à 1762

JEAN-BAPTISTE
Sr du Plessis-
la-Muzac
trésorier
général des
Finances
né le 23 février
1713
marié le
14 avril 1768 à
Mlle Maurhand
de la Clastière

CÉCILE
née le 6 janvier
1743
mariée en 1766
à Chantenay
à Joseph Plumard
du Rieux
secrétaire du roi
près le chancellerie
du Parlement
de Bretagne

PIERRE-MARIE
écuyer, marié à
Saint-Domingue
en 1769
à Catherine
Carroyr

FRANÇOIS
vivant à Saint-
Domingue
en 1769
domicilé à
Jacmel

PIERRE JULIEN
né à Saint-Jean-
Baptiste
(Saint-Domingue)
marié le 20 dé-
cembre 1788
à Cécile-Jeanne-
Scholastique
Plumard du Rieux,
sa cousine

JEANNE
née le 3 septembre
1714
à Saint-Nicolas
de Nantes.

MARIE
née le 12 février
1716
à Saint-Nicolas
de Nantes

RENÉ-NICOLAS
né le 24 avril 1717
à Saint-Nicolas
de Nantes

FRANÇOIS-JOSEPH
né le 29 septembre
1718
à Saint-Nicolas
de Nantes

ANNE-PIERRE
né le 20 octobre
1721
à Saint-Nicolas
de Nantes

FRANÇOIS-THÉRÈSE
née le 16 avril
1728
à Saint-Nicolas
de Nantes

CHARLOTTE-AGNÈS
née le 13 janvier
1727
à Saint-Nicolas
de Nantes

SÉBASTIEN-CATHERINE
né le 6 août 1728
à Saint-Nicolas de Nantes
marié en 1778
à Marguerite-Jeanne de Bargey
décédé à Nantes, le 7 janvier
1801

MARIE-CHARLES
mariée à Joseph-Jean-Baptiste
Lorvelois de Moreau,
décédée à Saint-Louis
de Saint-Domingue
le 10 avril 1798

JEAN-BAPTISTE-SÉBASTIEN
né à Paris le 17 avril 1792
marié le 28 octobre 1820
à Thaïs Landrière-Desbordes
décédé à Sainte-Gemmes d'Angers
le 3 juillet 1896

JULES-FRANÇOISE
née à Paris le 4 juillet 1782
mariée le 8 thermidor an XII
à Jacques-Alexandre-César
Charles
morte à Paris le 18 déc. 1817

Cependant la famille Bouchaud devait avoir été ano-
blie au quinzième ou au seizième siècle, car Pierre
Bouchaud, que nous trouvons établi à Nantes en 1630,
portait : d'argent au chevron d'azur, accompagné en
pointe d'une moucheture de sable, au chef cousu d'or,
chargé de deux roses de gueules.

La mère de Julie était une demoiselle Marguerite-
Jeanne de Bergey, sœur de Michel-Louis de Bergey,
écuyer, lequel, après avoir été lieutenant de dragons
sous Louis XVI (1), administrateur du département
d'Indre-et-Loire et puis inspecteur des Contributions
directes à Tours, sous la Révolution, fut nommé
conseiller de préfecture au début du Consulat (2), et
siégea au Corps législatif, de 1802 à 1807.

Elle était d'origine créole comme son frère (3), mais
elle s'était mariée en France, et, d'après la déclaration
faite par Sébastien-Raymond Bouchaud dans l'acte
de mariage de sa fille, celle-ci était née à Paris, le
4 juillet 1784.

Julie n'était donc créole que par sa mère et par le
séjour de sept à huit années qu'elle fit à Saint-Domingue, car il est hors de doute qu'elle habita cette île
jusqu'en 1792.

Ses parents y possédaient une propriété « établie
en indigo » au Petit-Saint-Louis, quartier de Port-de-
Paix. Son père y avait été attiré probablement par

(1) Il est qualifié ainsi dans un acte de donation d'une rente viagère
de 240 livres consentie par lui au R. P. Guy Hédou des Bryères, religieux des Minimes, le 19 juin 1782. (Note de M. Babin.)
(2) Il fut nommé conseiller de préfecture en l'an VIII, sur la présentation de Ris, sénateur d'Indre-et-Loire, et de Fontenay, législateur.
(Arch. Nat. F. 1ᵉ II, 156 14.)
(3) Michel-Louis de Bergey était né au petit Saint-Louis-du-Nord, à
à Saint-Domingue, le 16 octobre 1751, et avait quitté cette île vers 1778.
Il mourut à Tours, rue Richelieu, 71, le 23 mai 1811.

deux cousins-germains qui, vers 1770, remplissaient les fonctions de capitaines d'infanterie dans la milice (1), et par leur sœur, qui avait épousé un M. Chabanon, que nous retrouvons un peu plus loin.

A cette époque, la place de Nantes faisait de grandes affaires avec les colonies françaises, notamment avec Saint-Domingue, dont l'indigo, le sucre et le café entraient pour les trois quarts dans le commerce d'exportation.

Port-de-Paix avait à lui seul 32 caféteries, 71 indigoteries et 6 sucreries, qui occupaient toute la population, composée, en 1790, à la veille de la révolte des noirs, de 450 blancs, 130 affranchis et 8.972 esclaves.

La ville, sans avoir la réputation d'élégance de Jacmel, qui comptait jusqu'à trois perruquiers et deux marchandes de modes, faisait encore bonne figure, à la fin du xviiie siècle, avec son lieutenant du roi et son major, seuls restes de sa grandeur passée. Elle avait été longtemps, en effet, la capitale de l'île, mais elle était si malsaine avec ses marais, qui engendraient le *mal de Siam*, que peu à peu elle avait été délaissée par les colons, malgré la fertilité de son sol qui produisait en abondance les pois verts, les asperges, les artichauts et le muscat cher aux abeilles.

Le père de Julie était à Nantes quand éclata la Révolution de Saint-Domingue. La légende veut, et c'est

(1) D'après une note qui m'est fournie par l'archiviste du ministère des Colonies, l'un de ces deux Bouchaud de la Foresterie, Sébastien probablement, fut nommé cadet le 20 mai 1739, puis enseigne le 1er juin 1742. Il servit comme tel au Cap, à la compagnie Chastenoye jusqu'en octobre 1748, puis au même lieu à la Compagnie Baunay. Nommé lieutenant le 1er février 1749, il figura à partir d'octobre 1751 sur les contrôles de la compagnie de Forestier, en garnison au Fort-Dauphin. En 1753 on le trouve à Port-au-Prince, capitaine commandant de la Compagnie de Foresterie.

Lamartine qui l'a accréditée dans *Raphaël*, que sa mère ait péri dans le naufrage d'une chaloupe en voulant fuir de l'île, et que, après avoir été jetée par la lame sur le rivage et allaitée par une négresse, Julie ait été rendue à son père qui, dépouillé, proscrit, malade, la ramena en France à l'âge de six ans, avec une sœur plus âgée qu'elle, et mourut, peu de temps après son retour, chez de pauvres parents, en Bretagne, où ils avaient été recueillis (1). Mais cette légende est aux trois quarts fausse. Il n'y a de vrai que la ruine du père et la mort de la mère, encore ne suis-je pas sûr qu'elle ait péri de la façon tragique qu'on vient de voir. Des documents authentiques que j'ai sous les yeux il appert seulement que Mme Bouchaud des Hérettes n'accompagnait pas son mari quand il débarqua à Nantes à la fin de l'année 1792. Bouchaud, qui ne devait mourir que le 7 janvier 1821, n'avait ramené avec lui que sa fille Julie. L'autre, Marie-Chantal, qui devait avoir une dizaine d'années de plus qu'elle, était restée avec son mari à Saint-Domingue, où ils avaient de grands intérêts et où elle mourut en 1795. Julie fut recueillie à son arrivée à Nantes par un oncle à la mode de Bretagne, Pierre-Julien Bouchaud, marié à Cécile Plumard de Rieux, sa cousine, qui était né à Saint-Domingue et possédait à Chantenay, aux portes de Nantes, un très beau castel, dit le Plessis-la-Musse (2). Elle demeura dans cette ancienne maison seigneuriale tout le temps que dura la Terreur, car elle était tombée de

(1) *Raphaël*, dernière édition, p. 52.
(2) Le Plessis-la-Musse est un castel de style Louis XIII, qui fut bâti en 1634 et qui porte encore à son fronton le chiffre des Bouchaud : F. B. Comme je le dis au chapitre liminaire de ce livre, il est situé en bordure d'un ancien chemin ouvert dans ses dépendances, auquel on a donné par hasard, il y a environ deux ans, le nom de Lamartine.

Toussaint-Louverture en Carrier, et le sort avait voulu que son enfance fût bercée avec les récits épouvantables des massacres de Saint-Domingue et des noyades de Nantes. Après quoi, Thermidor étant arrivé et la guerre de Vendée à peu près finie, elle fut remise par son père aux mains de Mme Michel-Louis de Bergey, sa tante, qui fut pour elle une seconde mère. Il était incapable, en effet, dans la détresse où l'avaient plongé les événements de Saint-Domingue, non seulement de suffire aux frais de sa première éducation, mais encore de pourvoir à son entretien.

M. Anatole France, dans la plaquette si intéressante, malgré ses erreurs et ses lacunes, [qu'il a consacrée à *l'Elvire de Lamartine*, a publié une lettre que Bouchaud écrivait, en 1816, au comte Beugnot, ministre de la marine, pour le prier de le faire rétablir sur la liste des colons secourus par le gouvernement. Le père de Julie. n'avait pas attendu jusque-là pour se plaindre du dénuement absolu dans lequel il se trouvait.

Dès le 27 prairial an V, il adressait une demande de secours à l'administration municipale de la Loire-Inférieure, mais elle ne fut point accueillie, et il la renouvela en l'an IX, ajoutant qu'il lui était impossible de payer la somme de 50 fr. 55 c. pour laquelle il était imposé au rôle de la contribution (1). L'administration, cette fois, fit une proposition de 360 francs qui lui furent versés, grâce à l'intervention du consul Lebrun (2).

Plus heureux que leur beau-frère, M. et Mme de

---

(1) Il habitait alors à Nantes, rue Crébillon, n° 13. Il mourut au n° 7 de la rue de Penthièvre, aujourd'hui rue Voltaire.
(2) Arch. départ. de la Loire-Inférieure. — Pièce communiquée par M. Morel.

Rue Lamartine

Tenue Bouchaud

VUE DU CASTEL DU PLESSIS-LA-MUSSE

Bergey avaient fait une fortune considérable à Saint-Domingue et vivaient à Paris où ils menaient grand train. Julie fut admirablement élevée par eux et traitée sur le même pied que leur fils et leurs filles (1), qui avaient de dix à douze ans de plus qu'elle.

Lamartine a dit qu'elle avait été instruite dans une maison d'éducation nationale. Il aurait fallu pour cela deux choses : d'abord que l'Empire eût précédé le Directoire et le Consulat ; ensuite que les maisons d'Ecouen et de Saint-Denis eussent été ouvertes. Or, la première ne le fut qu'en 1806 et la seconde qu'en 1811. Ce n'est donc pas là que Julie fut mise en pension. Mais les maisons d'éducation particulière ne manquaient pas sous le Consulat : on n'a, pour s'en rendre compte, qu'à lire l'extrait suivant des *Mémoires* inédits d'Ulric Guttinguer :

« En ce temps-là, dit Guttinguer, le dix-hitième siècle allait finir. Nous étions encore sous le Directoire expirant, on chantait, on dansait même; les fiacres avaient reparu, cet avant-garde des remises et des équipages d'autrefois. Le Conseil des Anciens occupait encore les Thuileries ; des pensionnats nombreux s'étaient établis dans les plus grands hôtels du quai d'Orsay, du faubourg Saint-Honoré et du faubourg Saint-Germain. Albert, notre cy-devant jeune homme d'aujourd'hui, continuait des études très peu sévères dans l'hôtel Chauvelin, de la rue d'Angoulême, où les classes s'installaient avec le réfectoire dans d'im-

(1) Ils avaient deux filles : Catherine-Jeanne-Eugénie, qui épousa René Marteau, propriétaire et négociant à Nantes, douves Saint-Nicolas ; — Louise-Adèle, qui fut mariée à André-François de Cosne, contrôleur des contributions directes à Tours, rue Richelieu ; — et un fils, François-Louis-Michel, secrétaire de l'ordonnateur du Nord, à Berlin, marié à Maria-Suzanne Guimbaud, à Mont-Repos, Saint-Cyr, près Tours.

menses salons dorés, admiration des élèves en car-
magnole, au milieu d'un parc immense dont les acacias
et les tilleuls protégeaient les récréations prolongées.
Un ancien professeur au collège de Navarre, ce qu'il
rappelait toujours avec orgueil, M. Lecrosnier, que
l'on appelait *Lecro*, en avait la direction, qu'il prati-
quait avec dignité et des commencements de réformes
et de bonnes manières. On donnait des fêtes splendi-
des aux parents, et nos sœurs et nos mères y paraissaient dans les costumes du temps, c'est-à-dire presque nues, mais souriantes enfin. Le Consulat qui sur-
vint changea peu d'abord ces habitudes, et les trois
Consuls avaient encore bien autre chose à faire que
de s'occuper de ces détails, qu'on laissait aller. Notre
supérieur était parent de Lebrun, troisième Consul,
ce dont il était très fier. Il lui faisait des visites où il
allait prendre le mot d'ordre sur la marche de l'éducation de la jeunesse nouvelle. Il était superbe à son
retour des Thuileries. — D'où vient M. Lecrosnier?
lui disait un professeur. — De chez mon cousin le
gouvernement, répondait-il en se redressant. Le nom
lui en resta. Les églises étaient rouvertes et les cultes
restaurés; nous eûmes deux fois par semaine des ins-
tructions chrétiennes qui ne laissaient pas de nous
étonner, nous autres petits impies du Temple de la
Raison. Cela ne nous empêchait pas de lire sous le
couvercle de nos pupitres de classe les aventures de
M. de Faublas et les odes de Piron, qui dépravaient
nos sens et nos âmes. Nous y mêlâmes bientôt *Atala*
et *Delphine*, les premiers correctifs de l'immoralité
amoureuse et charnelle qui nous dévorait. Ce fut une
transition que nous acceptâmes du génie. Les grands
(on appelait ainsi ceux qui avaient quinze ans) se

préparaient de la sorte au monde régénéré. Les émi-
grés étaient rentrés et nous avions pour camarades
les fils de ducs et de princes qu'on regarda d'abord
avec quelque défiance, mais qui se montrèrent si aimables et si bons enfants qu'ils surmontèrent le préjugé
bourgeois (1). »

Voilà pour les pensionnats de garçons. Ceux de filles
n'étaient ni moins bien installés ni moins nombreux.
Un des plus suivis était celui de la citoyenne Maison-
neuve, qui était établi rue de Seine. C'est là, on s'en
souvient, qu'en 1800 Bernardin de Saint-Pierre dis-
tingua, au cours d'une visite, la fille du comte Anne-
Gédéon de la Fite de Pellepore, dont il fit sa femme
quelque temps après.

Je ne saurais dire dans quel pensionnat fut élevée
Julie, mais on peut être sûr que la directrice de cette
maison d'éducation était bien en cour, car, sans parler
de son oncle de Bergey, Julie était la nièce à la mode
de Bretagne d'un ancien conventionnel qui siégea
plus tard au Conseil des Cinq-Cents. Et cet homme
politique, nommé Antoine-Dominique Chabanon, était
cousin lui-même de Chabanon-Dessalines, qui avait
été élu en 1789 député suppléant aux Etats-généraux
pour la colonie de Saint-Domingue, où il avait de
grandes propriétés.

Ces deux Chabanon étaient liés avec Lebrun, qui
fit nommer l'ancien conventionnel préfet d'Aurillac,
en l'an VIII. Il est donc tout naturel que Julie, apprenant l'année suivante la détresse de son père, l'ait
signalé au troisième Consul dans les termes que
voici :

(1) Le manuscrit des *Mémoires* de Guttinguer m'a été communiqué
par son fils, avec tous ses papiers.

« Paris, 3o messidor an IX de la République Française.

« Au citoyen Lebrun, consul de République française.

« Citoyen Consul,

« Longtemps habituée aux témoignages de votre intérêt, de votre bonté, j'ose encore aujourd'hui réclamer l'un et l'autre. C'est en faveur de mon malheureux père que je viens vous solliciter. Daignez, citoyen Consul, écouter ma prière et l'accueillir avec votre bienveillance ordinaire.

« Je reçois une lettre de mon père qui me déchire le cœur ! J'ignorais l'étendue du malheur de sa position, il m'en fait le détail. Il serait aussi difficile de se faire une idée de ce qu'il souffre que de la douleur que j'en ressens. Il m'offre un moyen de diminuer ses maux, et c'est à vous, citoyen Consul, que j'ose m'adresser pour cela. Mon père me mande qu'il désirerait que je lui procurasse une lettre de recommandation auprès du Préfet de son département (le citoyen Letourneur) pour lui faire obtenir les secours accordés par le gouvernement. Serait-ce une indiscrétion que de vous demander cette lettre, citoyen Consul ? Si c'en est une, pardonnez-la, je vous supplie, au motif qui m'a fait la commettre. Je n'ai vu que mon père, mon père malheureux, et vous seul assez bon pour le secourir. J'espère, j'espère encore que votre réponse me sera favorable, secondera mes désirs. Veuillez, citoyen Consul, agréer l'expression de ma reconnaissance qui est bien vive, mais qui augmentera encore par ce nouveau bienfait. »

Salut et respect.

« JULIE BOUCHAUD. »

Paris, le 2 Thermidor an 9
de la République.

LE CONSUL LEBRUN

Au Citoyen Préfet de la Loire inférieure.

L'intéressante fille d'un homme malheureux, me
demande, Citoyen Préfet une lettre de
recommandation auprès de vous pour faire
participer son père aux secours accordés aux
Colons par le Gouvernement. je vous envoye
la lettre de la fille et je recommande le père
à votre humanité et à votre justice.

Salut et attachement.

Lebrun

Cette famille de Bouchaud appartient
au vôtre département. je vous engage,
vous vous pourrez, de deux chaleureux qu'on été tourmentés
tous deux par les colons marchands après les sommes qu'ils ont envoyés

« Ma tante vous prie, citoyen Consul, de vouloir bien recevoir ses compliments (1). »

Lebrun était trop serviable de sa nature pour ne pas faire droit à une pétition de ce genre.

Quelques jours plus tard, la lettre suivante était adressée au préfet de la Loire-Inférieure :

« Paris, 2 thermidor an IX.

« Citoyen Préfet,

« L'intéressante fille d'un homme malheureux me demande une lettre de recommandation auprès de vous pour faire participer son père aux secours accordés aux colons par le gouvernement. Je vous envoie la lettre de la fille et je recommande le père à votre humanité, à votre justice.

« LEBRUN. »

Au pied de cette lettre le troisième Consul avait ajouté de sa main :

« Cette famille de Bouchaud appartient à votre département. J'ai connu les pères. Vous vous souvenez des deux Chabanon qui ont été fort estimés tous deux par leurs talents aimables et par la douceur de leurs mœurs (2). »

II

Trois ans après, l'Empire était fait. On vit alors — spectacle assez nouveau sous le soleil de France — on vit les plus grands noms de la société de l'an-

---

(1) Arch. départ. de la Loire-Inférieure. Communiqué par M. Morel.
(2) *Id.*

cien régime se rallier au gouvernement de Napoléon :
les bourgeois, en haine de l'anarchie révolutionnaire,
les nobles, avec l'arrière-pensée que le soldat couronné qu'ils appelaient dédaigneusement Buonaparte
était chargé par la Providence de faire aux Tuileries
le lit de Louis XVIII.

La famille de Julie subit le charme, comme tant
d'autres. Nous avons dit que le conventionnel Chabanon avait été nommé préfet d'Aurillac au début du
Consulat. M. de Bergey se rallia, lui aussi, à l'Empire
et en fut récompensé immédiatement par son envoi
au Corps législatif. Malheureusement, il avait perdu
sa femme quelque temps auparavant, et Julie avait
ressenti plus que personne la cruauté de cette perte
qui la faisait deux fois orpheline (1). Est-ce le chagrin
que lui causa la mort de sa tante qui la jeta tout à
coup dans un état de langueur maladive, ou bien
avait-elle pris à Saint-Domingue le germe du mal qui
devait l'emporter dans la force de l'âge, et ce mal
sourd agissait-il déjà en elle ? Ce qu'il y a de sûr,
c'est que le physicien Charles (2) fut frappé de son
air de souffrance quand il la demanda en mariage.

Elle habitait alors beaucoup moins à Paris qu'à
Saint-Paterne, près de Tours, où son oncle possédait
une magnifique propriété dite la Grange-Saint-Martin,
et c'est là qu'après toutes sortes de péripéties occa-
sionnées uniquement par la mauvaise volonté de son
père, elle devint Mme Charles (3).

(1) Mme de Bergey était née Louise-Amélie Bartailler.
(2) Jacques-Alexandre César Charles naquit à Beaugency le 12
novembre 1746. Il était fils de Charles (Jacques-Alexandre), conseiller
du roi et son procureur en l'élection de Beaugency, et de dame Mar-
guerite-Claude Humery de la Boissière.
(3) La propriété de la Grange, ou la Grange-Saint-Martin, située commune de Saint-Paterne et, par extension, commune de Neuillé-Pont-

Avant d'avoir réuni tous les documents de cette notice, je me demandais où l'illustre savant avait bien pu rencontrer « cette bonne Julie », comme il disait en parlant d'elle, car je savais pertinemment que la chose n'avait pu se faire à Saint-Denis ou à Ecouen, contrairement à ce que Lamartine a raconté dans *Raphaël*. Lamartine a voulu dépister les chiens en nous servant l'histoire arrivée à Bernardin de Saint-Pierre, lequel avait soixante-trois ans, soit cinq ans de plus que Charles, quand il épousa Désirée Pellepore, qui était du même âge que Julie.

Si j'avais su qu'un frère de Charles, Salomon Charles, dit de Talmours, avait été procureur du roi à Saint-Domingue, lorsque Bouchaud des Hérettes et de Bergey y avaient des propriétés, je ne me serais pas figuré un seul instant que le physicien avait pu

Pierre, dépendait, jusqu'en 1792, de la Prévôté d'Oë, de l'église Saint-Martin de Tours. Vendue comme bien national, le 14 août 1793 pour la somme de 76.700 livres à M. Michel-Louis de Bergey, administrateur du département d'Indre-et-Loire, elle passa, à la mort de ce dernier, arrivée à Tours le 23 mai 1811, aux mains de M. Seine-François Boissey, inspecteur de l'enregistrement et des domaines à Tours, et appartient aujourd'hui à M. Babin, ingénieur en chef des Ponts et Chaussées à Lorient, que je tiens à remercier ici de ses précieuses communications.

Elle se composait alors d'une maison de maître avec chapelle, maison de fermier, écuries, cour, basse-cour, jardins de maître et de fermier ; le tout en un tenant renfermé de murs et haies, avec portail d'entrée, soixante-quinze arpents de terre labourable autour des dits bâtiments, six arpents de pré en trois pièces, avec une allée et une pièce d'eau d'une contenance de 36 ares 50 cent. autour de laquelle étaient plantés des ormeaux, trois arpents de pâture renfermé, six arpents d'autres patureaux, un jeune taillis d'environ six arpents en une pièce et quatre arpents d'autres bois taillis en deux pièces, le tout en un tenant, joignant les terres de Forges, du Vivier et de Lucerne, la veuve Rambourg et autres ; plus 4 arpents de pré appelé le Pré-aux-Loups, situé paroisse de Neuillé-Pont-Pierre.

La Grange-Saint-Martin est à 4 kilomètres des gares de Saint-Paterne et Neuillé.

C'est à La Grange-Saint-Martin, que Racan allait rendre son hommage féodal au suzerain ecclésiastique du pays, le Prévôt d'Oë. (Cf. la thèse de M. Louis Arnould sur *Racan*, p. 586.)

faire la connaissance de Julie sur les bords de la Loire,
entre Saint-Paterne et Tavers, où lui-même possédait
une maison de campagne (1). Rien de plus naturel,
en effet, que ce Charles de Talmours, après les événements de Saint-Domingue, soit venu habiter Paris
auprès de son frère, qu'il ait continué à entretenir des
relations d'amitié avec de Bergey et Chabanon, et que
Julie ait rencontré chez lui ou chez eux le savant qui
devait être un jour son mari.

Mais que ce soit ainsi ou autrement que Charles ait
connu la jeune créole, ce qu'il y a de sûr, c'est qu'il fut
séduit par sa beauté et par sa grâce et que, de son côté,
elle éprouva pour lui une sympathie très vive, malgré
l'énorme différence d'âge qu'il y avait entre eux. Telle
Désirée Pellepore pour Bernardin de Saint-Pierre. Il
faut dire aussi que Charles avait une physionomie des
plus agréables et qu'il ne portait pas ses cinquante-
huit ans. Il y a de lui, au musée de la ville de Cluny,
un portrait au pastel qui doit être ressemblant, car il
s'accorde assez bien avec celui que Lamartine nous a
tracé dans *Raphaël* : les yeux sont bleus, riants,
expressifs, le front est haut, les cheveux blancs, rares
sur le sommet de la tête, s'envolant en ailes de pigeon
sur les tempes. Les lèvres sont minces, bien décou-
pées, spirituelles, prêtes à décocher le trait. Vêtu d'un
habit de soie de couleur grisâtre, il tient à la main
droite un jonc à boule d'ivoire. Certes le personnage

---

(1) La maison de Charles à Tavers appartient aujourd'hui à M. Jules
Lemaître, qui y passe toutes ses vacances. « Elle n'est pas belle, ce n'est
qu'une grande maison de paysans. Mais il y a, au premier, une chambre assez vaste, avec une large fenêtre, d'où l'on voit de beaux prés et,
à l'horizon, de l'autre côté de la Loire, la ligne bleuâtre des bois de So-
logne. » (*Le Temps*, du 9 juillet 1889. *Billet du matin*, de M. Jules
Lemaître.)

PORTRAIT DE CHARLES
d'après un pastel inédit

était loin d'être repoussant (1), et c'est une remarque
à faire que les jeunes filles ont assez de goût pour les
hommes âgés, surtout quand elles sont un peu mala-
dives. Il semble qu'elles éprouvent plutôt le besoin de
se donner un protècteur à l'âme paternelle, et c'est
bien aussi un peu comme père que Charles et Bernardin se présentèrent à Julie et à Désirée. Mais ils avaient
l'un et l'autre aux yeux de ces charmantes créatures
un prestige qui les rajeunissait et les rendait plus dé-
sirables. Si Bernardin de Saint-Pierre était l'auteur
de *Paul et Virginie*, Charles avait conquis, dès 1783,
une telle renommée par ses voyages aériens que, vingt
ans après, on parlait encore des chapeaux à la Mont-
golfière, des rubans et des cravates à la Charles et à
la Robert, dont il avait amené la mode. Et plus d'un
fredonnait encore dans la bourgeoisie du temps la fameuse chanson qui avait couru par toute la France :

> L'autre jour, quittant mon manoir,
> Je fis rencontre, sur le soir,
> D'un globiste de haut parage.
> Il s'en allait tout bonnement
> Chercher un lit au firmament.
> Et moi, je lui dis : bon voyage !
>
> Dans sa poche un bonnet de nuit,
> Pour la lune un mot de crédit.

Bref, notre physicien sut gagner le cœur de Julie
avant même de demander sa main. Il fut moins heureux du côté du père. A l'entendre, le bonhomme était
un vieil original qui répondait assez exactement au

(1) Charles avait été très séduisant dans sa jeunesse; il y a de lui à
la Bibliothèque de Versailles un joli portrait au pastel fait par Joseph
Boze, quelques années avant la Révolution. Il y en a un autre à la Faculté des sciences de Caen, qui ressemble beaucoup à celui de Versailles.
C'est ce dernier que nous reproduisons ici.

type de Western du roman de Fielding (1). Cela voulait dire qu'il était ivrogne et brutal, mais que, à
l'exemple de ceux qui crient très fort, il était plutôt
faible et facile à emmailloter. Ivrogne! en vérité j'ai
de la peine à le croire, et je me demande où Charles
avait appris à le connaître sous ce vilain jour (2). Ce
n'est pas, je suppose, pendant le mois qu'il passa à la
Grange-Saint-Martin à faire sa cour à Julie! A présent, Bouchaud des Hérettes était si malheureux que,
lorsqu'il était à table, il noyait peut-être son chagrin
dans son verre : le vin blanc de Touraine est si capiteux! Quant à sa brutalité, je ne vois pas sur qui il
aurait pu l'exercer. Ce n'était toujours pas sur sa
fille : il aurait trouvé à qui parler dans la personne
de son beau-frère, et Julie était si douce qu'elle l'eût
désarmé toute seule!... Non, j'aime mieux croire que
Charles, dans le document que j'analyse (3), a fait
payer à son beau-père « ses tergiversations, ses re-
pentirs et ses variantes », car, pendant cinq semaines,
il semble qu'il ait pris plaisir à se contredire d'un jour
à l'autre. « Western, disait Charles, promet sa fille
dans un an, jure, sacre, renie Dieu et au bout de la

(1) Le roman de *Tom Jones*, qui avait été traduit aussitôt après son
apparition, avait eu presque autant de succès en France qu'en Angleterre.
Lamartine en parle dans une de ses lettres à Aymon de Virieu et Julie
devait l'avoir lu quand elle fit sa rencontre à Aix, car j'ai vu dans l'inventaire dressé après la mort de son mari, qu'il était dans sa bibliothèque avec toute une série de romans plus ou moins oubliés aujourd'hui.
(2) Je dois cependant déclarer ici, par respect pour la vérité, qu'il
existe dans son dossier, aux Archives départementales de la Loire-Inférieure, une note de police qui le représente comme un pilier de cabaret.
Cette note, qui paraît lui avoir fait le plus grand tort, est ainsi conçue :
« On ne connaît à Nantes qu'un Sébastien Bouchaud qui tous les soirs fait
sa partie au *Caffé de foi* (sic) où il gagne ou perd un louis. »(Communiqué
par M. Morel.)
(3) Lettre de Charles à M. de Vindé, publiée par Anatole France dans
sa brochure sur *l'Elvire de Lamartine*, p. 12.

même phrase il prend la main de sa fille en pleurant,
la met dans celle de son ami : Hé bien, là, je vous la
donne ma fille, la voilà, elle est à vous. A présent
n'en parlons plus ! » Et le lendemain c'était à recom-
mencer. Bouchaud trouvait sans doute que, malgré
toute sa science et sa belle renommée, Charles était
un peu mûr pour Julie et qu'elle avait le temps d'attendre un mari dont l'âge fût plus conforme au sien et .
qui fût son mari pour de bon. Mais Julie n'était plus
une enfant ; elle savait très bien ce qu'elle faisait, et
son oncle, qui la soutenait de toute son autorité dans
sa lutte contre son père, n'avait pas manqué de dire
à ce dernier qu'une fille sans dot ne doit pas se montrer trop difficile et que la sagesse lui commandait
d'accepter pour gendre le vieillard illustre qui prenait
Julie pour ses beaux yeux (1). Tant et si bien que
Bouchaud céda. Le contrat de mariage avait été signé
à la Grange-Saint-Martin, le 9 messidor an XII

(1) Il résulte, en effet, du contrat de mariage passé devant Mᵉ Archambault de Beaune, notaire à Tours, qu'il ne fut constitué aucune dot à
Julie, et que son apport personnel fut purement fictif. L'article quatre
porte que « le futur se marie avec ses biens composés de meubles et effets
de nature mobilière dont il a donné connaissance à la future et au sieur
son père, le tout évalué par le futur à la somme de 120.000 francs ».
— L'article cinq dit que « la demoiselle future apporte au présent mariage la somme de 120.000 francs, laquelle somme le futur reconnaît
que la dite demoiselle future lui a remise aujourd'hui en billets de la
Banque de France et dont il se charge, laquelle somme, ladite demoiselle
future a déclaré lui provenir de divers bénéfices résultant de diverses
spéculations par elle faites. » — Les futurs se faisaient donation mu-
tuelle, entre vifs et irrévocable, de la totalité des biens mobiliers et im-
mobiliers qu'ils posséderont au jour de leur décès, ladite donation devant être réduite conformément à la loi, dans le cas où des enfants
naîtraient du mariage. (Communiqué par Mᵉ Ruffin, notaire à Tours,
successeur de Mᵉ Archambault de Beaune.) A la mort de Julie, Charles
déclara à l'Enregistrement qu'elle était décédée abintestate, sans fortune
et sans parents et qu'elle s'était mariée sans contrat. *Sans fortune,* c'était
exact, mais *sans parents* c'était aussi faux que *sans contrat de mariage,*
puisque son père vivait encore et ne mourut que quatre ans après elle.

(29 juin 1804). Le 6e jour de thermidor (25 juillet), le mariage fut célébré à la mairie de Saint-Paterne et le lendemain à l'église de cette paroisse (1) — ce qui prouve que les tergiversations du bonhomme avaient effectivement duré près d'un mois (2).

Cet grand acte accompli, Charles prit avec sa jeune femme la diligence de Paris et s'arrêta à Orléans pour la présenter à son frère, qui était curé de la paroisse de Saint-Paterne (3); peut-être s'arrêta-t-il également à Beaugency, sa ville natale, pour lui faire les honneurs de sa petite maison de Tavers et jouir d'elle à son aise dans la paix tranquille des champs. Ce qu'il y a de sûr, c'est que moins de quinze jours après, suivant la promesse qu'il leur avait faite, de la Grange-Saint-Martin, la veille de son mariage, il racontait aux Morel-Vindé, ses amis, qui étaient en villégiature à la Celle Saint-Cloud, toute l'histoire de sa conquête. On devine avec quelle fierté, quand on sait que, de son propre aveu, « Julie valait bien plus que toutes les peines que sa possession lui avait coûté (4) ».

Et le fait est qu'elle était ravissante. Tant que nous n'avions d'autre portrait de Julie que celui du roman de *Raphaël*, on pouvait se demander si Lamartine ne

(1) Le mariage religieux fut célébré à l'église de Saint-Paterne par M. Mermier, curé de cette paroisse, qui n'avait pas voulu prêter serment à la constitution civile. (Note du curé actuel.)

(2) Je ne donnerai pas ici la teneur de ces deux actes : tout l'intérêt du contrat réside dans les deux articles cités plus haut, et celui de l'acte de mariage dans la date et le lieu de naissance de Julie que nous connaissons déjà et dans les noms des témoins que nous connaissons également, savoir : M. Michel-Louis de Bergey, oncle maternel de la future, son fils François-Louis de Bergey, sa fille Louise-Adèle de Bergey, épouse de M. André-François-René de Cosne, M. de Cosne susnommé, et d'autres parents et amis.

(3) Charles-Jules-César Charles, curé de Saint-Paterne d'Orléans, de 1781 à 1813, puis chanoine de la cathédrale, mourut le 22 mars 1828.

(4) Cf. *l'Elvire de Lamartine*, par A. France.

l'avait pas idéalisée et embellie à plaisir, pour justifier à nos yeux l'amour immense qu'elle lui avait inspiré. Mais à présent que nous possédons son image vraie, authentique, force nous est bien de reconnaître que le poète ne nous avait pas trompés. Elle devait avoir vingt-cinq ans quand elle posa devant Elouis. Elle en avait trente-deux quand elle rencontra Lamartine. Si, dans cet espace de sept années, son visage ouvert et souriant s'était creusé, amaigri, sous l'effort de la maladie qui la minait, ses grands yeux ardents veinés de brun, ses joues blanches et roses et ses lèvres rouges avaient gagné en pâleur et en mélancolie ce qu'ils avaient perdu en vivacité et en fraîcheur. Ce qu'elle avait de moins beau, c'étaient les cheveux qui étaient un peu gros sans être crépus, mais comme elle avait le front petit, ce défaut disparaissait sous leur crinière qui lui faisait une sorte de casque, et leurs reflets d'aile de corbeau, en accentuant son type de créole, rehaussaient encore l'éclat de son attirante beauté.

On pense bien qu'avec de tels charmes naturels cette fille d'Haïti fut adulée, fêtée, courtisée dans la société parisienne. Mais elle n'en concevait aucun orgueil et, bien loin de rechercher les succès mondains et les occasions de briller, elle mettait plutôt une sorte de coquetterie à les éviter, sinon à les fuir. Après avoir fait le tour des salons de Paris, que le nom seul de Charles lui avait ouverts, elle rentra discrètement chez elle, gardant le parfum capiteux de sa grâce exotique pour la petite société choisie qu'elle recevait dans l'intimité, rue Neuve-Grange-Batelière, d'abord, et puis rue des Petits-Augustins, où elle demeura jusqu'en 1816, date où son mari fut logé à l'Institut (1).

(1) Comme elle était très lettrée, elle s'était liée dans les premières

Il faut dire aussi qu'elle était beaucoup plus sérieuse que son âge, et que sa santé délicate, tout autant que la situation et la vieillesse de Charles, lui commandait de s'observer plus qu'aucune autre (1),

Le 2 mars 1806, Charles écrivait à Mme de Vindé : « Je n'espère pas, Madame, qu'il nous soit possible de nous rendre demain à votre invitation. Julie est aujourd'hui souffrante et ne quitte pas le coin du feu. Si demain elle allait mieux, elle irait sûrement vous embrasser. Quant à moi, vous pensez bien que je n'oserai pas me présenter seul chez vous, vous me reprocheriez encore, comme l'autre jour, de délaisser déjà ma femme. »

Deux ans plus tard, le 13 juin 1808, il mandait encore à Mme de Vindé que la santé de Julie était un peu meilleure, « depuis qu'elle prenait des bains de barèges (2) ».

Ces Morel-Vindé étaient non seulement leurs voisins, rue Grange-Batelière, c'étaient encore leurs meilleurs amis. Le mari, qui était un parisien de vieille roche, avait joué un rôle assez en vue au commencement de la Révolution. Appelé, en 1790, en sa qualité de conseiller au Parlement, à présider le tribunal du

années de son mariage avec M. de Fontanes, qu'elle avait rencontré dans le salon de Mme Suard. C'est Lamartine qui nous l'apprend dans ce passage de son étude sur Chateaubriand : « Je dirais bien pourquoi M. de Fontanes me fut contraire : premièrement, il écrivait en vers, et moi aussi, de là une involontaire rivalité. Secondement, il avait été lié avant moi avec la personne que j'idolâtrais. Il dut le savoir et en conserva quelque amertume. Je ne le connus jamais. » (*Souvenirs et Portraits*, t. II, p. 96.)

(1) « La crainte de paraître exagérée ou sensible hors de propos, écrivait-elle un jour (1816) au baron Mounier, fait retenir comme cela beaucoup de mouvements qu'au fond je crois bons, mais auxquels on ne peut se laisser aller qu'avec d'anciens amis. Comprenez celui-là, Monsieur, et qu'il vous fasse perdre le souvenir de tous les autres. »

(2) *L'Elvire de Lamartine*, par A. France.

quartier des Tuileries, il avait exercé ces fonctions jusqu'à la fuite de Varennes, mais il les avait résignées à ce moment-là et s'était retiré de la vie publique pour s'occuper exclusivement de lettres et d'agriculture. C'était, en effet, un agronome des plus distingués. Ayant hérité une fortune énorme de M. et Mme Paignon-Dijonval, ses grands-parents, il en avait employé une bonne partie à cultiver scientifiquement sa terre de la Celle-Saint-Cloud et il avait consigné ses observations dans une série de brochures qui se lisent encore avec autant de profit que d'agrément. Je signalerai entre autres celle qui a pour titre : *Conjectures sur l'existence de quelques animaux microscopiques comme cause de plusieurs maladies des moutons* (Paris, 1812) et la *Notice sur la guérison du chancre contagieux de la bouche des bêtes à laine* (Paris, 1817). Pasteur devait les connaître. Quelques années auparavant il s'était essayé en littérature dans des ouvrages qui aujourd'hui lui vaudraient l'approbation de l'Académie des sciences morales et politiques, peut-être même le prix Monthyon. Son *Essai sur les mœurs de la fin du* xviiie *siècle* (1794) est excellent; sa *Morale de l'enfance ou Quatrains moraux à la portée des enfants et rangés par ordre méthodique*, est meilleure encore. De 1790 à 1828, ce petit livre n'eut pas moins de onze éditions. J'aime moins ses romans de *Primerose* (1797), de *Clémence de Lautrec* (1798) et de *Zélomir* (1801), quoiqu'ils soient écrits dans un style simple et naturel. Chénier disait de *Zélomir* qu'il respirait une morale pure. Sans doute, mais on voudrait autre chose dans un livre d'imagination, et l'affabulation de ce roman est à mon sens un peu naïve.

Quoi qu'il en soit, si les ouvrages d'un homme reflètent son caractère, M. Morel de Vindé devait être un homme fort agréable. Sa femme devait être charmante aussi, si l'on s'en rapporte au tableau de Gérard, daté de 1798, que possède M. de Nancillac. Mme de Vindé y est représentée debout, de face et grandeur nature, vêtue d'une robe de satin jaune. Le visage est riant, les yeux bleus, les cheveux bouclés sortent d'un bonnet blanc du matin, le cou est entouré d'une queue de renard, la main droite, fine et potelée, est posée au bas de la taille qui est plantureuse, et la gauche est abandonnée dans celle de sa fille Claire qui, vêtue de blanc, tête nue, les cheveux nattés, la regarde amoureusement de trois quarts, sur une chaise de style Directoire où elle est assise devant un piano. La mère porte à peine quarante ans et la fille paraît en avoir seize. Claire était donc à peu près de l'âge de Julie. Cela seul expliquerait pourquoi celle-ci montra tout de suite beaucoup de goût pour Mme de Vindé. Dans les commencements, Mme Charles partageait sa vie extérieure entre les Vindé et les Suard. A la longue, elle marqua visiblement ses préférences pour les Vindé, ce qui est à son éloge. Mme de Vindé adorait son mari qu'elle poussa à l'Institut par Mme Charles; Mme Suard, qui avait tant de raisons d'être fière du sien, s'en était peu à peu détachée et même elle s'amusait à le tourner en ridicule (1). On connaît le dialogue qui s'établit un jour entre eux. — « Je ne vous aime plus, disait Mme Suard — Ça reviendra ! répondait

(1) Les Suard habitaient place de la Concorde, n° 6. — Mme Suard, née Panckoucke, passait pour avoir eu une intrigue avec l'abbé Arnaud, collaborateur de son mari, et pour avoir été cause de la mort de Condorcet en l'obligeant à quitter sa maison de campagne de Vaugirard, où elle lui avait d'abord donné asile.

le mari. — C'est que j'en aime un autre ! — Ça se
passera. » Mme Suard avait dit la chose à qui voulait l'entendre, et l'on en faisait des gorges chaudes
un peu partout. Ce propos était-il arrivé aux oreilles
de Julie? C'est probable, et je serais bien étonné
qu'elle eût approuvé la conduite de Mme Suard, car,
sans être bégueule, elle était assez prude, et, quoique
mariée à un homme qui aurait pu être son père, elle
lui rendait en respect et en affection tous les soins qu'il
avait pour elle. Quoi qu'il en soit, il vint un jour où
ses visites à Mme Suard lui pesèrent, ce qui généralement est le commencement de la fin. Elle écrivait
quelques années plus tard au baron Mounier : « J'étais
allée pour mes péchés chez Mme Suard, où je me suis
ennuyée mortellement. Je suis bien décidée à n'y plus
retourner (1). »

En ce temps-là, je parle des premiers jours de la
Restauration, le baron Mounier (2) était devenu, je ne
sais comment, le correspondant habituel de Julie, on
pourrait même dire son chevalier servant. Quand elle
avait à recommander en haut lieu les jeunes gens
auxquels elle portait un intérêt tout particulier, comme
MM. de Loménie, de Saint-Morys (3), de Landrière,

(1) Cf. *l'Elvire de Lamartine*, par A. France.
(2) Fils de Joseph Mounier, député à la Constituante. Edouard Mounier avait été nommé, en 1806, auditeur au Conseil d'Etat.
Deux ans après, l'Empereur l'attacha à son cabinet en qualité de traducteur des journaux étrangers, aux appointements de 50.000 francs par
an. Nommé ensuite baron de l'Empire, il obtint le poste d'intendant des
bâtiments de la Couronne, qu'il garda sous la Restauration. Après la
chute de Charles X, il se rallia à la monarchie de Juillet et mourut pair
de France, le 11 mai 1843.
(3) M. de Saint-Morys était fils d'un conseiller à la Grand'Chambre
du parlement de Paris, qui fut tué à Quiberon en 1796. Il était lieutenant
dans la compagnie des gardes du corps du duc de Noailles, en même
temps que M. de Loménie de Marmé, neveu de Julie, quand, à propos
de la revendication de ses biens, qui avaient été vendus nationalement,

elle s'adressait généralement à lui, sachant qu'il avait l'oreille de M. de Vaudreuil, de M. de Barante, de M. Rayneval, voire de Monsieur, frère du roi, et, comme le baron Mounier était de ceux qui appréciaient les bonnes grâces d'une jolie femme, il s'employait de son mieux pour la satisfaire.

« Je ne saurais trop vous remercier, lui mandait-elle le 16 novembre 1815, de l'accueil aimable que M. de Barante (1) a fait à M. de L[andriève]. Dès qu'il lui a prononcé votre nom, il l'a comblé. Il lui a dit qu'il n'avait rien à refuser à une personne à laquelle vous vous intéressiez, que vous étiez son ami le plus cher, qu'il ferait tout ce qu'il pourrait pour vous être agréable. M. de L[andriève] est sorti de chez lui pénétré, et il n'oubliera jamais non plus que moi la bienveillance qu'il faut que vous lui ayez accordée pour lui valoir une réception aussi parfaitement obligeante.

« Ces Messieurs ont convenu que M. de L[andriève] adresserait un nouveau mémoire à M. de Barante plus explicatif que le premier. J'ai l'honneur de vous l'envoyer pour que vous veuillez bien l'appuyer par un mot. M. de Landriève est convaincu que la grande affaire de la Direction tient au billet que vous ne refuserez pas d'écrire. Je vous le demande avec la confiance que je dois à votre intérêt.

« M. de Landriève me prie de vous dire qu'il serait heureux de vous voir, mais qu'il sait tous vos moments si occupés, que la discrétion le retient. Je vous le mènerai cependant un jour pour avoir le plaisir

il eut un duel avec le colonel Dufoy, qui le blessa mortellement, le 21 juillet 1817. Cet événement tragique fit en son temps un bruit énorme.

(1) M. de Barante était alors conseiller d'Etat, secrétaire général à l'Intérieur et député. En 1816, il fut nommé directeur des Contributions indirectes.

de vous dire avec lui combien je suis reconnaissante et touchée. »

Et vers la même époque, encore :

« J'ai déjà refusé, monsieur, d'aller avec Mme de Tilly voir ce joli ballet. Je l'ai fait sans effort ; le spectacle m'inspire toujours le même éloignement. Mais qu'il est loin d'en être de même de la perspective de passer quatre heures avec vous et votre aimable femme ! C'est une jouissance que je sens vivement, quelque part que je la goûte, et je m'étonne moi-même d'avoir le courage de m'en imposer la privation. Il le faut cependant. Il faut tenir à quelque chose dans le monde et ne pas plus oublier, je crois, les promesses qu'on se fait à soi-même que celles que l'on fait aux autres. Remerciez mille fois Mme Mounier de sa bonté. J'irai la voir demain matin pour me consoler de ne pas la voir ce soir. Pour vous, monsieur, je ne vous vois plus ; c'est un parti pris. Je suis forcée de dire comme Mme Suard : J'espère que vous croyez à mes regrets.

« Point de réponse de M. de Maleteste. Nous avons cependant une bonne lettre de M. de Vaudreuil, mais je ne sais qu'espérer quand je vois que rien ne marche et qu'on parle pourtant de l'organisation pour la fin du mois. Je suis assez triste de tous ces mécomptes dont je me prends au sort et non point à vous, vous le croyez bien. Je crois que vous m'avez servie comme l'eût fait mon frère si j'avais le bonheur d'en avoir un. Mais je suis habituée à ne réussir à rien. Je ne sais absolument que faire de mon pauvre Loménie. Je vous assure que j'ai souvent de la vie plus que je n'en peux porter.

« Pardon de vous écrire sur ce ton. Je me reproche

de rembrunir vos idées, à vous à qui le bonheur sourit (1). »

Quels étaient ces MM. de Landrième et de Loménie à qui Julie s'intéressait si vivement? J'aurais été aussi en peine de le dire que M. Anatole France, avant d'avoir trouvé le dossier de Loménie aux archives du ministère de la Guerre. Car c'est là seulement que, dans ces temps derniers, j'appris toute son histoire. Et cette histoire n'était pas gaie. Ayant eu le malheur de perdre sa mère à l'âge de trois ans, il en avait quinze quand son père mourut à son tour. C'était en 1807. Mais Julie, qui se souvenait de la manière dont elle avait été élevée et qui n'avait pas d'enfant, se dit qu'elle pouvait bien faire pour le fils de sa sœur ce que son oncle et sa tante de Bergey avaient fait pour elle. En 1810, il fut admis, grâce à la recommandation de M. de Bergey (2), comme élève pensionnaire à l'école de Saint-Cyr. Mais à la chute de l'empire sa carrière militaire faillit être brisée. Licencié en 1815, il n'aurait probablement jamais été réintégré dans les cadres s'il n'avait eu pour le protéger que des gens de l'opinion de son grand-oncle maternel. Mais il était par son père le petit-neveu de M. de Vaudreuil (3). Julie fit agir auprès de lui non seulement par M. Mounier, mais encore par le duc de Noailles,

(1) *L'Elvire de Lamartine.*
(2) M. de Bergey habitait en 1804 rue du Faubourg-Saint-Honoré, n° 455, et en 1805, rue Jacob, 1215. En 1806 il est porté sur l'almanach impérial comme habitant à Tours, rue et hôtel Conty.
(3) Joseph-François-de-Paule, comte de Vaudreuil, était né à Saint-Domingue le 2 mars 1740. Il fit la guerre de sept ans comme aide de camp du prince de Soubise et comme officier supérieur de la gendarmerie. Parvenu au grade de lieutenant général, il fut nommé grand fauconnier de France et eut beaucoup de succès à la cour. En 1782, il accompagna le *comte d'Artois* au siège de Gibraltar. Après le 12 juillet 1789 il quitta la France avec ce prince, se rendit avec lui à Turin et l'accompagna ensuite dans différentes contrées jusqu'à son retour en 1814.

LA MAISON DE CHARLES, A TAVERS (LOIRET)

prince de Poix, qui commandait une compagnie des gardes du corps (1).

Le 20 mars 1816, le duc de Noailles demandait au ministre de la guerre l'autorisation de prendre M. de Loménie de Marmé, lieutenant à l'ex 6ᵉ régiment d'infanterie à pied, pour aide de camp. Par malheur, ce jeune officier était astreint, aux termes de l'ordonnance royale du 9 décembre 1815, à subir un nouvel examen sur les connaissances techniques exigées des officiers sortis de l'école de Saint-Cyr. Le ministre de la guerre ne put déférer au désir du prince de Poix qui l'admit alors provisoiremeut dans les gardes du corps. Il était temps, car M. de Vaudreuil mourut au mois de janvier 1817 et Julie au mois de décembre suivant.

Cinq ans après, M. de Loménie épousait Mˡˡᵉ Thaïs Landriève-Desbordes, fille du maire d'Artannes, et de Marie-Claire Legardeur de Tilly, dont Julie avait fait la connaissance chez son oncle de Bergey, à Tours. Car tous ces réfugiés de Saint-Domingue étaient des Tourangeaux de naissance ou d'adoption. La famille Landriève-Desbordes, qui portait d'azur à une croix d'argent accompagnée en pointe d'un croissant de même, était originaire du Limousin.

Mais dès la première moitié du dix-huitième siècle nous la trouvons établie en Touraine où elle acquit en 1774 les fiefs de la Turbellière et de Méré, situés sur la commune d'Artannes, et en 1779 la terre de Pont-du-Ruau.

Il fut alors nommé pair de France et gouverneur du Louvre. Il mourut dans cette charge en janvier 1817.

(1) Elle écrivait un jour à M.Mounier : « Je vais à quatre heures chez M. de Poix avec M. C. (Charles) ou M. de Landriève. » (Lettre sans date publiée par M. Anatole France.)

Le grand-père de Thaïs, Pierre-Paul Landriève
des Bordes, écuyer, garde du corps du Roi, compa-
rut en 1789 à l'assemblée de la noblesse de Touraine.

Son père fut maire d'Artannes de 1819 à 1821 et
en 1837.

Quant à sa mère, elle appartenait, elle aussi, à une
vieille famille dont deux branches furent implantées
en Touraine vers le même temps que les Landriève :
les Legardeur de Beauvais et les Legardeur de Tilly.
Elle était issue de cette dernière.

La fortune des Landriève était considérable, mais
comme ils avaient eu coup sur coup trois filles à
doter (1), ils avaient profité de la Restauration pour
se pousser comme tant d'autres dans des places bien
rétribuées.

Et c'est à cela que s'employait « cette bonne Julie »
qui, née sensible et compatissante, n'était véritablement heureuse que lorsqu'elle pouvait faire quelque
bien autour d'elle.

Mais si le plus clair de ses journées — quand sa
santé lui permettait de sortir — se passait à solliciter
en faveur de ses proches, la meilleure part était
encore consacrée à son mari, dont elle suivit jusqu'au bout les belles expériences physiques, et à la
petite société choisie qu'elle recevait le soir dans l'intimité. Sous l'Empire, c'étaient principalement des
savants, amis et collègues de Charles; sous la Restauration, des parlementaires plus ou moins libéraux
comme Lally-Tollendal, Lainé, Mounier, Rayneval,

(1) Thaïs Landrière-Desbordes avait apporté en dot à M. de Loménie
une somme de 24.000 fr. en argent; ses espérances étaient évaluées à
70,000 francs. (Note du maire de Tours, du 18 septembre 1822. — Archives du ministère de la Guerre.)

voire M. de Bonald qui, venu le dernier, remplit
tout de suite auprès de la jeune malade le rôle si
délicat du médecin de l'âme.

Je n'ai pas dit, en effet, que Charles était franchement voltairien et que Julie, dont l'éducation s'était
ressentie des événements révolutionnaires, partageait
en matière religieuse à peu près sa manière de
voir. Cependant, je ne crois pas, comme le prétend
l'auteur de *Raphaël*, qu'elle ait poussé l'irréligion jusqu'à l'athéisme. Son état d'âme, en 1816, était plutôt
celui que Lamennais combattit si vigoureusement dans
son livre sur l'*Indifférence*. Nous avons vu que Charles avait un frère curé de Saint-Paterne d'Orléans, à
qui il avait donné asile en 1795, lorsque, pour se faire
pardonner sans doute son serment à la constitution
civile, il eut refusé de prêter le serment de haine à la
royauté. Julie avait eu également deux curés dans la
famille de son père (1). Ils n'avaient donc ni l'un ni
l'autre aucune raison d'en vouloir à l'Eglise catholique dans laquelle ils étaient nés, et à qui ils avaient
demandé, pour se conformer à la tradition, de bénir
leur mariage. Mais le vent révolutionnaire, en étei-
gnant dans toutes les églises de France la lampe qui
brûlait jour et nuit devant les tabernacles, avait éteint
du même coup dans leurs âmes la petite veilleuse que
la foi de leur mère y avait allumée, et ils étaient arrivés
jusqu'en 1816 sans éprouver le besoin de se rapprocher de Dieu.

Telle était, selon moi, la mentalité de Julie Bouchaud des Hérettes, quand elle fit la rencontre de
Lamartine sur les bords du lac du Bourget.

(1) Consulter le tableau généalogique.

CHAPITRE III

ELVIRE

en face de Graziella. — Elle l'envie et la plaint. — Une maladresse d'Aymon de Virieu. — Julie proteste et défend Graziella. — Lamartine est décontenancé. — Les deux amoureux se fâchent et s'expliquent. — Base de leur raccord. — Preuve éclatante que leur amour n'avait cessé d'être chaste. — Promenades journalières de Julie et de Lamartine dans Paris. — Un témoignage de Ch. Brifaut. — Les soirées de Lamartine. — L'appartement de Julie à l'Institut. — Meubles, livres et bibelots.

IV. — Les deux amants se séparent. — Julie se retire à Viroflay et Lamartine rentre à Mâcon. — Ils ne cessent de correspondre ensemble. — Une lettre de Julie au baron Mounier. — Elle tombe malade à Viroflay. — Le docteur Alin. — Erreur de M. Anatole France à son sujet. — Impossibilité pour Julie de rejoindre Lamartine à Aix. — Désespoir de Lamartine en apprenant la gravité de son état. — Il compose la pièce du *Lac*. — L'*Ode aux Français* et l'*Ode au Génie*. — Lettres de Lamartine à Mlle de Canonge. — La pièce de l'*Immortalité*. — Le nom de Julie y est écrit trois fois dans le manuscrit original. — Impression que sa lecture dut faire sur l'esprit de Julie. — Sa dernière lettre à Lamartine. — Elle reçoit les derniers sacrements.

V. — Commentaire de cette lettre. — « *Je vivrai pour expier.* » Comme quoi cette expression ne saurait contenir l'aveu d'une faute. — Passage supprimé de l'*Immortalité*. — Le mot *pour expier* s'y trouve. — Sens philosophique et théologique de ce mot. — Faute que Julie avait à se reprocher devant Dieu. — Amour trop exclusif. — Raison pour laquelle Lamartine garda quelques lettres d'elle. — Circonstances dans lesquelles il brûla les autres. — Hyde de Neuville lui en rend une, en 1834, qui lui avait été dérobée. — Chagrin que Lamartine ressentit de la perte de Julie. — Il donne son nom à sa fille. — C'est par elle qu'il entre dans la diplomatie. — Elle est partout dans sa vie et dans son œuvre. — Son acte de sépulture retrouvé à Saint-Germain-des-Prés. — Où fut-elle enterrée ? — Comme quoi son souvenir est inséparable du lac du Bourget.

I

L'Amour pur.

Amour pur, chaste fleur, rose que dans l'Eden
Au cœur vierge d'Adam Jéhova fit éclore,
Est-il vrai qu'aujourd'hui le vulgaire t'ignore
Et que tu ne seras qu'un beau mythe demain?

Elvire, à nos regards, t'incarnait hier encore,
Mais elle avait aimé d'un amour trop divin !...
Sur la foi de trois mots échappés de sa main,
Quelqu'un dit gravement : Ce feu la déshonore!

Et moi qui sais comment un sentiment païen,
Par la grâce d'en haut, peut devenir chrétien
Dans les cœurs que la flamme amoureuse dévore,

J'ai dit : Non, ce feu-là vient du ciel, c'est le feu
Qui brûla de tout temps les mystiques pour Dieu,
Dante pour Béatrice et Pétrarque pour Laure.

                                        L. S.

Arromanches (Calvados), 17 juillet 1905.

Lamartine avait vingt-six ans quand'il fit la rencontre à Aix-les-Bains de Julie Bouchaud des Hérettes.

C'était un beau jeune homme, de taille élevée et de
grande tournure, avec quelque chose d'éthéré dans la
physionomie, qui rappelait la figure de Raphaël (1)
et faisait songer aux vers fameux d'Ovide :

Os homini sublime dedit cœlumque tueri
Jussit, et erectos ad sidera tollere vultus.

---

(1) Auguste Barbier, dans un beau sonnet sur Raphaël publié par lui
dans la première édition d'*Il Pianto* et remplacé depuis par un autre
qui ne le vaut pas, disait du peintre d'Urbin :
     Ovale aux cheveux bruns sur un beau col monté.
   Il me semble que, la couleur des cheveux mise à part, ce beau vers
peut s'appliquer également bien à Lamartine.

Regardez ses portraits d'alors : son front et sa
pensée sont déjà dans les astres.

Je ne crois pas qu'une tête plus divine se soit pro-
filée jamais, dans le cadre merveilleux de la vallée
d'Aix, sur le fond bleu du ciel de Savoie.

Il y a vraiment des sites prédestinés. « Otez les
falaises de Bretagne à *René*, dit Lamartine, les savanes
du désert à *Atala*, les brumes de la Souabe à *Werther*, les vagues imbibées du soleil et les mornes
suant de chaleur à *Paul et Virginie*, vous ne comprendrez ni Chateaubriand, ni Bernardin de Saint-
Pierre, ni Gœthe (1). » Et moi je dirai : Otez le lac
du Bourget à *Raphaël*, vous ne comprendrez plus
Lamartine. Non seulement ils s'harmonisent ensemble,
comme un portrait avec la toile qui lui sert de fond,
mais ils s'identifient en quelque sorte au point d'être
inséparables l'un de l'autre. Je me demande même
pourquoi l'on n'a pas encore débaptisé ce lac pour lui
donner le nom du poète qui l'a rendu immortel.

Ce n'était pas la première fois que Lamartine visi-
tait ces beaux lieux. Il avait traversé la vallée d'Aix
cinq ans auparavant, quand il partit pour l'Italie. Il
était même allé en pèlerinage aux Charmettes, avec
Aymon de Virieu, son Euryale et son Pylade, mais il
avait vu la maison de Jean-Jacques avec les yeux d'un
homme qui n'avait pas vécu, sous l'impression et
comme à travers le mirage d'une première lecture.
« Grands Dieux! quel livre! comme c'est écrit! disait-
il de *la Nouvelle Héloïse!* Je suis étonné que le feu
n'y prenne pas!... Je voudrais être amoureux comme

(1) *Raphaël*, p. 13.

6

Saint-Preux, mais je voudrais écrire comme Rousseau ! (1) » — Pour écrire comme Rousseau, il n'avait besoin que d'aimer. Or, depuis sa sortie du collège de Belley, il n'avait quitté Mâcon, Saint-Point, Milly, les terres de sa famille, que pour aller passer deux ou trois jours au Grand-Lemps, chez Virieu, à Bienassis, chez l'ami de ce nom, à Lyon ou à Dijon chez des parents où il était plus ou moins libre. Sa mère qui n'avait cessé de le couver des yeux tenait à le garder à portée de son aile. Et il n'avait là d'autres distractions que la marche à travers champs à pied ou à cheval, les parties de chasse ou les livres (2). Ah ! les livres !... c'est inouï ce qu'il en dévora pendant sept ou huit ans dans sa solitude studieuse. Je ne connais qu'un grand écrivain qui en ait autant consommé dans sa jeunesse, c'est Lamennais. Mais les lectures de Lamennais

(1) *Corresp. de Lamartine.* — Lettre à Aymon de Virieu, Mâcon, septembre 1810.

(2) Le 8 juillet 1808 il écrivait de Mâcon à Guichard de Bienassis « Veux-tu savoir la vie que je mène à Saint-Point.... A une heure, comme au bon vieux temps, on se rassemble et l'on dîne ; après le dîner, une heure de conversation ; quelquefois on joue, et moi, prenant un livre dans ma poche, mon fusil sous mon bras et mon Azor avec moi, je m'esquive soit dans la forêt, soit dans la prairie, je choisis un endroit ombragé et frais, je m'asseois et, quand mon chien dort, à côté de moi, que rien ne trouble mon petit asile, je lis. Le soir, mes lectures sont un peu plus légères que le matin sans être jamais futiles ; c'est alors que je suis un peu content et que je répète ces vers d'Horace :

Nunc veterum libris, nunc somno et inertibus horis
Ducere sollicitæ jucunda oblivia vitæ.

(*Corresp.*, t, I, p. 20).

Quand il revenait à Mâcon, c'était pour se renfermer dans son cabinet de travail, lire, écrire, effacer, traduire, corriger, commenter, critiquer, et se chauffer. « Heureux, disait-il, si je puis découvrir quelques gens instruits, avec lesquels je puisse causer de tout ce que j'aime... ! »

(*Corresp.*, t. I, p. 29, 30).

« Jamais, homme n'a autant lu et relu que moi, non seulement en ce temps-là, mais jusqu'à aujourd'hui, écrivait-il en 1863. J'ai été et je suis encore l'éponge qui a bu et rendu toute l'encre versée dans le monde par les écrivains de tous genres, de tous siècles, de tous pays ».

(*Lamartine par lui-même*, p. 80).

étaient moins bigarrées et plus solides. Il lisait surtout
les ouvrages qui parlaient à son esprit. Lamartine préférait ceux qui parlaient à son imagination et à son
cœur : Ossian, Pope, Jean-Jacques, Chateaubriand,
Milton, Dryden, Alfieri, Shakespeare. Un moment, il
avait voulu prendre un bain de Montaigne, il s'était
jeté dans les *Essais* jusqu'au cou, mais il n'avait pas
tardé à en sortir, trouvant ce bain trop glacé. Le doute
n'eut jamais de prise sur lui, il était né pour croire :

> O Dieu de mon berceau, sois le Dieu de ma tombe !

En fait de passions, je parle ici de celles qui sont
mauvaises, il ne connaissait guère jusqu'à vingt ans
que le jeu. Encore ne pouvait-il s'y adonner qu'à Lyon
ou à Paris, durant les courts séjours qu'il était amené
à y faire. Cependant, comme il avait des camarades
qui avaient déjà goûté à l'amour, l'idée lui vint un
jour d'y goûter lui aussi (1). Et le voilà follement
épris tout à coup d'une jeune fille de Mâcon. Le pire,
c'est qu'il l'eût épousée, si on l'avait laissé faire. Mais sa
mère avait d'autres desseins et savait qu'il faut que
jeunesse se passe. Elle crut prudent de l'expédier en
Italie. Hélas ! c'est au cours de ce voyage qu'il connut
Graziella, la petite cigarière de Naples. L'amourette
ne dura pas longtemps : deux mois à peine. C'était
assez pour lui ouvrir le cœur. Quand il revint d'Italie,
un poète était né. Il revint par la Suisse pour suivre
les traces de Saint-Preux, qu'il comprit pour la première fois. Et après avoir vu Montreux, Vevey, Chil-

---

(1) Il va sans dire qu'il avait eu comme tous les jeunes gens « des
connaissances d'un certain genre », mais, comme il l'écrivait, le 13 mars
1810, à Guichard de Bienassis, c'était « bon pour la conversation et pour
s'amuser au théâtre ». Jusqu'à sa rencontre avec Graziella (décembre
1811) on peut dire qu'il n'avait pas aimé.

lon et les rochers de Meillerie, après avoir fait le tour
de Lausanne et admiré vingt fois le beau lac qui était
à ses pieds, il jeta ce cri d'enthousiasme : « Quel pays,
quelle vallée, quelles montagnes, quels horizons,
quelles délicieuses collines ! comme tout cela réveille
dans l'âme ce vague désir d'amour et de bonheur qui
nous tourment (1) ! »

Ce n'est pas le seul miracle que l'amour ait accompli en lui. De déiste vague qu'il était devenu sous l'influence de ses lectures, il sentit un beau jour qu'il
redevenait chrétien. Le 18 avril 1814, il écrivait à son
ami de Virieu, de Paris où il était alors : « X... vient
tous les matins me prêcher deux doigts d'athéisme ;
mais il y perd son latin, j'en suis trop loin (2). » Tous
ses livres d'à présent, même les plus païens, redou-
blaient ses bonnes dispositions à la vertu. « Je ne
demande à Dieu, disait-il, que de la persévérance et
de la santé. Tu sais que nous avons bien souvent rai-
sonné là-dessus à Naples et ailleurs. Nous flottions
encore, non pas de cœur, mais d'esprit. Il me semble
que la question n'est pas douteuse. Vivent la solitude
et la tristesse et la maladie pour nous montrer enfin
la vraie lumière et nous conduire au bien ! »

La vie militaire, si dangereuse pourtant pour un
fils de famille, ne modifia pas le cours de ses idées.
Après avoir promené durant des mois son ennui de
garde du corps dans les petites rues de la petite ville
de Beauvais, il revint triste et malade à Milly où « en
reprenant de l'âme il reprit encore de la piété, » —
ce qui ne l'empêchait pas de soupirer de temps en

_____

(1) *Corresp. de Lamartine.* — Lettre à Aymon de Virieu, Lausanne,
28 avril 1812.
(2) *Corresp. de Lamartine*, t. I, p. 221.

temps après la Sylphide, comme autrefois René dans les bois de Combourg.

« Oui, écrivait-il à Virieu, le 30 novembre 1814, je suis redevenu, au milieu de tout cela, tout ce que j'étais il y a cinq ans, tout ce que nous étions en sortant des mains de l'admirable, de l'adorable nature. Le croiras-tu ? Je sens mon cœur aussi plein de sentiments délicieux et tristes que dans les premiers accès de fièvre de ma jeunesse. Je ne sais quelles idées vagues et sublimes et infinies me passent au travers de la tête à chaque instant, le soir surtout, quand je suis comme à présent enfermé dans ma cellule et que je n'entends d'autres bruits que la pluie et les vents. Oui, je le crois, si pour mon malheur je trouvais une de ces figures de femme que je rêvais autrefois, je l'aimerais autant que nos cœurs auraient pu aimer, autant que l'homme sur terre aima jamais. Mon cœur bondit dans ma poitrine, je le sens, je l'entends, Dieu sait tout ce qu'il contient, tout ce qu'il désire (1)... »

Moins de deux ans après il arrivait à Aix pour y faire une cure. Et lui qui riait un jour des beaux fantômes que se faisait son ami Guichard de Bienassis et qui lui disait le plus sérieusement du monde :

> Il n'en est plus, mon ami, de Julie.
> Il n'en est plus, hélas ! que dans ton cœur.
> Ainsi que moi renonce à ton erreur :
> A la poursuivre on passerait sa vie (2),

il se trouva soudain face à face avec elle.

---

(1) *Corresp. de Lamartine*, t., I, p. 242.
(2) *Ibid.*, t. I, p. 38.

II

.C'était à la fin du mois d'août 1816. Julie était à
Aix-les-Bains depuis les premiers jours de juillet (1)
et, comme elle éprouvait un mieux sensible, elle attendait pour rentrer à Paris que le mauvais temps eût
chassé la dernière hirondelle. L'automne est si doux
dans cette vallée ! il y a tant de poésie dans la nature
pour qui se sent vaguement mourir, qu'elle goûtait je
ne sais quelle jouissance à voir se rouiller les coteaux
naguère si verdoyants, à froisser sur les chemins qui
mènent au lac les feuilles jaunies que le vent faisait
tomber à ses pieds. Par moments même, surtout le
soir, lorsqu'enveloppée de son châle des Indes elle
regardait, de la terrasse où elle était assise, la lune
rouge sortir triomphalement de la buée vaporeuse du
crépuscule, il lui semblait entendre, dans le frémissement de la brise légère, une voix imprécise qui lui
murmurait tout bas à l'oreille : « Attends-moi ! j'ac-
cours ! » Et plus les heures passaient, plus les jours
diminuaient, plus aussi la voix devenait caressante et
se faisait proche. Tant il y a qu'un soir — oh ! les
pressentiments du cœur ! — elle crut la reconnaître
dans une voix jeune et chaude qui se mit à chanter à
côté d'elle. Elle écouta, c'était bien la voix espérée ;
puis, ayant ouvert sa fenêtre, elle aperçut à la fenêtre
voisine la figure d'un beau jeune homme qui, lui aussi,
la regardait. Cette fois plus de doute, la petite flamme
pudique qui monta à sa joue et le coup d'archet subit

(1) Elle était partie de Paris le 27 juin.

et prolongé qu'elle ressentit sur toutes ses fibres lui dirent que, sans l'avoir jamais vu, c'était bien lui qu'elle attendait. — Son cœur venait de s'ouvrir d'autant plus violemment qu'elle n'avait pas encore rencontré dans le monde, parmi ceux qui l'avaient courtisée — et nous avons vu que Fontanes fut du nombre — l'être prédestiné qui devait le remplir d'amour.

Lamartine était arrivé quelques jours auparavant, et le hasard — on pourrait dire la Providence, car cette rencontre allait être pour lui le point de départ d'une vie nouvelle — le hasard avait voulu que le docteur Pascal, de Saint-Sorlin, qui le soignait, lui indiquât la petite maison où Julie était descendue, et que sa chambre fût contiguë à l'appartement qu'elle occupait.

Pendant les premiers jours, il ne s'aperçut pas de sa solitude ; il avait à faire la connaissance du pays qui est un des plus admirables que l'on puisse voir ; mais quand il eut fait le tour du lac, quand il eut visité l'abbaye de Haute-Combe et gravi tous les monts d'alentour, son âme, imprégnée de la beauté du site, demanda autre chose. Et cette chose, sans qu'il s'en rendît bien compte à travers sa mélancolie, était exactement ce qu'attendait Julie et ce qui la faisait soupirer. Aussi, quand son regard eut rencontré le sien, éprouva-t-il dans tout son être le même frémissement qu'elle.

Je ne suivrai pas Lamartine dans le récit de *Raphaël*. Je ne chercherai pas à démêler le vrai du faux, parce que c'est principalement en matière d'amour que « le vrai peut quelquefois n'être pas vraisemblable » et parce que tout arrive dans la vie réelle aussi bien que dans le roman (1). Cependant, je le dirai tout de suite, je ne crois qu'à moitié à la scène du naufrage sur le lac. Elle me rappelle trop celle de l'évanouissement de Laurence dans *Jocelyn* et, comme elle, ne semble avoir été amenée que pour découvrir à nos yeux ravis le buste échevelé de l'héroïne; car, tout en étant chaste, l'artiste, l'amant de la Beauté, chez Lamartine, ne dédaigne pas le trait voluptueux. Au surplus j'ai toujours pensé que c'était Julie qui avait, comme on dit dans les ateliers « posé » le personnage de Laurence. Lamartine qui, de très bonne heure, « ne connut que son âme » n'a jamais eu qu'un idéal de femme : aussi les trois amoureuses qu'il a mises en scène dans *Graziella*, *Raphaël* et *Jocelyn*, se ressemblent-elles comme trois sœurs. C'est toujours Elvire, c'est-à-dire la personnification de l'amour platonique, qui est bien le plus noble, le plus dramatique et le plus durable de tous les amours. Le plus noble, puisqu'il se tient dans les régions de l'esprit pur ; — le plus dramatique, puisque la femme qui résiste à la tentation ne triomphe d'elle-même qu'après de grands combats ; — le plus durable, parce que, ne connaissant pas le désenchantment, la fatigue ou le dégoût, rien ne s'oppose à ce qu'il se prolonge et s'éternise au delà de la tombe. C'est l'amour de Dante pour Béatrice, de Pétrarque pour Laure.

(1) Sainte-Beuve écrivait de Liège à Juste Olivier le 2 mars 1849 : « On m'a assuré que, dans le cadre de *Raphaël*, sous prétexte de peindre Elvire, Lamartine n'a fait autre chose que de prêter à celle-ci les conversations de l'hiver dernier qu'il a eues avec Mme d'Agoult (un peu athée ou panthéiste, vous le savez). C'est bien cela : un canevas de 20 ans et pour broderie des pensées de 50, composez donc un charme avec un pareil assortiment ! » (*Corresp. inédite de Sainte-Beuve avec M. et Mme Juste Olivier.*)

Mais non, ce n'est pas cela, et Sainte-Beuve en conviendrait le premier aujourd'hui. D'abord Lamartine n'avait pas 20 ans, mais tout près de

Est-ce à dire que, dans le roman de *Raphaël*, la thèse morale soutenue par Lamartine soit purement imaginaire? Quelques-uns l'ont cru, moi non. Je suis plus convaincu que jamais que le fond en a été réellement, absolument vécu, et que, pour la soutenir, Lamartine n'eut qu'à faire appel à sa mémoire. Il a dit longtemps après, dans un de ses *Entretiens de littérature* sur Pétrarque : « Il y a deux amours : l'amour des sens et l'amour des âmes. Tous les deux sont dans l'ordre de la nature, puisque la perpétuité de la race humaine a été attachée à cet instinct dans les êtres d'élite... Cet amour des âmes ou cette passion du beau, sentiment qui se rapproche le plus du pieux enthousiasme par la beauté incréée, devait par sa nature même inspirer à la terre sa plus céleste poésie, car ce sentiment est une sorte de piété par reflet ; piété qui traverse l'albâtre pour s'élever jusqu'à la contemplation du beau infini, Dieu. Cette piété transpire dans les vers de l'amant de Laure (1). » — Eh bien, essayez d'appliquer ce passage à l'amant d'Elvire, vous verrez que cette piété transpire aussi dans *Raphaël* et les *Méditations*.

Mais de ce que la passion de Lamartine pour Julie fut purement idéale, il ne s'ensuit pas qu'elle ait été sans désirs. Il y en eut même de très ardents de part et d'autre. Mais c'est Julie qui fut la plus forte, peut-être parce qu'elle était la plus exaltée. Lamartine, qui connaissait son Pascal, n'avait point fait l'ange avec elle. Il ne lui avait pas caché que, si,

27 quand il rencontra Julie, et la différence est sensible à cet âge, ensuite, de ce que Mme d'Agoult ait été un peu athée ou panthéiste, il ne s'ensuit pas que Julie n'ait pu l'être. Cet état d'âme était assez commun, au contraire, en 1817.

(1) *Cours de littérature*, 31e entretien.

dans le présent, il se contentait de son sourire, c'était avec l'espoir d'obtenir davantage un jour. Son bonheur était au prix de sa possession. Mais Julie, toute brûlante qu'elle était, entendait l'amour autrement. Si, comme je le pense, c'est pour elle qu'il fit l'admirable vers de *Jocelyn* :

Elle fait croire au ciel et ne croit pas à Dieu !

je me hâte de dire qu'elle était digne de le connaître un jour, de l'aimer et de l'adorer, puisqu'en résistant à l'ami de son cœur elle ne fut retenue que par le sentiment du devoir et par le respect d'elle-même.

« La raison, le sentiment et la conscience, disait-elle à Lamartine, sont mes seules révélations. Aucun de ces trois oracles de ma vie ne me défendrait d'être à vous ; mon âme tout entière me précipiterait dans vos bras, si vous ne pouviez être heureux qu'à ce prix. Mais attacherions-nous votre bonheur et le mien à cette fugitive ivresse dont la privation volontaire donne mille fois plus de jouissances à l'âme que sa satisfaction n'en donne aux sens ? Ne croirons-nous pas plus à l'immatérialité et à l'éternité de notre amour quand il restera élevé à la hauteur d'une pensée pure, dans les régions inaccessibles au changement et à la mort, que s'il descendait à l'abjecte nature des sensations vulgaires en se profanant dans d'indignes voluptés ! »

Et elle ajoutait en rougissant :

« Si vous exigiez jamais de moi, dans un moment d'incrédulité ou de délire, cette preuve de mon abnégation, sachez que ce sacrifice ne serait pas seulement celui de ma dignité, mais aussi celui de mon existence ;

que mon âme peut, dit-on, s'exhaler dans un seul soupir ; qu'en m'enlevant l'innocence de mon amour vous
m'auriez en même temps enlevé la vie, et qu'en
croyant tenir votre bonheur dans vos bras vous n'auriez possédé qu'une ombre et vous ne relèveriez peut-
être que la mort (1). »

Ainsi s'exprimait l'héroïne de *Raphaël*. Et qu'on ne
dise pas qu'ici c'est Lamartine qui parle par sa bouche.
Non, c'est elle au contraire qui parle par la sienne.
Tant qu'on n'avait pas lu ses lettres, on pouvait douter
de la pureté de ses sentiments. A présent qu'on les a
publiées, le doute n'est plus possible, et, s'il y avait
encore des sceptiques, je leur conseillerais de bien
regarder son image. Si, à vingt-cinq ans, Julie était
si frêle ; si, avec ses épaules tombantes, sa poitrine
étroite et sa taille élancée, elle avait l'air d'avoir un
corps d'oiseau, qu'on se la figure à trente-deux ans
quand son corps émacié par la phtisie n'était plus à la
lettre qu'un « roseau pensant » ! Lamartine n'a donc
fait que revêtir la pensée de Julie d'une forme plus
littéraire, encore préféré-je de beaucoup à toute sa
rhétorique l'exaltation naïve et primesautière de
l'âme de cette jeune femme. Voulez-vous savoir pourquoi ? parce qu'elle a le mérite de nous révéler, en
dehors de sa maladie, le temps et la race auxquels
elle appartenait. N'oublions pas, en effet, qu'elle était
créole et poitrinaire, et qu'elle avait traversé la Révolution. Toutes les femmes qui ont vécu à cette époque
tragique de notre histoire avaient une âme de feu.
L'emphase de leur langage correspondait merveilleusement à la surexcitation de leur esprit et, quand
Lamartine fait dire à Julie dans son ode au *Lac*;

(1) *Raphaël*, p. 97.

Aimons donc ! aimons donc ! de l'heure fugitive,
Hâtons-nous, jouissons !

il traduit fidèlement le cri du cœur, le sentiment im-
périeux de la plupart d'entre elles. Elles avaient vu
tomber tant de têtes chéries sous le couperet de la
guillotine, qu'elles se hâtaient d'aimer comme si elles
avaient encore été menacées de l'échafaud. Le Consulat et les années qui suivirent furent vraiment pour
elles la revanche de l'amour sur la mort.

Pour revenir à Julie, quelqu'un s'étonnait devant
moi naguère, après avoir lu ses lettres mystiques,
que cette femme à la fois chaste et passionnée eût, de
l'aveu de Lamartine, poussé le mépris du danger et
du qu'en-dira-t-on jusqu'à le recevoir seul dans sa
chambre, à l'heure tardive où toute la maison était en-
dormie. « A quoi bon, disait-il, jouer ainsi avec la flamme
et risquer de perdre sa réputation, quand on tient
tant à son honneur ? » — Sans doute, mais là encore
il ne faut voir qu'une des formes de l'exaltation de
l'esprit, un dernier reste des mœurs libres du dix-
huitième siècle. Je connais une autre femme qui, dans
cet ordre d'idées, a fait pis que Julie Bouchaud des
Hérettes. C'est Pauline de Beaumont. Quand Chateaubriand entreprit d'écrire la dernière version du *Génie
du Christianisme*, elle ne trouva rien de mieux que
de louer à Savigny-sur-Orge une petite maison de
campagne et de s'y enfermer avec lui, au su de Joubert, de Fontanes, de Bonald et de tous les esprits
d'élite qui fréquentaient son salon de la rue Neuve-du-
Luxembourg. L'idée ne lui vint pas qu'elle pouvait
compromettre à ce jeu sa réputation, et personne
n'aurait osé lui en faire la remarque. Elle n'était
encore chrétienne que d'imagination. Un peu plus tard,

quand la grâce eut fini d'opérer en elle, peut-être eût-elle apporté plus de réserve dans ses rapports avec Chateaubriand — en quoi elle eût été bien inspirée, car on la juge aujourd'hui sur ces apparences, et elle valait de n'être pas confondue parmi le cortège des muses qui couronnèrent de roses le front olympien du grand Enchanteur.

Heureusement, pour la mémoire de Julie, que Lamartine a laissé sous le rapport des mœurs une meilleure réputation que Chateaubriand, et que nous possédons quelques fragments de sa correspondance. Ce sont ses lettres qui la réhabiliteront aux yeux de ceux qui la traitaient déjà avec la même sévérité que cette pauvre Pauline. En tout cas, sans vouloir pousser plus loin un parallèle qui s'est présenté tout naturellement à mon esprit, je me permettrai de glisser ici une dernière observation. N'est-il pas intéressant de constater que les deux charmantes femmes qui inspirèrent le *Génie du Christianisme* et les *Méditations*, c'est-à-dire les deux plus beaux ouvrages d'imagination de la littérature française au dix-neuvième siècle, furent deux poitrinaires et deux victimes d'amour? Je dis deux victimes, parce qu'il n'est pas douteux que ce fut la flamme dont elles brûlèrent pour Chateaubriand et Lamartine qui hâta leur fin (1), de même qu'il est hors de doute que ce fut par l'épreuve de l'amour qu'elles revinrent à Dieu.

(1) Se rappeler la phrase de Pauline de Beaumont après avoir entendu la lecture d'*Atala* : « Il joue du clavecin sur toutes mes fibres ! »
Et ce fragment d'une lettre de Julie à Lamartine : « Tant que j'ai pu croire qu'en me résignant à vivre je vous faisais du bien, j'ai pu aller jusqu'à aimer la vie, mais à présent que vous ne croyez plus à l'amour de votre mère, elle va cesser de vous être nécessaire et alors mon sort est tracé. Vous n'exigerez pas qu'elle demeure en ce monde pour s'y nourrir de larmes ! »

III

Cependant la dernière hirondelle était partie. Julie, que son mari, malade lui-même (1), ne cessait de rappeler, et qui, toute forte qu'elle était, craignait peut-être de se laisser prendre aux embûches de l'amour, quitta brusquement la vallée d'Aix où, pour la première fois, depuis qu'elle se connaissait, elle avait goûté le parfait bonheur.

Elle était de retour à Paris dans la seconde quinzaine de septembre (2) et tout aussitôt, par un besoin de sa nature autant que pour s'étourdir, elle avait repris sa vie de solliciteuse obligeante et de protectrice dévouée.

« Ne vous lassez pas, Monsieur, écrivait-elle alors au baron Mounier, de voir de mon écriture. Ma pauvre tête est si faible que les idées dans lesquelles mon cœur n'est pour rien sont fugitives comme l'ombre et ne laissent pas plus de trace qu'elle. Je ne me rappelle pas ce que vous avez bien voulu me dire relativement au général Dijésa. Faut-il encore une fois copier la demande de mon neveu, y joindre la lettre de M. de Vaudreuil et la lui renvoyer directement? Ou bien auriez-vous un moyen pour qu'elle lui fût remise de manière à ce qu'il la remarquât et qu'on pût avoir une réponse? Ce serait un vrai service. Je n'espère aucun succès de mes tentatives; mais rien ne m'étant plus insupportable que l'incertitude, je serais bien

_____

(1) Il souffrait de la pierre depuis 1811.
(2) La date de son retour nous, est donnée par la lettre ci-dessous. Elle porte, en effet, par exception (Julie n'ayant pas l'habitude de dater ses lettres) l'indication précieuse de septembre 1816. Il n'y manque que le quantième, et c'est fâcheux, car avec ce renseignement nous aurions pu déterminer exactement le jour où Julie avait quitté Aix-les-Bains.

aise d'en sortir. Si l'influence des Princes est telle qu'on la dit, ne ferais-je pas bien de tâcher de faire apostiller le mémoire de Loménie par Monsieur? Je crois que M. de Vaudreuil ne se refuserait pas à le lui demander et vous savez qu'il est très aimé de ce bon Prince. Ce qui me décourage, c'est la prestesse qu'il faut mettre à toutes ces démarches, avec la presque certitude d'arriver toujours trop tard. Veuillez une dernière fois me donner votre avis. »

Julie n'était pas au bout de ses peines.

Nous avons vu au chapitre précédent que son neveu de Loménie, n'ayant pu être attaché à la personne du prince de Poix, était entré provisoirement, grâce à M. de Vaudreuil, dans les gardes du corps. Ce n'est que le 29 avril 1817 qu'il fut nommé lieutenant en 1er au 6e régiment d'artillerie à pied.

Mais Lamartine était arrivé dans l'intervalle pour la consoler de ses insuccès. M. Mugnier, ancien conseiller à la cour de Chambéry, qui a publié une si intéressante brochure sur son mariage, m'écrivait au commencement de l'année dernière que, d'après une légende accréditée dans le pays, Lamartine avait voulu accompagner Julie jusqu'à Paris, et que, pour subvenir aux frais de ce voyage, il avait dû vendre sa montre, sa chaîne, son sabre, ses épaulettes et les galons de son uniforme de garde du corps. Mais j'ai tout lieu de croire que ce n'est qu'une légende répandue par Lamartine lui-même dans son roman de *Raphaël* et qu'il n'accompagna Julie que jusqu'à Mâcon.

Quoi qu'il en soit, il est certain qu'il ne la revit qu'à la fin de décembre et encore grâce à un petit complot dans lequel il fit entrer fort adroitement son ami Aymon de Virieu.

Virieu avait été nommé, au printemps de l'année
1816, secrétaire d'ambassade au Brésil, mais il était à
peine débarqué à Rio, qu'il avait repris le bateau pour
rentrer en France avec M. le duc de Luxembourg et
sa suite. En apprenant cette bonne nouvelle, Lamartine, qui n'attendait qu'une occasion pour s'éloigner
de Mâcon, où Julie lui écrivait presque tous les jours,
se dit que la Providence favorisait ses desseins. Et de
harceler sur l'heure son ami de Virieu.

« Es-tu arrivé! Serait-il possible? lui mandait-il, le
8 décembre — Ecris-moi donc vite. Je brûle d'impatience de t'aller embrasser, car je compte aller à Paris
bientôt, et ce sera un nouveau motif. Rien n'a changé
en bien dans ma position pendant ces huit mois. Mon
cœur seul a changé, hélas! il était plus heureux à ton
départ!... »

Et quatre jours après :

« Enfin te voilà donc! je ne concevais rien à ton
silence... Je suis ici depuis un mois. Vignet vient
d'en partir. Il y était venu m'accompagner des eaux
d'Aix, où j'en ai passé un pour ma santé. Il n'y a eu
ni zéphyrs, ni tempêtes, mais impossibilité de me placer l'année dernière, et un engorgement au foie qui
m'a ramené de Paris peu de temps après ton départ!
Mais je ne suis ni bien ni mal, soupirant après une
place quelconque, comptant très incessamment aller à
Paris pour tenter de nouveau cette fortune-là, plus
empressé encore d'y courir pour t'embrasser au moins
avant un nouveau départ. Ah! mon ami, que parles-
tu d'oubli? Tu ne sauras jamais à quel point tu m'es
nécessaire, à quel point j'ai été désappointé et accablé
de ton absence, de ce vide affreux autour de moi.

PORTRAIT D'AYMON DE VIRIEU
d'après l'esquisse à la sépia de Mme S. de VIRIEU
appartenant à M. le marquis de VIRIEU

Tout m'était égal, je ne vivais plus qu'à demi, car, entre nous soit dit, comme nous le disions le jour de ton départ, il n'y avait que toi pour moi ! le reste n'est pas parfait, ce n'est plus cette consanguinité naturelle, cette parenté véritable, comme entre nous deux. Il n'y a que nous sur une certaine ligne, le reste ne vient que bien loin après, je l'ai trop senti (1)... »

C'est ici que se place le complot ou la ruse. Il priait Virieu de lui écrire une lettre qu'il pût montrer à ses parents et dans laquelle il l'engagerait à venir à Paris, seul moyen de le caser vite et bien dans quelque sous-préfecture : « J'ai retenu déjà mon appartement meublé que j'avais sous-loué seulement. J'y resterai deux ou trois mois cette année, si on ne me place pas (2)... »

Naturellement, Virieu fit ce que Lamartine lui demandait, et la mère de ce dernier, toujours confiante, dénoua encore une fois les cordons de sa bourse pour aider Virieu à placer son fils, car son désœuvrement lui pesait autant qu'à lui.

Lamartine arriva à Paris le matin du jour de Noël et descendit à l'hôtel de Richelieu, rue Neuve-Saint-Augustin, où Virieu lui céda une des deux chambres qu'il occupait à l'entresol (3).

Je n'ai pas besoin de dire que son premier soin fut

---

(1) *Corresp. de Lamartine*, t. I, année 1816.
(2) *Ibid.*
(3) Il écrivait, en 1863, en se rappelant ces chers souvenirs : « Occupé d'une seule pensée, j'y vivais (dans cet hôtel) comme un cénobite ou comme un prisonnier de l'amour. Je n'y recevais absolument personne. J'y vivais de rien, afin de prolonger mes très modiques ressources en les ménageant. Un charmant enfant, fils de la concierge, pénétrait seul avec son chien dans ma chambre basse, située au-dessus de sa loge. L'hôtel est abattu, la loge et la petite croisée de ma mansarde subsistent encore sur la rue : j'y jette tous les jours en passant un regard de piété pour les rares souvenirs de bonheur qu'elles me retracent. Je *la* voyais

de mettre son ami au courant de son aventure avec
Mme Charles. A peine avait-il fait sa toilette, qu'il le
priait de se rendre à l'Institut pour lui annoncer son
arrivée et s'entendre avec elle au sujet de sa visite.

Mme Charles recevait précisément dans la soirée les
habitués de son petit salon, parmi lesquels le baron
Mounier, Lainé, Lally-Tollendal, de Bonald, quelques
vieux savants, amis de son mari, et aussi quelques jeunes
gens de famille qu'elle cherchait à pousser dans le monde
et qui venaient régulièrement à ses thés pour respirer
le parfum de sa grâce. Il fut convenu entre elle et
Virieu que Lamartine et lui viendraient à sa soirée.

« A onze heures, lit-on dans *Raphaël*, nous sortîmes,
V... et moi, à pied. Nous allâmes ensemble jusque sous
la fenêtre que je connaissais déjà. Il y avait trois voitures à la porte. V...monta. J'allai l'attendre à l'endroit
convenu. Qu'elle fut longue, l'heure pendant laquelle
je l'attendis ! Combien je maudissais ces visiteurs
indifférents peut-être dont l'importunité involontaire,
pour dépenser des heures oisives, suspendait sans le
savoir l'élan de deux cœurs qui comptaient leur mar-
tyre par leurs palpitations. Enfin V...parut. Je m'élan-
çai sur sa trace. Il me quitta à la porte et je montai (1). »

Suit la fameuse scène où, dans le salon tout illuminé
mais vide, les deux amoureux, on disait alors les deux
amants, tombèrent à genoux l'un devant l'autre et ne
se relevèrent qu'à l'apparition de M. de Bonald, qui
semblait arriver là tout exprès pour les rappeler au
sentiment du devoir.

passer de cette fenêtre de temps en temps ; c'était assez. Un regard
unissait nos deux âmes. Le bruit des roues de sa voiture me laissait
dans un ébranlement qui durait des heures.
(*Lamartine par lui-même*, p. 59-60.)
(1) *Raphaël*, p. 143.

La vérité m'oblige de dire que les choses ne se pas-
sèrent pas tout à fait ainsi. Lamartine ne fit qu'entrevoir ce soir-là Mme Charles et ne put qu'échanger quelques mots d'amitié avec elle. Mais le lendemain matin
à son réveil un commissionnaire lui apporta une lettre
enflammée qui le dédommagea amplement de la froi-
deur relative qu'elle lui avait marquée sous les regards convergents de ses invités.

Voici cette lettre, je la reproduis telle quelle, sans
y rien changer, afin que le lecteur ait enfin sous les
yeux le miroir vrai de l'âme de Julie.

« A onze heures et demie du soir. Mercredi.

« Est-ce vous, Alphonse, est-ce bien vous que je
viens de serrer dans mes bras et qui m'êtes échappé
comme le bonheur échappe? Je me demande si ce
n'est pas une apparition céleste que Dieu m'a envoyée,
s'il me la rendra, si je reverrai encore mon enfant
chéri, et l'ange que j'adore! Ah! je dois l'espérer. Le
même ciel nous couvre aujourd'hui et depuis ce soir
je vois bien qu'il nous protège. Mais les cruels qui
nous ont séparés, quel mal ils nous ont fait, Alphonse!
Qu'avons-nous de commun avec eux pour qu'ils viennent se mettre entre nous et nous dire : vous ne vous
regarderez plus? Ce morceau de glace, mis sur nos
cœurs, ne vous a-t-il pas déchiré, ô mon ange? J'en
sens encore le froid. J'ai cru que j'allais leur dire :
Eh! laissez-moi. Vous voyez bien que je ne suis pas
à vous, que j'ai beaucoup souffert et qu'il est temps,
pour que je vive, qu'il me ranime sur son sein!

« — Ils sont partis : mais vous pourriez être là, et
je suis seule; comment, Alphonse, n'en pas verser des
larmes? Ah! pourtant bénissons cette Providence

divine! Demain encore, n'est-ce pas, elle nous réunira et pour cette fois elle nous laissera ensemble! C'est une épreuve qu'elle voulait encore que nous puissions subir; mais elle ne veut pas que nous mourrions cette nuit, et alors ne mérite-t-elle pas nos adorations tout entières? Je le sens si fortement que mon premier besoin dès que l'on m'a quitté a été de me jeter à genoux et d'adorer avec larmes cette suprême bonté qui m'a rendu Alphonse! C'est aux pieds de Dieu que j'ai recouvré la force de lui parler à lui-même. Il me permet de vous aimer, Alphonse! j'en suis sûre. S'il le défendait, augmenterait-il à chaque instant l'ardent amour qui me consume? aurait-il permis que nous nous revissions? voudrait-il verser à pleines mains sur nous les trésors de sa bonté et nous les enlever ensuite avec barbarie? eh! non, le ciel est juste! il nous a rapprochés, il ne nous arrachera pas subitement l'un à l'autre. Ne vous aimerai-je pas comme il le voudra, comme fils, comme ange, comme frère? et vous, vous, cher enfant, ne lui avez-vous pas depuis longtemps promis de ne voir en moi que votre mère?

« Ah! que cette nuit s'écoule, elle me torture. Quoi, Alphonse, je ne me trompe pas, vous êtes bien ici! Nous habitons le même lieu! je n'en serai sûre que demain. Il le faut, que je vous revoie pour croire à mon bonheur! Ce soir le trouble est trop affreux. — Chère vallée d'Aix! Ce n'était pas ainsi que vous nous rassembliez, vous n'étiez pas pour nous avare des joies. du ciel! elles duraient comme notre amour sans terme, sans bornes! elles auraient duré toute la vie! Ici les voilà déjà troublées. Mais quelle soirée aussi et que nous aurions tort, cher enfant, de n'en pas espérer de meilleures! Vous verrez comme habituellement je suis seule. Vous verrez, demain, mon ange, si Dieu est assez bon pour nous faire vivre jusqu'au soir, que des heures et des heures se passeront, sans que l'on nous sépare! Vous verrez si, vous ici, je puis me plaindre de ma situation.

« Demain j'ai le malheur de n'être pas libre avant midi et demi. Je vais au Palais avec M. Charles remplir je ne sais quelle formalité, je sors à onze heures et demie. Je calcule que cela me prendra une heure. Attendez-moi chez vous, mon ange, j'y serai dès qu'on m'aura laissée et je vous ferai demander pour vous emmener afin que nous passions le reste de la matinée ensemble. Prions Dieu que, jusque-là, il nous donne de la vie de la force.

« Écrivez-moi par mon commissionnaire que vous m'aimez toujours, ces mots chéris n'ont pas frappé mon cœur dans le petit nombre de mots que j'ai pu recueillir de votre bouche! Redites-les, Alphonse! Répétez beaucoup que vous aimez votre mère! Elle est quelquefois si malheureuse de l'idée terrible que vous pourriez cesser! — Mais non, non, vous le lui avez trop dit. Ne prenez pas ceci pour des craintes, une mère ne doute pas de son fils, elle est toujours sa mère, elle peut tout entendre. C'est un de ses devoirs, elle les remplira tous. Ah! mon enfant, que je vous aime! que je vous aime! Vous l'êtes-vous bien dit? L'avez-vous vu? Au milieu de ce monde où il fallait parler, sentiez-vous mon cœur souffrir? Le voyez-vous battre? Alphonse! Alphonse! je succombe à mon émotion. Je vous adore! mais je n'ai plus la force de le dire. Ah! que des larmes abondantes me feraient du bien! Qu'il est donc difficile à porter, le bonheur! Pauvre nature humaine, tu es trop faible pour lui!

« Dites à votre ami que je le porte aussi dans mon
cœur comme un frère. Ah! qu'il a été bon pour moi!
Comme il faut qu'il vous aime pour m'avoir supportée
dans mes douleurs et soutenue ce soir, quand il est
venu m'annoncer mon enfant! Alphonse! payez ma
dette envers lui. Aimez-le davantage, cet ami si digne
de vous! et que ce ne soit pas parce que je manque
de reconnaissance, il a toute la mienne; et il a aussi
en épanchements et en affection tout ce qui n'appartient pas exclusivement à mon Alphonse.

« Je vous laisse, enfant chéri, pour quelques heures. Vous allez dormir et moi, pendant la nuit entière,
je vais veiller sur vous et demander à Dieu que demain nous arrive! après nous pouvons mourir.

« Dors donc, ami de mon cœur! dors et qu'à ton
réveil cette lettre que tu recevras avec tendresse te
soit remise! mon ange! mon amour! mon enfant! ta
mère te bénit et bénit ton retour (1)! »

Bien que le nom de Dieu revienne souvent dans cette
lettre, ce serait une grande naïveté que d'y reconnaître une inspiration chrétienne. Il y a une façon de
mêler Dieu aux affections les plus profanes, qui cache,
sous des formules religieuses, des sentiments tout
païens, et offense le ciel par une audace à mettre sous
sa protection des ardeurs condamnées par lui. C'est
cette mysticité voluptueuse qui s'épanche dans des
phrases comme celles-ci : « Je me demande si ce n'est
pas une apparition céleste que Dieu m'a envoyée » ;
« Bénissons cette providence divine : demain elle nous
réunira » ; « Me jeter à genoux, adorer avec larmes
cette suprême bonté qui m'a rendu Alphonse » ;

(1) Lettre publiée dans la *Revue des Deux Mondes* du 1ᵉʳ février 1905.

« C'est aux pieds de Dieu que j'ai recouvré la force de lui parler à lui-même. Il me permet de vous aimer ». Pourtant cette piété toute païenne, où la passion seule remercie, s'achève en des paroles où la chrétienne commence. Elle sait que, pour n'être pas condamnées par Dieu, ces tendresses doivent rester pures. Dans la liberté qu'elle se donne encore sans remords, elle établit au moins des bornes, elle discerne et veut respecter un essentiel devoir. « Le ciel est juste ! il nous a rapprochés, il ne nous arrachera pas subitement l'un à l'autre. *Ne vous aimerai-je pas, comme il le voudra, comme fils, comme ange et comme frère ! et vous, vous, cher enfant, ne lui avez-vous pas depuis long-temps promis de ne voir en moi que votre mère ! »*

Ce dernier passage renferme le nœud de l'intrigue et fait éclater la nature du lien qui unissait Lamartine et Julie. Pour moi, je n'en saurais douter un seul instant, ce lien fut purement platonique, malgré certaines apparences contraires. S'il avait été autre, je ne pense pas que la parole de Julie aurait eu cette flamme et ces élans mystiques. « Couvre-moi de baisers, disait Héloïse, je devinerai le reste ! » A présent il est fort possible que, dans les premiers jours qui suivirent leur rencontre, le cœur de Julie ait été agité des mêmes désirs que celui d'Alphonse. En ce cas, elle n'avait que plus de mérite à être restée chaste, puisque, à entendre Lamartine, elle n'était retenue que par le point d'honneur. Mais si Lamartine a dit vrai, force nous est bien de reconnaître qu'elle avait été touchée de la grâce assez vite, puisque moins de quatre mois après leur rencontre elle n'avait que le nom de Dieu à la bouche. Sans être dupe des mots qui signifient souvent le contraire de ce qu'ils disent, je me refuse donc à croire que les noms sacrés de fils, d'ange et de frère dont elle appelait son ami avaient sur ses lèvres le sens profane et corrompu que leur donnait Mme de Warens dans sa passion pour Jean-Jacques. Il suffit, d'ailleurs, qu'elle ait rappelé à Lamartine la promesse qu'il lui avait faite depuis longtemps de ne voir en elle qu'une mère, pour que cela lui fasse à nos yeux une autre figure que celle de la bienfaitrice de Rousseau. Et ce qui va suivre ne pourra que nous confirmer dans cette opinion (1).

Le 1er janvier 1817, à dix heures du soir — car elle

(1) Faut-il mettre les points sur les i et appeler l'éloquence des chiffres à notre secours ? J'en ai presque honte, mais je voudrais convaincre les sceptiques les plus endurcis. Et donc, s'il suffit d'une minute d'égarement pour mal faire, on m'accordera bien, je pense, que la femme bien élevée, comme les places bien gardées, ne tombe pas sans un siège en règle. Cela demande un certain temps. Eh bien, quand on examine les choses de près, on s'aperçoit que le délai moral nécessaire manqua à nos amoureux pour aller jusqu'au bout de ce qui pouvait être leur désir. — Lamartine étant arrivé à Aix à la fin du mois d'août et Julie en étant partie vers le 15 septembre, c'est-à-peine s'ils y demeurèrent vingt jours ensemble. Mais ils ne se lièrent pas dès le premier jour. En supposant qu'ils soient entrés en conversation du 1er au 5 septembre, ils n'auraient guère eu devant eux qu'une dizaine de jours pour devenir amis. Je sais bien qu'on se lie facilement dans les villes d'eaux, surtout au terme de la saison, quand il n'y a plus personne ; mais, étant donné que Julie était encore malade et s'apprêtait à rejoindre son mari, il est bien difficile d'admettre, quelle que soit la séduction que Lamartine ait exercée sur elle, qu'elle se soit oubliée dans ses bras ; d'autant que pour une cause ou pour une autre — et cela seul prouverait que leur intimité n'avait pas atteint sa plénitude — d'autant qu'il lui avait caché ses talents poétiques qui n'étaient pas son moindre charme.

Et puis, si Julie avait cédé à la tentation, il me semble qu'elle eût retardé son départ de quelques jours, pour savourer dans la possession de l'objet aimé les délices de la faute commise. Or, il y a apparence qu'elle le précipita plutôt qu'elle ne le retarda, peut-être, comme je le dis plus haut, par crainte de se laisser prendre aux embûches de l'amour.

Nous allons voir, d'ailleurs, que le vrai siège livré à sa vertu commença, pour qui sait lire, à la fin du mois de décembre suivant, quand Lamartine la rejoignit à Paris. A ce moment-là, en effet, ils se connaissaient mieux, grâce à la correspondance qu'ils avaient entretenue pendant trois mois, et Lamartine avait trouvé un compère et un complice dans son ami Aymon de Virieu.

n'écrivait que la nuit, quand tout reposait autour d'elle — Julie mandait à Lamartine qu'elle avait lu ses vers ou plutôt qu'elle les avait dévorés. Vous allez penser sans doute qu'il avait fait des vers pour elle. Non; comme il l'a dit lui-même plus tard, ceux qu'elle lui inspira ne devaient retentir que sur son tombeau. Mais il avait apporté de Mâcon quatre livres d'élégies d'un genre nouveau qui étaient tout prêts pour l'impression, et en attendant le bienheureux éditeur, il les avait donnés à lire à Julie qui ne le connaissait pas encore sous ce jour-là. Pourquoi? dans quel dessein? Je ne voudrais pas me rendre coupable d'un jugement téméraire, mais comme toutes ces élégies étaient consacrées au souvenir de Graziella, j'ai idée que c'était moins pour lui montrer son talent poétique que pour piquer sa jalousie et, qui sait? pour tendre un piège à sa vertu. D'autant que son ami de Virieu, en homme pratique qu'il était, devait lui répéter sans cesse qu'en amour c'est vraiment être trop naïf que de se contenter des bagatelles de la porte.

Mais si telle était l'arrière-pensée de Lamartine, nous verrons tout à l'heure que le résultat ne répondit pas à ses espérances. Voici, en effet, ce que lui écrivait Julie, après avoir achevé sa lecture :

« J'ai lu vos vers, cher Alphonse, ou plutôt je les ai dévorés. Vous me gronderez, j'en suis sûre, mais pourquoi la tentation était-elle irrésistible? Comment les avoir sur mon lit et les quitter, cher enfant, avant d'avoir épuisé mon admiration et mes larmes ? Comment dormir et sentir là votre âme sublime s'épanchant tout entière, avec ce caractère de sensibilité qui la distingue, noble comme le génie ! touchante comme l'amour vrai ! Oh ! mon Alphonse, qui vous rendra jamais Elvire ? qui fut aimée comme elle ? qui le mérite autant ? Cette femme angélique m'inspire jusque dans son tombeau une terreur religieuse. Je la vois telle que vous l'avez peinte, et je me demande ce que je suis pour prétendre à la place qu'elle occupait dans votre cœur. Alphonse, il faut la lui garder et que moi je sois toujours votre mère. Vous m'avez donné ce nom alors que je croyais en mériter un plus tendre. Mais depuis, je vois tout ce qu'était pour vous Elvire, je vois bien aussi que ce n'est pas sans réflexion que vous avez senti que vous ne pouviez être que mon enfant. Je commence à croire même que vous ne devez être que cela, et si je pleure c'est de n'avoir pas été placée sur votre route quand vous pouviez m'aimer sans remords et avant que votre cœur se fût consumé par une autre. — Consumé, ai-je dit ? Ah ! pardonnez. Je vois ce que vous devriez être plutôt que ce que vous êtes. Tout respire l'amour dans vos lettres et jusqu'à cette expression chérie que vous avez créée ! N'avez-vous pas dit, ne suis-je pas sûre que vous avez pour moi une passion filiale ? Cher Alphonse, je tâcherai qu'elle me suffise.

« *L'ardeur de mon âme et de mes sentiments voudrait encore une autre passion avec celle-là ou que du moins il me fût permis de vous aimer d'amour et de tous les amours !* mais s'il faut vous le cacher, ô mon ange, si vous êtes tellement dans le ciel que vous repoussiez les passions de la terre, je me tairai, Alphonse ! J'en demanderai à Dieu la force et il m'accordera de vous aimer en silence. »

Quelle adorable cantilène et quelle façon délicate de reprocher à son ami d'avoir tout donné à une morte ! En lisant ces lignes où la jalousie se voilait de tristesse et de résignation, Lamartine dut se dire qu'il s'était pris à son propre piège ; en tout cas, la lettre de Julie lui causa une réelle déception, car, dès le lendemain, il s'empressa de lui dépêcher Virieu, dans le but de réparer sa faute en réduisant aux proportions d'une excellente petite femme la figure idéale qu'elle s'était faite de Graziella, d'après ses élégies. Cette fois, c'en était trop, et la faute devenait double. Julie fut froissée de voir qu'on voulait la grandir au détriment d'Elvire, car Elvire, alors, c'était l'autre, c'était la petite femme de cœur qui n'avait pu survivre au départ de son ami, et qu'il avait célébrée en vers touchants. Elle la défendit de son mieux contre les légèretés d'Aymon de Virieu qui, s'apercevant qu'il faisait fausse route, se prit à en parler d'une manière plus sérieuse. Mais l'impression était faite, et, quand il fut parti, elle écrivit de nouveau à Lamartine, en des termes qui laissaient percer son désenchantement et son chagrin :

Eh ! quoi ! lui mandait-elle, «.... est-ce donc l'imagination qui s'enflamme chez vous, et croyez-vous, comme tant d'hommes le font, aux rêves de votre cœur jusqu'à ce que la raison les détruise? Je ne puis le croire, et, cependant, je tremble. Si un jour on allait vous dire : C'était une bonne femme pleine de cœur qui vous aimait, et que vous pussiez supporter cet éloge, est-ce que vous m'aimeriez encore ?—Oh! non, sûrement, je ne voudrais plus que vous m'aimassiez, ce serait vous rabaisser vous-même. Mais, je vous le déclare, je ne pourrais pas supporter moi-même un pareil éloge. Je sens au-dedans de moi quelque chose qui le repousse, ce n'est pas la fierté, j'en suis dénuée : c'est l'amour ! celui que je sens pour vous est d'une

nature si relevée! il est si ardent! il est si pur! Il me
rendrait capable de tant de vertus, qu'il me relève à
mes propres yeux, et que je ne pourrais souffrir qu'on
en parlât légèrement. Le reste, je l'abandonne. Je
vous l'ai dit assez, cher ami, que je n'étais qu'une
bonne femme, et qu'il ne fallait m'aimer que parce
que je vous aime. Mais, quand on aime comme moi,
quand on aime comme Elvire et moi jusques à en
mourir—n'est-on donc qu'une femme pleine de cœur?
Mais pourquoi mal interpréter ce mot? Ce n'est pas
vous, mon amour, qui l'avez dit et peut-être devrais-
je l'entendre autrement. Combien avec autant d'a-
mour n'a-t-on pas de cœur, en effet? Comme le mien
bat dans ma poitrine! Comme il brûle! Comme il est à
la fois dans mon esprit, dans mon imagination et
dans l'amour ardent qui m'enflamme! « Allons, je
le vois bien, il avait raison, votre ami, nous sommes
des femmes pleines de cœur. C'est moi qui devais expliquer autrement cette expression. Pardonnez donc,
mon amour, tout ce qu'elle m'a fait dire, mais gardez
le souvenir de mes justes craintes! et voyez-moi
moins aimable, mais aimez-moi *quand même*. »

Cette lettre, où le reproche alternait avec la tendresse, n'était point pour plaire à Lamartine. Aussi
répondit-il sur-le-champ à Julie qu'il ne la recon-
naissait plus, tant elle avait changé, qu'elle le négli-
geait, qu'elle ne l'aimait plus, qu'il était inutile désormais de lui écrire, qu'il allait partir pour un lieu qu'il
ne lui dirait pas; bref, tout ce que répètent en pareil
cas les amoureux qui ont à se plaindre de l'objet aimé.
Mais, comme l'écrivait un jour Victor Hugo à celle
qui lui inspira les plus beaux vers des *Chants du Crépuscule*, « il n'y a de nuages que dans le ciel et dans

l'amour », et il suffit d'une larme que boit un baiser
pour remettre le cœur en place. Julie n'eut pas grand'-
peine à démontrer à Lamartine qu'elle l'aimait toujours. En voulait-il une dernière preuve? Il n'avait
qu'à l'exiger pour l'obtenir. Elle était « capable de
tout quitter dans le monde, de se jeter à ses pieds et
de lui dire : Disposez de moi, je suis votre esclave. Je
me perds, mais je suis heureuse. Je vous ai tout
sacrifié : réputation, honneur, état, que m'importe ? Je
vous prouve que je vous adore. Vous n'en pouvez
plus douter. C'est un assez beau sort que de mourir
pour vous à tout ce que je chérissais avant vous. » Et
dans son exaltation qui chaque jour allait grandissant,
elle trouvait ce cri du cœur qui achève d'établir qu'elle
avait gardé son corps vierge de toute souillure : « Que
m'importe, en effet, que puis-je placer à côté d'Alphonse
qui pût balancer un seul instant les sacrifices que je
suis prête à lui faire? S'il se rit des jugements des
hommes, je cesse de les respecter. Je trouverai toujours bien un abri pour ma tête, et, quand il ne m'ai-
mera plus, un gazon pour la couvrir (1)!... »

Elle exagérait évidemment, sentant bien que Lamartine n'oserait pas la prendre au mot, et, en effet,
il avait l'âme trop haute pour exiger de celle qu'il
aimait un pareil sacrifice, et pour encourir une telle
responsabilité. En descendant au fond de sa conscience
il reconnut qu'il n'en avait pas le droit, pas plus qu'il
n'en avait besoin pour être heureux, puisqu'il l'était
du bonheur de Julie, et qu'elle mettait son bonheur à
le voir tous les jours, seul à seul, dans la paix de son
cœur à présent rassuré.

(1) Lettre datée du jeudi soir, 2 janvier 1817.

Oui, pendant quatre mois trop courts, hélas! — du commencement de janvier à la fin d'avril — ce jeune homme à l'âme tendre n'eut d'autre plaisir que de se promener avec Julie une heure ou deux dans la journée, quand le temps le permettait, sur les quais ensoleillés, aux Tuileries ou dans les bois d'alentour, et de la voir chaque soir tête à tête, au coin de son feu (1).

Les fenêtres de son appartement donnaient sur le pont des Arts. Comme elle avait coutume de recevoir après dîner ses intimes, pour ne pas se compromettre ou prêter à la médisance en recevant quotidiennement celui à qui elle avait donné son cœur, elle était convenue avec lui d'un signal pour lui indiquer le moment où elle serait libre (2). Mais il aurait pu fort bien s'en passer, car, dès que la nuit était venue, enveloppé de son manteau romantique, il s'acheminait doucement vers la seule étoile qui comptât pour lui dans le ciel, et cette étoile, c'était la fenêtre éclairée du petit salon de son amie. Il traversait le pont des Arts, jetait un sou dans la tasse de fer-blanc de l'aveugle qui lui disait : Dieu vous le rende ! et, sur ces paroles d'action de grâce, il allait se poster à l'angle du quai. Là, caché dans la pénombre — comme Jocelyn sous le balcon de Laurence — il regardait passer et repasser, sur le fond lumineux de la fenêtre, la sil-

(1) On lit dans les *Souvenirs* de Ch. Brifaut (Récits d'un vieux parrain à son filleul : « Quelquefois je le rencontrais (Lamartine) au jardin des Tuileries et sur les quais, donnant le bras à une jeune femme au front pâle, à l'air mélancolique, à la démarche lente et molle, que je croyais être sa sœur, et que depuis... Mais alors je m'en tenais à ma croyance, et mon imagination ne faisait pas plus de frais. » (*Œuvres de Ch. Brifaut*, t. I, p. 491.)

(2) « Quelquefois je restais de longues heures sur le pont ou sur le quai, marchant ou m'arrêtant tour à tour et attendant vainement que le volet intérieur s'ouvrît en plein ou à moitié pour me faire l'appel muet dont nous étions convenus. » (*Raphaël*, p. 167.)

houette chérie de celle qui l'attendait. Que le temps
lui paraissait long! Dix heures sonnaient enfin à l'hor-
loge de la Coupole. C'était le moment où les amis de
Julie se retiraient pour la laisser reposer. Quand la
dernière voiture s'ébranlait sous le porche, il montait
l'escalier d'un pas aussi léger que Roméo l'échelle de
soie de Juliette. Il poussait la porte entr'ouverte, allait
droit au sopha où elle était à demi couchée, lui prenait
les mains, se blottissait contre elle, comme un enfant contre sa mère, et deux heures durant, quand ce n'était
pas plus, ils s'entretenaient de l'unique objet qui rem-
plissait leurs âmes, dans le demi-jour des lampes voi-
lées, au rythme léger du balancier d'or de la petite pendule de Berthoud (1) qui occupait le milieu de la cheminée. Puis, au coup de minuit, Lamartine se levait
pour rentrer à son hôtel, mais il n'était pas parti, que
Julie lui écrivait pour qu'il eût son bonjour le lendemain dès la première heure. Et lui, dont tout ce manège
amoureux ne cessait d'ouvrir la veine poétique, c'était
bien rare qu'il se couchât sans avoir jeté sur le papier
quelques stances comme celles de l'*Enthousiasme* (2)
et de *la Gloire* (3), prélude harmonieux des chants
cent fois plus beaux que le malheur, en épurant son
âme, devait en tirer avant peu.

(1) Outre cette petite pendule en bronze doré, il y avait dans le salon
de Julie quelques belles gravures, dont une représentait Molière lisant
Tartufe, chez Ninon de Lenclos, et une autre représentant Ossian, par
Godefroy. Il y avait aussi, suspendues à la muraille, deux flûtes de Prudent : l'une en ivoire, l'autre en ébène, qui servaient à accompagner
Julie quand elle chantait, car Lamartine nous a dit qu'elle avait une
jolie voix.
(Notes prises sur l'inventaire dressé après la mort de Charles par
Me Deshayes, notaire à Paris, le 31 mai 1823.)
(2) D'après la *Corresp. de Lamartine*, la pièce de l'*Enthousiasme* fut
composée partie en 1817 et partie en 1819.
(3) Cette dernière pièce lui fut inspirée par les infortunes d'un pauvre poète portugais, appelé Manoël, qui lui donnait des leçons en 181
(Cf. le commentaire de cette *Méditation*.)

IV

Le jour était proche, en effet, où les deux amant :
allaient être obligés de se séparer.

Lorsque arriva le printemps, Julie se plaignit de
nouveau du malaise indéfinissable qu'elle avait ressenti l'année d'avant. Elle avait par instants des suf-
focations qui lui faisaient perdre haleine; ses joues,
qui au naturel étaient si pâles, s'empourpraient aux
pommettes d'une manière suspecte, et une petite
toux sèche et quinteuse la prenait parfois à la gorge
en rendant un son de verre fêlé. Bientôt le médecin
qui la soignait conseilla à son mari de l'envoyer à la
campagne. Nous avons vu que ses amis, les Vindé,
possédaient une propriété à la Celle-Saint-Cloud. Je
suppose que ce sont eux qui l'attirèrent dans ces para-
ges; en tout cas, elle alla s'installer, au mois de juin,
entre Viroflay et Versailles, dans une petite maison qui
existe encore, et qu'on appelait alors la maison Labé.

Mais Lamartine n'était plus à Paris à cette époque.
Il l'avait quitté pour deux raisons : d'abord, parce
que sa bourse était à sec, et que sa mère ne pouvait
plus lui envoyer d'argent; ensuite, par raison de santé,
parce qu'il était malade lui aussi, et que le médecin
de Julie lui avait conseillé d'aller faire une nouvelle
cure d'eaux en Savoie. Mais, s'il était parti, la mort
dans l'âme, il avait du moins emporté l'espérance de
revoir son amie à Aix, au mois de septembre, et c'est
cette espérance qui, maintenant, le faisait vivre (1).

(1) Dans la première version du *Lac,* publiée par Mme Valentine de

LA LÉGENDE DE CE PORTRAIT EST DE L'ÉCRITURE

DE Mme CHARLES DE TALMOURS

Julie, d'ailleurs, n'avait pas cessé de l'aimer et de penser à lui. Nous avons une lettre d'elle au baron Mounier, où elle le remercie de sa bienveillance pour M. de Lamartine. « Je voudrais bien, lui disait-elle, que nous puissions faire quelque chose qui fût agréable à cet intéressant jeune homme et à sa famille. J'aimerais à leur rendre un peu du bien qu'ils m'ont fait (1). » Elle aurait voulu faire entrer Lamartine dans la carrière diplomatique, et l'avait présenté à M. Rayneval, qui était tout-puissant aux Affaires étrangères.

Au mois de juillet suivant, elle mandait encore au baron Mounier :

« Si vous voulez que j'écrive, soyez assez bon pour me faire faire, chez votre bon papetier, une provision de papier semblable au vôtre, de votre encre bien noire, de votre cire, de vos bonnes plumes à l'anglaise. Je n'ai plus rien de tout cela, et c'est comme si je manquais d'eau à boire (2). »

Elle aurait pu remplacer ici l'eau par le pain, car elle avait presque autant besoin d'écrire que de manger, surtout depuis que Lamartine était retourné dans son pays, et elle savait qu'il attendait de ses nouvelles avec une inquiétude chaque jour plus vive. Ses lettres, écrites d'une main ferme et légère, sur du papier fin de Hollande, entretenaient sa sécurité.

« Elles dissipaient, a-t-il dit, par l'enjouement et

Cessia, dans les *Poésies inédites* de Lamartine, on lit à la seconde strophe :

    Et près des flots chéris qu'elle *voulait* revoir,
au lieu de :

                    qu'elle *devait* revoir.

(1) *L'Elvire de Lamartine*, par Anatole France, p. 88.
(2) *Id.*

par les caresses de mots, le nuage de pressentiments sinistres que nos adieux avaient laissé sur mon âme. De temps en temps, quelque phrase de découragement et de tristesse, jetée ou involontairement oubliée parmi ces perspectives de bonheur comme une feuille morte au milieu des feuilles vertes du printemps, me paraissait bien un peu en contradiction avec le calme · et la fleur de santé dont elle me parlait. Mais j'attribuais ces rares dissonnances à quelque ombre de souvenir ou à quelque impatience de la lenteur des jours, ombres qui auraient apparemment traversé la page pendant qu'elle écrivait (1). »

Il était donc à peu près rassuré sur son compte, quand, à la mi-septembre, il apprit tout à coup à Aix, où il était allé l'attendre, qu'elle ne le rejoindrait pas (2). Etait-elle si malade qu'elle n'était pas transportable, ou avait-elle quelque raison secrète pour rester à Viroflay ? Je crois qu'il y avait de l'un et de l'autre. Elle écrivait le 15 septembre à M. Mounier :

« Après avoir couru pour notre affaire pendant quelques jours et après avoir acquis la certitude que vous l'aviez arrangée par vos bonnes et pressantes recommandations, je suis revenue ici pour me reposer. Mais j'y apportais la fièvre, une maladie de poitrine qu'on appelle, je crois, un catarrhe suffoquant et de grands maux de nerfs. C'est avec toutes ces gentillesses que je vis depuis plus de cinq semaines sans presque avoir quitté mon lit ; et c'est tout au plus si je puis vous dire que cela va mieux. Le seul bien sensible que j'aye

---

(1) *Raphaël*, p. 201.
(2) Lamartine était arrivé à Aix le 21 août, pensant n'y rester qu'une quinzaine ; il y resta trois semaines, espérant toujours que Julie pourrait le rejoindre. (Cf. sa *Corresp*. Lettre au comte de Virieu, p. 271-272.)

obtenu depuis quelques jours, c'est de pouvoir passer deux ou trois heures assise dans mon jardin. Le reste du temps je vous ferais pitié. Je n'ai pas été absolument sans secours. Un médecin de Versailles vient me voir. Le bon M. Alin (1) a même quitté son lit pendant vingt-quatre heures pour venir auprès du mien. Mais, du reste, ma solitude a été complète et, ce qui est intolérable dans cet état, je suis sans femme de chambre, faute de pouvoir en chercher une... »

Voilà pour ce j'appellerai les raisons du corps. Certes, elles étaient suffisantes pour l'empêcher de se rendre à Aix; peut-être cependant l'âme aussi avait-elle les siennes. Depuis quelque temps, Julie s'était rapprochée de Dieu, et l'amour qu'elle portait à

---

(1) M. Anatole France, qui a publié pour la première fois cette lettre de Julie, a lu et écrit Allix. C'est une erreur. Le médecin de Julie s'appelait Alin ou Alain. Il habitait, en 1817, rue de Seine, 31, et devint par la suite l'ami de Lamartine qui en parle dans *Raphaël* et en plusieurs endroits de ses *Souvenirs*. C'est par lui qu'il eut connaissance de l'opinion flatteuse de M. de Talleyrand sur ses *Méditations*, quand elles parurent. Il était alors, en effet, et fut pendant dix ans, le médecin et le commensal du prince. « Je le voyais tous les jours, dit Lamartine ; il donnait par intérêt de cœur à ma santé encore frêle les soins d'une mère plus que d'un médecin. Hélas ! je l'ai vu mourir avant son malade, à la fleur de ses années, d'une maladie de trois ans, tête à tête avec un crucifix d'ivoire suspendu par un chapelet de femme au bois de son lit. J'ai su le nom de la femme que lui rappelait le crucifix et le chapelet de noyaux d'olives ; je ne le dirai pas. Le pauvre malade mourait d'amour contenu, pour ne pas faillir à l'amitié et à la vertu ; que l'éternité lui soit douce ! Il avait ajourné son bonheur au ciel. C'était un de ces hommes qui donnent la certitude d'une autre vie; car si Dieu trompait de telles espérances et de telles privations par un leurre éternel, ce ne serait pas seulement le monde interverti, ce serait la divinité renversée. Le seul hommage dû à un tel Dieu serait le blasphème; il ne mériterait que cela. » (*Souvenirs et Portraits*, t. III, p. 307.) — Je ne sais pas en quelle année mourut cet homme de bien, mais il vivait encore à la fin de 1829, car lorsque Lamartine perdit sa mère, sa femme écrivait à Aymon de Virieu : «... Je vous prie de prévenir M. Alain afin qu'il ne quitte pas Alphonse, ni jour ni nuit... » (*Corresp. de Lamartine*, t. III p. 174.) — Il habitait alors au n° 8 de la rue de la Michodière et figure jusqu'en 1835 inclusivement sur l'almanach royal.

Lamartine, sans diminuer positivement, était moins ardent et plus pur.

Celui-ci, en apprenant la triste nouvelle, n'en éprouva pas moins une grande douleur.

— « Voilà les huit mortels jours écoulés, Mademoiselle, écrivait-il d'Aix le 16 septembre à Mlle de Canonge (depuis Mme Duport), qu'il y avait rencontrée et à qui il avait confié ses peines... Je suis anéanti. Pardon pour ma faiblesse. Ne me jugez pas sur mes lettres, je ne puis pas écrire... Aimez-moi encore par ce que vous avez bien voulu m'aimer pendant quelques jours, par pitié, par bonté, par tous les motifs que vous voudrez, je serai content de vous. »

Et le 23 du même mois :

« Voici, Mademoiselle, un vrai bulletin, car mes forces ne vont pas au-delà ; j'ai la fièvre presque continuelle depuis quinze jours. Cela va un peu mieux... »

C'est dans cet intervalle du 16 au 23 septembre (1) qu'il composa son ode au *Lac*, le plus beau chant d'amour qui soit sorti d'une âme humaine.

Mais il se garda bien de l'envoyer à Julie. Outre que ce chant d'amour n'était au fond qu'un chant de mort, le *Lac*, dans sa première version, contenait deux strophes qu'elle aurait certainement blâmées et qu'il

---

(1) M. Félix Reyssié (la *Jeunesse de Lamartine*, p. 201) est le premier qui nous ait donné cette date précise, et je le cite de confiance ; cependant je ne serais pas fâché de savoir où il l'a prise et sur quels documents il s'est appuyé pour la fixer ainsi. Je remarque, en effet, que, dans le manuscrit la pièce du *Lac* est simplement datée *d'Aix-les-Bains, septembre 1816*, et je remarque aussi dans sa *Correspondance* que Lamartine quitta Aix le 17 ou le 18 septembre pour se rendre au Grand-Lemps, chez son ami de Virieu, d'où, en effet, il écrivait le 23. Si M. Reyssié s'est basé là-dessus pour déterminer la date de la composition du *Lac*, je crois qu'il s'est avancé beaucoup et qu'il serait plus sage de dire que cette pièce fut écrite dans la première quinzaine de septembre.

a supprimées depuis (1), estimant avec raison qu'elles profanaient par leur accent trop réaliste le souvenir attendri de celle qui les avait inspirées. N'importe. Les *Méditations poétiques* étaient nées, et avec elles « cette poésie élevée, religieuse, ce nouveau monde de l'âme découvert l'an Ier de l'ère chrétienne »,comme l'écrivait un jour Villemain à Lamartine (2). Mais à la pièce du *Lac* « perfection inespérée, assemblage profond et limpide, image une fois trouvée et reconnue par tous les cœurs », suivant l'heureuse expression de Sainte-Beuve (3), il manquait précisément la note chrétienne qui est la note originale des *Méditations*. Cette note, Lamartine ne tarda pas à la faire entendre. Après avoir composé au mois de septembre (1817) l'*Ode aux Français* (4), et l'*Ode au Génie* qu'il dédia à M. de Bonald sur la prière de Julie, il était revenu à Milly auprès de sa sainte mère, plus malade du cœur qu'il ne l'avait jamais été. Là, dans une solitude complète, tout en écrivant à ses amis des lettres désespérées au sujet de celle dont il attendait la mort chaque jour (5), la religion s'empara définiti-

---

(1) Voici ces deux strophes :

Elle se tut : nos cœurs, nos yeux se rencontrèrent,
Des mots entrecoupés se perdaient dans les airs,
Et, dans un long transport, nos âmes s'envolèrent
Dans un autre univers.

Nous ne pûmes parler ; nos âmes affaiblies
Succombaient sous le poids de leur félicité,
Nos cœurs battaient ensemble et nos bouches unies
Disaient éternité.

(2) *Lettres à Lamartine*, novembre 1828, p. 55.
(3) Notice sur Lamartine dans les *Portraits littéraires*.
(4) Cf. sa *Corresp.* Lettre datée de Bourgoin, jeudi soir, octobre 1817.
(5) C'est ainsi qu'il écrivait le 24 octobre à Mlle de Canonge, sa confidente : « Rien n'a changé qu'en pis dans ma déplorable situation : la personne que j'aime le plus au monde se débat depuis sept semaines dans les horreurs d'une affreuse agonie, et je suis ici dans l'absolue impossibilité d'aller auprès d'elle et dans les plus durs embarras de tout

vement de son âme et lui inspira, aux approches de
la Toussaint, l'éloquente poésie de *l'Immortalité* (1).
Cette fois rien ne s'opposait à ce qu'il envoyât cette
Méditation à Julie (2), d'autant qu'il l'avait composée à son intention (3) et que Julie venait de se donner tout entière à Dieu. Un matin donc, elle la reçut à
Paris, où elle avait été transportée quelques jours
auparavant. Et c'est évidemment sous l'impression
de cette lecture qu'elle écrivit à Lamartine la lettre
suivante :

« Lundi, 10 novembre 1817.

« Je souffre de vous dire si tard que je vais mieux.
L'absence totale de force en est la cause ainsi qu'un

genre et pour elle et pour moi. » Et le 8 novembre : « Puisque mes peines et mes souffrances vous intéressent si vivement par la triste ressemblance qu'elles ont avec les vôtres, apprenez donc qu'elles sont toujours les mêmes : rien n'a changé qu'en plus mal dans la santé de la
personne dont je vous ai parlé, et je ne puis à chaque courrier attendre
que la confirmation de mon malheur ou recevoir les détails d'un état
pire que la mort : elle serait un bienfait pour tous deux et j'en suis à
cet excès de la désirer pour elle et pour moi. » (*Corresp.*, t. I, p. 280.)

(1) On lit dans ses *Souvenirs* et *portraits*, t. III, p. 15 : « Il (M. Ro-
cher) écrivait alors, avant que j'écrivisse moi-même des vers, un poème
sur *l'Immortalité de l'âme* qu'il me récitait dans nos promenades.
Ce poème n'a jamais été imprimé, mais ces vers me sont restés toute la
vie dans l'oreille comme un tintement d'une âme sonore et sensible... »
Qui sait si cette pièce de Rocher ne provoqua pas celle de Lamartine.
Voir dans le dernier chapitre de ce livre les pages que je consacre à
M. Rocher.

(2) Aussi, dans la première version de cette pièce qui lui était dédiée,
a-t-il écrit son nom en deux endroits : dans le premier hémistiche du
deuxième vers et dans le dernier du quarante-quatrième :

          Le soleil de nos jours pâlit dès son aurore,
          O ma chère Julie!
          — Oui, tel est mon espoir, *ô ma chère Julie !*

(3) On dirait vraiment que les âmes religieuses ont, dans les mêmes
circonstances, les mêmes aspirations et les mêmes besoins. Le 8 août
1827, M. Guizot écrivait à M. de Barante, à propos de la mort de Pauline de Meulan, sa femme : « ... Elle est morte en m'écoutant lire le
sermon de Bossuet sur l'immortalité de l'âme. Je sais à quel endroit, à
quelle phrase elle a cessé de m'entendre. » (*Corresp. de M. de Barante*
publiée par son petit-fils.)

nuage que j'ai sur la vue qui semble s'épaissir tous les jours. Je ne puis plus rien fixer. J'envisage pourtant un terme à cet état et je crois qu'après de longues souffrances je vivrai. Je vivrai *pour expier*.

« C'est par là seulement que je puis devenir digne des grâces immenses que Dieu m'a faites. Je ne sais si vous avez su qu'elles ont été sans bornes. J'ai été administrée, et après avoir reçu le sacrement que dans sa bonté il a institué pour soulager les mourans, Dieu lui-même s'est donné à moi. Vous comprenez quels devoirs m'imposent d'aussi grands bienfaits ! Ils seront tous remplis. Les sacrifices ne me coûteront rien ; ils sont faits, et je sens à la paix de l'âme qui résulte de mes résolutions que le bonheur aussi pourrait bien se trouver dans cette route du devoir qu'on croit à tort si pénible.

« J'ai reçu toutes vos lettres. Qu'à présent, mon ami, elles puissent toujours être lues par tout le monde. Je ne puis plus en recevoir d'autres et je ne le désire même pas. Vous ne répondrez pas à celle-ci. Je ne suis pas censée écrire : mais je craignais vos inquiétudes, et je suis sûre que Dieu trouve bon que je calme les sollicitudes d'un enfant qui aime trop sa mère. Il sait que cet enfant est vertueux. Il permet que j'en fasse un ami. Oh! qu'il est bon ce Dieu d'inéfable bonté ! Et sa religion qu'elle est douce, consolante et sublime, quand elle verse sur le pécheur ses trésors d'indulgence !

« M. de B[onald] est ici. Il ne permet pas que je lui parle. Ma faiblesse l'effraie. Mais il parle, lui, et sa conversation va tout droit à mon âme pour laquelle elle est faite. — Ecrivez-moi vite sur lui et pour lui. Il m'a demandé presque en arrivant ce que vous pensiez de ses observations (1) et lorsque je lui ai dit que vous étiez prêt à les adopter, il m'a dit : Vous me ferez voir sa lettre, je vous en prie. — Or, comme je n'ai rien à lui montrer, écrivez-moi à présent que dans le trouble où ma maladie a jetté mes amis, vous n'avez guère pensé à d'autres intérêts, mais qu'aujourd'hui que vous êtes rassuré par M. Alin vous êtes pressé de me parler de M. de B[onald], que vous voulez aussi amuser ma convalescence par vos vers, et envoyez-moi l'*Ode aux Français* et tout ce que vous me faites attendre si longtemps d'Aix et d'ailleurs.

« Que la lettre de M. de B[onald] et son ouvrage ne soient pas oubliés par la première occasion. M. de V[irieu] reviendra peut-être enfin.

« Oh ! que j'ai cru ne plus vous revoir ni l'un ni l'autre ! tout m'était égal alors, et je retombe dans mes inquiétudes sur vous. Soignez-vous, ne venez pas. Cela vaut mieux ; je le pense.

« Adieu, mon ami. Je vous aime comme une bonne et tendre mère, toujours.

« M. de B[onald] est dans la plus grande admiration de votre ode. Il m'a dit qu'il ne lui appartenait pas de la louer, mais qu'elle lui paraissait d'une beauté admirable (2). »

V

Cette lettre d'un accent si grave ne saurait se passer de commentaire. Elle contient, en effet, deux mots au

---

(1) Les observations de M. de Bonald portaient sur l'*Ode au Génie,* que Lamartine lui avait dédiée.
(2) Lettre publiée par la *Revue des Deux-Mondes* du 1er février 1905.

moins qui, mal interprétés, projetteraient sur la vie et
la mémoire de Julie un jour fâcheux. Ces deux mots
soulignés par elle, afin d'attirer l'attention de Lamartine, sont « pour expier ». M. Doumic y a vu l'aveu
d'une faute. Il est certain que, rapprochés des deux
strophes du *Lac* que Lamartine a supprimées et dont
M. Doumic n'a point fait état dans sa thèse, ces deux
mots ne sauraient guère recevoir d'autre explication.
Cependant je m'étais fait, après avoir lu *Raphaël*, une
si haute idée du caractère de Julie que je ne pus me
résigner à perdre d'un seul coup toutes mes illusions
sur elle, sa chute d'ailleurs n'eût-elle duré que l'espace
d'une minute et le temps d'un baiser. Et donc, après
avoir pesé tous les termes de cette lettre qui ne pouvait mentir, car on ne ment pas devant la mort, je me
persuadai que, pour avoir été soulignés de la sorte,
ces deux mots énigmatiques devaient répondre à quelque chose d'antérieur. Mais à quoi? Les lettres de
Lamartine à Julie n'existant plus, il était inutile de
chercher de ce côté. J'eus alors la curiosité de chercher
ailleurs. J'ouvris le livre des *Poésies inédites* où je
savais que Mme Valentine de Cessia, la fille adoptive
de Lamartine, avait publié le premier jet du *Lac* et de
l'Immortalité. Et qu'est-ce que je trouvai? tout un passage supprimé de cette dernière pièce, une vingtaine
de vers. J'éprouvai à cette vue une secrète joie et m'em-
pressai de lire ce passage, comme si j'avais eu le pressentiment que les mots auxquels répondait Julie
étaient là. Ils y étaient aussi, et vous allez voir qu'ils
donnent au « pour expier » de sa lettre une significa-
tion, une valeur morale, qui lave cette femme charmante du soupçon injurieux de M. Doumic et lui
laisse toute son auréole.

La pièce de *l'Immortalité*, telle que l'a publiée Lamartine en 1820, se termine ainsi :

Ah ! si dans ces instants où l'âme fugitive
S'élance et veut briser le sein qui la captive,
Ce Dieu, du haut du ciel répondant à nos vœux,
D'un trait libérateur nous eût frappés tous deux :
Nos âmes, d'un seul bond remontant vers leur source,
Ensemble auraient franchi les mondes dans leur course ;
A travers l'infini, sur l'aile de l'amour,
Elles auraient monté comme un rayon du jour,
Et jusqu'à Dieu lui-même arrivant éperdues,
Se seraient dans son sein pour jamais confondues !
Ces vœux nous trompaient-ils ? Au néant destinés,.
Est-ce pour le néant que les êtres sont nés ?
Partageant le destin du corps qui la recèle,
Dans la nuit du tombeau l'âme s'engloutit-elle ?
Tombe-t-elle en poussière ? ou, prête à s'envoler,
Comme un son qui n'est plus va-t-elle s'exhaler ?
Après un vain soupir, après l'adieu suprême
De tout ce qui t'aimait, n'est-il plus rien qui t'aime ?
Ah ! sur ce grand secret n'interroge que toi !
Vois mourir ce qui t'aime, Elvire, et réponds-moi.

Dans la première version qui fut envoyée à Julie, après le vers:

Est-ce pour le néant que les êtres sont nés ?

on lisait :

Non, cet être parfait, suprême intelligence
A des êtres sans but n'eût pas donné naissance,
Non, ce but est caché, mais il doit s'accomplir,
Et ce qui peut aimer n'est pas fait pour mourir.
Et cependant jeté dans les déserts du monde
L'homme pour s'éclairer dans cette nuit profonde
N'a qu'un jour incertain, qu'un flambeau vacillant
Qui perce à peine l'ombre et meurt au moindre vent,
Et, tels qu'aux sombres bords l'ombre des Danaïdes
S'efforce de remplir des urnes toujours vides,
Poussé par son esprit, tourmenté par son cœur,
L'un cherche la lumière, et l'autre le bonheur ;
L'un sans cesse entouré de nuages funèbres,

Creusant autour de soi, ne trouve que ténèbres,
Et, suivant vainement la lueur qui le fuit,
De la nuit échappé, retombe dans la nuit ;
L'autre, altéré d'amour, enivré d'espérance,
Vers un but fugitif incessamment s'élance ;
Toujours près de l'atteindre et toujours abusé,
Sur lui-même à la fin il retombe épuisé.
Ainsi l'homme flottant de misère en misère,
Du berceau dans la tombe achève sa carrière,
Et du temps et du sort jouet infortuné,
Descendant au tombeau, dit : « Pourquoi suis-je né ?
— Pourquoi ? Pour mériter, POUR EXPIER peut-être,
Et puisque tu naquis, il était bon de naître.

Il est à peine besoin de dire que les mots *pour expier* ont ici un sens philosophique et théologique. Lamartine n'a fait que se conformer au dogme de la chute originelle, comme il le fit encore quelques jours plus tard dans le canevas en prose de sa *Méditation du Crucifix :* « Ses bras, disait-il, s'étendent pour embrasser les *fils du péché*. »

Or, il est certain que c'est entre la lecture de cette *Méditation* et la lettre du 10 novembre que Julie reçut les derniers sacrements. Qui sait même si M. de Bonald, qui passe pour avoir été son convertisseur, ne se chargea pas de lui commenter les vers de Lamartine ? Dès lors, rien d'étonnant qu'elle ait renvoyé à celui-ci le mot *pour expier* en se l'appliquant à elle-même. N'avait-elle pas à se faire pardonner sinon sa liaison avec le poète, à tout le moins le sentiment par trop exclusif (1) qui l'avait animée à son égard ? Ma-

(1) Quand je publiai ce chapitre dans le *Correspondant* (nᵒ du 25 mars 1905), je ne savais pas que Lamartine s'était servi de ce terme pour qualifier la passion de Julie. On lit, en effet, dans *Lamartine peint par lui-même*, p. 86 :

« Cette lettre (celle du 10 novembre) écrite pendant la dernière nuit d'une longue et douce agonie, après la communion que le prêtre avait apportée à la malade, était un suprême adieu. Elle s'y félicitait de la

riée à un homme illustre qui l'adorait et qu'elle respectait, avait-elle le droit, devant Dieu, de donner son cœur à un autre et non seulement son cœur, mais toutes ses pensées et jusqu'à sa vie. Dieu lui-même n'avait-il pas le droit d'être jaloux ? Que M. Doumic veuille bien se reporter à la correspondance de Julie, il trouvera dans sa lettre du 2 janvier le paragraphe suivant :

« Vous voyez mon cœur, vous, ô mon Dieu, et vous vous plaignez qu'il n'est pas à vous, mais à lui, et si vous pardonnez c'est que vous le reconnaissez pour la plus angélique de vos créatures ! c'est que vous voyez en lui l'âme la plus noble que vous avez créée ! oh ! laissez-moi l'adorer à jamais ; mais si je puis encore vous invoquer après vous avoir demandé de ne pas exiger que je me sépare de cette moitié de moi-même, mille fois plus chère que l'autre, faites qu'il me voie telle que je suis, je n'implore de lui que cette justice ! »

Eh bien si Julie avait ces scrupules de conscience quand elle n'était pas encore chrétienne, à plus forte raison dut-elle les avoir après qu'elle se fut convertie.

Voilà donc pour moi l'explication vraie des mots à double sens qu'a si mal interprétés M. Doumic. Et la *Méditation* de *l'Immortalité* n'est pas la seule que l'on puisse invoquer en faveur de la pureté de Julie. Quelques jours après l'avoir écrite, Lamartine entra dans une petite église de village «plein de la pensée qui le poursuivait partout, avec le besoin de consa-

---

bonté divine dont le prêtre avait été l'interprète et qui, en lui pardonnant *l'attachement trop exclusif* qu'elle avait nourri sur la terre, lui permettait de le continuer en le sanctifiant dans le cas où elle recouvrerait la vie... »

crer l'image qui se plaçait toujours entre Dieu et lui ».
Et après avoir prié pour celle qu'il savait perdue,
les vers suivants jaillirent de son cœur au milieu
des larmes :

> Mais quoi, de ces autels j'ose approcher sans crainte !
> J'ose apporter, grand Dieu, dans cette auguste enceinte
> Un cœur encor brûlant de douleur et d'amour !
> Et je ne tremble pas que ta majesté sainte
> Ne venge le respect qu'on doit à son séjour !
> Non, je ne rougis plus du feu qui me consume :
> L'amour est innocent quand la vertu l'allume.
> Aussi pur que l'objet à qui je l'ai juré (1),
> Le mien brûle mon cœur, mais c'est d'un feu sacré ;
> La constance l'honore et le malheur l'épure.
> Je l'ai dit à la terre, à toute la nature ;
> Devant les saints autels je l'ai dit sans effroi :
> J'oserais, Dieu puissant, la nommer devant toi.
> Oui, malgré la terreur que ton temple m'inspire,
> Ma bouche a murmuré tout bas le nom d'Elvire ;
> Et ce nom répété de tombeaux en tombeaux,
> Comme l'accent plaintif d'une ombre qui soupire,
> De l'enceinte funèbre a troublé le repos (2)...

Il suffit !... Qu'on me permette pourtant d'ajouter
à l'appui de ma thèse quelques raisons d'ordre religieux et sentimental.

J'ai dit et je répète, parce que j'en suis convaincu,
que Lamartine, en conservant quelques lettres de Julie,

---

(1) Longtemps après, parlant de la profonde tristesse dans laquelle
l'avait plongé la mort de son amie, il écrivait : « Ma vie retirée, mon
silence enveloppé de mystère, leur laissaient-ils deviner un attachement
dont ils (ses parents) ne pouvaient connaître la *pureté ?*... » (*Lamartine
par lui-même*, p. 81.)
Et dans son étude sur Alfred de Musset, parue en 1857 dans son *Cours
familier de littérature*, il a dit encore : « J'aimais avec la pure fer-
veur de l'innocence passionnée une personne angélique d'âme et de
forme, qui me semblait descendre du ciel pour m'y faire lever à jamais
les yeux quand elle y remonterait avant moi... »
(2) *Le Temple*. — Cf. le Commentaire. — Le 27 mars 1818 il écrivait encore à Aymon de Virieu : « Après ce que j'ai vu d'un ange, ce
n'est pas à moi à me plaindre de Dieu ! » (*Corr.*, t. I, p. 290.)

avait voulu authentiquer le récit de *Raphaël* (1). Libre

(1) Cela ressort pour moi de la lecture attentive de ce roman qui, décidément, n'est pas aussi romanesque qu'il en a l'air. J'ai déjà constaté que, dans la reconstitution des scènes de passion, Lamartine avait utilisé la correspondance de Julie. Si l'on se transporte aux derniers paragraphes de *Raphaël*, notamment au paragraphe CI, on verra que, dans la lettre d'adieu de Julie, il a reproduit textuellement quelques-unes des expressions de sa lettre du 10 novembre que nous publions plus haut.

À quelle époque et dans quelles circonstances avait-il brûlé les autres? Nous avons quelque raison de croire que ce fut au moment de son mariage. Cependant une de celles qu'il avait vouées au feu y échappa assez mystérieusement et tomba plus mystérieusement encore entre les mains du baron Hyde de Neuville, qui la lui rendit de la façon délicate qu'on va lire :

« Une question politique que M. de Lamartine avait comprise autrement que moi, dit le baron Hyde de Neuville, me donna l'occasion de lui écrire vers 1834. Je la saisis avec empressement, ayant depuis long-temps la pensée d'un devoir à remplir près de lui. Le post-scriptum était bien, par le fait, le sujet direct de ma missive. Le voici :

« Voilà, Monsieur, une bien longue lettre pour arriver à vous dire que j'en ai une beaucoup plus longue et d'un tout autre intérêt à vous remettre si, comme tout me porte à le croire, elle était pour vous. Cette lettre de onze pages est d'une femme dont l'âme était pleine de feu et d'amour. Je crois qu'elle n'existe plus; sans la connaître, j'ai voulu lui rendre un service et j'ai gardé cette lettre, arrivée jusqu'à moi à mon retour d'Amérique d'une manière assez bizarre. Je ne vous dirai point par qui elle m'a été remise, et comment, ce que je ne sais pas, elle était entre les mains de la personne qui a bien voulu me la laisser. Ce qu'il y a de moi, le voici : J'ai lu, j'ai parcouru cette lettre; j'ai vu qu'elle était d'une femme de société. J'ai eu l'idée de la lui rendre pour la tirer peut-être d'une inquiétude ; j'ai obtenu que cette lettre fût confiée à ma discrétion. Je n'ai pu d'abord découvrir de qui elle était, à qui elle allait. Une femme que nous aimions, vous et moi, et qui n'est plus (1), m'a mis sur la voie, et j'ai retiré la lettre d'une masse de vieux papiers laissés à la campagne, pour vous la rendre, si c'est à vous qu'elle est adressée.

« M. de Lamartine me répondit :

« La main qui a écrit ces lignes est depuis longtemps en poussière, et l'âme céleste qui les a inspirées et senties est dans une région où rien dans ce bas monde ne peut l'atteindre, hors le souvenir et le culte de celui qu'elle a aimé. Une partie de vos craintes obligeantes est donc sans objet, mais je ne suis pas moins pénétré de reconnaissance et de sensibilité pour l'intention qui vous les a inspirées et pour l'inappréciable présent que vous m'avez restitué dans ces pages. Je ne puis comprendre comment elles ont été dérobées et recueillies parmi un grand nombre de lettres de la même main que j'ai sacrifiées à des devoirs de prudence et que je croyais anéanties.

« Si, par la même personne qui s'en est dessaisie, vous pouviez ne

(1) Ce devait être M** de Montcalm, morte du choléra en 1832.

à ceux qui ne croient pas à la chasteté de certaines liaisons amoureuses de soutenir que celle qui nous occupe ne fut pas sans tache. Il est deux choses pourtant qu'on ne me fera jamais accepter : la première, c'est que le confesseur de Julie, du moment qu'elle faisait sa paix avec Dieu, ne lui ait pas imposé le devoir et la pénitence de rompre entièrement avec Lamartine, si elle avait eu quelque faiblesse à se reprocher ; la seconde, c'est que Lamartine, dont on connaît la noblesse et la hauteur d'âme, ait donné le nom de Julie à sa fille, si Julie Bouchaud des Hérettes ne l'avait pas aimé d'amour pur (1). C'eût été prolonger d'une

obtenir d'autres encore ou des objets quelconques ayant appartenu à cet ange, soyez assez bon pour le faire sans dire pourquoi, ni pour qui. Plus les années s'accumulent, plus les reliques de l'amour et du bonheur passés deviennent d'un prix inestimable.

« Recevez, Monsieur le baron, avec une vive reconnaissance, l'expression de mes sentiments les plus dévoués. »   « LAMARTINE. »

Cet échange de lettres fut le point de départ d'une longue amitié.

Le 7 mars 1837, Lamartine écrivait au baron Hyde de Neuville, qui lui avait recommandé de vieux prêtres polonais exilés, envoyés à Sancerre par le gouvernement :

« Un mot de vous sera toujours un titre pour moi... »

(*Mémoires et Souvenirs du baron Hyde de Neuville*, t. III, p. 320-322.)

(1) Et qu'on ne dise pas que, lorsqu'il baptisa ainsi sa fille, sa femme ignorait la passion que Julie lui avait inspirée. M. Doumic a publié, dans la *Revue des Deux-Mondes* du 15 août 1905, sans prendre garde qu'elles achevaient de ruiner sa thèse, des lettres de Lamartine à sa fiancée d'où il résulte que, contrairement à l'assertion de leur éditeur, il avait tenu à bien persuader Mlle Birch « que l'héroïne du *Lac* n'avait été pour lui qu'une amante idéale ».

« *Il est bien vrai*, lui écrivait-il un jour, pour se justifier à ses yeux des accusations de légèreté, voire d'immoralité portées contre lui, *il est bien vrai que j'ai aimé une fois dans ma vie et que j'ai perdu par la mort l'objet de cet amour unique et constant ; depuis ce temps, j'ai vécu dans la plus parfaite indifférence jusqu'au moment où je vous ai connue, et je n'aimerai jamais ailleurs si je suis assez heureux pour que votre cœur réponde au mien.* »

Au surplus, à qui fera-t-on croire que, si sa liaison avec Julie n'avait pas été purement platonique, Lamartine aurait eu l'impudeur d'en entretenir, dans les termes qu'on a lus, une jeune fille comme Mlle de Canonge ?

manière indécente le souvenir malsain d'un amour
adultère. Non! quand il donna ce nom chéri à la gra-
cieuse enfant qui devait le porter si peu de temps,
hélas! il cédait tout simplement à un sentiment de
reconnaissance, car, si, « *jusqu'à vingt-sept ans* (1),
comme il s'en accusait un jour à Victor Hugo, sa vie
avait été un tissu de fautes et de dévergondage (2) »
elle était devenue sérieuse et rangée à dater de sa liaison avec Julie, et depuis qu'il l'avait perdue, il avait
achevé de se purifier dans les larmes.

« Trop heureux les hommes qui trouvent à l'entrée
de leur carrière un guide semblable à celui que vous
voulez donner à monsieur votre frère ! écrivait-il, le
24 décembre 1818, à Mlle de Canonge. Hélas! j'ai
connu ce bonheur et le Ciel me l'a enlevé pour jamais.
Je ne l'en apprécie que mieux pour les autres (3). »
Julie, de son propre aveu, avait donc été, de son
vivant, un guide moral pour lui. Morte, elle continua
d'être le principal objet de ses pensées, son Egérie,
son ange gardien. C'est elle qui lui donna sa femme,
puisque c'est par les *Méditations* qu'il prit le cœur de
Mlle Birch et qu'il n'eût pas fait les *Méditations*
sans Julie. En tout cas elles n'auraient pas eu le même
caractère (4). C'est à elle qu'il dédia sa tragédie de

M. Doumic prétend qu'à l'époque de son mariage, « époque voisine
des faits et toute chaude encore d'une émotion récente », Lamartine ne
songeait pas à établir que cet amour n'avait rien eu d'impur. « C'est
beaucoup plus tard, ajoute-t-il, qu'il s'avisera de cet artifice. » — Autant de mots, autant d'erreurs! les *Méditations* et la *Correspondance*
du poète donnent un démenti formel à cette assertion.

(1) Lamartine, étant né le 11 octobre 1790, allait donc entrer dans
sa vingt-septième année quand il rencontra Julie.

(2) Lettre du 23 décembre 1824 publiée par la *Revue de Paris* du
15 avril 1904.

(3) *Corresp. de Lamartine*, t. I, p. 364.

(4) On n'a pour s'en rendre compte qu'à lire les deux pièces que Gra-

Saül(1), dont il attendait la gloire, en 1818, et que le grand succès des *Méditations* fit rentrer dans son portefeuille (2). C'est par Julie aussi et sous ses auspices qu'il entra dans la diplomatie, puisque ce fut par la protection de M. Rayneval à qui Julie et le baron Mounier l'avaient présenté (3). C'est par elle qu'il connut M. Lainé, son modèle et son conseiller en matière politique. C'est elle qu'il a mise en scène dans *Jocelyn* sous le nom de Laurence : on n'a qu'à lire l'épisode de la confession, après celui de la grotte, et qu'à rapprocher la scène du balcon du paragraphe XLVIII de *Raphaël*, pour être fixé définitivement sur ce point (4). Quand il fut présenté à Mme Récamier,

ziella lui avait inspirées et qui ont pris place dans les *Méditations* sous le titre : *A Elvire* et le *Golfe de Baïa*. Elles sont d'inspiration païenne, comme l'étaient évidemment les quatre livres de poésies qu'il brûla après la mort de Julie.

(1) « Je t'envoie la dédicace de *Saül*, écrivait-il à de Virieu le 11 mai 1818, il y a longtemps qu'elle t'était destinée (en cas de succès), ainsi qu'à Mme C... Je vous unis tous deux dans ce petit hommage : vous n'en seriez fâchés ni l'un ni l'autre, si elle vivait encore... » — Et dans la dédicace qui suit, il ajoutait : Je le composai pour toi et pour cette autre moitié de moi-même... Je ne puis plus le dédier qu'à son ombre. Mais comme chacun de mes sentiments lui fut rapporté pendant sa vie, que chacune de mes actions lui soit consacrée après sa mort! Elle ne s'offensera pas de partager ce faible mais ardent hommage avec un ami pour lequel elle partagea tout mon attachement ici-bas. » (*Corresp.*, t. I, p. 302.)

(2) Ainsi qu'une *Médée* qui est du même temps. Car il se croyait un tempérament dramatique et il écrivait alors à Aymon de Virieu : « Jusqu'à trente ans je donnerais des tragédies et si Dieu me donnait la vie et la santé, de 30 à 40 ans j'enfanterais *Clovis*. »

(3) Il écrivait à Virieu le 4 mai 1819 : « Je viens d'écrire à M. Mounier... j'espère assez une place diplomatique, M. de Rayneval me l'a à peu près assurée. » Cf. également ses lettres des 26 juin, 16 et 20 sept. 1819, et *le Manuscrit de ma mère*, p. 216.

(4) « .... Elle resta quelque temps dans cette attitude ; puis je la vis ouvrir la fenêtre, malgré le froid ; regarder un moment la Seine de mon côté, comme si ses yeux eussent été arrêtés sur moi par une révélation surnaturelle de l'amour ; puis se détourner et regarder longtemps, du côté du nord, une étoile que nous avions l'habitude de contempler souvent ensemble et que nous nous étions promis de regarder chacun

9

« sa voix, ce timbre de l'âme, l'émut plus encore que sa beauté. Un frisson lui courut sur la peau. Cette voix lui en rappelait une autre pareille, depuis peu à jamais éteinte ». C'est encore en souvenir de Julie et du pays qu'elle habita après sa naissance que, lorsqu'il s'agit de l'affranchissement des noirs, il composa son drame de *Toussaint-Louverture*. C'est elle enfin qui, après les événements de 1848, quand il fut tombé du pouvoir, lui inspira ce quatrain désolé :

> De l'amour du pays quand mon âme guérie
> Cherche une île où le sort aurait moins de rigueurs,
> Je songe à toi, Maurice, et je dis : la patrie
> N'est ni l'air, ni le ciel, ni le sol, c'est le cœur (1).

Bref, on la trouve partout dans son œuvre et dans sa vie (2), et même elle y occupe une telle place qu'elle a fini par incarner à elle seule le type idéal et symbolique d'Elvire, qui fut d'abord Graziella et ensuite sa femme.

Elle mourut le jeudi 18 décembre 1817 à midi. Le lendemain, à l'heure même où l'on présentait son corps

de notre côté, dans l'absence, comme pour donner un rendez-vous à nos âmes dans l'inaccessible solitude du firmament... Au même moment elle referma sa fenêtre. » — Ne l'a-t-il pas suffisamment désignée, d'ailleurs, dans ces vers de *Jocelyn* (3e époque) où Laurence raconte sa jeunesse :

> Jusqu'à ces temps de meurtre il a passé ses jours
> Dans un manoir désert d'une aride campagne
> Sur les bords orageux de la mer de Bretagne.

(1) *Poésies inédites*, p. 224. — On se souvient que Lamartine, dans son roman de *Raphaël*, a fait naître Julie « près du pays de Virginie », quand il la savait native de Saint-Domingue.

(2) Son dernier secrétaire nous apprend que, chaque année, au jour anniversaire de la mort de Julie, il faisait dire une messe pour elle dans l'église qui avait abrité son cercueil. — Enfin, pour se conformer au vœu qu'il avait exprimé dans la pièce du *Crucifix*, quand il mourut, sa nièce lui posa sur les lèvres le Christ en ivoire que Julie avait baisé en rendant l'âme.

à l'église Saint-Germain-des-Prés (1), Lamartine lisait son ode de *la Gloire* à l'Académie de Mâcon (2). Il n'apprit sa mort que quelques jours plus tard, non par Aymon de Virieu qui, absent de Paris, n'assistait pas à ses derniers moments, mais par une lettre du docteur Alin, qui le tenait au courant de la marche de la maladie. Sa douleur fut telle qu'il erra comme un fou dans les bois d'alentour pendant trois jours et trois nuits (3). Quand il se résigna à rentrer

(1) Voici la teneur de son acte de décès que j'ai relevé sur les registres de sépultures à Saint-Germain-des-Prés :

« L'an 1817 et le 19 décembre a été présenté en cette église le corps de Julie-Françoise Bouchaud des Hérettes, épouse de Jacques-Alexandre-César Charles, membre de l'Institut royal de France, âgée de 33 ans e 5 mois. décédée à l'Institut et lui ont été rendus les honneurs funèbres prescrits par la religion catholique en présence de Notaire-Jean-Nicolas-Marie-Fare Bontemps, officier supérieur de l'état-major demeurant quai Voltaire, n° 17, et Ange-François-Guillaume Saint-Ange, demeurant rue Coquillière, 46, commissaire-priseur.

Signé : SAINTE-FARE BONTEMPS,
GUILLAUME SAINT-ANGE et RENAUD, 1ᵉʳ vicaire.

Ce Bontemps, qui signe comme témoin, ayant signé de nouveau et au même titre à l'acte de décès de Charles qui fut dressé le surlendemain de sa mort arrivée le 7 avril 1823, j'ai eu la curiosité de savoir d'où lui venait d'abord ce singulier prénom de Notaire, et ce qu'il était à Charles ou à sa femme, et j'ai appris : 1° que le prénom de Notaire lui avait été donné par la Compagnie des notaires de Paris, laquelle, pour reconnaître les services que lui avait rendus son père, doyen des conseillers, avait voulu lui servir de parrain et le tenir sur les fonts baptismaux. (*Note de M. Fauchey, notaire à Paris.*) — 2° Que ce Notaire Bontemps, avant d'entrer dans l'armée où il devint aide de camp du général Dejean et plus tard du prince de Neufchâtel, avait été, à sa sortie de l'École polytechnique, nommé professeur de chimie et de physique à l'École centrale du département du Pas-de-Calais et qu'il avait « aidé pendant plusieurs années le professeur CHARLES dans ses cours généraux de physique expérimentale. » (*Dossier de ses états de services communiqué par le Ministre de la guerre.*)

(2) Et M. de Bonald prononçait à la Chambre des députés un grand discours sur la liberté de la presse.

(3) « Je me souviens, écrivait-il en 1863, qu'à dater de ce jour, n'aspirant plus qu'à la rejoindre, je me mis à calculer les jours au rebours des autres hommes, en défalquant tous les soirs un jour de moins du calendrier et en me disant, en me couchant le soir, sur mon lit : « Encore une journée retranchée du nombre des jours que j'ai à végéter ici-bas loin d'elle ! Encore un jour retranché des jours qui me séparent du

à Milly auprès de sa mère inquiète, ce fut pour esquisser la *Méditation* sur le *Crucifix*, que Julie avait embrassé un peu avant de rendre l'âme.

J'aurais voulu trouver sa tombe, mais toutes mes recherches sont demeurées jusqu'à ce jour infructueuses (1). Ce qu'il y a de sûr, c'est qu'elle n'est pas enterrée avec son mari dont on peut voir le caveau au Père-Lachaise (2). Qu'importe d'ailleurs l'endroit où furent déposés ses restes? Ce n'est pas au cimetière que les admirateurs de Lamartine iront jamais la chercher. C'est dans la vallée d'Aix, où son esprit n'a cessé de planer depuis bientôt cent ans. Elle est « dans le zéphyr qui frémit et qui passe », dans les bois de châtaigniers de la colline de Tresserves et de Saint-Innocent, elle est dans les ruines de l'abbaye de Haute-Combe, dans les rochers, les coteaux, les prairies, qui servent de cadre à cette vallée unique au monde; elle est surtout au bord du lac où la moindre voile blanche évoquera toujours son souvenir.

moment où l'éternité doit me réunir à celle sans qui la vie n'est qu'un supplice... »
(*Lamartine par lui-même*, p. 86.)

(1) Voir l'épilogue de ce livre.
(2) Comme il est dit ci-dessus, Charles mourut le 7 avril 1823. Il résulte de son acte de décès, que j'ai relevé également sur les registres de sépultures de Saint-Germain-des-Prés, qu'il habitait alors l'hôtel de Bouillon, sis quai Malaquais, n° 17. Cet hôtel, connu aujourd'hui sous le nom de Caraman-Chimay, tirait son nom de la duchesse de Bouillon, née Mancini, qui l'habita sous le règne de Louis XIV.

CHAPITRE IV

LES SOURCES LITTÉRAIRES DES « MÉDITATIONS »

I. — Charles Loyson rend compte des *Méditations* dans le *Lycée français*. — Critiques qu'il adresse à Lamartine. — Pourquoi Lamartine prit le titre de *Méditations*. — Influence des poètes anglais sur lui. — Les traductions de Letourneur. — Le *Journal étranger* de Suard. — Fontanes à Londres à la fin du dix-huitième siècle. — Il lit Young et traduit des fragments de Pope, de Dryden et de Gray. — Comme quoi Shakespeare était peu goûté à cette époque en Angleterre. — La vogue de Young en France. — Robespierre et Camille Desmoulins lisaient les *Nuits*. — Le culte de Lamartine pour Young et pour Ossian. — Il semble avoir emprunté à ce dernier le nom d'Elvire. — Il semble aussi avoir hésité entre le titre de *Méditations* et celui de *Contemplations*.

II. — Parenté morale et poétique entre Charles Loyson et Lamartine. — L'*Allée d'Ossian* et l'*Hymne à la Lune*. — Lamartine devait avoir lu les poésies de Ch. Loyson. — Leurs deux pièces sur l'*Enthousiasme*. — Influence de Pétrarque sur Lamartine. — Une erreur de Sainte-Beuve. — Le Pétrarque de poche de Lamartine. — La première version de l'*Isolement*. — Comme quoi Lamartine et J. du Bellay avaient à peu près la même façon de traduire. — Justesse d'un mot de Vigny sur Sainte-Beuve. — Le *Cinq-Mai* de Manzoni et le *Bonaparte* de Lamartine. — Opinion de Stendhal sur le *Cinq-Mai*. — Date exacte de la composition du *Bonaparte* de Lamartine. — Emprunts faits par Lamartine à Manzoni. — Le *Crucifix* est-il une imitation de l'italien ? — Histoire de cette pièce. — Erreur commise par un de ses commentateurs.

III. — La part de l'exotisme dans les *Méditations*. — Lamartine et Lord Byron. — Une lettre de Lamartine sur Stendhal. — Classique et romantique à la fois : classique pour l'expression, romantique dans la pensée. — Ernest Renan a dit que l'Université n'aurait pu faire un Lamartine. — Explication de ce mot. —

I

Quand parurent les *Méditations*, Charles Loyson,
qui fut un des premiers à en goûter la saveur originale, se demandait, dans le *Lycée français*, pourquoi
Lamartine avait choisi ce titre qui lui semblait enta-
ché d'une certaine affectation de singularité.

« A quoi bon, disait-il, avertir ses lecteurs qu'on a
médité ! Est-ce donc là quelque chose de particulier,
et faut-il déclarer expressément qu'on a rempli le
premier devoir de quiconque se fait écrivain? Discours, épîtres, odes, stances, élégies, tels sont les
titres tout ordinaires que nos maîtres mettaient en
tête de leurs ouvrages; les vers étaient chargés de
dire le reste. »

Evidemment Lamartine aurait très bien pu se conformer à l'usage et baptiser son premier recueil de
vers : *Odes, Elégies et Epîtres*, puisque c'étaient les
trois notes qu'il y faisait entendre. Mais comme les
poésies qui le composaient étaient d'un genre nouveau,

il était tout aussi naturel qu'il le publiât sous un titre moins général et surtout plus caractéristique. La chose n'était pas, d'ailleurs, sans précédent dans l'histoire de la littérature française. Au xvie siècle, par exemple, les poètes de la Pléiade, leurs précurseurs et leurs disciples, avaient coutume de donner à leurs volumes de vers le nom de la maîtresse réelle ou imaginaire qui les avait inspirés.

C'est ainsi qu'ils les intitulaient : *Délie*, *l'Olive*, *l'Amathée*, les *Amours de Cassandre, de Marie, de Francine*, etc. Quelquefois aussi ils prenaient des titres qui donnaient davantage à penser, comme les *Erreurs amoureuses, les Antiquités, les Jeux rustiques, les Regrets, les Soupirs, les Mimes*, — suivant en cela l'exemple de Pétrarque, qui avait fait *les Triomphes de l'amour et de la mort*, et de certains poètes latins du siècle d'Auguste, d'Ovide, entre autres, dont tout le monde connaît les *Amours* et les *Tristes*.

Lamartine, en choisissant le titre de *Méditations poétiques*, ne faisait donc que reprendre une tradition ancienne. Cependant je ne crois pas que ce soient les latins ni les poètes de la Pléiade, qui lui en aient suggéré l'idée. Ce seraient plutôt les poètes anglais qu'il possédait à fond pour les avoir étudiés d'abord dans les traductions de Letourneur et puis dans le texte original.

On lisait beaucoup en France les écrivains d'Outre-Manche, depuis la seconde moitié du xviiie siècle, c'est-à-dire depuis que Suard avait fondé le *Journal étranger* avec l'abbé Arnaud, l'abbé Prévost et l'avocat Gerbier. Edward Young surtout avait des lecteurs passionnés dans la société bourgeoise et lettrée.

Le comte Claude Thiard de Bissy, membre de l'Académie française et descendant de Pontus de Thiard,
avait fait paraître, dès 1762, une version en prose de
la première de ses *Nuits*, et Letourneur avait achevé
de les mettre à la mode par ses adaptations plus ou
moins fidèles. Fontanes qui, sur la fin du règne de
Louis XVI, était allé chercher des abonnés à Londres (1) pour une revue qu'il rêvait de publier à Paris
avec Joubert, Fontanes connaissait Young aussi bien
qu'Ossian dont il rapporta en France divers airs
notés, que Pope dont il traduisit l'*Essai sur*
l'Homme, et que Dryden et Gray, dont il imita *le*
Barde et *Thimothée*. Les *Nuits* de Young jouissaient
chez nous d'une telle popularité, pendant la période
révolutionnaire, que Robespierre les portait généralement sur lui. C'était sa façon de se familiariser avec la
mort... des autres. On dit enfin que Camille Desmoulins les méditait quelques heures avant de monter
dans la fatale charrette, et que Westermann l'en
plaisanta en s'écriant : « Tu veux donc mourir deux
fois ! » Ce qu'il y a de sûr, c'est qu'une des plus
nobles victimes de Robespierre — était-ce un pressentiment? — protesta publiquement contre l'influence des *Nuits* de Young, dans son travail sur la
perfection des arts. Oui, tout en admettant que ce
poète anglais avait souvent parlé le vrai langage de la
passion, André Chénier se plaignait de ce que, chez
lui, la douleur était un désespoir frénétique, et ses
images sans modèle dans la nature. Par contre, le

(1) Cf. *les Correspondants de Joubert*, par Paul de Raynal. Lettres
de Fontanes à Joubert, 1785-1786. — Chose curieuse, à cette époque,
Shakespeare n'était qu'à moitié goûté en Angleterre, où l'on ne comprenait pas, au dire de Fontanes, l'enthousiasme forcené de Letourneur
pour l'auteur d'*Hamlet* et de *Roméo et Juliette*.

doux Ballanche estimait, en 1801, qu'en nous montrant les misères humaines Ed. Young nous faisait soupirer après l'immortalité (1).

Est-ce pour cette raison que Lamartine lui avait voué une sorte de culte? Peut-être. En tout cas il est hors de doute qu'il le traduisait dès 1808, en même temps que Pope, Dryden, Addison, Gray et Shakespeare (2). Or, comme *les Nuits* de Young, qui sont des méditations sur la mort, étaient généralement suivies, dans les éditions de Letourneur, des *Méditations et Contemplations* d'Hervey, je pense que c'est à ce dernier poète anglais qu'il emprunta le titre de son premier recueil, comme je pense que c'est à Ossian qu'il emprunta le nom d'Elvire. On se souvient qu'Ossian avait épousé une fille de Branno nommée Evirallin. Or, au mois de janvier 1808, Lamartine écrivait à son ami de Virieu : « J'ai lu Ossian ces jours-ci, et, ne sachant que faire, j'avais commencé à en mettre en vers un épisode qui m'avait touché. C'est celui d'un vieillard qui pleure son chien mort. Je veux que mon premier chien s'appelle *Gorban* comme le sien ; ça ressemble à *Gorgo*. » Si Gorban ressemblait à Gorgo aux yeux de Lamartine, on m'accordera

(1) Cf. son ouvrage : *Du sentiment considéré dans son rapport avec la littérature et les arts.*

(2) Il écrivait à Aymon de Virieu, le 3 mars 1809 : « Je lis Pope et j'en suis on ne peut plus content. Voilà un homme à qui je voudrais ressembler, bon poète, bon philosophe, bon ami, honnête homme, en un mot tout ce que je voudrais être. Je le préfère de beaucoup à Boileau pour la poésie. Quand pourrai-je le lire en anglais? J'ai lu ces jours-ci Fielding et Richardson, et tous ces gens-là me donnent une furieuse envie d'apprendre leur langue. Je crois la poésie anglaise supérieure à la française et à l'italienne : au reste, j'en parle sans rien savoir et sur des fragments de Dryden et d'autres. »

Le 30 septembre 1810 : « Je traduis de l'anglais : quelques *Nuits* de Young et la superbe tragédie d'Addison : *la Mort de Caton.* »

Le 24 mars 1811 : « Plongé tous les jours dans les idées les plus som-

bien, j'espère, que la distance n'est pas plus grande
d'Evirallin à Elvire (1).

Cependant Lamartine paraît avoir hésité à prendre
le titre de *Méditations* (2). Je relève, en effet, dans
une lettre qu'il adressait, en janvier 1809, à la marquise de Raigecourt le passage suivant : « Voici quelques vers... c'est la fin d'une *Contemplation* poétique
sur la foi. » *Contemplations ! Méditations !* Le premier
de ces titres est plutôt objectif et le second plutôt
subjectif. C'est probablement après mûre réflexion
que Lamartine choisit ce dernier et laissa l'autre... à
Victor Hugo qui le prit, en 1856, sans se douter qu'il
avait autrefois tenté Lamartine, et qui ne l'aurait

bres, ou me recréant avec quelques auteurs anglais comme Ossian,
Young et Shakespeare... » (*Corresp.*, t. I.)
(1) Ces lignes étaient écrites quand je découvris dans Ecouchard-
Lebrun une poésie légère intitulée : *Elvire et Azor*. Lamartine l'avait-il
lue ? c'est possible, car il connaissait son dix-huitième siècle sur le bout
du doigt, mais je doute que ce soit là qu'il ait pris le nom d'Elvire qui,
du reste, a été porté par plusieurs princesses espagnoles ; à moins qu'il
n'y ait vu une heureuse traduction du nom d'Evirallin. Chez Lamartine
comme chez la plupart des grands poètes, les sons éveillaient souvent
les idées ou les images. Un exemple caractéristique : Dans sa réponse à
Némésis, qui parut dans le *Mercure de France* du 9 juillet 1831, la
strophe 10 se terminait par ces deux vers :

> Quel jour ai-je vendu ma part de l'héritage
> *Aux élus* de la liberté ?

En se relisant, Lamartine, frappé par la consonnance des mots *aux
élus*, pensa à *Esaü* qui, tout en rendant le même son, avait le mérite
de faire image, et quand il imprima cette pièce dans *les Recueillements*
il écrivit :

> Quel jour ai-je vendu ma part de l'héritage,
> Ésaü de la liberté ?

(2) C'est le 24 août 1818 que nous voyons paraître pour la première
fois le mot de *Méditations* dans sa correspondance. Il écrivait à cette
date à son ami de Virieu : « Je t'ai parlé de mes *Méditations poétiques*,
je t'en ai même, je crois, récité à Lemps quelques vers. Comme ces
vers-là ne sont que pour moi et pour vous dans le monde, je t'envoie les
stances dernières, telles qu'elles sont tombées sur l'album, et sans avoir
le temps d'en faire les vers. Cela n'est que pour toi, ce n'est qu'un
croquis. » — Suivait la pièce de l'*Isolement*, qui n'avait alors d'autre
titre que *Méditation huitième*.

certainement pas pris si les *Méditations* ne lui en
avaient donné l'idée — son bon ou son mauvais génie
ayant voulu qu'il imitât toujours quelqu'un dans le
présent comme dans le passé.

II

Je ne m'explique donc pas qu'un critique de la
valeur de Charles Loyson se soit offusqué du titre des
Méditations que justifiaient si bien leur nature et leur
caractère. Mais je suis plus surpris encore que, tout
en leur rendant justice, il n'ait pas noté, même d'une
touche discrète, les ressemblances qu'il y avait entre
les poésies de Lamartine et les siennes, car il est
impossible qu'il ne s'en soit pas aperçu.

Tous ceux qui savent lire en auraient été frappés.
Non seulement on retrouve dans les *Méditations* les
mêmes modes poétiques que dans les deux recueils
de vers de Charles Loyson : odes, élégies, épîtres,
mais quelques-unes de leurs élégies à tous les deux
ont été probablement inspirées par les mêmes lectures
étrangères. Charles Loyson, qui avait le même âge
que Lamartine et avait reçu au collège et dans sa
famille une éducation aussi forte et aussi chrétienne,
s'était nourri comme lui de la moëlle des poètes
anglais et du plus lyrique de tous, d'Ossian, qu'il avait
célébré l'année même où il mourut (1820) dans une
ode remarquable (1). Or, comme ses deux recueils

(1) L'*Allée d'Ossian* parut dans le *Lycée français*, année 1820, t. III,
p. 49-55. L'*Hymne à la lune*, qui est inspirée de ce poète et de Young,
est de la même époque (*Lycée*, IV, 1820, p. 7-11).

« C'était le moment, dit Lamartine, où Ossian régnait sur l'imagi-

de poésies avaient paru en 1817 et en 1819, qu'ils avaient fait un certain bruit, et qu'il était lié avec les meilleurs poètes du temps, à commencer par Casimir Delavigne, il est permis de supposer que Lamartine, qui passait alors chaque printemps à Paris, avait lu *l'Air natal, le Lit de mort, le Bannissement, le Retour à la vie*, les épîtres à Ducis, Royer-Collard et Maine de Biran, qui sont les perles de l'écrin poé‑ tique de Charles Loyson, quand il composa *l'Automne, le Chrétien mourant, la Prière, l'Ode à Byron*, qui sont parmi les perles du sien.

Lamartine écrivait, le 13 avril 1819, à Aymon de Virieu :

« Je reçois force cadeaux de livres que les auteurs, *mes confrères*, me font. Je suis vraiment ici dans un assez joli moment pour l'amour-propre. »

Ces quelques lignes en disent assez sur ses relations littéraires et sur ses lectures. Nous savons d'ailleurs qu'il entretenait alors des relations d'amitié avec M. Joseph Rocher, lequel courtisait lui aussi les Muses et le mit un peu plus tard en rapport avec Victor Hugo. Est-ce à dire que Lamartine ait imité Charles Loyson ? Pas du tout (1). D'abord il n'imita, à pro-

---

nation de la France. Baour-Lormian le traduisait en vers sonores pour les camps de l'empereur. J'étais devenu un des fils du barde... Ossian est certainement une des palettes où mon imagination a broyé le plus de couleurs et qui a laissé le plus de ses teintes sur les faibles ébauches que j'ai tracées depuis. » (*Confidences*, livre VI, § VI.)

(1) En tout cas, si Lamartine s'inspira un moment de Charles Loyson, il semble lui avoir inspiré à son tour une de ses dernières poésies, celle de *l'Enthousiasme*, qui parut dans *le Lycée français* au mois de mai 1820. On n'a pas oublié les belles stances que Lamartine publia sous ce titre dans les premières *Méditations*. Ces stances n'eurent pas l'heur de plaire à Ch. Loyson : il n'y vit qu'une imitation assez malheureuse de Lebrun et surtout du beau début de l'ode de Rousseau au comte du Luc. Et je pense que c'est avec l'espoir de faire mieux que son glorieux rival, qu'il composa sur-le-champ cette ode de *l'Enthousiasme* qu'il

prement parler, personne à partir du jour où l'amour
et la douleur firent jaillir en lui la source des *Méditations*. Jusque-là il avait fait des vers plus ou moins
légers, dans le goût des petits poètes du xviiie siècle,
et son idéal, le modèle qu'il s'efforçait d'égaler,
n'était autre que l'auteur de la *Guerre des Dieux* (1).
Moins de trois ans avant de composer *le Lac* il avait
rimé une élégie sur la mort de Parny, qu'il avait lue à
l'académie de Mâcon : preuve manifeste et sans répli-
que du coup de foudre qu'il reçut, au mois de septembre 1817, en apprenant que Mme Charles mourante
ne pourrait pas le rejoindre à Aix.

Mais de ce qu'il se dégagea subitement de l'imitation
directe et des influences diverses qu'il avait subies
pendant qu'il se cherchait, il ne s'ensuit pas que, dans
les *Méditations*, l'œil exercé du critique perde tout à
fait la trace de ses premières lectures. S'il ne lisait
plus depuis quelque temps, s'il avait cessé de traduire
à sa façon, en vers ou en prose, Ossian et Young, le
Tasse et Pétrarque, ses poètes favoris, son verbe et
sa pensée, comme la brise en passant sur un verger
en fleurs, ne s'étaient pas moins imprégnés à jamais
de leur esprit, de leur accent, de leur tristesse, sans
qu'on pût démêler nettement dans sa poésie ce qui
était au Tasse, à Pétrarque ou à Young. Quel est le
gourmet assez fin pour dénombrer dans un rayon de
miel les fleurs multiples dont l'abeille a pris le suc et

dédia à Manzoni. Mais quoiqu'elle soit d'un beau mouvement lyrique et
qu'elle contienne quelques beaux vers, elle est certainement inférieure à
celle de Lamartine.

(1) Le 11 novembre 1815, il écrivait à son oncle qu'il avait donné un
petit volume à un imprimeur de Paris, mais qu'au dernier moment, le
sujet étant extrêmement délicat et de nature à faire grand bruit, il
s'était déterminé à le retirer et à l'enfermer dans l'obscurité. (*Corresp.*,
t. I, p. 251.)

l'arome? Eh bien, c'est à peine si l'on pourrait relever dans les premières *Méditations* deux ou trois strophes imitées du poète des *Nuits* (1). Quant à Pétrarque, dont il s'inspira plus que d'aucun autre, à partir du jour où la mort de Julie changea son amour en une sorte de religion, il lui emprunta surtout des images, encore — ces emprunts ayant été faits de souvenir — les images étaient-elles plus ou moins déformées en entrant dans son œuvre. C'est probablement ce qui a trompé Sainte-Beuve. L'illustre critique, parlant de Lamartine longtemps après les *Méditations*, disait :

« Il ne goûte, il ne vénère que depuis assez peu d'années Pétrarque, le grand élégiaque chrétien et son plus illustre ancêtre (2). »

La vérité, c'est que Lamartine lisait Pétrarque et le traduisait dix ans avant de publier les *Méditations*. Au mois de septembre 1810, il lui empruntait deux vers pour en faire l'épigraphe d'une lettre sur la *Nouvelle Héloïse*, et, le 28 mars 1813, il écrivait à Aymon de Virieu :

« Je lis des sonnets de Pétrarque, que je n'entendais guère en Italie et que je trouvais mauvais. Je les

---

(1) Dans ces vers de *l'Immortalité*, par exemple :

    Je te salue, ô Mort ! libérateur céleste,
    Tu ne m'apparais point sous cet aspect funeste
    Que t'a prêté longtemps l'épouvante ou l'erreur,

il exprime la même pensée que Young dans son troisième chant :
    Et la strophe du *Désespoir* :

    Quel crime avons-nous fait pour mériter de naître?

rappelle un des plus beaux passages de la VIIe *Nuit*.

L'influence de Pope est encore moins visible. Si Lamartine ne nous avait pas dit lui-même qu'il s'était souvenu, dans *le Poète mourant*, de quelques strophes de cet auteur, qu'il avait essayé autrefois de traduire en vers avec l'aide de son maître de langue, je crois bien que personne ne s'en serait aperçu.

(2) *Portraits contemporains*, t. I, p. 285.

entends maintenant comme du français, je ne sais pourquoi, et j'y trouve des choses ravissantes. Il y a un temps pour tout, et telle ou telle disposition de l'âme ou de l'esprit nous donne de la répugnance ou du goût pour un homme ou pour un livre. Nous sommes vraiment de singuliers instruments, montés aujourd'hui sur un ton, demain sur un autre ; et moi surtout qui change d'idées et de goût selon le vent qu'il fait et le plus ou moins d'élasticité de l'air (1). »

Or, veut-on savoir comment Lamartine traduisait alors les sonnets du poète italien ? Le petit Pétrarque de poche qu'il portait toujours sur lui va nous édifier pleinement à ce sujet (2). Lamartine a, en effet, écrit au crayon, sur les pages blanches qui terminent le tome II de cette édition bijou, un certain nombre de vers, en partie inédits, dont cette charmante pièce que j'ai relevée à la loupe, l'écriture en étant par endroits effacée ou illisible :

> Vallon rempli de mes accords,
> Ruisseau dont mes pleurs troublaient l'onde,
> Prés verdoyants, forêt profonde.
> Oiseaux qui chantiez sur ses bords !

(1) *Corresp.*, t. I, p. 218.
(2) Ce petit Pétrarque en langue italienne appartient à M. Emile Ollivier, dont on connaît le culte pour Lamartine. Il lui a été légué avec deux ou trois autres livres du grand poète, dont son *Gradus* du collège de Belley, par Mme Valentine de Cessia pour lui marquer sa reconnaissance. C'est une édition en 2 volumes in-32, reliés en maroquin couleur feuille morte, qui fut publiée en 1809-10 à Londres par G. Boschini, *dà Torchj di Vogel et Schulze, 13 Poland Street*. Ce Pétrarque m'en rappelle un autre, in-folio, sur les marges duquel Lamartine avait écrit des milliers de vers de *Jocelyn*. Qu'est devenu ce Pétrarque in-folio ? Edouard Laboulaye disait un jour qu'il préférerait au Ronsard offert par Sainte-Beuve à Victor Hugo le Nouveau Testament grec qui porte le simple nom de Racine. Eh bien, moi, je donnerais volontiers ce Ronsard et ce Nouveau Testament pour le Pétrarque in-folio de Lamartine.

> Sentier qu'embaumait son haleine,
> Sentier où sa trace autrefois
> Me guidait sous l'ombre des bois,
> Où l'habitude me ramène !
>
> Ce temps n'est plus, mon œil glacé,
> Vous cherchant à travers ses larmes,
> Sur vos bords jadis pleins de charmes
> Ne retrouve plus le passé.
>
> La colline est pourtant plus belle (1),
> L'air est plus riant que jamais ;
> Ah, je le vois, ce que j'aimais,
> Ce n'était pas vous, c'était elle !

C'est déjà le thème de l'*Isolement* et je ne serais pas étonné que ces quatre strophes en aient été la première version. Lamartine a dit dans le commentaire de cette pièce : « J'avais emporté ce jour-là sur la montagne un volume de Pétrarque dont je lisais de temps en temps quelques sonnets. » Eh bien, le sonnet CCLX de l'édition anglaise en 2 volumes, sur laquelle j'ai relevé les vers qu'on vient de lire, est ainsi conçu :

> Valle, che de' lamenti miei se' piena ;
> Fiume, che spesso del mio planger cresci.
> Fere silvestre, vaghi augelli e pesci,
> Che l'una e l'altra verde riva affrena ;
>
> Aria de'miei sospir calda e serena ;
> Dolce sentier, che si amaro riesci ;
> Colle, che mi piacesti, or mi rincresci,
> Ov'ancor per usanza Amor mi mena ;
>
> Ben riconosco in voi l'usate forme,
> Non, lasso, in me ; che da si lieta vita
> Son fatto albergo d'infinita doglia.

---

(1) Lamartine a écrit *aussi* belle, faisant un vers faux, comme cela lui arrivait souvent dans le premier jet. — Voir au chap. suivant les variantes de cette pièce.

Quinci vedea'l mio bene; e per quest'orme
Torno a veder ond('al ciel uda è gita,
Lasciando in terra la ma bella spoglia.

Traduction littérale :

Vallée qui de mes lamentations est pleine,
Fleuve qui souvent de mes larmes t'accrois,
Bêtes des bois, oiseaux vagabonds, et vous poissons
Que l'une et l'autre verte rive retiennent.

Air échauffé et rafraîchi par ma respiration,
Doux sentier dont si amèrement je me souviens,
Colline qui me plaisais et m'ennuies à présent,
Et où, par habitude, Amour me mène encore.

Je reconnais bien en vous les formes usitées,
Non, hélas! en moi, qui loin d'une vie si heureuse
Suis devenu la proie d'une douleur infinie!

D'ici je voyais mon bien; et sur sa trace
Je reviens voir l'endroit d'où elle est allée
Laissant à la terre sa belle dépouille.

Evidemment les strophes de Lamartine sont une adaptation de ce sonnet de Pétrarque (1), mais combien large et dégagée du texte italien! C'est ainsi que J. du Bellay traduisait les sonnets qu'il transportait ensuite dans *l'Olive*, et tout à l'heure, en transcrivant les vers de Lamartine, je songeais malgré moi au sonnet de *l'Idée*, que Joachim adapta de celui de Daniello (2). Encore du Bellay a-t-il gardé religieuse-

(1) Cf. notre édition de la *Deffence et illustration de la Langue françoyse*, par J. du Bellay, librairie Sansot, 1905.
(2) Ce n'est pas le seul qu'il ait traduit ou adapté. Je lis dans les *Souvenirs* de Charles Alexandre que Lamartine lui avait donné, entre autres manuscrits, un sonnet de Pétrarque traduit à Brugg en 1824. Or, à la page 22 du tome II du petit Pétrarque qui m'a été gracieusement communiqué par M. Emile Ollivier, au-dessus du sonnet CCXLVII, Lamartine a écrit au crayon très lisiblement : Brugg, 1824, XX. Brugg est une petite localité de la Suisse où il était allé à cette époque faire une cure aux eaux de Schinznach (Argovie). J'en conclus que le sonnet traduit de Pétrarque qu'il avait offert en manuscrit à M. Alexandre n'était autre que celui-là.

ment le cadre et la symétrie du poème original, tandis
que Lamartine qui, pour ses compositions, avait
besoin d'air et d'espace, brisa l'un et s'affranchit de
l'autre, dès la première version du thème qu'il devait
développer plus tard, au gré de son génie, dans les
admirables stances qui ouvrent le recueil des premières *Méditations*.

Sainte-Beuve était donc mal renseigné quand il
prétendait que Lamartine n'avait goûté et vénéré
Pétrarque que tardivement. Il ne l'était pas mieux
quand il disait :

« Si les poésies fugitives de Ducis sont tombées aux
mains de Lamartine, elles l'ont plus ému dans leur
douce cordialité et plus animé à produire que ne l'eussent fait les poésies d'André (Chénier), quand elles
auraient paru dix ans plus tôt (1). »

En effet, Lamartine écrivait, le 15 août 1814 : « Je
lis Ducis et je trouve cela bien médiocre (2). »

Cela me rappelle le joli mot d'Alfred de Vigny sur
Sainte-Beuve qui se flattait de l'avoir pénétré : «... Il ne
faut disséquer que les morts. Cette manière de chercher à ouvrir le cerveau d'un vivant est fausse et
mauvaise. Dieu seul et le poète savent comment naît
et se forme la pensée. Les hommes ne peuvent ouvrir
ce fruit divin et y chercher l'amande. Quand ils veulent
le faire, ils la retaillent et la gâtent (3). »

Voilà pour les premières *Méditations*. Quant aux
secondes, qui parurent trois ans plus tard, lorsque
Lamartine était en Italie, je n'en vois qu'une qui soit

(1) *Portraits contemp.*, t. I, p. 285.
(2) *Corresp.*, t. I, p. 237.
(3) Cf. le *Journal d'un poète*, p. 76.

incontestablement inspirée de l'italien, c'est l'*Ode à Bonaparte*, paraphrase éloquente et sublime du *Cinq-mai*, de Manzoni.

Quelque temps après la publication du *Cinq-Mai*, Lamartine écrivait à Aymon de Virieu (5 février 1827) :

« Je lis Manzoni, mais non son ode. Envoie-la moi avec un bon Dante et quelque bon Virgile ou Horace latin, s'il en est par là de bon. »

Et le 26 du même mois :

« J'ai été bien plus content que je ne m'y attendais de l'ode de Manzoni; je faisais peu de cas de sa tragédie (1), son ode est parfaite. Il n'y manque rien de tout ce qui est pensée, style et sentiment; il n'y manque qu'une plume plus riche et plus éclatante en poésie. Car, remarque une chose, c'est qu'elle est tout aussi belle en prose et peut-être plus. Mais, n'importe, je voudrais l'avoir faite. J'y avais souvent pensé et puis le temps présent m'en a empêché (2). »

Il brodait donc encore ici — mais sa mémoire était si oublieuse ! — lorsqu'il racontait dans le commentaire de cette *Méditation* qu' « elle fut écrite à Saint-Point, dans la petite tour du nord, au printemps de l'année 1821, *peu de mois après* (!) qu'on eut appris en France la mort de Bonaparte à Sainte-Hélène ».

La vérité certaine, indubitable — à moins que la date mise en bas du manuscrit ne soit fausse elle

(1) *Le Comte de Carmagnola*, dont l'analyse dans *le Lycée français* inspira à Manzoni sa fameuse lettre à M. C. (Chauvet) sur l'unité de temps et de lieu dans la tragédie.

(2) *Corresp.*, t. II. — Rapprocher ces lignes du commentaire de l'*Hymne au Christ*, qui fait partie des *Harmonies poétiques et religieuses*, et dans lequel Lamartine, après avoir fait l'éloge de Manzoni à qui cette pièce est dédiée, écrit en toutes lettres : « J'ai adressé cette *harmonie* en 1829 à Manzoni. Je venais de *lire* ses poésies lyriques où le grand poète éclate tout entier. » Il aurait mieux fait de dire qu'il venait de les *relire*.

aussi — c'est que l'*Ode à Bonaparte*, qui d'abord devait s'appeler *le Tombeau d'un guerrier*, ne fut écrite ou achevée à Saint-Point que le 24 juin 1823. Et c'est heureux pour Lamartine qu'elle ne l'ait pas été plus tôt, car, s'il l'avait composée sous l'impression fraîche et immédiate de celle de Manzoni, il lui aurait sans doute emprunté davantage.

Stendhal, comparant *le Cinq-Mai* aux poésies que cette ode avait inspirées en France, s'exprimait ainsi :

« Il (Manzoni) a fait une ode à Napoléon qui lui assure l'immortalité. Depuis bien des années, rien d'aussi beau n'a été écrit dans ce genre. Les pièces de vers que lord Byron, M. de Lamartine et M. Casimir Delavigne ont publiées sur le même sujet nous paraissent bien inférieures à l'ode de Manzoni. Tout, est grave et l'on peut dire céleste, dans l'ode de Manzoni. Pour trouver quelque chose de comparable, il faudrait chercher dans les oraisons funèbres de Bossuet, et Bossuet serait probablement vaincu. Après avoir rêvé longtemps pour trouver quelque chose à blâmer dans ce chef-d'œuvre de la moderne poésie italienne, je ne vois à reprendre qu'un peu d'obscurité dans deux ou trois passages, et une ou deux tournures de phrases trop directement empruntées du latin (1). »

Je suis fâché de contredire un aussi bon juge que Stendhal, mais si je partage son admiration pour l'ode de Manzoni, je suis loin de la préférer à celle de Lamartine, qui me semble un chef-d'œuvre unique en son genre. Je trouve même qu'avec ses nobles proportions, ses élans, son mouvement lyrique et le souffle extra‐ordinaire qui y circule d'un bout à l'autre, l'*Ode à*

---

(1) Cf. *Racine et Shakespeare*, études sur le Romantisme, par Stendhal, Calmann-Lévy, 1905, p. 289.

Bonaparte dépasse le *Cinq-Mai* en grandeur et en éclat ; et, puisque Stendhal a prononcé le nom de Bossuet, j'estime que l'aigle de Meaux n'est jamais monté plus haut que Lamartine en ces vers :

> Ici gît... point de nom : demandez à la terre !
> Son cercueil est fermé, Dieu l'a jugé, silence !

et dans la belle évocation qui se termine par la strophe fameuse :

> La gloire efface tout, tout, excepté le crime,
> Et son doigt me montrait le corps d'une victime :
> Un jeune homme, un héros d'un sang pur inondé,
> Le flot qui l'apportait passait, passait sans cesse,
> Et toujours en passant la vague vengeresse.
> Lui jetait le nom de Condé.

Ce sont là des accents d'oraison funèbre, et qu'est-ce au fond que l'*Ode à Bonaparte*, sinon une oraison funèbre en vers ?

III

A présent, voyons ce que Lamartine a pris à Manzoni. Je n'aime pas beaucoup les rapprochements dont on abuse dans le monde universitaire, mais celui-ci s'impose :

MANZONI (strophe I).

Il n'est plus ! et, comme après le dernier soupir exhalé, sa dépouille est restée immobile et sans souvenir, veuve d'une si grande âme, ainsi, frappée de stupeur, la terre à cette nouvelle s'arrête.

Muette, elle pense à la suprême heure de l'homme du destin, et ne sait *quand un pied mortel viendra sur sa poussière sanglante imprimer la même trace.*

LAMARTINE (strophe III).

Jamais d'aucun mortel le pied qu'un souffle efface
N'imprima sur la terre une aussi forte trace,
    Et ce pied s'est arrêté là !

MANZONI (strophe II).

Pendant qu'il rayonnait sur le trône, mon génie le vit et se
tut ; et lorsque, *éternel jouet du sort*, il tomba, se releva, pour
tomber encore une dernière fois, jamais, à la voix de mille autres,
ma muse ne mêla sa voix.

Vierge des louanges serviles et des lâches injures, elle s'é-
veille aujourd'hui, comme au dernier reflet que jette en dispa-
raissant tout à coup ce grand astre, et elle apporte à son urne
un chant qui peut-être ne mourra pas.

LAMARTINE (strophe XXVI).

    Et que ton nom *jouet d'an éternel orage.*
        (strophe V).
Ne crains pas cependant, ombre encore inquiète,
Que je vienne outrager ta majesté muette,
Non, la lyre au tombeau n'a jamais insulté.

MANZONI (strophe V).

Il se nomma : deux siècles, l'un contre l'autre armés, se tournèrent vers lui, soumis et comme attendant leur sort ; il leur
imposa silence et s'assit en arbitre au milieu d'eux.

LAMARTINE (strophe VII).

Ce siècle dont l'écume entraînait dans sa course
Les mœurs, les rois, les dieux... refoulé vers sa source,
    Recula d'un pas devant toi.
        (strophe IX).

Ainsi dans les accès d'un impuissant délire,
Quand un siècle vieilli de ses mains se déchire
En jetant dans ses fers un cri de liberté,
Un héros tout à coup de la poudre se lève,
Le frappe avec un sceptre... il s'éveille, et le rêve
    Tombe devant la vérité.

MANZONI (strophe VII).

Ah ! que de fois, à la chute silencieuse d'un jour inoccupé,
attachant à la terre ses yeux foudroyants, les bras croisés sur la

poitrine, il s'arrêta, assailli par le souvenir des jours qui n'étaient plus !

Il revoyait et les tentes mobiles, et les vallées pleines de la bataille, et l'éclair des armes des fantassins, et le flot des cavaliers, et les ordres vifs et pressés, et l'obéissance rapide.

LAMARTINE (strophe XIX).

Oh ! qui m'aurait donné d'y sonder ta pensée,
Lorsque le souvenir de ta grandeur passée
Venait, comme un remords, t'assaillir loin du bruit,
Et que, les bras croisés sur ta large poitrine,
Sur ton front chauve et nu que la pensée incline,
     L'horreur passait comme la nuit !

(Suit l'admirable vision qui remplit les strophes XX, XXI, XXII et XXIII.)

MANZONI (strophe IX).

Belle, immortelle, bienfaisante foi, accoutumée aux triomphes, inscris encore celui-ci ; réjouis-toi, jamais grandeur plus superbe n'humilia son orgueil devant l'opprobre du Golgotha.

Maintenant de ces cendres fatiguées détourne toute parole amère ; le Dieu qui précipite et relève, qui afflige et console, sur sa couche déserte, ce Dieu est descendu près de lui.

LAMARTINE (strophes XXVIII, XXIX et XXX).

On dit qu'aux derniers jours de sa longue agonie
Devant l'éternité seul avec son génie,
Son regard vers le ciel parut se soulever,
Le signe rédempteur toucha son front farouche,
Et même on entendit commencer sur sa bouche
     Un nom qu'il n'osait achever.

Achève ! c'est le Dieu qui règne et qui couronne,
C'est le Dieu qui punit ; c'est le Dieu qui pardonne;
Pour les héros et nous il a des poids divers,
Parle-lui sans effroi : lui seul peut te comprendre,
L'esclave et le tyran ont tous un compte à rendre,
     L'un du sceptre, l'autre des fers.

Son cercueil est fermé : Dieu l'a jugé. Silence !
Son crime et ses exploits pèsent dans la balance :
Que des faibles mortels les mains n'y touchent plus !

. . . .

Telle était la façon d'imiter ou de s'inspirer de La-

martine. On voit qu'elle n'a rien de commun avec celle
des traducteurs ou des adaptateurs vulgaires. Ce qui
frappe le poète ici comme partout, ce sont les images
qui font naître l'idée. Quand il en trouve une à son
goût, il la note, il s'en empare, il l'enchâsse dans un
texte qui lui est propre, et c'est à peine si, dans le flot
de paroles harmonieuses où elle roule, celui à qui il
l'a empruntée pourrait la reconnaître.

L'*Ode à Bonaparte* est une des rares *Méditations*
dont la source soit italienne, si l'on peut appliquer ce
gros mot de source à un aussi mince filet d'eau. On a
supposé que le *Crucifix* pourrait bien avoir été, lui
aussi, inspiré par un poète italien, mais on n'a appuyé
cette hypothèse d'aucune preuve digne d'être retenue (1).
Rien ne prouve, en effet, que le canevas en prose de
cette *Méditation* soit une traduction ou une adaptation d'un poète italien, et nous verrons plus loin que
Lamartine, tout improvisateur qu'il était, fit, dans
deux ou trois circonstances, des esquisses en prose
très courtes, mais dont les grandes lignes étaient très
arrêtées. Quant au titre *Il Crucifisso*, qu'il donna,
on ne sait pourquoi, au canevas du *Crucifix*, il ne
prouve rien non plus, Lamartine, à dater de son voyage
en Italie, ayant pris l'habitude de mêler à sa prose
des expressions italiennes.

Enfin s'il ne fit pas entrer cette élégie dans le recueil
des premières *Méditations*, on aurait tort d'en con-
clure qu'il ne la composa que beaucoup plus tard,
attendu que le recueil des secondes *Méditations* contient quelques pièces qui sont du même temps que les
premières, notamment *Sapho* et la pièce *A Elv.*

(1) *Revue universitaire* du 15 mars 1905 : Notes sur la composition
du *Crucifix,* par Pierre Martino.

Je sais bien que telle stance du *Crucifix* (1) contredit sur un point essentiel le commentaire même du poète, mais il ne faut pas ajouter trop de foi à ses récits, qui sont presque toujours *romancés*. Qu'il ait repris et parachevé le *Crucifix*, en Italie ou en France, quelques années après la mort de Mme Charles, la chose est parfaitement admissible, et ce ne serait pas la première pièce qu'il aurait retouchée, remaniée, refondue, longtemps après l'avoir faite (2). Mais une tradition dont il convient de tenir compte, parce qu'elle est conforme à la vraisemblance, une tradition qu'on a gardée parmi les siens, veut qu'il ait composé cette *Méditation* quelque temps après la mort de Julie, sous le coup du grand chagrin que lui causa cette perte et en recevant des mains de M. de Parseval le crucifix qu'elle avait baisé agonisante. Jusqu'à preuve du contraire, je tiens cette tradition pour vraie et je laisse à d'autres le soin de pénétrer les raisons pour lesquelles Lamartine ne publia le *Crucifix* qu'en 1823 (3).

(1) Cette stance est la suivante :

> Oui, tu me resteras, ô funèbre héritage !
> Sept fois depuis ce jour, l'arbre que j'ai planté
> Sur sa tombe sans nom a changé de feuillage :
>   Tu ne m'as pas quitté.

Mme Charles étant morte le 18 décembre 1817, si l'on prenait cette stance au pied de la lettre il s'ensuivrait qu'elle aurait été composée en 1824, c'est-à-dire après la publication du recueil où elle figure. Or, Lamartine lui-même déclare dans le commentaire du *Crucifix* qu'il composa cette pièce en 1818.

(2) *Le Passé* et *l'Enthousiasme* sont de ce nombre. Le *Passé*, qui fut commencé en 1821, ne fut achevé qu'en 1823, et *l'Enthousiasme*, dont Lamartine avait écrit les premières stances en 1817, ne fut terminé qu'en 1819. Cette *Méditation* était destinée à M. Joseph Rocher qui, dans une jolie épître, l'avait détourné de renoncer à la poésie.

(3) En ses notes sur la composition du *Crucifix* (*Revue universitaire*), M. Pierre Martino, s'autorisant de ce fait, relevé par lui dans *Raphaël*, que le docteur Alin qui avait soigné Julie était mort quelques années après elle, *en tenant entre ses mains jointes sur sa poi-*

IV

En somme, la part de l'exotisme est assez faible dans les *Méditations*, si on la mesure aux emprunts directs de Lamartine (1). Je dirai même qu'elle ne répond pas du tout à l'idée qu'on s'en fait en lisant sa *Correspondance*. Ainsi, lord Byron et Shakespeare, malgré tout le prestige dont ils jouissaient alors en France, n'exercèrent sur lui qu'une action à peu près nulle. En 1818, pendant qu'il travaillait à sa tragédie de *Saül*, il s'efforçait bien de faire du Shakespeare, mais il ne le comprenait que mélangé de Racine (2). Aussi il arriva ce qui devait arriver avec un tempérament

trine un crucifix, modèle de patience, qu'il embrassait quand il souffrait au-delà de ses forces, M. Pierre Martino a émis cette opinion que Lamartine avait probablement voulu désigner ce docteur par le *martyr* dont il est question dans les vers que voici :

> Que de pleurs ont coulé sur tes pieds que j'adore,
> Depuis l'heure sacrée où, *du sein d'un martyr*,
> Dans mes tremblantes mains tu passas tiède encore
>   De son dernier soupir !

J'avoue ne rien comprendre à cette interprétation. Si le docteur Alin était mort avant Julie, peut-être, en effet, Lamartine aurait-il songé à lui dans cette scène ; mais comme il mourut longtemps après elle, il n'avait aucune raison de l'y faire entrer, surtout à l'état de martyr. Ce mot, qui a intrigué et induit M. Martino en erreur, s'explique tout naturellement par ce fait que le curé de Saint-Germain-des-Prés qui administra Julie était de ceux qu'on appelait communément alors « les martyrs de la Révolution ». C'était l'abbé de Keravenant. Il avait été emprisonné et déporté comme des milliers d'autres.

Et voilà comment, à vouloir serrer de trop près les textes, chez un poète aussi peu précis que Lamartine, on risque de chercher midi à quatorze heures.

(1) Elle est encore plus petite dans les *Harmonies, Jocelyn* et les *Recueillements*. Cependant, de l'aveu même de Lamartine, la pièce de ce dernier recueil intitulé *Un nom* est une imitation de Pétrarque.

(2) Il écrivait à Aymon de Virieu, le 23 janvier 1818 : « Je viens de finir à l'instant un acte entier de *Saül* ; celui-là est du Shakespeare, l'autre sera du Racine, si je peux, et ainsi tour à tour du pathétique au terrible et du terrible au lyrique jusqu'à la fin qui se présente nettement à mon esprit, et le tout sera fait le 1er mai. » (*Corresp.,* t. I, p. 286.)

élégiaque comme le sien, Racine finit par l'emporter.

Quand il composa son ode fameuse sur *l'Homme* (septembre 1819), Lamartine ne connaissait pas encore lord Byron — car ce n'était pas le connaître que d'avoir simplement lu *Manfred*. Il ne commença vraiment à l'étudier que vers 1823, lorsqu'il songea à écrire *la Mort de Socrate*. Encore ne l'étudia-t-il qu'au point de vue de la forme, et tout ce qu'il lui prit fut la division de son poème par couplets (1).

Que s'il paraît avoir emprunté si peu aux étrangers dont il s'était nourri, cela tient à ce fait qu'il s'assimilait merveilleusement le sang et l'âme de ses lectures et qu'il avait reçu une éducation classique des plus solides. Classique il était né, classique il demeura par l'entente de la composition autant que par le style, quoique le sentiment de la nature et l'expression du « Moi », qui sont les principaux caractères du romantisme, soient aussi accusés chez lui que chez aucun autre. Il écrivait un jour à propos de Stendhal :

« Il a oublié que l'imitation n'était pas le seul but des arts, mais que le *beau* était, avant tout, le principe et la fin de toutes les créations de l'esprit. S'il s'était souvenu de cette vérité fondamentale, il n'aurait point dit que Pigault-Lebrun était romantique (dans l'acception favorable du mot), mais qu'il était populaire, ce qui est tout autre chose. Il n'aurait pas dit qu'il fallait renoncer aux vers dans la poésie moderne ; car le vers ou le rythme étant le beau idéal

---

(1) Et le 15 février 1823 : « En ce moment, je fais une chose que je méditais depuis six ans : un chant sur la mort de notre ami Socrate. Le *Phédon* m'y a fait repenser. Cela va comme de l'eau courante, et pour nous deux au moins, cela sera superbe, peut-être même pour Fréminville... Cela aura 5 ou 600 vers. C'est coupé par couplets comme Byron. Je crois qu'il n'y a pas moyen de soutenir l'épique autrement. » (*Corresp.*, t. II, p. 238.)

dans l'expression ou dans la forme de l'expression, ce serait redescendre que de l'abandonner, il faut le perfectionner, l'assouplir, mais non le détruire. L'oreille est une partie de l'homme, et l'harmonie une des lois secrètes de l'esprit, on ne peut les négliger sans erreur... Je voudrais encore que M. Beyle expliquât aux gens durs d'oreille que le siècle ne prétend pas être romantique dans l'expression, c'est-à-dire écrire autrement que ceux qui ont bien écrit avant nous, mais seulement dans les idées que le temps apporte ou modifie; il devrait faire une concession : classique pour l'expression, romantique dans la pensée à mon avis c'est ce qu'il faut être (1). »

Retenons la fin de cette lettre, tout le secret de l'art de Lamartine est là. M. Ernest Renan, qui l'avait lu beaucoup, aimait à répéter que l'Université aurait été incapable de faire un Lamartine (2). Je crois qu'il

(1) Lettre à M. de M., du 19 mars 1823, publiée dans *Racine et Shakespeare*, de Stendhal.

(2) C'est peut-être pour cela qu'en général les Universitaires de profession l'ont si peu compris. Dans ces dernières années surtout, il semble qu'ils se soient entendus pour le dépouiller de ses qualités les plus solides et de ce qui constitue son originalité propre, en le soumettant à un examen méthodique et minutieux d'où nul écrivain ne sortirait indemne.

Je ne sais pas comment on leur enseigne la critique à l'Ecole normale ou ailleurs, mais on dirait vraiment que pour eux elle consiste uniquement à rapprocher des textes, à passer au crible tous les vers d'un poète, pour en faire tomber les pensées, les expressions et les images qu'on a pu rencontrer précédemment ailleurs. Comme si, pour exprimer certaines sensations, certaines idées, en vers ou en prose, les mêmes mots, à l'arrangement près, les mêmes figures ne se présentaient pas tout naturellement à l'esprit, et comme si, pour un Lamartine, la poésie était autre chose qu'un chant fait de sons plus ou moins harmonieux, plus ou moins vagues, saisis, captés, retenus et puis modifiés en passant par sa lyre!

M. Raoul Rosières, dans un article retentissant publié par la *Revue bleue*, le 8 août 1891, s'est efforcé d'établir que, si on ne lisait plus Lamartine, c'est qu'il n'avait apporté au monde aucune pensée nouvelle et que sa lyre n'avait fait entendre que des chants déjà entendus!

Et d'abord est-il bien vrai qu'on ne lise plus Lamartine? M. Emile

se regardait lui-même quand il s'exprimait de la

Ollivier, qui préside actuellement la société qui exploite ses œuvres, a réfuté victorieusement cette assertion en publiant le tableau comparatif de leur rendement depuis 1869 (année de sa mort) jusqu'à 1895 (1). Il résulte, en effet, de ce tableau que, dans cet espace de temps, il a été vendu 75.251 exemplaires des premières et des secondes *Méditations*, 64.751 de *Jocelyn*, 106.251 de *Graziella*, et 53.251 de *Raphaël*. Pour un auteur qu'on ne lit plus, avouez que ce résultat est assez appréciable. N'en déplaise à M. Rosières, on n'a jamais cessé de lire Lamartine. Les femmes, qui constituent sa principale clientèle, l'ont un peu négligé durant la période dite naturaliste. Pendant quelques années, *Nana* fit une concurrence sérieuse à Elvire, mais cette vogue malsaine dura peu, et les femmes, qui sont avant tout des idéalistes, retournèrent à leurs amours d'antan, c'est-à-dire aux *Méditations*, à *Graziella*, à *Raphaël*. Le mouvement de curiosité et de protestation qui s'est produit naguère à la suite de la publication des lettres d'Elvire prouve que Lamartine a toujours l'oreille des femmes.

Voilà qui donne un démenti formel à M. Rosières. Quant à son autre assertion, que Lamartine n'a apporté au monde aucune pensée nouvelle et n'a fait entendre que des chants déjà entendus, elle ne vaut pas la peine qu'on la réfute. En admettant même que le premier succès de Lamartine n'ait été qu'une affaire de mode, qu'un engouement des salons mondains de la Restauration, on ne saurait s'expliquer qu'il ait duré si longtemps, qu'il dure encore, si vraiment la poésie des *Méditations* et des *Harmonies* ne répondait pas à certaines aspirations, à un besoin naturel de l'âme, si, comme fond et comme forme, elle n'avait eu, en 1820, un charme nouveau. Or, à moins d'être aveugle et plus sourd que les sourds de naissance, il est impossible de nier que Lamartine apporta à la poésie française une note nouvelle, qu'en chantant l'amour idéal et platonique sur un mode religieux il fit pour elle ce que Pétrarque avait fait pour la poésie italienne avec ses *Sonnets* et ses *Triomphes de l'amour et de la mort*. Encore — j'en demande pardon aux Italiens — y a-t-il pour moi plus de variété, plus d'élévation religieuse, plus de charme pathétique dans les *Méditations* que dans le *Canzonière*. Mais quand bien même ils seraient aussi monocordes l'un que l'autre, Lamartine et Pétrarque ont certainement fait entendre à leurs contemporains « des accents inconnus à la terre ». Ce sont deux voix du ciel qui se répondent comme deux échos à travers les siècles. On peut leur préférer une autre musique, mais il n'y en a pas de plus éthérée, de plus divine, et tant que le rossignol à qui l'on peut reprocher comme à eux de se répéter toujours, tant que le rossignol charmera le cœur et l'oreille, Pétrarque et Lamartine auront leurs admirateurs et leurs dévots.

Qu'importe à présent — et ici j'entre dans le détail à la suite de M. Rosières, et je réponds du même coup à tous ceux qui emploient son procédé critique — qu'importe que les plus belles pièces des *Méditations* contiennent plus ou moins de réminiscences, que, par exemple, l'*Hymne au Soleil* soit imité de Léonard que, dans l'*Isolement*, il y ait à la fois des moitiés de vers du même Léonard et des bouts de phrase de La

(1) Cf. *Valentine de Lamartine*, par Marie-Thérèse Ollivier, p. 171.

sorte. Et, en effet, il y a des natures d'élite qui ne pourraient se développer et s'épanouir dans l'atmosphère lourde et malsaine des casernes universitaires (1). « Il faut sortir de nos rhétoriques pour voir le vrai en poésie », disait un jour Lamartine à Aymon de Virieu (2). Quoiqu'il eût passé sous la férule d'hommes qui mettent au-dessus de tout les principes et la règle, il nous donne l'impression très vive d'un esprit qui a été formé en liberté (3). D'abord

Harpe et de Chateaubriand; que le *Vallon* soit inspiré du *Retour à la solitude*, de Lebrun; que *l'Homme, l'Immortalité, la Providence à l'homme, l'Ode aux Français, la Foi, Dieu*, renferment des passages qu'on dirait empruntés au *Génie du Christianisme*, au *Vicaire savoyard*, aux *Etudes de la nature*, de Bernardin de Saint-Pierre, à *l'Incrédulité*, de Soumet, à l'*Essai sur l'homme*, de Pope, au *Génie de l'homme*, de Chênedollé, à qui et à quoi encore?... que *le Lac*, qui est de 1817, contienne une strophe ou deux prises au *Golfe de Naples*, de Pierre Lebrun, qui est de 1818! qu'on y trouve un hémistiche de Thomas : « O Temps, suspends ton vol ! » et un hémistiche de Quinault : « Le flot fut attentif ! » etc., etc. Rien de tout cela ne saurait m'émouvoir ni même me surprendre, et il ne faut pas avoir pour deux liards d'esprit critique pour attacher plus d'importance qu'elles n'en ont à ces pirateries involontaires de la mémoire, car, depuis que le monde est monde, j'entends depuis que les littératures existent, ces sortes de pirateries ont été pratiquées partout. Pendant qu'il y était, M. Raoul Rosières aurait bien fait de nous dire ce que Léonard, Chateaubriand, La Harpe, Rousseau, Bernardin de Saint-Pierre, Pope, Chênedollé, Thomas et Quinault avaient emprunté aux autres. Cela ne les empêche pas d'ailleurs d'être ce qu'ils sont. Virgile aussi a imité Homère. S'ensuit-il qu'il n'ait pas sa valeur propre et qu'il soit sans originalité et sans caractère? Tout le monde s'accorde, au contraire, à reconnaître qu'il a plus d'âme qu'aucun autre. Eh bien, c'est par l'âme aussi et par la musique de l'âme que vaut surtout la poésie de Lamartine. Je plains ceux qui ne la sentent pas.

(1) Lamartine non plus n'aimait pas l'Université et fut un des premiers à la battre en brèche au nom de la liberté de l'enseignement. (Cf. la *France parlementaire*, t. III, p. 465 et suiv.) Parlant un jour de Fontanes et des circonstances dans lesquelles il l'avait entendu la première fois, il disait : « Je vois un gros homme, carré comme un Limousin, se lever et réciter *d'une voix universitaire* les strophes suivantes :
              Le Tasse errant de ville en ville, etc.
(*Souvenirs et portraits*, t. III.)
(2) *Corresp.*, t. II, p. 96.
(3) Il est vrai qu'après sa sortie du collège de Belley il vécut pendant des années au grand air, libre de ses mouvements comme de la direction de son esprit.

il comprend tout, même les choses qui échappent
d'ordinaire à l'entendement des poètes. Il n'a aucun
préjugé de caste ou de secte, aucune morgue, aucune
de ces haines étroites et basses, filles de la peur, de
la jalousie, de la rancune, qui, à de certains moments,
arment les citoyens d'une même nation, d'une même
commune, les uns contre les autres. A l'exemple de
son divin Maître, il semble n'être venu au monde
que pour prêcher la paix et l'amour aux hommes. Son
verbe, un des plus nobles, des plus purs, des plus
harmonieux qui soient tombés d'une bouche humaine,
éclaire, embrase, embellit tout, comme le soleil qui
luit dans les cieux, et soulève les âmes les moins sen-
sibles. Il a beau avoir été élevé par les Jésuites, il estime, il admire tout autant que qui que ce soit leur
plus redoutable adversaire. Jeune, il se délectait avec
la *Henriade*, *Mérope* et les poésies badines de Voltaire;
vieux, c'était avec sa correspondance. Si la Bible qui
fut sa première lecture lui avait fait une imagination
orientale (1); si Bossuet lui avait donné le sens du
mouvement, de la période, de la pompe oratoire,
Fénelon et Racine, celui de la douceur et de l'eury-
thmie, Voltaire lui avait donné le sentiment et le goût
de la clarté. Il est clair en vers comme en prose, et
reste clair jusque dans ses démonstrations métaphy-
siques. Sous ce rapport, il est bien le fils du dix-huitième siècle (2).

(1) « Je suis né oriental et je mourrai tel, a-t-il dit dans le commentaire de la *Méditation* du *Passé*. La solitude, le désert, la mer, les
montagnes, les chevaux, la conversation intérieure avec la nature, une
femme à adorer, un ami à entretenir, de longues nonchalances de corps
pleines d'inspirations d'esprit, puis de violentes et aventureuses périodes
d'action comme celles des Ottomans ou des Arabes, c'était là mon être :
une vie tour à tour poétique, religieuse, héroïque ou rien. »
(2) Il l'est encore par certaines strophes en vers de huit pieds, d'une

Avait-il lu les poètes du seizième? J'en doute, quoiqu'il fasse songer plus d'une fois à Joachim du Bellay,
qui fut à l'aurore de la Renaissance ce qu'il a été lui-
même au début de la Restauration, l'annonciateur de
la poésie nouvelle. On a rapproché certains vers des
Méditations de ceux de *l'Olive* (1). Le rapprochement
s'imposait, en effet, mais il ne signifie qu'une chose à
mes yeux, c'est que Joachim et Lamartine s'étaient
tous deux nourris de Pétrarque et des poètes italiens
de son école et qu'ils avaient à peu près le même tempérament, la même nature. Voyez plutôt : « J'étais,
dit Lamartine, et je suis resté toute ma vie un
amateur de poésie plus qu'un poète de métier (2). »

En disant cela, il ne ment pas, il ne cherche pas à
nous en faire accroire. Il ne fut, en réalité, qu'un
improvisateur ou, pour employer une de ses images
préférées, qu'une harpe éolienne qui frémissait aux
moindres brises. Si nous ouvrons sa *Correspondance*,
nous voyons qu'il rimait uniquement pour se distraire,
pour passer le temps — ce qui est le fait d'un amateur. Ses *Méditations*, qui devaient lui ouvrir la carrière diplomatique, n'étaient pas imprimées, qu'il
regrettait de les avoir livrées à la publicité, bien

tournure madrigalesque ou précieuse, souvenir involontaire et comme
inconscient des petits poètes badins de la fin du règne de Louis XV.

1) Notamment cette strophe de *l'Isolement :*

> Là, je m'enivrerais à la source où j'aspire ;
> Là, je retrouverais et l'espoir et l'amour,
> Et ce bien idéal que toute âme désire,
> Et qui n'a pas de nom au terrestre séjour.

qui semble inspirée du sonnet CXIII de *l'Olive :*

> Là est le bien que tout esprit désire,
> Là, le repos où tout le monde aspire,
> Là est l'amour, là le plaisir encore.

(2) Cf. les secondes *Méditations*. Commentaire des *Adieux à la
poésie.*

qu'elles l'eussent déjà couvert de gloire! Comme il
prétendait avoir l'étoffe d'un homme d'action, — et
la suite montra qu'il se connaissait assez bien de ce
côté — il craignait que ses poésies ne lui fissent tort
aux yeux de ceux qui distribuaient les places (1) : les
écrivains, les poètes surtout, ont si mauvaise réputation dans le monde de la bureaucratie! Vingt fois,
après ses premiers triomphes, il voulut renoncer à la
poésie, il lui dit adieu en vers admirables. Il y revenait toujours, naturellement et malgré lui, d'abord
parce qu'il était né poète et qu'il est aussi difficile au
poète de naissance qu'au rossignol de ne pas chanter;
ensuite parce que ses recueils de poésies lui étaient
payés à peu près ce qu'il voulait et que l'argent fut le
bourreau de toute sa vie.

Remontez maintenant jusqu'au seizième siècle et
feuilletez le livre aussi court que glorieux de la vie de
Joachim du Bellay. Vous le verrez, lui aussi, protester dès 1549, année de ses débuts, dans une préface
célèbre, que c'est uniquement pour être agréable à la

(1) Il écrivait à M. de Genoude, le 26 juin 1819 :
« J'ai fait quelques nouvelles *Méditations* que je voudrais bien soumettre à M. de Lamennais et à vous ; mais je ne suis pas assez bien pour
déployer toutes mes ailes et me remettre dans mon *Clovis* (poème
qu'il avait commencé dès 1813 et qu'il abandonna, comme ses tragédies
de *Médée* et de *Zoraïde*, après le succès triomphal des *Méditations*). —
J'ai de plus en plus l'espérance d'être employé dans la diplomatie, et,
jusqu'à ce que je n'aie plus une lueur d'espoir de ce côté, je n'essaie-
rai pas de rien publier. La réputation de poète est la pire de toutes aux
yeux des hommes qui possèdent ce monde matériel. »
Et le même jour au comte de Saint-Mauris :
« ... Si je suis une fois secrétaire d'ambassade et dans une position
plus indépendante, je me lancerai alors sans timidité dans cette carrière (poétique) où je me sens poussé, quoique, à vous parler franchement, je n'y espère pas de très grands succès; mais c'est là un des
risques de cette vocation que vous définissez si bien, de faire les choses pour elles-mêmes et sans en calculer les résultats : *il faut écrire
comme on respire, parce qu'il faut respirer, sans savoir pourquoi...* »
(*Corresp.*, t. II, pp. 50 et 52.)

princesse Marguerite, sa Muse et sa bienfaitrice, qu'il
continue à faire des vers. Non qu'il ait à se plaindre
de la Renommée : c'est sur ses ailes toutes grandes
ouvertes que sont parties *la Défense* et *l'Olive ;* mais il
lui déplaît d'être confondu parmi la foule des rimeurs
de profession ; il tient lui aussi à ce qu'on sache bien
qu'il n'est qu'un amateur, et, pour que personne ne
puisse en douter, il sème comme à plaisir les négligences dans ses pages les mieux venues. Lamartine
se corrigeait encore dans les commencements, comme
en témoignent ses innombrables retouches des *Méditations*, Joachim, jamais. Vous pouvez faire la chasse
aux variantes dans ses éditions successives, vous n'en
trouverez point. C'est à peine s'il a quelque souci de
son orthographe, qu'il abandonne, avec une désin-
volture de gentilhomme, à la fantaisie de ses impri-
meurs (1).

Quand il partit pour l'Italie, derrière le cardinal du
Bellay, son cousin, n'allez pas croire que c'était le
pays qui l'attirait. Certes, il était heureux de franchir
les Alpes et de voir la Ville qui, sous les Papes
comme sous les Césars, était demeurée le premier
théâtre du monde, mais il l'était surtout à la pensée
qu'il allait trouver au service du cardinal l'emploi de
ses facultés actives, car lui aussi se croyait l'étoffe
d'un homme d'action. Le rôle d'intendant qu'on lui
destinait lui causa des déceptions cruelles, mais il ne
perdit pas son temps à Rome ; le ciel d'Italie eut sur
son imagination la même influence que sur celle de

(1) En cela encore Lamartine lui ressemblait : « La grammaire écrase
la poésie, écrivait-il un jour à Victor Hugo. La grammaire n'a pas été
faite pour nous. Nous ne devons pas savoir de langues par principes.
Nous devons parler comme la parole nous vient sur les lèvres. »
(*Victor Hugo raconté*, t. II, p. 104.)

Lamartine : il acheva de les mûrir tous les deux, et l'on peut dire en toute vérité que nous lui devons, avec *les Regrets* et les *Méditations*, les deux plus belles fleurs qui aient illustré, au seizième et au dix-neuvième siècle, le jardin poétique de la France.

CHAPITRE V

LES MANUSCRITS DE LAMARTINE

§ I. — LES MÉDITATIONS

I. — Les albums de la Bibliothèque nationale. — Intérêt des manuscrits de Lamartine au point de vue de la chronologie des *Méditations*. — Chronologie fantaisiste des Commentaires du poète. — Sa méthode de travail.— L'improvisation et la lime.— Fausse légende à ce sujet. — Négligences systématiques de Lamartine. — L'*Ode à Bonaparte* prise comme exemple de sa manière de composer. — Ses esquisses et ses canevas.

II. — Variantes et fragments inédits du *Lac*, de *l'Immortalité*, de *l'Isolement*, de l'*Ode à Byron*, du *Passé*, d'*Ischia*, de *Tristesse* et de *Retour*.

III. — Chronologie des premières et des secondes *Méditations*.

§ II. — CHILDE-HAROLD ET LE CHANT DU SACRE

Historique de ces deux ouvrages. — Ennuis que le *Chant du Sacre* causa à Lamartine. — Un vers malheureux. — Ressentiment de Louis-Philippe à ce sujet. — Une anecdote de Sainte-Beuve. — Les variantes du *Chant du Sacre*.—Preuves que Lamartine savait se corriger.

§ III. — LES HARMONIES

Variantes et fragments inédits de *La Source dans les bois*. — L'*Hymne au Christ* et *la Retraite*.— Chronologie de l'*Hymne de la nuit*, l'*Hymne du matin*, l'*Hymne du soir*, la *Poésie*, *Consolation*, la *Perte de l'Anio*, *Milly ou la Terre natale*, le *Désir*, l'*Infini dans les cieux*, l'*Hymne au Christ*, *Novissima Verba*. — Accueil fait à Paris aux *Harmonies*, en 1828, chez Mᵐᵉ Sophie Gay, chez Mᵐᶜ V. Hugo et à la Sorbonne. — Cinq éditions en trois mois.

En 1897, M. Emile Ollivier, président de la Société à laquelle appartiennent les œuvres de Lamartine, donnait à la Bibliothèque nationale un certain nombre de manuscrits du grand poète, plus ou moins fragmentés, dont ceux des secondes *Méditations*, du *Chant du Sacre*, du *Dernier chant de Childe-Harold* et des *Harmonies* (1).

(1) Les manuscrits déposés à la Bibliothèque nationale ne sont pas les seuls qui existent. La Bibliothèque publique de Mâcon possède le manuscrit complet de *Jocelyn*, qui lui a été offert il y a quelques années par M. Piat, le bibliophile bien connu. Mme Charles Alexandre conserve pieusement, dans sa retraite de Morlaix, ceux que Lamartine avait donnés à son mari, savoir : quelques fragments des *Harmonies*, les tragédies de *Médée* et de *Zoraïde* et deux albums reliés en vert. Le premier, commencé le 1er janvier 1824, contient : des vers à Ch. Nodier, le premier chant des *Visions*, un fragment d'*Epître au duc de Toscane*, le psaume 7e, une *Harmonie : Invocation pour les Grecs*, et l'*Epître à Casimir Delavigne*. — Le second renferme le deuxième chant du poème des *Chevaliers* daté de Florence, 1er juin 1827, des vers au crayon inachevés, un sonnet de Pétrarque traduit à Brugg, en 1824, des fragments de *Toussaint-Louverture*, des articles du *Pays* et des pages de prose.

D'autre part, M. Pierre de Lacretelle possède le manuscrit de quelques pièces de vers dont les pages furent arrachées par Lamartine lui-même aux albums qui sont à la Bibliothèque nationale. De ce nombre est la pièce publiée dans les *Recueillements* sous le titre : *Un Nom*, et qui est intitulée dans le manuscrit : *Rêverie sur un nom de femme*. Mme Emile Ollivier, en son livre sur *Valentine de Lamartine*, prétend qu'elle fut inspirée au poète par cette nièce chérie. Je crois, en effet, qu'il l'a peinte dans les vers suivants:

> Un éblouissement de jeunesse et de grâce
> Fascine le regard où son charme est resté.
> Quand elle fait un pas, on dirait que l'espace
> S'éclaire et s'agrandit pour tant de majesté.

Mais la chose n'est admissible que si l'on post-date cette pièce de vingt ans. Dans le texte imprimé, elle est datée de Florence, 1818; dans le manuscrit, de Florence, 25 novembre 1828. Ces deux dates sont également fausses, car à aucune de ces époques Lamartine n'était à Florence. Il n'y alla pas davantage en 1838, mais, outre que c'est l'année où furent imprimés les *Recueillements*, Valentine, avec ses dix-huit ans, avait, en 1838, l'âge où l'on pouvait lui appliquer la strophe citée plus haut. Et ce n'est pas la seule.

Comme la plupart des *Méditations* et des *Harmonies*, cette pièce offre un grand nombre de variantes et de surcharges. Elle a aussi dans

Je n'examinerai ici que les manuscrits de ces ouvrages, parce que, seuls, ils entrent dans le cadre de cette étude. Ce sont, d'ailleurs, les plus intéressants à tous les points de vue.

D'abord ils nous livrent le secret de la composition du poète et de sa méthode de travail.

Ensuite ils nous donnent la date certaine des pièces les plus importantes.

Enfin, sans parler des nombreuses variantes par où diffèrent les versions parfois multiples du texte original et du texte imprimé des éditions successives, ils renferment beaucoup de vers qui ont été oubliés ou négligés volontairement dans les copies livrées à l'impression.

l'original deux strophes de plus que dans les *Recueillements*. Ces deux strophes sont les suivantes :

Pendant que mon regard nage ainsi dans *l'espace*,
Mes yeux inaperçus cherchent ses yeux distraits.
Mon âme jusqu'au fond de sa jeune âme *plonge*
Et des rêves de l'ange y surprend les secrets.

Des mondes de beauté, de désirs, de tendresse
Qui flottent colorés des reflets de ses yeux,
Créations d'un cœur qu'un poids de vie oppresse
Et qui dans un regard englobent mille cieux.

En surcharge :
Et qui dans ce regard m'élargissent les cieux.

En fait de variantes je ne citerai que celle-ci dans la dernière strophe. On lit dans les *Recueillements* :

Oh ! dites-nous ce nom, ce nom qui fait qu'on aime,
Qui laisse sur la lèvre une saveur de miel.
— *Non, je ne le dis pas sur la terre à moi-même.*
Je l'emporte au tombeau pour m'embellir le ciel.

Lamartine avait d'abord écrit :

Non ! le dire ici-bas ce serait un blasphème.

Pourquoi ?... Ce vers énigmatique pourrait bien fortifier la légende qui court en un certain milieu sur le mariage mystique de Lamartine avec sa nièce.

§ I. — LES MÉDITATIONS

I

Les manuscrits des *Méditations* sont contenus dans trois albums à dessin, deux de format moyen, l'autre de grand format, qui furent achetés chez Giroux, papetier, rue du Coq-Saint-Honoré, n° 7, dans les années heureuses (1818-1820) où Lamartine passait une partie du printemps ou de l'automne à Paris.

L'album n° 1, en maroquin violet foncé, se compose de 37 feuillets, dont les 12, 16, 18, 19, 33, 35, 37, laissés en blanc.

Il contient les pièces des secondes *Méditations*, intitulées *le Passé*, et *l'Esprit de Dieu*, le commencement de *la Méditation* septième, intitulée *Tristesse*, et le canevas de *la Liberté* — le tout au crayon.

L'album n° 2, en maroquin vert, se compose de 45 feuillets, dont les 4, 5, 17, 19, 41, 43, 45 laissés en blanc. Il contient : le *Tombeau d'un guerrier* (l'ode à Bonaparte), *le Papillon, la Branche d'amandier, le Poète mourant, Adieu à la Lyre, A Elv.*, la première strophe de *Sapho* et le plan arrêté des *Visions* que Mme Valentine de Cessia a publié dans les *Poésies inédites* — le tout au crayon également.

L'album n° 3, plus grand que les deux autres, est en maroquin couleur feuille morte. Il se compose de 139 feuillets, dont les 24-26 sont mutilés et les 3, 5, 7, 8, 10, 15 et 16 laissés en blanc. Commencé par les deux bouts, il contient d'un côté le texte

complet et écrit par exception à l'encre, de la tragédie
de *Saül*, et de l'autre, en sens inverse, quelques fragments au crayon des secondes *Méditations*, quelques
strophes du *Passé*, écrites au verso des pages de *Saül*,
et le canevas du *Crucifix* recueilli par Mme de Cessia
dans les *Poésies inédites*.

Les manuscrits des premières *Méditations* manquent
totalement, et c'est assurément grand dommage, mais
la perte est déjà partiellement réparée (1), Mme Valentine de Cessia ayant eu la bonne pensée de publier, à la
suite des *Poésies inédites* de son oncle, le premier jet
du *Lac* et de *l'Immortalité* qui sont parmi les pièces
capitales de ce recueil, et la *Correspondance* de Lamartine contenant la version initiale d'une bonne partie
desautres.

Cette *Correspondance*, si précieuse pour l'histoire
de la jeunesse et des idées du poète, nous permet de
rectifier, par les renseignements précis qu'elle renferme sur l'ordre chronologique des premières *Méditations*, les erreurs de date plus ou moins graves que
Lamartine a commises volontairement ou non dans la
rédaction de ses Commentaires.

Lamartine n'avait pas plus que Victor Hugo la
mémoire des dates. Cela surprend, d'un homme qui
avait tant lu et tant retenu, mais les mémoires de la
nature de celle de Lamartine ne gardent bien que les
images, l'aspect des objets, les passages d'un livre
qui sont particulièrement propres à frapper les
yeux, le cœur ou l'esprit. Tout le reste fuit ou ne

---

(1) Ils ne doivent pas être perdus pour tout le monde, du moins les
plus précieux, puisque, en 1881, quand furent publiées les *Poésies inédites*, ceux du *Lac* et de *l'Immortalité* existaient encore. Cependant
M. Emile Ollivier et M. de Montherot, petit-neveu de Lamartine, igno-
rent ce qu'ils sont devenus.

laisse qu'une trace incertaine. Et Lamartine, avec sa négligence innée du côté pratique des choses, ne faisait rien pour conjurer les défaillances de sa mémoire. Il ne datait presque jamais ses poèmes, ce qui devait le gêner parfois, lorsque, longtemps après, il cherchait à reconstituer les circonstances de temps et de lieu où il avait conçu, esquissé, fini telle ou telle œuvre.

Car, entre la conception première d'une pièce et son exécution définitive, il lui arrivait de mettre l'espace de plusieurs mois, voire de plusieurs années. Cela dépendait du courant de son inspiration, qui changeait comme le nuage qui passe et qu'il se gardait bien de jamais contrarier. Je sais telle *Méditation*, *l'Enthousiasme*, par exemple, dont il composa deux ou trois strophes en 1817, pendant qu'il filait sa quenouille aux pieds de Julie, qu'il reprit au mois de mars 1819, pour la dédier à un poète de ses amis (1) qui recevait alors ses confidences (2) et qu'il bouleversa plus tard encore

(1) Joseph Rocher.
(2) En 1819, elle ne se composait que de quatre strophes : elle en a neuf dans le livre. De ces quatre strophes, la première a disparu, la voici :

> Tel quand la flamme qui consume
> Les flancs sulfureux de l'Etna,
> Au souffle inconnu qui l'allume
> Frémit sous les coteaux d'Enna.
> Comme une fougueuse bacchante,
> On voit la cime haletante,
> Déchirer ses flancs entr'ouverts,
> Et, parmi des flots de fumée,
> Vomir une lave enflammée
> Jusqu'au sein bouillonnant des mers.

La seconde a fourni huit vers à la 3ᵉ strophe du livre.
La troisième et la quatrième sont devenues la quatrième et la cinquième des *Méditations*, encore cette dernière offre-t-elle d'heureuses variantes :
On lisait dans le manuscrit :

> De sa veine libre et féconde,
> Coulent pour le charme du monde

au point de la rendre méconnaissable. Et ce ne fut pas sa gestation la plus longue. Il a porté en lui tout près de trois ans la pièce du *Passé*, qui ouvre aujourd'hui le volume des secondes *Méditations*, la reprenant strophe par strophe, en retranchant, y ajoutant, à la manière des peintres qui ne sont pas contents de leur tableau. Il écrivait d'Aix à Aymon de Virieu, le 30 août 1821 :

« ... Je t'avais commencé enfin une ode à toi-même en personne ; j'en avais esquissé huit ou dix strophes. Je les ai relues hier en me sentant glacé ; j'ai tout brûlé. Je ne veux plus faire un vers, et je ne rêve que poésie plus que jamais. Le sujet de ton ode, c'était toi et moi. Je te disais que nous touchions à ce moment où il faut s'arrêter dans la vie et regarder ce qu'on a parcouru, ce qu'on va parcourir. Je repassais sur le passé avec toi, et puis, prenant un ton plus solennel, je t'engageais à devenir vertueux, pieux, à la grande manière platonique et chrétienne. C'était chaud dans mon âme, cela se glaçait en traversant mon cerveau fatigué. Cependant je vais encore la reprendre deux ou trois fois (1). »

Il la reprit, effectivement, et l'on n'a qu'à feuilleter l'album où il en a dispersé les vers comme à plaisir, pour apprécier les mille soins qu'il lui a donnés et

> Des ruisseaux de lait et de miel ;
> Et cet Icare pacifique,
> Trahi par l'aile pindarique,
> N'est jamais retombé du ciel !

On lit dans le texte imprimé :

> De sa veine féconde et pure
> Coulent avec nombre et mesure
> Des ruisseaux de lait et de miel
> Et ce pusillanime Icare,
> Trahi par l'aile de Pindare,
> Ne retombe jamais du ciel.

(2) *Corresp. de Lamartine*, t. II, p. 172.

reconnaître du même coup la fausseté de la légende qui le représente comme un improvisateur bâclant toutes ses poésies, sans aucun souci des exigences de l'art.

Certes, Lamartine fut un improvisateur merveilleux, le plus grand peut-être qui ait jamais paru sous le ciel de France, mais avant de composer les *Méditations* il avait écrit des milliers de vers et savait son métier aussi bien que n'importe quel autre. Il disait une fois que la poésie lui avait toujours semblé moins un art que le résultat d'une inspiration. Telle est sa poésie, en effet, mais on se tromperait étrangement si l'on croyait que Lamartine ne connaissait pas le travail de la lime.

Ses manuscrits sont là qui témoignent du contraire avec leurs retouches, leurs ratures et leurs innombrables variantes. La vérité, c'est que, pour lui comme pour tout poète digne de ce nom, la rime n'a qu'une importance secondaire, que la valeur d'un son qui en appelle un autre, d'un écho plus ou moins distant, plus ou moins répété. Il ne la cherche jamais, elle se présente naturellement à son esprit et il use peu des chevilles auxquelles se condamnent presque nécessairement les dévots de la rime. Cela ne l'empêche pas, d'ailleurs, de s'amuser et de jongler avec elle, quand il veut s'en donner la peine, comme dans beaucoup de ses *Harmonies*, avec autant d'habileté que les bons faiseurs de ballades ou d'odes funambulesques.

Et de même on aurait tort de se laisser prendre à ses négligences : elles sont le plus souvent voulues, j'allais dire systématiques. C'est une sorte de procédé dont l'effet direct est de donner au vers qui porte

la pensée plus de vague et d'abandon. La pensée,
chez Lamartine, est toujours la maîtresse souveraine.
Elle commande à la strophe et détermine le rythme.
Tout le reste n'est que détail et, si Lamartine s'y
applique, c'est le plus souvent dans le choix du mot
à fois précis, noble, ou qui fait image (1).

★

Mais voyons quelle était sa méthode, ou plutôt sa
manière de composer.

Victor Hugo travaillait surtout à sa table et la plume
à la main. C'est en marchant que travaillait ordinaire
ment Lamartine : il y paraît à ses albums où presque
toutes les pièces de vers sont écrites au crayon sans
ordre et souvent sans suite. Il me semble le voir d'ici.
Il est parti dès le matin à travers champs, avec ses
chiens qui sautent devant lui et qu'il ramène de loin
d'un coup de sifflet. Le soleil monte à l'horizon, les
oiseaux chantent ; tout en marchant, il les écoute. Au
bout de quelque temps, il s'arrête, il s'assied au pied
d'un chêne, il ouvre son album et, d'un crayon rapide,
sous lequel son anglaise naturellement penchée se
couche davantage, il fixe la strophe ou les alexandrins
accouplés qu'il a trouvés tout à l'heure. Puis il repart,
s'arrête de nouveau et, quand il rentre à Saint-Point
ou à Milly, la pièce projetée est à moitié faite. C'est
assez pour aujourd'hui. Quand elle sera plus avancée
ou terminée, demain, après-demain, il la reprendra,

_____

(1) Il remplacera, par exemple, le mot *pigeon*, qui s'était présenté
d'abord sous sa plume, par le mot *ramier*, la *vague traînante* par la
vague orageuse et lourde, le *lézard* par le *serpent*, la *mer de tristesse*
par les *flots de tristesse*.

il écrira certains vers jusqu'à cinq et six fois sur la même page comme pour provoquer les suivants qui viennent mal ou tardent à venir, il achèvera ceux qui boitent ou qui n'ont pas de rime, il refera certaine stance dont le balancement ne satisfait pas entièrement son oreille (1).

En attendant, si la pièce doit être longue, pour n'en pas perdre le fil, il aura soin de prendre des points de repère, en marge, comme dans *le Tombeau d'un guerrier*, qui va nous servir d'exemple.

Ainsi, en regard de la strophe 11 qui commence par ce vers :

Superbe, et dédaignant ce que la terre admire,

Lamartine a écrit cette longue note en petites lignes coupées comme des vers :

Tu ne rêvas jamais
ta pensée allait
droit au but
comme la flèche
à travers le sein même
d'un ami !
Jamais la coupe
des festins, ni
les larmes de la beauté !
Tu versas le
sang comme
une liqueur, etc.
Tu n'aimais que
ton coursier etc., etc.
Rien d'humain
ne battait en toi !
Tu n'avais comme ton
aigle ni pitié ni
amour ! qu'un regard pour
juger le monde

(1) Il écrivait à Virieu, le 24 août 1818, à propos de la pièce de l'*Isolement* : « Je t'envoie les stances dernières, telles qu'elles sont tombées sur l'album et sans avoir le temps d'en faire les vers. »

et des serres
pour le déchirer.

Et c'est de cette note que sont issues les admirables
strophes que voici :

Superbe et dédaignant ce que la terre admire,
Tu ne demandais rien au monde, que l'empire.
Tu marchais : tout obstacle était ton ennemi.
Ta volonté volait comme ce trait rapide (1)
Qui va frapper le but où le regard le guide
    Même à travers un cœur ami (2).

Jamais, pour éclaircir ta royale tristesse,
La coupe des festins ne te versa l'ivresse ;
Tes yeux d'une autre pourpre aimaient à s'enivrer (3).
Comme un soldat debout qui veille sous ses armes,
Tu vis de la beauté le sourire ou les larmes,
    Sans sourire et sans soupirer.

Tu n'aimais que le bruit du fer, le cri d'alarmes,
L'éclat resplendissant de l'aube sur les armes ;
Et ta main ne flattait que ton léger coursier (4),
Quand les flots ondoyants de sa pâle crinière
Sillonnaient, comme un vent, la sanglante poussière,
    Et que ses pieds brisaient l'acier (5).

Tu grandis sans plaisir, tu tombas sans murmure.
Rien d'humain ne battait sous ton épaisse armure :
Sans haine et sans amour, tu vivais pour penser (6).
Comme un aigle régnant dans un ciel solitaire,
Tu n'avais qu'un regard pour mesurer la terre,
    Et des serres pour l'embrasser.

En marge de la 14e strophe, on lit encore cette note
qui ne fut pas utilisée :

Tu répandis le
sang comme l'eau
mais une seule goutte pour toi !

(1) Dans le manuscrit : « comme un trait *homicide*. »
(2) Dans le manuscrit : « à travers *le* cœur *d'un* ami. »
(3) Dans le manuscrit : « *Ton cœur* d'une autre pourpre... »
(4) Il avait d'abord écrit : *qu'un sauvage* coursier.
(5) D'abord : et que ses *fers* brisaient l'acier.
(6) D'abord : tu *veillais* pour penser.

En marge de la 26ᵉ :

> Tu vis la mort venir lentement,
> tu la reçus avec indifférence,
> comme un moissonneur
> qui après avoir coupé les épis
> va recevoir son salaire.

Note qui a donné naissance à cette strophe :

> Tu mourus cependant de la mort du vulgaire.
> Ainsi qu'un moissonneur va chercher son salaire,
> Et dort sur sa faucille avant d'être payé ;
> De ton glaive sanglant tu t'armas en silence,
> Et tu fus demander justice ou récompense
>   Au dieu qui t'avait envoyé (1).

En marge de la 28ᵉ :

> Déjà le bien, le mal sont dans la balance !
> Taisons-nous. Dieu le juge ! Silence !

Et encore :

>   Que sera-t-il ? Qui sait si
> le génie n'est pas une de vos vertus ?
> Repose en paix !

D'où cette strophe qui termine la pièce :

> Son cercueil est fermé : Dieu l'a jugé. Silence !
> Son crime et ses exploits pèsent dans la balance :
> Que des faibles mortels la main n'y touche plus !
> Qui peut sonder (2), Seigneur, ta clémence infinie ?
> Et vous, fléau de Dieu, qui sait si le génie
>   N'est pas une de vos vertus ?...

Mais Lamartine ne suit pas toujours aussi fidèlement les notes qu'il jette en tête ou en regard de ses

(1) Le manuscrit porte :
>   Tu ceignis en mourant ton glaive sur ta cuisse,
>   Et tu fus demander récompense ou justice
>   Au Dieu qui t'avait envoyé.

(2) Le manuscrit porte : Qui peut *juger du ciel la justice* infinie.

pièces. Il lui arrive souvent — comme dans le *Cruci-fix*, dont le canevas par exception forme un tout divisé en versets — de ne pas suivre l'ordre de son idée première, de mettre au commencement ce qui devait être à la fin, de supprimer certains détails comme inutiles ou nuisibles à l'harmonie de l'ensemble, de développer longuement, amoureusement, ce qui était à peine indiqué. C'est ainsi que des neuf versets en prose d'*Il Crucifisso*, il a fait vingt-quatre strophes dont une seule figure à l'état d'ébauche dans le manuscrit :

> Héritage sacré de celle que je pleure,
> Toi que j'ai recueilli
> Avec son dernier souffle et son dernier adieu.
> Symbole deux fois saint, don d'une main mourante,
>   Image de mon Dieu (1).

Dans l'*Esprit de Dieu*, il a écrit au-dessous du titre, en manière d'épigraphe, ces vers qui résument toute la pièce :

> Tantôt vaincu, tantôt vainqueur,
> Contre le rival qu'il ignore,
> Il combattit jusqu'à l'aurore
> Et c'était l'esprit du Seigneur.

Pour le *Poète mourant*, qu'il prétend n'avoir composé qu'en 1825 et qui, dans le volume paru en 1823, se trouve mêlé à des pièces de 1821, il a fait ce canevas :

> J'ai jeté un nom aux flots, il abordera où il pourra.
> J'ai prié, aimé, chanté, pleuré
> je ne me suis point attaché à la vie matérielle

(1) De cette ébauche est sortie la première strophe du *Crucifix*

> Toi que j'ai recueilli *sur sa bouche expirante*
> Avec son dernier souffle et son dernier adieu,
> Symbole deux fois saint, don d'une main mourante,
>   Image de mon Dieu !

comme le lierre à
j'ai habité une tente parmi les hommes
je ne laisse pas de traces sur la terre.

Et c'est tout

Pour la *Méditation* intitulée *la Liberté ou une nuit
à Rome,* il a été un peu plus prolixe, mais son projet
ne lui a pas servi à grand'chose. Voyez plutôt :

Au commencement — description d'un clair de lune
dans le Colysée.

Italie, Italie, éveille-toi — mais non !
Liberté.

Ton nom retentit comme l'airain et
mais où es-tu ? qui t'a connue
n'as-tu pas comme l'amour et la vertu
un souvenir, un débris d'un autre
temps ? Oui. Je t'ai vue une fois
Vierge pure sur le sommet des Alpes !
Maintenant ce n'est pas toi, c'est
ton ombre irritée.
On ne te voit jamais qu'un poignard à la main !

Italie, Italie, éveille-toi, mais non !
L'écho seul du tombeau m'a renvoyé ton nom (1) !

Deuxième description.

La croix pleure sur ces ruines, etc.
Comme un mât d'un vaisseau battu par la tempête.
Tout frémit, tout s'abîme, moi-même
avant que ce lierre ne soit séché sur
cette pierre, je ne serai plus ! Les hommes comme
les flots se retireront peu à peu de ces rives.
O monde, un seul homme vous a dit la
Vérité.
Celui qui t'enseigna, quoi donc ? l'humilité.

Description finale.

_____

(1) Ces deux vers sont effacés.

Des cinq ou six vers qui surgissent et éclatent parmi cette prose hachée en forme de notes, je n'en vois que deux qu'il ait utilisés en les retouchant un peu :

> Et l'éternelle croix qui, surmontant le faîte,
> Incline comme un mât battu par la tempête.

Le dernier vers, qui renfermait la moralité du morceau, a disparu comme le reste, et la « description finale » a fait place, dans le texte définitif, à une apostrophe trop longue à mon gré.

II

VARIANTES ET FRAGMENTS INÉDITS

On ferait un volume avec les variantes des *Méditations* et des *Harmonies* (1). J'en ai déjà relevé un certain nombre dans les chapitres qui précèdent, je veux encore en relever quelques-unes, ne fût-ce que pour montrer combien Sainte-Beuve était dans l'erreur, lorsqu'il écrivait, en 1836, à propos de *Jocelyn* : « Lamartine ne s'entend pas à corriger ! » Il s'y entendait si bien, au contraire, que presque toutes ses corrections sont heureuses. Ouvrons, par exemple, le petit volume de ses *Poésies inédites* pour y trouver le premier jet du *Lac* et de l'*Immortalité* ou encore les tomes I et II de sa *Correspondance* pour y trouver la première version de *l'Isolement* et de

---

(1) Un étudiant breton de mes amis, M. des Cognets, a eu la patience de les relever toutes et les publiera prochainement.

l'*Ode à Byron*, et voyons les changements qu'il a apportés à la rédaction de ces poèmes.

LE LAC

1re strophe, 2e vers, il avait écrit d'abord :

sans pouvoir rien fixer, entraînés sans retour

Il a imprimé :

Dans la nuit éternelle emportés sans retour

2e strophe, 4e vers. — Il avait écrit :

Chanta ces tristes mots

Il a imprimé :

Laissa tomber ces mots

13e strophe, 1e vers. — Il avait écrit :

O lac, rochers muets, *imposante verdure !*

Il a imprimé :

.... grottes, forêt obscure.

15e strophe, 2e vers. — Il avait écrit :

Dans les *chants* de tes bords par tes bords répétés

Il a imprimé :

Dans les bruits de tes bords par tes bords répétés.

Je ne dis rien des deux strophes que Lamartine a supprimées par respect pour la mémoire de celle qui les avait inspirées. On les trouvera plus haut dans le chapitre d'*Elvire*, p. 117.

L'IMMORTALITÉ

5e et 6e vers. — Lamartine avait écrit :

Qu'un autre à cet aspect *ou recule ou frémisse*
Qu'*il craigne de fixer ce fond* du précipice !

Il a imprimé :

> Qu'un autre à cet aspect frissonne ou s'attendrisse,
> Qu'il recule en tremblant des bords du précipice.

9ᵉ 10ᵉ et 11ᵉ. — Il avait écrit :

> *Le bruit du fossoyeur qui, d'un bras mercenaire,*
> *Pour un prochain cercueil creuse en sifflant la terre,*
> Où l'airain gémissant dont les accents *confus*
> Annoncent aux mortels qu'un malheureux n'est plus !

Il a imprimé :

> Les soupirs étouffés d'une amante ou d'un frère,
> Suspendus sur les bords de son lit funéraire,
> Ou l'airain gémissant dont les sons éperdus
> Annoncent aux mortels qu'un malheureux n'est plus.

17ᵉ et 18ᵉ. — Il avait écrit :

> *La nuit n'est pas ta sœur ni le hasard ton guide.*

Il a imprimé :

> *Au secours des douleurs un Dieu clément te guide.*

23ᵉ et 24ᵉ. — Il avait écrit :

> Et l'espoir, près de toi, rêvant sur un tombeau,
> *De l'avenir caché s'éclaire le rideau.*

Il a imprimé :

> Et l'espoir près de toi...
> Appuyé sur ta foi, m'ouvre un monde plus beau.

du 53ᵉ au 56ᵉ. — Il avait écrit :

> Vain espoir ! s'écriera *ce docteur au front blême,*
> *Qui croit par A plus B résoudre ce problème,*
> *Et qui, soumettant tout à son étroit compas,*
> *Rejette hardiment ce qu'il ne comprend pas.*

Il a imprimé :

> Vain espoir ! s'écriera le troupeau d'Epicure,
> Et celui dont la main disséquant la nature,

Dans un coin du cerveau nouvellement décrit
Voit penser la matière et végéter l'esprit.

du 81ᵉ au 84ᵉ. — Il avait écrit :

Philosophes cruels, je ne puis vous répondre.
Ma raison aisément se laisserait confondre,
Pour noyer notre espoir jusqu'en son fondement
Vous avez l'univers, je n'ai qu'un sentiment.

Il a imprimé :

Qu'un autre vous réponde, ô sages de la terre !
Laissez-moi mon erreur : j'aime, il faut que j'espère ;
Notre faible raison se trouble et se confond.
Oui la raison se tait ; mais l'instinct vous répond.

137ᵉ et 138ᵉ. — Il avait écrit :

Ah ! si, dans *cet instant, renversant les barrières*
Dont les sens captivaient nos âmes prisonnières.

Il a imprimé :

Ah ! si dans ces instants où l'âme fugitive
S'élance et veut briser le sein qui la captive !

du 149ᵉ au 152ᵉ. — Il avait écrit :

Non cet Être parfait, suprême Intelligence,
A des êtres sans but n'eût pas donné naissance ;
Non, ce but est caché, mais il doit s'accomplir,
Et ce qui peut aimer n'est pas né pour mourir !...

Il a imprimé :

Partageant le destin du corps qui la recèle,
Dans la nuit du tombeau l'âme s'engloutit-elle ?
Tombe-t-elle en poussière ? ou, prête à s'envoler,
Comme un son qui n'est plus, va-t-elle s'exhaler ?
Après un vain soupir, après l'adieu suprême
De tout ce qui t'aimait, n'est-il plus rien qui t'aime ?
Ah ! sur ce grand secret n'interroge que toi !
Vois mourir ce qui t'aime, Elvire, et réponds-moi !

C'est par ce derniers vers que finit la pièce du livre. Le manuscrit en contenait encore vingt-deux que j'ai cités à la fin du chapitre d'*Elvire*.

L'ISOLEMENT

2e strophe. — Lamartine avait écrit :

Ici mugit le fleuve aux vagues écumantes ;
Il *blanchit* et s'enfonce en un lointain obscur.
Là, le lac immobile étend ses eaux dormantes,
Et le pâle Vesper tremble dans son azur.

Il a imprimé :

Il serpente.
....
Où l'étoile du soir se lève dans l'azur,

Suivait cette strophe, la troisième du manuscrit, qui a été supprimée dans le livre :

Au-dessus des hameaux la rustique fumée
Ou s'élève en colonne ou plane sur les toits ;
Plus loin, dans la chaumière, une flamme allumée
Semble un astre nouveau se levant sur les bois.

6° strophe, 3° vers. — Il avait écrit :

Je fixe chaque point de l'immense étendue.

Il a imprimé :

Je parcours tous les points de l'immense étendue.

Suivait cette strophe, la huitième du manuscrit, qui a été supprimée dans le livre :

Et qu'importe à mon cœur ce spectacle sublime,
Ces aspects enchantés de la terre et des cieux !
L'univers est muet, rien pour moi ne l'anime,
Et sa froide beauté lasse bientôt mes yeux.

Cette strophe faisait double emploi avec la suivante, que Lamartine a conservée en la modifiant quelque peu :

1re version :

Que me font ces vallons, ces *îles*, ces chaumières,
Froids objets dont pour moi le charme est envolé?

Fleuves, *coteaux*, forêts, *ombres jadis* si chères,
Un seul être vous manque et tout est si peuplé.

2ᵉ version :

Que me font ces vallons, ces palais, ces chaumières
Vains objets dont pour moi le charme est envolé,
Fleuves, rochers, forêts, solitudes si chères, etc., etc.

Dans les strophes suivantes, il a biffé les mots
insoucieux, pleuré, tourbillon, pour les remplacer par
indifférent, rêvé, vent du soir.

L'ODE A BYRON

Cette ode devait avoir 350 vers, d'après la lettre
adressée par Lamartine à Virieu le 20 octobre 1819.
Elle n'en a que 286 dans le livre. En se reportant à la
page 78 du tome II de la *Correspondance de Lamartine,* on peut voir que les suppressions ont porté sur
la première partie de la pièce.

Après les vers :

Il triomphe, et ta voix, sur un mode infernal,
Chante l'hymne éternel au sombre dieu du mal,

venait celui-ci :

Gloire à toi! fier Titan, j'ai partagé ton crime,

qui devait être le commencement d'une longue tirade,
car Lamartine y avait ajouté : « etc. »

Les variantes, assez nombreuses, n'ont pas grande
importance, mais la version nouvelle vaut toujours
mieux que la première. Ainsi Lamartine avait écrit :

Gloire à toi, dans les temps et dans l'éternité,
Toi, dont le néant même a fui la volonté,
Toi dont chaque soleil atteste la puissance!

Il a imprimé :

Gloire à toi, dans le temps et dans l'éternité,
Eternelle raison, suprême volonté !
Toi dont chaque matin annonce l'existence !

Voilà pour les premières *Méditations*. — Dans
les secondes, les variantes ne sont pas moins nombreuses ni les corrections moins sages. Ouvrons les
albums.

LE PASSÉ

Nous l'avons dit, de tout le recueil c'est peut-être
la pièce qu'il a peut-être le plus caressée. Comme
exemple de ses tâtonnements et de ses retouches, je
citerai les strophes 1 et 19.

La première a pris cette forme dans le livre :

Arrêtons-nous sur la colline
A l'heure où, partageant les jours,
L'astre du matin qui décline
Semble précipiter son cours.
En avançant dans sa carrière,
Plus faible il rejette en arrière
L'ombre terrestre qui le suit :
Et de l'horizon qu'il colore
Une moitié se voit encore,
L'autre se plonge dans la nuit.

On lit dans le manuscrit :

Arrêtons-nous sur la colline
A l'heure où le flambeau des jours
Laisse... vois-tu

Le poète n'achève pas et continue :

Ainsi le flambeau de la vie
Jetant d'inégales lueurs
Sur......
Brille à peine à travers nos pleurs.
Ne tournons plus notre paupière
Vers ce berceau de la lumière
Qui fait nos

> Mais (illis.) des yeux de l'âme
> Vers cette pure et chaste flamme.

Tout le feuillet est barré d'un trait transversal et la strophe est reprise au feuillet suivant deux fois avec variantes.

La strophe 19 a pris cette forme :

> Levons les yeux vers la colline
> Où luit l'étoile du matin
> Saluons la splendeur divine
> Qui se lève dans le lointain !
> Toute clarté pure et féconde
> Aux yeux de l'âme éclaire un monde
> Où la foi monte sans effort,
> D'un saint espoir mon cœur palpite,
> Ami, pour y voler plus vite,
> Prenons les ailes de la Mort.

Le manuscrit porte :

> Levons les yeux vers la colline
> Où brille l'astre [du] matin

Une rature et en marge :

> Où luit l'étoile du matin.
> Contemplons la splendeur divine
> Qui n'a ni zenith ni déclin

Ce vers est biffé et remplacé par celui-ci :

> Qui se lève dans le lointain ;
>
> Cette clarté pure et féconde
> Aux yeux de l'âme éclaire un monde
> Que la mort viendra nous ouvrir.

La fin du dernier vers est barrée, et Lamartine écrit en surcharge le mot *foi* à la place de *mort*. Puis il esquisse ces vers demeurés inachevés :

> Avant l'heure
> Où semble à notre
> La mort viendra nous l'ouvrir
> Prenons les ailes de la Mort.

Enfin il reprend en marge les 4 derniers vers :

> Où la foi monte sans efforts
> Quittant la terre qui nous quitte.

Ici une rature et dans l'interligne :

>   d'un saint
> Ami, pour y voler plus vite,
> Prenons les ailes de la Mort.

Après la strophe 17ᵉ du manuscrit et du livre venait celle-ci que Lamartine a supprimée :

> Ce corps que la tombe réclame,
> Ce cœur de désir épuisé,
> C'est un vêtement que notre âme
> Rejette après l'avoir usé !
> Mais sous ces lambeaux jeune encore,
> Au feu divin qui la dévore,
> A sa jeunesse, à ses transports
> Je sens que mon âme immortelle,
> Au moment où son corps chancelle,
> Pourrait user un autre corps.

J'omets les simples variantes de mots qui foisonnent dans le manuscrit.

ISCHIA

Cette pièce fut inspirée à Lamartine par sa femme dont le prénom (Elise) figure au dernier vers.

Le 9 octobre 1820, il écrivait de cette île à son ami de Virieu :

« ... Voilà des stances toutes fraîches sur la nuit par le clair de lune ici :

> Le soleil va porter le jour à d'autres mondes,
> Sur l'horizon désert Phœbé monte sans bruit,
> *Pénètre pas à pas* les ténèbres profondes,
>
> *Et jette un voile d'or* sur le front de la Nuit.
> *Vois-tu* du haut des monts ses clartés ondoyantes
> Comme un fleuve de flamme inonder les coteaux,

Dormir dans les vallons, ou glisser sur les pentes,
Ou rejaillir au loin du sein brillant des eaux.

« Mais, ma foi ! je m'arrête là, car les dames veulent s'aller coucher. »

Nous ne savons pas à quelle date il fit le reste de la pièce, qui ne figure pas dans le manuscrit déposé à la Bibliothèque nationale. Mais quand il l'imprima, il changea ainsi la première stance :

Le soleil va porter le jour à d'autres mondes,
Sur l'horizon désert Phœbé monte sans bruit,
Et jette, en pénétrant les ténèbres profondes,
Un voile transparent sur le front de la Nuit.
Voyez.................

L'ESPRIT DE DIEU.

Strophe 7. — Lamartine avait écrit :

Tous deux ils *tombent* dans la lutte,
Sous son ennemi terrassé,
Jacob entraîne dans sa chute
L'ange par le choc renversé :
Palpitant de *honte* et de rage
Soudain le pasteur se dégage
Des bras *de l'habitant* des cieux,
Surmonte sa masse accablante
Et sur sa gorge haletante
Pose un genou victorieux.

Il a imprimé :

Tous deux ils glissent dans la lutte,
Et Jacob enfin terrassé
Chancelle, tombe, et dans sa chute
Entraîne l'ange renversé :
Palpitant de crainte et de rage,
Soudain le pasteur se dégage
Des bras du combattant des cieux,
L'abat, le presse, le surmonte
Et, sur son sein gonflé de honte,
Pose un genou victorieux.

La 9ᵉ strophe était suivie de celle-ci, que Lamartine
a supprimée ; — probablement il aura jugé qu'elle
ralentissait le mouvement lyrique de l'ode :

> Ainsi dans les ombres du doute
> L'homme, hélas ! égaré souvent
> Se trace à soi-même sa route
> Et veut voler contre le vent !
> Mais dans cette lutte perdue
> Bientôt notre aile en vain tendue
> Contre l'esprit qui la combat
> Sur la terre tombe essoufflée
> Comme la voile désenflée
> Qui tombe et dort le long du mât.

TRISTESSE

Dans le manuscrit, cette *Méditation* commence par
ces vers qui furent transportés ensuite dans les *Préludes* dédiés à Victor Hugo :

> Oh ! qui m'emportera sur des flots sans rivages ?
> Quand pourrai-je, la nuit, aux clartés des orages,
> Sur un vaisseau sans mâts, au gré des aquilons,
> Fendre de l'Océan les liquides vallons,
> M'engloutir dans leur sein, m'élancer sur leurs cimes,
> Rouler avec la vague au bord des noirs abîmes
> Et revenir cent fois par les gouffres amers
> Flotter comme l'écume au sein des vastes mers ?
> D'effroi, de volupté, tour à tour éperdue,
> Cent fois entre la vie et la mort suspendue,
> Peut-être que mon âme, au sein de ces horreurs,
> Y jouirait du moins de ses propres terreurs.

LE RETOUR

Je ne vois guère qu'une pièce où Lamartine me
semble avoir été moins heureux dans ses corrections ;
c'est la pièce intitulée *le Retour*, qu'il publia, peu de
temps avant les secondes *Méditations*, dans les Epîtres et poésies diverses, et qui n'est autre que celle
dont j'ai donné plus haut (p. 143) la première version

relevée par moi sur son petit Pétrarque. La voici dans son texte définitif :

> Vallon, rempli de mes accords,
> Ruisseau, dont mes pleurs troublaient l'onde,
> *Prés, collines,* forêt profonde ;
> Oiseaux, qui chantiez sur ses bords !
>
> *Zéphyr* qu'embaumait son haleine,
> Sentier, où *sa main tant de fois*
> *M'entraînait* à l'ombre des bois,
> Où l'habitude me ramène !
>
> Le temps n'est plus ! mon œil glacé
> *Qui vous cherche* à travers ses larmes,
> *À* vos bords, jadis pleins de charmes,
> *Redemande en vain* le passé
>
> La *terre* est pourtant *aussi* belle,
> *Le ciel aussi pur* que jamais !
> Ah ! je le vois, ce que j'aimais,
> Ce n'était pas vous, c'était elle.

J'ai dit que Lamartine avait écrit au crayon sur quelques feuillets de ce petit Pétrarque, à la fin du tome II, un certain nombre de vers restés inédits. En voici quelques-uns. Page 150, dans le *Triomphe de la Renommée :*

> C'était au jour douteux de la naissante aurore ;
> Le jour dans les vallons ne plongeait pas encore ;
> Mais, glissant dans les airs, ses obliques rayons
> N'éclairaient que le ciel et la cime des monts.
> Je m'avançais guidé par le fracas de l'onde
> Dans les obscurs sentiers d'une forêt
> Au tonnerre des eaux coulant sous mes pas
> (Illis.) Je jette un cri de surprise et d'effroi :
> Le fleuve tout entier s'écroule devant moi.

Les cinq derniers vers ont été biffés. Sur la page blanche suivante on lit :

> Ainsi de siècle en siècle, ainsi parlent nos frères.
> La nature comme eux nous parle en sens contraires,

> Ecoutez (?) choisissez : l'un dit oui, l'autre non.
> De ces deux grandes voix qui des deux a raison ?
> Je ne prononce pas sur ce sacré mystère.
> Quelle bouche dirait ce que Dieu voulut taire ?
> L'esprit humain flottant dans cette obscurité
> Par des ombres trompé crie en vain : Vérité !
> Ce monde est une énigme : heureux qui la devine !
> Sur ces bords tant cherchés plane une nuit divine.

Puis cette variante :

> En traversant le monde ainsi parlent nos frères,
> La nature comme eux nous parle en sens contraires.
> A ces deux grandes voix nulle voix ne répond.
> Ce silence éternel nous trouble et nous confond.
> Je ne prononce pas sur ce profond mystère.
> Quelle bouche dirait ce que Dieu voulut taire ?

A la page suivante :

> Que nos biens passagers qui [sont notre] délice,
> A ce dieu par nos soins offerts en sacrifice,
> D'un parfum de vertus embaument son autel.
> Ces biens-là ne sont rien ? pour un être immortel.
> Heureux qui... insensé qui les pleure !
> La vie est un passage et non pas la demeure.
> Vers ce terme éternel bâtons-nous de courir !
> Foulons aux pieds ces biens et vivons pour mourir.

>   Que ton cœur sacrifie
> Comme un germe divin dans l'avenir jeté
> Refleurira pour toi, mais dans l'éternité.

III

CHRONOLOGIE DES MÉDITATIONS

I. — PREMIÈRES MÉDITATIONS

M. Charles de Pomairols, dans son remarquable ouvrage sur *Lamartine*, nous a donné une chronologie des *Méditations* qui n'est pas tout à fait exacte :

Voici, à mon avis, comment on doit l'établir. L'édition originale des premières *Méditations*, qui parut le 13 mars 1820,à la librairie grecque-latine-allemande, dirigée par l'éditeur Nicolle, contenait 24 pièces dans l'ordre suivant :

1. L'Isolement.	13. Invocation.
2. L'Homme.	14. La Foi.
3. Le Soir.	15. Le Golfe de Baïa.
4. L'Immortalité.	16. Le Temple.
5. Le Vallon.	17. Chants lyriques de Saül.
6. Le Désespoir.	18. Hymne au Soleil.
7. La Providence.	19. Adieu.
8. Souvenir.	20. La Semaine sainte.
9. L'Enthousiasme.	21. Le Chrétien mourant.
10. Le Lac.	22. Dieu.
11. La Gloire.	23. L'Automne.
12. La Prière.	24. La Poésie sacrée.

La 2ᵉ édition, enregistrée à la *Bibliographie de la France*, du 15 avril 1820,contenait 2 *Méditations* de plus : *la Retraite* et *le Génie*.

La 9ᵉ édition, enregistrée à la *Bibliographie de la France*, 28 décembre 1822, contenait 30 *Méditations*, soit quatre de plus que la seconde, savoir : *à Elvire; Ode; la Naissance du duc de Bordeaux; Philosophie*.

Ce chiffre de 30 *Méditations* n'a pas été augmenté depuis. Voici la date de chacune d'elles.

1. A Elvire.........	1815	13. Adieu...........	1818
2. Le golfe de Baïa..	—	14. Le Désespoir......	—
3. Invocation........	1816	15. Souvenir.........	—
4. La Gloire........	1817	16. Chants lyriques de	
5. Hymne au Soleil..		Saül..........	1819
6. Le Lac..........	—	17. L'Enthousiasme...	—
7. Ode aux Français..	—	18. La Semaine sainte.	—
8. Le Génie.........	—	19. La Providence....	—
9. L'Immortalité....	—	20. Dieu.............	—
10. Le Temple........	—	21. L'Ode à Byron....	—
11. La Foi...........	1818	22. La Retraite.......	—
12. L'Isolement.......	—	23. La Prière........	—

24. Le Vallon........ 1819
25. Le Soir.......... —
26. Le Chrétien mou-
    rant.......... —
27. L'Automne....... —

28. La Poésie sacrée.. 1819
29. La Naissance du duc
    de Bordeaux.... 1820
30. Philosophie....... 1822

II. — SECONDES MÉDITATIONS

L'édition originale des secondes *Méditations* contenait 26 pièces, soit deux de plus que celle des premières. Lamartine n'en augmenta jamais le nombre,
mais il en changea l'ordre, je ne sais pourquoi, dans
les éditions suivantes. En tout cas, ce n'était pas certainement pour respecter la chronologie qui, ici comme
ailleurs, lui importait assez peu.

Voici, d'après moi, dans quel ordre ces 26 pièces
furent composées :

1. A Elv............ 1815
2. Sapho............ 1816
3. Elégie........... —
4. Tristesse......... —
5. Le Crucifix....... 1817
6. Apparition....... 1818
7. L'Ange...... 1818-1819
8. Apparition de l'om-
   bre de Samuel. 1818-1819
9. Consolation........ 1820
10. Ischia.......... 1820-1821
10. Le Passé..... 1821-1823
12. La Solitude........ 1821
13. La Branche d'aman-
    dier............. 1821

14. Sagesse........... 1822
15. L'Esprit de Dieu... —
16. Les Etoiles....... —
17. Stances.......... —
18. La Liberté........ —
19. Les Préludes...... —
20. Adieux à la mer.... —
21. Chant d'amour..... —
22. Le Papillon....... 1823
23. Bonaparte........ —
24. Le Poète mourant.. —
25. Improvisé à la grande
    Chartreuse........ —
26. Adieux à la poésie.. —

§ II. — CHILDE-HAROLD ET LE CHANT DU SACRE.
VARIANTES, VERS INÉDITS

Ces deux ouvrages, écrits et publiés dans le même

temps, n'eurent pas la même fortune. Le *Chant du Sacre*, après avoir attiré à son auteur toutes sortes d'ennuis, tomba sous le mépris public et s'en alla finir, quelques années plus tard, en tas, chez les épiciers et les marchands de tabac. *Childe-Harold*, en revanche, fut bien accueilli et soutint glorieusement la réputation du poète.

Lamartine avait entrepris le *Dernier Chant du Pèlerinage d'Harold*, à Mâcon, dans le courant du mois de décembre 1824, pour se délasser de son malencontreux voyage académique (1) et de son poème des *Visions*, qu'il ne devait jamais finir. Le 4 janvier 1825 il écrivait à de Virieu qu'il avait déjà fait cinq à six cents vers d'*Harold*. Le 26 février, il mettait le mot fin au pied du manuscrit qui, contrairement à celui du *Sacre*, est écrit très lisiblement à l'encre et auquel il ne manque rien (2).

(1) On trouvera plus loin quelques détails sur son échec à l'Académie française en 1824.

(2) Le manuscrit de *Childe-Harold* forme un volume de 59 feuillets. C'est un grand album à dessin, en maroquin rouge qui fut acheté chez Chaulin, marchand papetier, rue de l'Université, 7. Commencé par les deux bouts et écrit tout entier à l'encre, sauf un passage au verso de la page 3 qui est écrit au crayon, ce manuscrit offre un grand nombre de variantes, quelques vers de moins que le livre et beaucoup de ratures sous lesquelles il est impossible, tant la couche d'encre est épaisse, de découvrir le texte biffé. De plus, les paragraphes du poème sont moins nombreux que dans le texte imprimé. C'est ainsi que la chanson « Semez, semez de narcisse et de rose » qui porte dans la brochure le n° XXVII est numérotée XX dans le manuscrit.

Parmi les variantes que j'ai relevées, je signalerai seulement celles-ci :
§ VI du livre, au lieu de :

> Là, sous l'alcôve sombre où le pâle flambeau,
> Semblable au feu mourant qui luit sur un tombeau,
> Mêle d'ombre et de jour une teinte incertaine,
> Une jeune beauté dort sur un lit d'ébène.

On lit dans le manuscrit :

> Là, sous un dais flottant dont les légers rideaux
> Relevés aux deux bouts dans d'éclatants anneaux,
> Pour se quitter bientôt se rejoignent à peine

Lamartine, qui avait, comme toujours, grand besoin d'argent et n'espérait pas en tirer, à Paris, la somme qu'il voulait (de 9 à 10.000 fr.), avait d'abord eu l'idée de faire imprimer *Childe-Harold* à Lyon à ses frais et sans nom d'auteur, comme s'il s'était agi de la traduction pure et simple d'un poème inédit de lord Byron. Mais après avoir fait sonder le terrain par son ami de Virieu, qu'il mettait à contribution en toute circonstance (1), il s'était décidé à vendre son ouvrage à

Une jeune beauté dort sur un lit d'ébène.

§ XXVI. — Il y a, à la fin de ce paragraphe, quatre vers de plus que dans le manuscrit. Après le vers :

Accompagnait le chœur, qui chantait en ces mots :

Lamartine a ajouté :

Contraste déchirant ! air gracieux et tendre,
Qu'en des jours plus heureux nos voix faisaient entendre,
Et dont le doux refrain et l'amoureux accord,
Doublaient en cet instant les horreurs de la mort.

§ XXVII. — Au lieu de :

Semez, semez de narcisse et de rose,
Semez la couche où la beauté repose !
Pourquoi pleurer ? C'est son jour le plus beau.

Lamartine avait écrit d'abord :

Semez la couche où la *vierge* repose
Pourquoi rougir, dit un céleste oiseau.

§ XXXI. — Au lieu de :

Leur cœur voit dans Harold un être plus qu'humain.

il y a dans le manuscrit :

Ils contemplent Harold comme un
                    être plus qu'humain.

Enfin, au lieu de se terminer, comme dans le livre, par ce vers :

Mais taisons-nous ! la tombe est le sceau du mystère !

Le manuscrit finit sur celui-ci :

La pierre de la tombe est le sceau du mystère.

Comme la plupart des manuscrits de Lamartine, celui de *Childe-Harold* contient quelques notes d'ordre purement domestique. On lit, par exemple, sur la couverture intérieure :

Hyver 1825.
Tout payé l'arriéré à maman le 20 décembre 1825
Donné le même jour pour moi et ménage 500 fr.

                                        LAMARTINE.

(1) Cf. la *Corresp. de Lamartine*, t. II, pp. 299-305.

Ponthieu, libraire au Palais-Royal, qui en deux jours en écoula 6000 exemplaires (1).

C'était, certes, un beau résultat ; ce chiffre fut encore dépassé par la vente du *Chant du Sacre* qui, malgré le dédain qu'affichait Lamartine pour ce poème, atteignit en quelques jours le chiffre énorme de 20.000 exemplaires. Il est vrai que le scandale était pour une bonne moitié dans ce débit.

Lamartine appelait ce *Chant du Sacre* son poème de Fontenoy. On sait que Voltaire déclarait avoir travaillé cette fois « moins en poète qu'en bon citoyen », Lamartine, lui, n'avait travaillé « ni pour gloire, ni pour argent, par pure conscience royaliste et pour témoigner sa reconnaissance au roi ». Mais il l'avait à peine fini qu'il s'en montrait dégoûté. C'était pour lui « l'horreur des horreurs poétiques », quelque chose comme du Baour-Lormian. « Et dire, s'écriait-il, que les libraires gagneront 50.000 francs avec ce rogaton dont j'ai eu cent louis et la honte ! »

La honte, non, mais des ennuis qu'avec un peu plus de jugement il aurait pu s'épargner.

Le *Chant du Sacre* ne devait paraître qu'après le couronnement de Charles X, fixé au 29 mai 1825. Urbain Canel, qui était pressé de rentrer dans ses débours, le mit en vente huit jours avant.

Naturellement, les premiers exemplaires furent pour les Tuileries (2) et le Palais-Royal. On ne sait pas quelle fut l'impression de Charles X, mais on connaît celle du duc d'Orléans : il fut exaspéré (3) et courut se plaindre au roi *co'fiocchi* des insultes que Lamartine

(1) *Corresp. de Lamartine*, t. II, p. 305.
(2) Le roi en fit prendre 3.000 exempl. pour son compte.
(3) Cf. les *Lettres à Lamartine*. — Lettre du président Henrion de Pansey.

lui adressait (1). Et quelles étaient ces insultes ? Quatre vers que le poète mettait dans la bouche du roi. J'ouvre la brochure et je lis page 19 :

LE ROI

D'ORLÉANS !

Ce grand nom est couvert du pardon de mon frère :
Le fils a racheté les *armes* de son père !
Et comme les rejets d'un arbre encore fécond,
Sept rameaux ont caché les blessures du tronc.

Les *armes* de son père ? Qu'est-ce que cela voulait dire ? Cela voulait dire que Lamartine et son éditeur, cédant aux injonctions du roi, avaient fait un carton pour remplacer par un autre le mot qui avait excité la colère du duc d'Orléans... Et ce mot, c'était « crimes » ni plus ni moins. Lamartine avait d'abord écrit : « l'iniquité du père » ; — le manuscrit est là qui en témoigne ; — il avait imprimé ensuite « les crimes de son père ». Le mot, il faut en convenir, était dur.

Aussi Louis-Philippe ne pardonna-t-il jamais à Lamartine l'injure faite au duc d'Orléans. Au mois de février 1843, à la suite d'un discours retentissant prononcé par la poète à la Chambre des députés, Sainte-Beuve écrivait à Juste Olivier :

« Le roi, en apprenant ce discours, qui attaque si fort son immuable pensée depuis treize ans, s'est exhalé, paraît-il, contre Lamartine en un torrent de b. et de f. qui n'étaient pas piqués des vers (des torrents piqués ! mais c'est égal) en un mot il a juré comme un templier : « Je savais bien que ce b..... — était un pitoyable poète, mais je ne savais pas qu'il eût encore !... » Il a contre lui un vers à cœur dans le *Chant du Sacre* (2)... »

(1) *Id.*, p. 304.
(2) *Corresp. inédite de Sainte-Beuve avec M. et Mme Juste Olivier.*

Quelques années plus tard, Lamartine, qui se consolait, en 1825, de l'embarras qu'il avait donné dans cette circonstance à Charles X, en disant qu'une sanglante satire ne lui eût pas fait plus d'amis, se serait consolé de la boutade de Louis-Philippe en pensant qu'il avait contribué fortement à le renverser du trône. Mais l'éditeur du *Chant du Sacre* ne dut pas se consoler aussi facilement du préjudice que Lamartine lui causa avec son carton. Le premier tirage avait été enlevé en quelques jours ; le second lui resta pour compte, si bien qu'en 1827, d'après une note manuscrite de Villenave, père de Mᵐᵉ Mélanie Waldor, qui estjointe à l'exemplaire de la Bibliothèque nationale (Yᵉ 25304 *bis*) il fut soldé à vil prix et acheté par des épiciers, notamment par Gennequin, épicier rue de La Harpe.

L'iniquité du père n'est pas la seule variante curieuse que contienne le manuscrit de cet ouvrage (1).

Dès le début, page 6 de la brochure, on lit :

> L'autel est ombragé d'armes et d'étendards ;
> Ceux que la Palestine a vus sur ses remparts,
> Ceux conquis par Philippe aux plaines de Bouvines,
> Et ceux qui d'Orléans sauvèrent les ruines,
> Ce panache d'Yvri que fit flotter un roi !

le manuscrit porte :

> L'autel est ombragé de lambeaux d'étendards
> Et ceux qu'ont déchirés les lances de Bouvines
> Celui qui d'Orléans protégea les ruines
> Ce panache d'Ivry qu'éleva le Bon Roi
>   qu'aux champs d'Ivry

Mais les principales variantes émaillent le dialogue

---

(1) Il forme un vol. de 18 feuillets écrits à l'encre. C'est un petit album à dessin, cartonné vert, qui fut acheté au Coq Honoré, 7, rue du Coq-Saint-Honoré, à Paris. Ce manuscrit est incomplet : il s'arrête à la page 26 du livre, c'est-à-dire après la prière du roi.

du Roi et de l'Archevêque, lequel, dans le manuscrit,
est dénommé le Pontife.

Exemples :

Page 13, de la brochure :

> REGGIO ! Ce nom, à son aurore,
> Du saint vernis des temps n'est pas couvert encore ;
> Mais ses titres d'honneur sont partout déroulés !

On lit dans le manuscrit :

> OUDINOT ! Ce nom à son aurore
> Du saint vernis des temps n'est pas couvert encore ;
> Où sont ses écussons ? Ses titres ? montre-les.

Page 18, à propos de Chateaubriand :

> Et ce preux chevalier qui, sur l'écu d'airain,
> Porte au milieu des lys la croix du pèlerin,
> Et dont l'œil, rayonnant de gloire et de génie,
> Contemple du passé la pompe rajeunie ?

Dans le manuscrit :

> Et ce preux chevalier qui, son glaive à la main,
> Porte une croix d'azur sur un écu d'airain
> Et d'un regard brillant de gloire et de génie
> Contemple...

Page 19 :

> Et pour briser naguère une force usurpée,
> La plume entre ses mains nous valut une épée !

Dans le manuscrit :

> Et pour briser le joug d'une force usurpée
> Son nom vaut une armée et sa plume une épée.

Dans la prière du roi, la deuxième strophe du
manuscrit n'a pas été imprimée. La voici :

> Je ne suis rien qu'un ver de terre,
> Un insecte pétri de fange et de misère
> Foulé sous les pas de la mort !

Insecte couronné que son éclat consume.
Ah ! j'ai trop épuisé la coupe d'amertume
Pour adorer l'orgueil du sort.

Page 23 :

N'ai-je pas vu ce diadème,
Par le glaive arraché de la tête suprême,
Rouler dans la poussière aux pieds des factions ?

Dans le manuscrit :

N'ai-je pas vu ce diadème
Par le glaive arraché
           (au crayon) avec la tête même
Rouler comme une boule aux pieds des factions.

Page 25 :

Etre ici-bas ton ombre ? ô mon Dieu ! viens toi-même
Tenir le sceptre dans ma main !

Dans le manuscrit :

Etre un dieu sur la terre ! oh ! mon Dieu, viens toi-même
Porter ce sceptre par ma main.

Page 26 :

Que mes fastes heureux n'aient qu'une seule page,
Que la borne posée à mon noble héritage
Passe immobile à l'avenir !

Dans le manuscrit :

Que mes fastes heureux n'aient qu'une seule page,
Et lèguent du passé l'immortel héritage
Aux promesses de l'avenir !

Même page, dernière strophe de la prière, au lieu de :

De ma race auguste patronne,

Etoile du bonheur, sois l'astre de la France,
Et conserve à jamais ta bénigne influence
Aux premiers soldats de ton fils !

Le manuscrit porte :

> Et toi, Viérge ! Reine et Patronne,
> Etoile du bonheur, sois celle de la France
> Et protège à jamais de ta douce influence
>   Les premiers soldats de ton fils.

La plupart de ces variantes prouvent que, contrairement à l'avis de Sainte-Beuve, Lamartine s'entendait assez bien à se corriger.

§ III. — LES HARMONIES

Les manuscrits des *Harmonies* qui sont à la Bibliothèque nationale forment trois albums, que Lamartine acheta comme ceux des *Méditations* chez Giroux, rue du Coq-Saint-Honoré, 7.

Le 1er, relié en maroquin vert, contient, entre autres choses, le brouillon de sa lettre au colonel Pepe, qui l'avait provoqué en duel pour quelques vers malsonnants à l'adresse de l'Italie.

Le 2e, en maroquin rouge, renferme la première version de la Vision 10e ; le *Chevalier* (chant 3e), *Jéhova* ou l'idée de Dieu, et le *Chêne* qui y fait suite.

Le 3e, en maroquin vert, contient la *Source dans les Bois*, la suite de *Jéhova*, l'*Hymne de la mort*, l'*Hymne de l'ange de la terre après la destruction du globe*, l'*Abbaye de Vallombreuse*, l'*Hymne au Christ*, la *Retraite* (en réponse au *Rêve* de Victor Hugo).

Presque toutes ces poésies offrent des vers qui furent modifiés ou supprimés à l'impression. Quelquesunes en ont moins dans le manuscrit que dans le livre. Ainsi dans, la *Source dans les bois*, qui est si jolie,

Lamartine a supprimé cette stance qui venait après la 24ᵉ de l'album :

Alors une main attentive
Rassemble au lieu de diviser
Et trace dans la roche vive
La route que tu dois creuser.

Et il en a ajouté trois à celle qui finit par le vers :

Reçois ces larmes pour encens !

Dans l'*Hymne au Christ*, après la strophe 15, le manuscrit en a deux qui ne sont pas dans le livre :

Ta loi pour l'homme même est une autre nature.
Ceux même à qui ton nom, ô Christ, est une injure,
Remplis à leur insu de ta seule clarté
Ne pèsent qu'à ton poids la vie et l'imposture,
Ne mesurent qu'à ta mesure
La justice et la vérité.

Le jour dont ta parole inonde leur paupière
Ne leur sert qu'à chercher des taches dans ta foi,
Et de l'aveuglement double et fatal exemple,
Eteignant le flambeau d'où le jour est venu,
Avec les pierres de ton temple
Ils lapident le Dieu qu'ils n'ont pas reconnu.

Tu règnes sur la vie entière
Tu prends l'homme avant le berceau ;
A peine a-t-il vu la lumière,
Tu marques son front de ton sceau ;
Dès la mamelle de la femme
Ta parole, lait de son âme,
Est notre premier entretien,
Et ton joug sublime et sévère
Du doux souvenir de sa mère
S'adoucit au cœur du chrétien.

Dans la *Retraite*, après la strophe 7ᵉ qui se termine ainsi :

Mais attends, l'âge enlève
L'ivresse et le dégoût.

venaient ces deux strophes :

> Pourtant de ce qui leurre
> Notre espoir et nos soins
> La tienne est la meilleure
> Qui plus longtemps demeure
> Et nous trompe le moins.
>
> Fuis donc l'indigne foule
> Où chaque passion
> Comme la fourmi roule
> Jusqu'à ce que s'écroule
> L'œuf de l'ambition.

Il les a remplacées par celles-ci, qui valent infiniment mieux :

> Plus, hélas! sur la terre
> L'homme compte de jours,
> Plus la route est sévère,
> Et plus le cœur resserre
> Sa vie et ses amours.
>
> Fuis ces champs de bataille
> Où l'insecte pensant
> S'agite et se travaille
> Autour d'un brin de paille
> Qu'écrase le passant.

Comme pour les *Méditations*, le meilleur moyen de donner une date certaine aux *Harmonies* qui n'en ont pas dans le manuscrit, c'est de consulter la *Correspondance* du poète. La plupart des Commentaires dont il les a enrichies sont, en effet, sujets à caution.

Ainsi, l'*Hymne de la nuit* et l'*Hymne du matin* qui, dans les Commentaires, sont datés de Livourne, 1824, portent, dans le manuscrit donné à M. Ch. Alexandre, la date de Florence, 1826.

L'*Hymne du soir*, qui n'est pas daté dans le Commentaire, l'est dans le manuscrit, de Florence, 27 mars 1826.

La *Poésie ou Paysage dans le golfe de Gênes* qui, dans le Commentaire, porte la date de 1824, fut composée dans l'été de 1826, d'après la lettre écrite par Lamartine à Aymon de Virieu, le 1er août de cette année : «... A propos de pensée, en longeant la côte de Gênes, j'ai fait une *Harmonie sacrée*, intitulée *Poésie.* » (*Corresp.*, t. II, p. 342.)

Une Larme ou Consolation, qui ne porte aucune date, doit être de 1827, si l'on s'en tient à ce passage d'une lettre écrite de Florence par Lamartine à de Virieu le 18 janvier 1827 : «... Je pense aussi souvent à cette pauvre Mme Yéménitz (l'amie de Lamennais). Je lui enverrai quelque *Harmonie* consolatrice quand elle sera déjà consolée par le temps et par la main divine. » (*Corresp.*, t. III, p. 3.)

La *Perte* de l'*Anio*, qui n'est pas datée, est du mois de janvier 1827. « Voici deux cents vers qui me semblent bons sur l'événement qui vient de ruiner Tivoli et d'anéantir les cascatelles, écrivait de Florence Lamartine à de Virieu. C'était une heureuse occasion pour moi de faire quelques vers flatteurs en réparation à l'Italie qui me traite complètement bien à présent. » — Et le 13 février de la même année : « Je suis confondu que tu ne trouves pas mes vers sur Tivoli à ton plein gré. Je trouve que c'est le seul morceau par lequel je voudrais lutter avec lord Byron : *Italie, Italie!* etc.; mais on se trompe sur soi-même. » (*Corresp.*, t. III, pp. 2 et 8.)

Milly ou la terre natale est de la même époque. Le 1er février 1827, Lamartine écrivait de Florence à son ami :

« Ah! si le nombre écrit sous l'œil des destinées
Jusqu'aux cheveux blanchis prolonge mes années,
. . . .

« Voilà ce que je disais l'autre jour en pensant à Saint-Point et à Milly. »

Désir ne fut pas composé à Florence en 1828, comme Lamartine le dit dans le Commentaire de cette pièce, mais en 1827, comme le prouve une lettre écrite par lui le 1er juillet de cette année : «... Tu peux faire voir à l'abbé de Lamennais le *Désir*, mais franchement j'aimerais mieux non : car je ne trouve tout cela guère bon. » (*Corresp.*, t. III, p. 37.)

L'Infini dans les cieux, qui n'est pas daté dans le Commentaire, est du mois de juin 1828 et fut composé à Casciano. « Je t'enverrai ces jours-ci, mandait Lamartine à de Virieu, le 12 juin 1828, des bains de cette localité, une *Harmonie* que j'écris, intitulée *l'Infini* ou *Que ta volonté soit faite.* » (*Corresp.*, t. III, p. 98.)

L'Hymne au Christ, dédié à Manzoni, est du mois d'avril 1829 et fut composé à Mâcon. «... Je viens d'ébaucher une nouvelle et capitale *Harmonie poétique* intitulée : *Hymne au Christ*, dont je suis assez content. C'est le pendant ou contre-pendant de l'*Epître à Uranie*, de Voltaire, mais c'est vu d'un autre point de vue. C'est écrit avec foi et amour. » (*Corresp.*, t. III, p. 144. Lettre à de Virieu du 23 avril 1829.) A cette époque, cette *Harmonie* avait 350 vers. Elle en avait tout près de 400 quand elle fut imprimée.

Les *Novissima Verba* qui, à l'origine, devaient s'appeler *Job*, ne sont pas du 3 novembre 1829, quoi qu'en dise Lamartine dans son Commentaire, mais du mois d'octobre précédent. Il écrivait, en effet, de Monculot, le 19 octobre 1829, à Aimé Martin : «... Je voudrais vous voir arriver. Je vous lirais un petit morceau de six cents vers que je viens de faire pour me venger de l'Académie, si elle me refuse. Cela s'appelle *Job*. »

L'Académie ne le refusa pas, mais comme, un mois après, il perdit sa mère, on aurait pu croire que la douleur lui avait inspiré cette admirable pièce à laquelle il avait donné comme sous-titre : *Ou mon âme est triste jusqu'à la mort.*

Les *Harmonies* furent donc écrites de 1824 à 1829. Une seule pièce, l'*Invocation*, est de 1822. Lamartine habitait à cette époque en Italie et éprouvait de temps à autre une lassitude, un dégoût, un découragement, qui se trahissaient par de longs intervalles de silence. « Je ne fais plus d'*Harmonies*, écrivait-il au mois de novembre 1826, parce que je me couche à une heure du matin assez régulièrement. J'attends le printemps. »

Et le 24 mars 1827 il mandait encore à son ami de Virieu :

«... J'ai mis dans un sac tous les vers achevés, commencés, interrompus depuis un an. Je l'ai fermé à clef, et je n'en veux plus entendre parler de *trois ou quatre ans*. Ma verve lyrique est épuisée ; depuis trois mois je n'ai pas aligné un vers ; ma verve épique me reprend depuis quelques jours. Peut-être ferai-je quatre ou cinq chants cet été à Livourne. Dieu le sait... (1).»

Et, en effet, au mois de mai 1827, il se remit au poème sans fin des *Visions*.

Mais les *Harmonies* ne tardèrent pas à le reprendre, et l'accueil triomphal que reçurent, au mois d'octobre 1828, *l'Hymne du matin* et la *Perte de l'Anio*, chez Mme Sophie Gay, chez Victor Hugo et puis à la Sorbonne, où Villemain les lut à son jeune auditoire, lui fit retrouver sa belle verve lyrique.

Dix-huit mois après, elles parurent à la librairie Gosselin, qui en vendit cinq éditions en trois mois.

(1) *Corresp.*, t. III, p. 17.

Cependant Lamartine ne se laissait pas griser par les éloges. Sachant que le grand maître de la renommée est le temps, il s'en rapportait à lui pour opérer, dans son œuvre, le triage du bon et du mauvais, et faisait lui-même le part du feu en recommandant à son ami de Virieu de ne pas retenir plus de quinze *Harmonies* sur cinquante. « Ces choses-là, concluait-il, doivent être lues comme des *Heures*, par heures ».

On ne pouvait être plus judicieux ni mieux dire.

CHAPITRE VI

LAMARTINE ET L'ÉCOLE ROMANTIQUE

BRIFAULT. — JOSEPH ROCHER. — EUGÈNE DE GENOUDE. —
VICTOR HUGO. — NODIER. — ALFRED DE VIGNY. —
MUSSET. — AUGUSTE BARBIER. — SAINTE-BEUVE. —
GUTTINGUER.

I

Quoique Lamartine ait toujours vécu en dehors et comme en marge des écoles et des partis, il n'en a pas moins exercé une influence profonde sur la littérature et la politique de son temps.

« Ma force future, écrivait-il un jour, tient à l'idée vraie que je n'agis que nationalement, personnellement, consciemment (1). »

Cette influence de Lamartine aurait été plus immédiate et plus sensible en poésie, si, par un concours de circonstances heureuses et fâcheuses à la fois, il ne l'avait partagée dès le principe et pendant quelque dix ans avec André Chénier.

Il est bon de se souvenir, en effet, que les *Méditations* couraient déjà dans le monde, sous forme de placards ou de copies, au moment où Henri Latouche publia les poésies d'André Chénier, c'est-à-dire en 1819 (2). C'est même ce qui explique leur immense succès quand elles parurent l'année suivante en librairie, sans nom d'auteur. On s'est demandé pourquoi Lamartine ne les avait pas signées. A quoi cela lui aurait-il servi ? Tous ceux qui lisaient alors connais-

---

(1) « Je suis en dehors, disait-il encore, je suis à côté, je suis à l'état d'idée tout au plus et pas à l'état de parti. » (*Corresp.*, t. III, p. 348.)
(2) Sainte-Beuve a dit que c'étaient « les deux portes d'ivoire de l'enceinte nouvelle. » (*Portraits contemporains*, t. II.)

saient les *Méditations* pour en avoir entendu parler avant leur mise en vente.

Non seulement on les savait par cœur dans les salons de Mme de Raigecourt (1), de la duchesse de Broglie, de Mme de Montcalm, de Mme de Saint-Aulaire, etc., où le jeune poète était fêté comme un héros, mais le duc de Rohan et Mathieu de Montmorency, à la suite du séjour que Lamartine avait fait à la Roche-Guyon pendant la semaine sainte de 1819 (2), en avaient livré quelques-unes à l'impression qu'on se passait de main en main, comme la lampe de vie dont parle l'Ecriture. Si bien que le lundi 13 mars 1820, quand les libraires étalèrent à leurs vitrines le volume in-8° qui les renfermait, tout le monde, ou peu s'en faut, put mettre sur la couverture le nom de l'auteur qui y manquait.

« J'ai connu plus tard Lamartine, dit Brifaut dans ses *Mémoires* (3), et cependant je l'avais connu plus

(1) C'est par elle et chez elle que Lamartine « fut présenté à tout ce qu'il y avait d'illustre, de puissant et d'aimable dans l'ancienne et dans la jeune société française ». (*Souvenirs et Portraits*, t. II, p. 28.)

(2) Sur l'exemplaire des *Méditations* de la bibliothèque de Sainte-Beuve, en tête de la pièce intitulée : La *Semaine sainte*, qui commence par ces vers :

Ici viennent mourir les derniers bruits du monde,
Nautoniers sans étoile, abordez, c'est le port !

l'illustre critique avait écrit : « Ce second vers est du duc de Rohan (depuis archevêque et cardinal de Besançon) chez qui Lamartine fit cette pièce. Il avait fait les vers de la strophe, moins le deuxième, et il disait : « Et mon second ? » L'abbé de Rohan lui dit : « Le voici : Nautoniers sans étoile, etc. « Les premières *Méditations* furent recueillies par l'abbé de Rohan et choisies entre plusieurs albums où elles étaient dispersées avec d'autres. »

(3) Brifaut, qui avait un pied dans les deux camps, ayant collaboré au *Lycée français*, dès sa fondation, ne cachait pas ses préférences pour certains romantiques, j'entends pour ceux qui, comme Lamartine, respectaient la grande tradition. En 1829, quand le poète des *Méditations* se porta de nouveau à l'Académie française, il fut un de ses plus chauds partisans. Lire à ce sujet, dans les *Lettres à Lamartine*, sa lettre du 26 octobre 1829.

tôt. Ceci a l'air d'une énigme : il faut en donner le
mot. Nous allions souvent, lui et moi, dans une maison très fréquentée, celle de l'aimable auteur des *Croi-
sades*. Lamartine, très jeune alors, et moi qui n'étais
pas vieux, nous nous mîmes une fois à causer ensemble.
Il débutait dans le monde, il n'avait point de nom ;
mais il était, comme il le dit assez naïvement lui-
même, un des hommes les plus remarquables qu'on
pût rencontrer. Sa belle et sa noble figure, dont i
donna une description si pompeuse et si détaillée,
frappait à la première vue : la poésie se jouait sur son
front, dont elle s'est trop vite envolée ; ses grands
cheveux bouclés lui donnaient quelque ressemblance
avec l'Apollon du Belvédère : il paraissait la réalisa-
tion vivante de cet idéal jeté en marbre. S'il prenait
par les yeux, c'était bien autre chose quand ses paroles d'or tombaient avec un bruit délicieux dans l'oreille.
Je ne me lassais pas de l'écouter et je me disais : si
celui-là ne fait pas son chemin, il y aura bien du malheur ; puis je me rapprochais de lui pour l'écouter
encore. En le quittant, j'éprouvais le désir de le revoir,
et ce désir était souvent satisfait, mais ce n'était que
chez Michaud. Je ne le rencontrais point ailleurs. Il
savait mon nom, j'ignorais le sien ; comme je ne suis
pas curieux, je ne le demandai point, content et sûr
de le retrouver à jour nommé dans le salon de notre
ami commun...

« Quelques années s'écoulent. J'entends parler avec
des éloges inouïs des *Méditations poétiques*. Je les
prends chez mon libraire, je les lis, non, je les dévore,
et tout en les dévorant je m'écrie : Je connais l'auteur,
c'est mon ami anonyme : il n'y a que lui qui ait pu
écrire avec cette verve et ce bonheur d'expression, et

cette sublimité de pensées et d'images. J'en étais là
lorsque M. de Lagrenée, celui que nous avons vu
ambassadeur à la Chine, jeune étudiant diplomatique
alors, vint chez moi pour m'engager à déjeuner le
jour suivant. Nous avions ensemble des rapports assez
suivis, et nous vivions dans les mêmes cercles. J'ac-
cepte, surtout quand il m'a promis la présence de
l'auteur à la mode, du célèbre Lamartine, de celui
dont les trompettes de la Renommée répètent chaque
matin les louanges. Voyons, dis-je en moi-même, si
j'ai deviné juste. J'arrive à l'heure indiquée, à peine
entré, je reconnaîs l'homme que je cherchais, et j'é-
teins ma lanterne.

« Si je renouai bien vite avec lui, je n'ai pas besoin
de le dire. Notre matinée se passa divinement. Il nous
dit des vers nouvellement éclos de son génie ; il les
débitait comme un prophète sur un trépied : l'inspiration lui donnait je ne ne sais quoi de surnaturel. Oh!
avec quelle religieuse attention chacun de nous recueil-
lait dans son cœur ces magnifiques stances, qui le
pénétraient des joies du ciel. Cette étroite salle à manger se changeait pour nous en un sanctuaire où les
anges faisaient la répétition de leurs concerts séra-
phiques. Je ne loue pas bien ; mais qui peut louer
dignement de telles poésies? Quelles paroles ont assez
d'éloquence pour peindre les bouleversements de nos
pensées, les ravissements de nos âmes, jetées par une
magie inconnue dans cet ordre d'incomparables beautés ! La langue poétique semblait s'être agrandie,
épurée, perfectionnée. Lorsqu'il eut achevé son hymne
lyrique, nous nous regardions tous, muets, haletants,
étonnés, éperdus, comme si quelque grand événement
avait changé la marche des choses sur la terre. Et qui

produisait ces merveilles ? Un mousquetaire réformé de vingt-neuf ans (1). »

J'ai cité tout au long ce passage des *Mémoires* de Brifaut, parce qu'il est inconnu et qu'il donne bien l'idée de l'action exercée par Lamartine sur tous ceux qui l'entendaient.

Ce récit est d'ailleurs confirmé par tous les témoignages du temps. Nous savons que Villemain fut transporté par les *Méditations*, que Talleyrand passa toute une nuit à les lire, que Molé, Pasquier, Mounier et tous les doctrinaires qui étaient les plus anti-poètes de la terre en parlaient avec enthousiasme, que le roi Louis XVIII, qui était un fin lettré, accorda une pension au jeune poète après les avoir annotées de sa main, bref, que les Parisiens « frappés de folie comme les Abdéritains qui répétaient sans cesse le chœur d'Euripide : Amour, puissant amour ! s'abordaient en récitant quelques stances du *Lac*. »

« On ne saurait s'imaginer aujourd'hui, dit Théophile Gautier, après tant de révolutions, d'écroulements et de vicissitudes dans les choses humaines, après tant de systèmes littéraires essayés et tombés en oubli, tant d'excès de pensée et de langage, l'enivrement universel produit par les *Méditations*. Ce fut comme un souffle de fraîcheur et de rajeunissement, comme une palpitation d'ailes qui passaient sur les âmes. Les jeunes gens, les jeunes filles, les femmes s'enthousiasmaient jusqu'à l'adoration. Le nom de Lamartine était sur toutes les bouches... Jamais succès n'eut de proportions pareilles (2). »

---

(1) *Œuvres de Charles Brifaut*, publiées en 1858 chez Prosper Diard, t. I, p. 491 et suiv.

(2) Cf. *Portraits contemporains*.

Il n'y avait guère que les classiques attardés qui, pour contrecarrer l'opinion générale, s'évertuaient à tourner le jeune poète en ridicule. « On l'appelle le *poète des prosateurs*, écrivait Soumet à Jules de Rességuier, et l'on ne se doute pas de l'éloge que renferme ce jugement (1). »

Quant à Mme de Genlis qui, au dire de la duchesse de Broglie (2), faisait cause commune avec Luce de Lancival, Legouvé et Baour-Lormian, je crois bien qu'il y avait dans son opposition un peu de rancune. Elle n'ignorait pas que Lamartine était le petit-fils de de Mme des Roys, ancienne sous-gouvernante des enfants du duc d'Orléans, et comme elle avait eu mainte fois maille à partir avec elle, du temps qu'elle l'avait sous ses ordres au Palais-Royal, elle ne devait pas être fâchée de faire payer au jeune poète des *Méditations* les arrérages de sa vieille antipathie contre sa grand'mère.

II. — JOSEPH ROCHER ET EUG. DE GENOUDE

Voilà donc quelles furent à Paris les premières relations mondaines et littéraires de Lamartine. Aymon de Virieu l'avait introduit dans le faubourg Saint-Germain; Joseph Rocher le mit en rapports avec M. de Genoude (3) et le duc de Rohan; et c'est par

(1) Cf. *Victor Hugo avant 1830*, par Ed. Biré, p. 153.
(2) *Lettres à Lamartine*, p. 19.
(3) Eug. de Genoude comprit d'autant mieux Lamartine, qu'il traduisait en ce moment la Bible, son livre de prédilection. Lamartine lui écrivait le 26 juin 1819 : « Depuis quelques jours, toute la maison était occupée de vous. J'y avais parlé des *Psaumes ;* on les avait fait venir de Lyon. On en lit un peu chaque jour : les juges sont délicats et tout

M. de Genoude qu'il connut Lamennais, et par le duc de Rohan qu'il connut Victor Hugo.

Joseph Rocher n'a laissé aucun nom dans la littérature, mais, plus heureux en cela que beaucoup d'autres qui ont publié un ou plusieurs volumes de vers, il ne mourra pas tout entier, grâce au bon souvenir que 'lui gardèrent toute leur vie les deux plus grands poètes du xixᵉ siècle.

Lamartine l'avait rencontré à Paris au mois de février 1816(1). C'était un jeune homme du Dauphiné, « d'une tournure charmante et d'une figure très spirituelle et très fine », que son goût pour l'éloquence et la poésie avait attiré dans la capitale (2). Sainte-Beuve dit qu'il prêtait quelquefois son appartement de la rue Saint-Dominique à Lamartine pour des déjeuners de jeunesse, et parle d'une ode qu'il aurait adressée au futur auteur des *Méditations* pour l'exhorter aux beaux vers et à l'ambition lyrique. Lamartine y fait allusion lui aussi, dans sa correspondance, et nous avons vu qu'il lui dédia son ode de *l'Enthousiasme*. Il avait pour le talent poétique de Rocher la plus haute estime (3) et comparait un jour

le monde est de mon avis ; on est pleinement satisfait, on s'enthousiasme. »

C'est Genoude, on s'en souvient, qui présenta les *Méditations* au public dans l'avertissement de l'ouvrage. A dater de ce jour il entretint une correspondance régulière avec Lamartine, qui le chargeait de toutes ses affaires d'édition et d'argent.

(1) Lamartine était descendu alors, rue du Hasard, hôtel des Deux-Ponts. C'est là que Rocher lui fut présenté le 7 février 1816 par « le petit Charint », ami de Fortuné de Vaugelas, lequel avait connu Lamartine au collège de Belley.

(2) Il était né à la Côte-Saint-André (Isère), le 7 juillet 1794.

(3) « ... Vous n'êtes pas de ces gens qu'on oublie, assurez-vous en, lui écrivait-il d'Aix-les-Bains, le 20 août 1819, et vous en aurez la preuve quand vous reverrez M. de M... (Mathieu de Montmorency) et autres personnes de vos environs avec qui nous n'avons cessé de nous

telle pièce de lui sur *l'Immortalité de l'âme* « aux meilleurs vers de Fontanes récités sous les chênes de Fontainebleau et restés dans la mémoire de Chateaubriand (1) ». Cependant cette pièce, présentée en 1821 au concours des Jeux Floraux en même temps qu'une autre sur *les Troubles actuels de l'Europe*, ne fut l'objet d'aucune distinction, et c'est à grand'peine que Victor Hugo obtint de Jules de Rességuier qu'elle fût insérée dans le recueil de l'Académie de Clémence Isaure (2). Encore ne figure-t-elle qu'à la table des matières dans l'exemplaire de l'année 1821, que j'ai consulté à la Bibliothèque nationale (3). Est-ce son peu de succès à Toulouse qui dégoûta Joseph Rocher du culte des Muses? Peut-être ; en tout cas il semblait avoir renoncé à la poésie dès 1825, car, au mois de juillet de cette année, Lamartine déplorait que sa verve fût tarie, et quelque temps après il était nommé conseiller à la cour royale de Grenoble d'où il passa à celle de Lyon. Trois ans plus tard il entra au minis-

entretenir de vous et de pronostiquer votre destinée future. Elle sera plus belle que votre modestie outrée ne vous permet de le croire, soyez-en sûr ; et laissez-vous un peu juger par les autres, ou bien comparez-vous avec tout ce qui rime autour de vous à Paris. Courage donc ! produisez tout ce que vous pourrez, laissez les places à Grenoble aux malheureux qui ont besoin de places pour dîner, et vous, qui êtes bien tranquille sur votre avenir, ne vous occupez pas de ce plat monde réel, et montez plus haut !

> Là, foulant à vos pieds cet univers visible,
> Planons en liberté dans les champs du possible !
> Notre âme est à l'étroit dans sa vaste prison :
> Il nous faut un séjour qui n'ait pas d'horizon.

(*Corresp. de Lamartine*, t. II, p. 63-64.)
(1) *Souvenirs et portraits*, t. III, p. 15 et 16.
(2) *Corresp. de Victor Hugo*, t. I, p. 15.
(3) C'est probablement ce qui a induit en erreur M. Edmond Biré dans son livre sur *Victor Hugo avant 1830*, p. 134. — Cependant ce poème fut imprimé et intercalé entre les pages xxx et xxxi dans l'exemplaire du Recueil des Jeux Floraux pour l'année 1821, que j'ai sous les yeux, avec cette mention de la main de Rocher : « poème qui a obtenu la 1re mention honorable. » Il est paginé en chiffres arabes de 1 à 7.

tère de la Justice comme secrétaire général de M. de
Courvoisier. Lors de la retraite de ce dernier (mai 1830)
il devint conseiller à la Cour de cassation. Nommé,
après le coup d'Etat, membre du conseil supérieur de
l'instruction publique, il quitta, en 1856, la magistra-
ture pour aller remplir les fonctions de recteur de l'A-
cadémie de Toulouse. Mais il rimait encore dans ses
heures de loisir (1), et je suis convaincu qu'on trouverait dans ses papiers plus d'une pièce de vers, ne fût-
ce que des traductions d'Horace, du temps qu'il portait
la robe rouge fourrée d'hermine. Ce qui me fortifie
dans cette croyance, c'est qu'au printemps de 1861 la
mort du fils de M. de Carbonel, receveur des finances
de Toulouse, lui inspira les vers suivants que je dois
à l'obligeante communication de M. Marsan, professeur à la Faculté des lettres de cette ville.

> Le front enveloppé de deuil,
> Des morts je visitais la cendre :
> Qui de nous, au pied d'un cercueil,
> N'a pas des larmes à répandre?
> J'errais, d'un pieux trouble en secret agité,
> Sur ces confins du temps et de l'éternité.
> L'if aux pâles rameaux m'appelait sous son ombre ;
> Car l'astre qui remplit l'immensité des cieux,
> En couvrant ces tombeaux d'un reflet radieux,
> De mon cœur attristé rendait la nuit plus sombre.
> Je me disais : Ce flambeau qui nous luit
> Eclaire le néant de nos vaines pensées,
> Tant de stériles vœux, tant d'ardeurs insensées,
> Puis ce morne silence après un peu de bruit !
> Si du moins on n'entrait dans ces muets abîmes
> Que par de longs détours sur le sol des vivants !
> Mais la mort choisit ses victimes

---

(1) Il resta fidèle aussi à ses premières amitiés littéraires. Brifaut
écrivait à Lamartine le 26 octobre 1829, à propos de sa candidature à
l'Académie française, qu'il l'engageait à venir la soutenir de sa personne :
« Votre ami Rocher, qui a dîné hier chez moi, est tout à fait de mon
avis. Votre résistance le désespère. »

Dans une vie en fleur comme au déclin des ans.
Approchons de ce tertre où des mains fraternelles,
Tremblantes, ont jeté des touffes d'immortelles ;
Un nom, type d'honneur consacré par le temps,
　　　Au sein du marbre noir rayonne ;
Naguère il abritait, ainsi qu'une couronne,
　　　Un front paré de ses dix-sept printemps.
　　　Ce lys déposé sous la pierre
S'élevait au matin, embelli par l'espoir,
　　　Et ce n'est pas le vent du soir
　　　Qui l'a fait pencher vers la terre !
Sur quelle haute cime as-tu pris ton essor,
Jeune âme, de tendresse ineffable trésor,
Parfum que recélait un vase plein de grâce ?
　　　Dieu du ciel, découvre ta face !
　　　Sacrés parvis, ouvrez vos portes d'or !

Mon œil, comme un rayon qui traverse la nue,
De la voûte de feu sondant les profondeurs,
Entrevoit sous l'éclat des divines splendeurs
Ces nobles traits empreints d'une joie inconnue.
C'est là (dernier refuge offert à nos douleurs,
Terme de notre exil sur la rive étrangère)
Que le retrouverait le regard d'une mère,
　　　S'il n'était voilé par ses pleurs.
En haut comme ici-bas veillant sur ceux qu'il aime,
　　　Au passé liant l'avenir,
Invisible à leurs yeux, il guidera lui-même
Leurs pas mieux assurés jusqu'à l'heure suprême
　　　Qui doit un jour les réunir.
Son souffle affermira leur force qui succombe ;
De leurs communs destins resserrant le faisceau,
　　　Il fera tenir à sa tombe
　　　Les promesses de son berceau.
Oh ! descends de ton ciel ! sur eux plane en silence !
Le calme leur viendra d'où leur vient la souffrance ;
Qui fait couler leurs pleurs peut seul les essuyer.
Par ton magique attrait révèle ta présence ;
　　　Comme aux jours de ton enfance,
　　　Sois l'ange de leur foyer !

Ces vers n'ont rien de romantique et font effectivement plutôt songer à Fontanes qu'à Lamartine ;
mais ils sont faciles, d'un tour agréable, et j'exprime

ici le vœu que les héritiers de Joseph Rocher — qui mourut à Lyon le 27 janvier 1864 — réunissent le plus tôt possible dans un bouquet funéraire les quelques fleurs poétiques de son petit jardin. Elles ne pourraient que servir sa mémoire.

J'ai dit que ce fut Rocher qui mit Lamartine en rapports avec le duc de Rohan et, par ce dernier, avec Victor Hugo. Voici dans quelles circonstances.

Quoiqu'il eût pris la résolution, aussitôt après la mort tragique de sa femme, de se retirer du monde pour se consacrer à Dieu, le duc de Rohan, qui avait la passion des beaux vers, s'était enthousiasmé pour ceux de Lamartine que Rocher et Genoude lui avaient récités dans leurs entretiens. Il leur témoigna le désir de le voir. Mais Lamartine répugnait, moins par fierté que par sauvagerie, à se présenter lui-même chez un grand seigneur. Ses amis le dirent au duc de Rohan qui, trouvant la chose toute naturelle, leur répondit « qu'à ses yeux le grand seigneur était celui qui avait le plus de parenté de nature avec Racine et qu'il n'hésiterait pas à le prouver en venant lui-même chez le jeune poète solliciter son amitié (1) ». Il vint, en effet, le visiter dès le lendemain dans son petit entresol de l'hôtel Richelieu, et de ce jour-là ils furent amis. Invité quelque temps après par le duc à passer la semaine sainte à son château de la Roche-Guyon, Lamartine accepta avec empressement et paya sa bienvenue en composant la très belle *Méditation* dont, au dire de Sainte-Beuve, le deuxième vers lui fut soufflé par son hôte. Cela mit le sceau à leur amitié. On n'a qu'à lire les lettres qu'ils échangèrent au prin-

(1) *Souvenirs et Portraits*, t. I, p.341.

temps et dans l'été de l'année 1819 pour voir que
leur commerce était devenu tout de suite très tendre
et que toutes les prévenances venaient du côté du
grand seigneur (1).

III. — VICTOR HUGO

En 1862, Lamartine s'occupant de Victor Hugo
dans son *Cours familier de littérature*, écrivait les
lignes suivantes :

« Je me souviens comme d'hier du jour où le beau
duc de Rohan, alors mousquetaire, depuis cardinal,
me dit, en venant me prendre dans ma caserne du
quai d'Orsay : Venez avec moi voir un phénomène
qui promet un grand homme à la France : Chateaubriand l'a déjà surnommé enfant sublime. Vous serez
fier aussi un jour d'avoir vu le chêne dans le gland.»

La mémoire de Lamartine l'a mal servi dans cette
circonstance. Si le duc de Rohan lui a jamais tenu ce
langage, ce ne fut certainement pas sous l'habit de
mousquetaire. D'abord, à l'époque où Lamartine était
caserné comme garde du corps au quai d'Orsay, il ne
connaissait pas encore le duc de Rohan ; ensuite Victor Hugo, en admettant que le surnom d'enfant sublime lui ait été réellement donné, ne le reçut qu'en
1820, et à cette date Lamartine avait quitté l'armée
depuis plus de trois ans, et le duc de Rohan était au
séminaire de Saint-Sulpice.

Nous savons d'ailleurs par le *témoin de sa vie* que
Victor Hugo ne fit la connaissance du duc de Rohan

(1) *Lettres à Lamartine*, p. 6 et 10. — On trouvera à l'Appendice IV
de ce volume une très belle lettre du duc de Rohan à Rocher sur la
maladie de Lamartine, en 1820.

qu'au mois d'août 1821 (1), après la mort de sa mère
arrivée le 27 juin de la même année, et que ce fut
quelque temps après — très probablement au mois de
janvier 1822 (2) — que le duc lui présenta, rue de
Mézières nº 10, où le jeune poète habitait alors, et
non, comme le dit l'auteur des *Méditations*, rue du
Pot-de-Fer, où il n'a jamais habité, « un jeune homme
grand, à la tournure noble et cavalière » qui n'était
autre qu'Alphonse de Lamartine.

Quoi qu'il en soit, du jour où, sur les pas du duc-
abbé de Rohan, Lamartine pénétra dans la ruche voilée
de crêpe où Victor Hugo composa quelques-unes de
ses plus belles odes, ils se lièrent tous deux d'une
amitié qui dura toute leur vie « malgré l'absurde rivalité que les hommes à esprit court de leur temps se
plurent à supposer entre eux (3) ». Pourquoi se
seraient-ils brouillés? Si Victor Hugo fut toujours
quelque peu jaloux de la gloire de ses émules, Lamartine, qui ne le fut jamais, était incapable de lui inspirer
la moindre envie. Outre qu'il était son aîné de douze
ans et qu'il habitait le plus souvent loin de Paris, il ne
fit jamais de théâtre — car je ne compte pas son drame
de *Toussaint-Louverture*; or, nous savons que ce fut
le théâtre qui jeta la zizanie dans le Cénacle de *Joseph
Delorme*; et puis son tempérament poétique — je
dirais son esthétique, s'il en avait eu — était exactement
le contraire de celui d'Hugo. « L'un ne demandait rien

(1) C'est Joseph Rocher qui le conduisit au château de La Roche-
Guyon.
(2) Lamartine, qui avait quitté Paris aussitôt après la mise en vente
des premières *Méditations*, n'y reparut, en effet, d'après sa correspondance, qu'au mois de janvier 1822 et n'y demeura qu'une quinzaine de
jours.
(3) *Souvenirs et Portraits*, par Lamartine, t. III, p. 346.

qu'au jour qui passe, comme un improvisateur sans
lendemain, comme un amateur désœuvré du beau, qui
esquisse et qui chante au hasard, sans savoir le dessin
ou la musique ; l'autre était un souverain artiste,
qui força quelquefois la note ou le crayon, mais qui
ne laissa guère une de ses pensées ou une de ses
inspirations sans en avoir fait un immortel chef-d'œuvre (1). »

Qui parle ainsi ? Lamartine lui-même. C'est dire
qu'il se connaissait et qu'il savait aussi le fort et le
faible de son grand rival. Il n'y a que la politique qui
aurait pu les séparer et les désunir, car, lorsque
Lamartine combattait, la visière levée et avec l'élan
qu'il apportait en toutes choses, le gouvernement issu
de la Charte de 1830, Victor Hugo était pair de
France. Or, nous verrons tout à l'heure qu'après la
chute de Louis-Philippe Victor Hugo fut un des premiers à se rallier à la politique de Lamartine ; et
quand vinrent les mauvais jours, quand le coup d'Etat
de décembre eut fait du poète de l'ode à la *Colonne*
un proscrit et du vainqueur du drapeau rouge un
exilé à l'intérieur, ils ne cessèrent de s'aimer et de se
le dire par-dessus la frontière.

Chose curieuse et à laquelle nul n'a pris garde, la
destinée, comme pour faire naître entre eux et fortifier
la sympathie, avait voulu que le double objet de leur
premier amour fût originaire de la même ville de Bretagne et que leurs premières œuvres (*Bug-Jargal*,
et les *Méditations*) leur fussent inspirées par deux
témoins des événements de Saint-Domingue. On sait
maintenant l'odyssée d'Elvire et qu'elle était issue

(1) *Souvenirs et Portraits*, par Lamartine, t. III.

d'une famille nantaise comme Mme Victor Hugo, mais ce qu'on ne sait pas, c'est que le héros de *Bug-Jargal*, Léopold d'Auverney, n'était autre que le grand-père maternel de l'auteur de ce roman. Il s'appelait Trébuchet de son nom et avait fait longtemps, comme capitaine la traite des nègres, pour le compte de la Compagnie des Indes et d'un armateur de Nantes, mais comme il était natif d'Auverné, petit bourg de la Loire-Inférieure, Victor Hugo, qui avait été bercé avec les récits de ses voyages, l'avait baptisé du nom de son lieu de naissance.

Cependant, au début de leurs relations, Lamartine et Victor Hugo ne se voyaient que de loin en loin, quand le premier qui était secrétaire d'ambassade obtenait un congé et venait à Paris, car le second fut très longtemps un sédentaire. Mais s'ils se voyaient peu, ils s'écrivaient beaucoup, et toutes leurs lettres étaient pour s'encourager, pour s'exciter aux jeux olympiques. « Que nos noms confondus, disait Lamartine, apprennent à l'avenir, si nous allons si loin, qu'il y a des poètes qui se sont aimés ! »

Et dans une *Epître familière* il invitait son jeune ami à venir le visiter à Saint-Point :

> Oiseau, chantant parmi les hommes,
> Ah ! reviens à l'ombre des bois ;
> Il n'est qu'au désert où nous sommes
> Des échos dignes de ta voix !
> Viens respirer avant l'aurore
> L'air embaumé qui semble éclore
> Des baisers des fleurs et du jour,
> Et mêlant ton âme encor pure
> Avec le ciel et la nature
> Rêver et chanter tour à tour (1) !

(1) Cf. les *Méditations*.

Mais Victor Hugo n'avait qu'un goût médiocre pour la vie champêtre. Ayant été élevé dans les camps au son des tambours et des fanfares, il aimait la lutte et le bruit et, avec son âme et ses instincts de conquérant, il ne pensait qu'à ramasser des couronnes. Tel Bonaparte dans le fronton du Panthéon par David. Aussi, pendant que Lamartine demandait ses inspirations à la nature, Hugo demandait les siennes au tumulte de la place publique, aux affres de la Révolution, aux grandes épopées de l'histoire contemporaine.

> Plutôt que je n'ai dû, je reviens dans la lice,
> Mais tu le veux, ami ! ta muse est ma complice ;
> Ton bras m'a réveillé ; c'est toi qui m'as dit : « Va !
> Dans la mêlée encor jetons ensemble un gage ;
>   De plus en plus elle s'engage :
> Marchons, et confessons le nom de Jéhova ! »
>
> J'unis donc à tes chants quelques chants téméraires.
> Prends ton luth immortel : nous combattrons en frères
> Pour les mêmes autels et les mêmes foyers.
> Montés au même char, comme un couple homérique,
> Nous tiendrons, pour lutter dans l'arène lyrique,
>   Toi la lance, moi les coursiers (1).

Ces vers sont de 1825. L'année d'avant, le jeune Hugo avait essayé d'enrôler le poète des *Méditations* sous le drapeau de la *Muse française*, mais Lamartine s'y était refusé pour plusieurs raisons : d'abord parce qu'il avait horreur des coteries et qu'il était loin de partager toutes les idées du Cénacle de la *Muse française*, si peu révolutionnaires qu'elles fussent (2), ensuite

---

(1) *Odes et Ballades.* — *Ode à M. de Lamartine.*

(2) Cependant, pour lui donner une preuve nouvelle de son amitié, il écrivait à Victor Hugo le 8 juin 1823 : « ... Mais si cela ne vous répugne pas trop fort, voilà ce que je vous propose et vous prie, mon ami, d'accepter. Entrez comme fondateur, et moi qui ne puis y mettre ni nom, ni esprit, j'y mettrai bien volontiers les mille francs convenus. Cela restera entre nous deux ; vous me les rendrez quand ils seront

parce que, pour le moment, il avait intérêt à ménager les derniers représentants de l'école classique :

« Je reçois quelquefois cette muse française qui vous amuse tant, écrivait-il de Mâcon, le 22 mars 1824, à M. Eugène de Genoude ; elle est en vérité fort amusante. C'est le délire au lieu du génie. Mais je trouve qu'avec votre autorité en littérature vous dites des niaiseries aussi. L'autorité est bonne en matière de foi, mais, en matière de goût, le goût est à lui-même son juge. Il faudrait donc parler comme parlaient nos bons pères, en Gaulois, penser et sentir comme pensaient et sentaient nos barbares aïeux, et chaque mot, chaque idée, chaque sentiment, apportés par les temps et les hommes nouveaux, auraient été autant de crimes contre l'autorité précédente, absurdité digne des doctrinaires de la poésie, qui siègent sur le canapé de la rue Cherche-Midi. La sottise suffisante de leurs risibles adversaires va faire prévaloir quelques jours ce bizarre système ; mais amis et ennemis disparaîtront bientôt et les deux absurdités rivales, en s'écroulant, feront place à la vérité en littérature : vérité dans les sentiments, force et sûreté dans l'expression (1). »

Si le canapé des doctrinaires de la rue du Cherche-Midi avait eu connaissance de cette lettre quasi prophétique, je crois qu'il aurait sursauté de colère, mais M. de Genoude eut le bon esprit de la garder pour

couverts et au delà par les bénéfices de l'ouvrage. Vous concilierez ainsi toute convenance et vous resterez à portée d'utiliser pour l'avenir les avantages peut-être considérables qui résulteront de l'entreprise. Songez que nous sommes des frères en poésie, en doctrine, en religion, et j'espère en sentiments. Ce serait d'un mauvais cœur de refuser. Répondez-moi. » — Victor Hugo ne répondit pas. (Lettre publiée par la *Revue de Paris*, du 15 avril 1904.)

(1) *Corresp. de Lamartine*, t. II, p. 265.

15

lui, et Victor Hugo, qui était très fier de se dire l'ami
de Lamartine, bien loin de lui tenir rigueur de son
attitude expectative, se multiplia dans le même temps
pour assurer le succès de sa candidature à l'Académie
française.

L'histoire de cette candidature n'offre rien de bien
remarquable : on y vit se nouer les mêmes intrigues
que dans toutes les élections académiques et la mé-
diocrité, suivant un usage qui est devenu une sorte
de tradition de famille, l'emporta une fois de plus sur
le talent. Je pourrais donc passer cette histoire sous
silence, d'autant qu'elle vient de nous être contée tout
au long par un jeune écrivain qui porte précisément
le nom de l'académicien qu'il s'agissait de remplacer
et de celui que Lamartine rendit responsable de son
échec. J'ai nommé M. de Lacretelle (1); mais j'y ai
relevé quelques particularités qui m'ont paru dignes
d'intérêt. La *Correspondance* du poète nous avait
appris qu'il n'avait posé sa candidature que poussé par
les siens et pour faire plaisir à sa mère. Nous voyons,
en effet, dans les documents qu'on a mis tout récemment au jour, que sa mère avait sollicité en cachette
le patronage de Lacretelle, l'historien, et que celui-ci,
après avoir conseillé à Lamartine de « songer à l'Académie », lui avait fait savoir, une fois sur les rangs,
qu'il était engagé moralement vis-à-vis de Droz, lequel,
sans avoir ses titres littéraires, avait cet avantage sur
lui d'être l'ami personnel du défunt. D'où la colère de
Lamartine et les deux ou trois épîtres malsonnantes
qu'il se permit d'adresser à Lacretelle pour désavouer
les démarches secrètes de sa mère.

(1) Lire dans la *Grande Revue* du 15 mai 1905 l'article de M. Pierre
de Lacretelle sur la *Première candidature* de Lamartine à l'Académie.

Pendant ce temps-là tout le faubourg Saint-Germain était en remuement pour lui. Le baron d'Ekstein faisait son éloge dans le *Drapeau blanc;* Eugène de Genoude soignait Auger et Campenon, qui lui paraissaient une menace, et Victor Hugo se chargeait de M. de Villars et de François de Neufchâteau, qu'il connaissait pour avoir éprouvé plusieurs fois leur bienveillance (1).

Vains efforts! Lamartine, qui avait contre lui tout le clan libéral de l'Académie et quatre ou cinq royalistes dissidents, se sentait battu d'avance. Il ne le fut pourtant qu'à deux voix de majorité et au troisième tour de scrutin, Lacretelle ayant eu la délicatesse, dès que l'élection de Droz fut assurée, de porter sa voix sur Lamartine pour diminuer l'importance de son échec (2). Cet échec ne fut pas moins sensible au cœur du poète, à cause du chagrin qu'en ressentirent ses parents. Après s'être brouillé avec tous ceux qui avaient mené la cabale, il fit contre eux « une ode fulminante » (3) qui malheureusement n'est pas arrivée jusqu'à nous. Je dis malheureusement, parce que j'aurais aimé lire une vraie philippique de la plume qui, dans un jour d'indignation, rédigea la réponse à *Némésis.* Mais si nous n'avons pas cette « ode fulminante », nous avons le quatrain que l'élection de Droz inspira à un homme d'esprit. Nous avons aussi la très belle lettre que Villemain adressa quelques jours après à son concurrent malheureux. Or, étant donné le caractère de Lamartine, je pense qu'il se trouva suffisamment vengé par cette lettre et par ce quatrain.

---

(1) *Corresp. de Victor Hugo*, t. I, p. 39.
(2) Cette élection eut lieu le 4 décembre 1824.
(3) *Corresp. de Lamartine*, t. II, p. 294.

Le quatrain disait :

Vous avez nommé Droz? — Oui, c'est un beau génie,
Son titre, quel est-il? — Le secret d'être heureux :
Admirable secret; mais pour l'Académie
Le secret d'être lu ne vaudrait-il pas mieux (1) ?

Et Villemain écrivait :

« J'ai eu le regret de ne pas vous voir depuis notre
revers, et je m'en accuse autant que je m'en plains...
J'en ai souffert pour notre honneur académique; mais
j'ai connu cette disgrâce : les talents d'un ordre élevé
ont besoin d'expier leur gloire avant d'en recevoir le
prix. Ils attendent plus que les autres, parce que, l'indifférence une fois vaincue, il faut encore qu'ils sur-
montent un autre sentiment; si jeune, si connu dans
l'Europe, si souvent cité, vous nous reviendrez, monsieur... (2). »

Lamartine leur revint, en effet, mais seulement en
1830, après avoir juré qu'on ne l'y reprendrait plus.

Cinq ans avant, le 16 avril 1825, il fut décoré par
Charles X, en même temps que Victor Hugo, à l'occasion des fêtes du sacre, mais il n'assista pas à cette
cérémonie et fit bien, car le duc d'Orléans était alors
très monté contre lui pour la façon irrévérencieuse
dont il avait parlé de son père dans un vers fameux
de sa *Veillée des armes*, et il aurait pu lui en cuire,
s'il s'était trouvé sur son passage.

Victor Hugo s'est donc trompé en disant qu'il avait

---

(1) *Lettres à Lamartine*. Lettre de la marquise de Montcalm, p. 33.
(2) *Lettres à Lamartine*, p. 30.

vu Lamartine à Reims ; il ne le vit cette année-là qu'à
Saint-Point, lorsqu'au mois d'août il s'y arrêta, en
se rendant en Suisse avec sa femme, la famille de
Charles Nodier et le peintre Boulanger.

Nous connaissons toutes les péripéties de ce voyage
d'agrément, mais l'auteur du *Victor Hugo raconté*
en a négligé un détail qui a bien son intérêt; il a
oublié de nous dire que Boulanger avait profité de
son passage à Saint-Point pour prendre une vue du
château qu'il offrit ensuite à Nodier. J'ai vu tout récemment ce tableau romantique chez la petite-fille de
l'auteur de *Trilby*, dans sa retraite fleurie de Fonte-
nay-aux-Roses. Boulanger a eu le bon esprit de ne
pas tenir compte des remaniements fâcheux que Lamartine fit subir à son vieux manoir, sous prétexte de
le rendre moins sombre et plus habitable, et il a vraiment grand air, dans le charmant vallon où il est assis,
avec les tours coiffées d'ardoise dont il est flanqué
aux angles. L'autre jour, en le regardant, je ne pou-
vais me défendre du souvenir de Combourg. Mais
Combourg a plus de caractère et plus de style que
Saint-Point, et, sous le rapport de la couleur et de
l'aspect général, il y a à peu près entre eux la même
différence, si je puis me servir de cette comparaison,
qu'entre les *Confidences* et les *Mémoires d'Outre-
tombe.*

Le paysage de Boulanger n'est pas la seule chose
qui parle de Lamartine chez Mlle Mennessier-Nodier.

Le 18 janvier 1825, l'auteur de *Trilby* écrivait à
l'auteur des *Méditations* : « Je ne vous ai pas remercié des vers délicieux que vous avez composés pour
l'album de ma fille. Ce n'est pas ma faute si on ne
peut vous parler de vos ouvrages sans avoir l'air d'un

flatteur (1). » J'ai vu cet album de Marie et j'ai constaté qu'il s'ouvrait précisément sur les vers de Lamartine (2); ce ne sont pas du reste les meilleurs qu'il renferme. Il y en a de Vigny, de Musset, de Fontaney,
de Fouinet et de quelques autres qui valent certainement beaucoup mieux que les siens. Mais Lamartine
était « un des deux Alphonse (3) » que Nodier aimait
le mieux au monde, et tout ce qui venait de lui était
divin. Il le préférait même à Victor Hugo qui, accouru
l'un des premiers dans le salon de l'Arsenal, s'en éloi-
gna peu à peu quand le théâtre se fut emparé de lui.
Un jour que Nodier annonçait à Lamartine le mariage
de sa fille, il ne put s'empêcher de lui faire part des
craintes qu'il ressentait pour l'avenir de Victor. C'était
à propos d'*Hernani*.

« Mon amitié pour lui, disait-il, me fait déplorer le
hasardeux courage avec lequel il se livre, au péril de
son repos et de son bonheur, à toutes les chances
d'une publicité orageuse, qui, cette fois, menace de
prendre l'aspect d'une petite guerre civile. Quelle que
soit la force de son âme, il est difficile d'ailleurs que
son caractère ne s'aigrisse point dans cette polémique
en action, où la haine des partis passe si aisément

(1) *Lettres à Lamartine*, p. 35.
(2) Voici ces vers qui, portent la date du 16 novembre 1824.
 Que pour toi, belle enfant, au printemps de ton âge,
 Du livre du destin ce livre soit l'image !
 L'amitié par mes mains à tes yeux va l'ouvrir ;
 De ses aveux plus tard l'amour va le couvrir ;
 Puissent-ils, de tes jours écartant tout nuage,
 Confondre encor leurs pleurs à la dernière page !
L'année d'avant, le 30 décembre 1823, Lamartine en avait adressé
d'autres au père de Marie, qui ont été autographiés et reproduits dans
l'édition de ses œuvres publiée chez Gosselin en 1832, en regard de la
préface de Nodier. C'est dire que leurs relations remontaient assez haut.
Je crois qu'elles furent amenées par M. Michaud, de la *Quotidienne*.
(3) *Lettres à Lamartine*, p. 35.—L'autre était Alphonse de Cailleux.

à Mr Charles Nodier Delapart d. l'auteur Son admirateur
et Son Ami

Couché dans sa barque flottante
et des vagues suivant le cours
comme nous, le nautonier chante
pour tromper la longueur des jours;
c'est en vain qu'une ombre chérie
ou l'image de la patrie
Rappellent son cœur sur les bords !
il chante, et sa voix le console —
et le vent qui sur l'onde vole —
prend sa peine avec ses accords !

fait à Paris 30 décembre 1833
alph. d. Lamartine

de l'ouvrage à l'homme. Heureux le poète qui peut jouir comme vous de ses inspirations sans être obligé d'en faire un chant de combat ! Je vous dis tout cela parce que c'est une des amères sollicitudes de mon cœur, et que mon cœur n'a jamais plus besoin de s'ouvrir qu'avec vous. Je l'aurais dit à Victor lui-même si ma sérieuse amitié avait aujourd'hui le même empire qu'il y a dix ans; mais quand, à vingt-sept ans, on a fait secte, il est bien rare qu'on puisse se rendre encore aux froides représentations de la raison. L'enthousiasme de ses jeunes admirateurs doit produire sur lui l'effet des chants de la sirène. C'est un des plus doux prestiges de la gloire. Puisse l'avenir lui en épargner les tribulations (1)! »

Je ne sais pas quelle impression fit cette lettre de Nodier sur l'esprit de Lamartine, mais je suis sûr que quelques années plus tard il en eût approuvé tous les termes. Lamartine ne comprit jamais les drames de Victor Hugo et s'en accusait volontiers. Celui-ci, qui savait à quoi s'en tenir, disait à qui voulait l'entendre : « J'ai un avantage sur Lamartine, c'est que je le comprends tout entier et qu'il ne comprend pas la partie dramatique de mon talent (2). »

Cela n'empêchait pas Lamartine d'assister, quand il le pouvait, aux premières représentations des drames de son ami et d'y applaudir comme tout le monde, mais il applaudissait de confiance. Tout autre était son admiration pour son génie lyrique. Sur ce point-là elle était entière et beaucoup plus grande que dans les premiers jours, car il comprenait mieux en vieillissant tout ce que l'art ajoute à la nature. Cependant il fai-

(1) *Lettres à Lamartine*, p. 93-94.
(2) *Souvenirs et Portraits* par Lamartine, t. II, p. 347.

sait encore certaines réserves sur le style de Victor Hugo. J'ouvre sa correspondance et j'y lis sous la date du 1er août 1829 : « Je fais quelques vers, je t'en ai même adressé deux cents d'un nouveau style, moins pompeux, moins solennel, que je tente de me faire d'après ce que j'ai vu et entendu à Paris. Ne t'alarme point, ce n'est pas du romantisme à la Hugo, c'est quelque chose de plus intime, de plus vrai, de plus dénué d'affectation de couleur et de style... (1). »

Victor Hugo venait de publier les *Orientales*, qui avaient mis le sceau à sa renommée, et Lamartine, au cours du voyage qu'il avait fait à Paris, au mois de juin 1829, l'avait entendu lire, dans son petit salon de la rue Notre-Dame-des-Champs, devant une foule enthousiaste qui se répandait jusque dans le jardin, de très beaux fragments de *Marion de Lorme* et d'*Hermani*. Lui-même y avait lu un soir en présence des membres du Cénacle, dont les vers voisinaient avec les siens sur l'album de Mme Victor Hugo (2) et sur les marges du *Ronsard* in-folio que Sainte-Beuve avait offert à son mari, plusieurs pièces des *Harmonies* auxquelles il travaillait en ce moment, et son succès

---

(1) *Corresp. de Lamartine.* — Lettre à Virieu, t. III, p. 151.
(2) Voici les vers que Lamartine avait écrits sur cet album :

> Descends sur ce livre enchanté,
> Esprit d'amour et d'harmonie!
> Descends des yeux de la beauté,
> Descends des lèvres du génie.

Voici maintenant ceux qu'il avait écrits sur le *Ronsard :*

> Dieu ne mesure pas nos sorts à l'étendue;
> La goutte de rosée, à l'herbe suspendue
> Y réfléchit un ciel aussi vaste, aussi pur
> Que l'immense Océan dans ses plaines d'azur.

Lamartine les envoya plus tard — un 13 avril de je ne sais quelle année, car le timbre de la poste ne l'indique pas — à Mme Emma Leduc, demeurant à Nantes, 16, rue Saint-Léonard. (Communiqué par M. Chéramy.)

avait été prodigieux. David d'Angers, qui assistait à cette lecture, écrivait le lendemain dans son journal : « Hier Lamartine a lu des vers chez Hugo. Il faisait presque nuit; cependant le ciel gardait encore une suffisante clarté. Lamartine s'était adossé à la fenêtre. Sa tête se détachait en silhouette sur le ciel qui lui servait de fond. Il semblait une statue de bronze, et parfois on eût dit qu'il allait prendre place parmi les astres (1). »

David mettait alors la dernière main au buste en marbre de Lamartine qui est aujourd'hui la propriété de M. Chéramy, et je ne serais pas surpris qu'il l'eût achevé en esprit ce soir-là, car le grand poète a l'air inspiré qu'il devait avoir à la fenêtre du petit salon d'Hugo. Les cheveux ramenés en larges ondes autour de son front olympien sentent encore la main qui vient d'y courir et le regard est comme perdu dans les étoiles.

Ce buste merveilleux, le plus beau qui, à mon avis, soit sorti des mains du Phidias angevin, a une histoire glorieuse et douloureuse qu'il faut que je raconte.

David d'Angers avait été présenté à Victor Hugo par le père de Victor Pavie, qui était d'Angers, lui aussi. Nous avons un billet d'Hugo qui nous donne la date de cette présentation :

« J'ai été enchanté de connaître M. David (d'Angers), écrivait-il à Victor Pavie, le 20 mai 1827. C'est un homme de beaucoup de talent et de beaucoup d'idées. Il m'a fait voir son atelier, où abondent les belles choses (2). »

David, malgré tout son talent, ne jouissait pas

(1) *David d'Angers*, par Henri Jouin, t. I, p. 199.
(2) *Corresp. de Victor Hugo*, t I.

encore de la réputation qu'il méritait. C'était un timide qui avait conscience de sa force, mais qui avait besoin d'être poussé. L'amitié de Victor Hugo lui fut un patronage incomparable. On sait que le jeune chef du Cénacle était déjà passé maître en l'art de la réclame. Du jour où David fut admis aux réunions de la rue Notre-Dame-des-Champs, il devint un grand homme. Il faut dire aussi qu'il ne ménageait ni son temps, ni sa peine. Comme il aimait passionnément la gloire et qu'il était très désintéressé, il était heureux et fier de travailler à celle des autres. Dès qu'il voyait paraître une étoile, il s'empressait de la fixer au crayon ou de la mouler avec quelques boulettes de terre glaise. La galerie de ses médaillons témoigne à la fois de son activité et de sa maîtrise. C'est vraiment là qu'il faut le chercher et qu'il excelle.

Mais de toutes les figures de poètes qui mirent en mouvement l'ébauchoir de David, pas un ne l'attirait autant que le masque de Lamartine. Pour lui, depuis qu'il l'avait aperçu, rue Notre-Dame-des-Champs, c'était plus qu'un homme de génie, c'était un dieu, c'était l'Apollon du Belvédère animé, devenu vivant par je ne sais quel miracle de la nature. Au mois d'octobre 1828, il écrivait à Victor Hugo : « Je désirerais être présenté à Lamartine, et par vous, cher ami ; j'irai demain, à 9 heures du matin, savoir si vous pouvez. A vous de cœur (1). »

La présentation aussitôt faite, David se mit à l'œuvre. Malheureusement, Lamartine ne put lui donner que quelques poses, accaparé qu'il était par Mme de Montcalm, ses anciens amis de 1817 et les

(1) *David d'Angers*, par Henry Jouin.

mandarins de lettres qui le matin remplissaient son
appartement. Le 1er novembre, Victor Hugo mandait
au statuaire qu'une affaire pressante avait forcé
Lamartine de partir inopinément pour Saint-Point,
mais qu'il reviendrait au mois de janvier pour trois
mois à Paris, et qu'il comptait bien que lui, David,
serait toujours dans les mêmes dispositions à son égard.
« C'est une chose dure pour moi, ajoutait-il, que
d'attendre deux mois un de vos chefs-d'œuvre (1). »

Il l'attendit plus longtemps encore, Lamartine
n'étant revenu à Paris qu'au mois de juin suivant.
Mais il ne perdit rien pour attendre, et le buste
du grand poète, repris et terminé en trois ou quatre
séances, fit l'admiration de tout le monde.

« Il y a quelque temps que je n'ai pu voir David,
écrivait Sainte-Beuve à Lamartine, le 29 août 1829.
C'est un homme qui fait tout pour l'art et pour ses
amis ; un cadeau de vous le paierait mal ; la seule
chose qui lui ferait plaisir à recevoir, ce serait un
exemplaire de vos œuvres venant de vous et avec une
ligne de votre main. — Entre nous, ce qui le comble-
rait, ce serait qu'à l'une de vos *Harmonies*, quand
elles se publieront, vous missiez son nom en tête ; c'est
là votre plus belle monnaie et dont il est digne. Mais
surtout, je pense, point d'argent, de bronze, ni de
cadeau de ce genre, cela pourrait le blesser (1). »

Comment se fait-il que Lamartine, qui a dédié des
vers à tant d'inconnus, n'ait pas, suivant le conseil
de Sainte-Beuve, dédié une de ses *Harmonies* à David
d'Angers ? On ne saurait dire que, de sa part, ce fut
de l'indifférence, encore moins de l'ingratitude, car il

(1) *David d'Angers*, par Henry Jouin.

était aussi sensible qu'une femme aux hommages qu'on lui rendait et il avait au plus haut degré la mémoire du cœur. Mais son buste lui arriva au milieu de toutes sortes de préoccupations, et les événements de 1830, succédant de très près à sa réception à l'Académie française, l'empêchèrent de donner suite à l'idée de Sainte-Beuve. Ce qui prouve d'ailleurs que cette idée était bien la sienne, c'est que, en tête de l'édition complète de ses œuvres qu'il offrit à David, il avait réservé quelques feuilles de papier blanc. »

« Je serais bien heureux, lui disait David, de posséder quelques lignes tracées par le plus grand poète de l'Europe. »

Il ne les posséda jamais, du moins sous cette forme, car je ne compte pas comme telles le conte arabe que Lamartine lui envoya au mois de mai 1847. Victor Hugo ne s'était pas tant fait prier pour remercier David de son buste et de son médaillon. Tous ceux qui ont lu *les Feuilles d'automne* connaissent les admirables stances qu'il a dédiées au grand sculpteur :

> Que n'ai-je un de ces fronts sublimes,
> David ! mon corps, fait pour souffrir,
> Du moins sous tes mains magnanimes
> Renaîtrait pour ne plus mourir.
>
> Car c'est toi, lorsqu'un héros tombe,
> Qui le relèves souverain !
> Toi qui le scelles sur sa tombe
> Qu'il foule avec des pieds d'airain !
> Rival de Rome et de Ferrare,
> Tu pétris pour le mortel rare
> Ou le marbre froid de Carare
> Ou le métal qui pense et bout.
> Le grand homme au tombeau s'apaise
> Quand ta main à qui rien ne pèse
> Hors du bloc ou de la fournaise
> Le jette vivant et debout !

Est-ce cette ode de Victor Hugo qui désespéra
Lamartine et l'empêcha d'en faire une pour David :
on serait tenté de le croire, mais il n'était pas de ceux
qui redoutent la comparaison, et la preuve qu'il pouvait l'affronter sans crainte, c'est que longtemps après
il adressait au comte d'Orsay, qui avait fait son buste
de *chic*, quelques-unes des plus belles strophes qui
soient tombées de sa plume.

Quand le bronze écumant dans ton moule d'argile
Lèguera par ta main mon image fragile
A l'œil indifférent des hommes qui naîtront,
Et que, passant leurs doigts dans ces tempes ridées
Comme un lit dévasté du torrent des idées,
Pleins de doute, ils diront entre eux : De qui ce front ?

Est-ce un soldat debout frappé pour la patrie ?
Un poète qui chante, un pontife qui prie ?
Un orateur qui parle aux flots séditieux ?
Est-ce un tribun de paix soulevé par la houle,
Offrant, le cœur gonflé, sa poitrine à la foule
Pour que la liberté remontât pure aux cieux?

Car dans ce pied qui lutte et dans ce front qui vibre,
Dans ces lèvres de feu qu'entrouvre un souffle libre,
Dans ce cœur qui bondit, dans ce geste serein,
Dans cette arche du flanc que l'extase soulève,
Dans ce bras qui commande et dans cet œil qui rêve
Phidias a pétri sept âmes (3) dans l'airain !

Sept âmes, Phidias ! et je n'en ai plus qu'une !
De tout ce qui vécut je subis la fortune,
Arme cent fois brisée entre les mains du temps,
Je sème de tronçons ma route vers la tombe
Et le siècle hébété dit : « Voyez comme tombe
« A moitié du combat chacun des combattants !

(1) *Corresp. de Victor Hugo*, t.I.
(2) *Lettres à Lamartine*, p. 77.
(3) Sept âmes ! Ce cri me rappelle le mot de Sainte-Beuve que pourraient bien lui avoir suggéré ces vers au comte d'Orsay : « M. de Lamartine, dans une admirable pièce de sa jeunesse (les *Préludes*), a parcouru six ou sept modes, et montré qu'il comprenait toutes ces manières
d'être et de vivre comme s'il avait sept âmes. » (*Lettres à Lamartine*,
p. 283.)

« Celui-là chanta Dieu, les idoles le tuent !
«.Au mépris des petits les grands le prostituent.
« Notre sang, disent-ils, pourquoi l'épargnes-tu ?
« Nous en aurions taché la griffe populaire !
« Et le lion couché lui dit avec colère:
« Pourquoi m'as-tu calmé? ma force est ma vertu ! »

Va, brise, ô Phidias! ta dangereuse épreuve;
Jettes-en les débris dans le feu, dans le fleuve,
De peur qu'un faible cœur, de doute confondu,
Ne dise, en contemplant ces affronts sur ma joue :
« Laissons aller le monde à son courant de boue. »
Et que, faute d'un cœur, un siècle soit perdu !

Oui, brise, ô Phidias !... Dérobe ce visage
A la postérité qui ballotte une image
De l'Olympe à l'égout, de la gloire à l'oubli ;
Au pilori du temps n'expose pas mon ombre :
Le bonheur de la mort, c'est d'être enseveli.

Que la feuille d'hiver au vent des nuits semée,
Que du coteau natal l'argile encore aimée
Couvrent vite mon front moulé sous mon linceul,
Je ne veux de vos bruits qu'un souffle dans la brise,
Un nom inachevé dans un cœur qui se brise,
J'ai vécu pour la foule, et je veux mourir seul.

Ce sont là des vers superbes, et si David d'Angers
avait assez vécu pour les lire, je ne doute pas qu'il
s'en fût montré jaloux. Ils ne sont pas datés, mais il
est facile de voir à quel temps ils remontent. Lamartine à cette époque était oublié à peu près de tout le
monde, excepté de ses créanciers. Il en avait toute
une meute, et comme du matin au soir ils aboyaient
à la porte de son hôtel de la rue de la Ville-l'Evêque, il
écrivait jour et nuit pour les faire taire — sans pouvoir y parvenir.

Un jour — c'était vers 1860 — l'un d'eux, moins
patient que les autres et surtout moins scrupuleux,
poussa l'impudeur jusqu'à le faire saisir. Lamartine
allait être vendu, comme un vulgaire failli, à l'hôtel

des commissaires-priseurs, si Moïse Millaud, l'ancien
associé de Mirès, n'avait été pris de honte et de pitié
en apprenant cette catastrophe et ne s'était porté spon
tanément au secours du grand poète. Celui-ci, ne sachant comment lui témoigner sa reconnaissance, cherchait partout ce qu'il pourrait bien lui offrir, lorsque
ses yeux rencontrèrent l'œuvre radieuse et triomphante
de David d'Angers. C'était de toutes les reliques du
temps de sa gloire celle à qui il tenait le plus. Il n'hé-
sita pas une seule minute et pria Millaud de l'emporter. Le financier ne voulait pas, alléguant pour raison
que dans ces conditions le service qu'il lui avait rendu
deviendrait une affaire lucrative, mais devant l'insistance de Lamartine il finit par accepter. Quelques
années après, Millaud mourut. Mis en vente avec tout
son mobilier, le buste de Lamartine fut adjugé pour
six cents francs — un peu moins que la valeur du
marbre — à un client de M. Chéramy, avoué, qui
essaya de l'acheter à son tour. Mais son nouveau
propriétaire ne voulut pas s'en dessaisir. Ce n'es-
qu'après sa mort et celle de sa veuve, c'est-à-dire au
mois de novembre 1900, que M. Chéramy put satisfaire sa pieuse admiration. On peut voir aujourd'hui
le marbre de David dans la grande salle où l'ancien
avoué du théâtre français a entassé les chefs-d'œuvre
de peinture et de sculpture qui composent sa collection. Il occupe le milieu de la cheminée et y demeu-
rera jusqu'à ce qu'il aille prendre place à l'Institut,
dans la salle des séances de l'Académie française, à
côté du buste de Victor Hugo qui, lui aussi, fut taillé
par le ciseau de David. Ainsi l'a voulu M. Chéramy de
qui je tiens tous ces détails. Je n'ai pas besoin de dire
que son legs généreux a été accepté avec empressement

par la noble compagnie à laquelle appartint Lamartine pendant près de quarante ans.

Mais revenons en arrière. Nous avons vu que le
poëte des *Harmonies*, tout en s'inclinant devant le
génie lyrique de Victor Hugo, ne goûtait qu'à moitié
son romantisme. Cela ne doit pas nous étonner après
la lettre qu'il écrivait à M. de M... (1) au début de sa
carrière et dans laquelle il soutenait cette opinion, qu'il
aurait voulu faire partager à Stendhal, que le siècle ne
prétendait pas être romantique dans l'expression, mais
seulement dans les idées. Si donc on me demandait
quelle influence Hugo put exercer sur la poétique de
Lamartine, je répondrais sans hésiter qu'elle n'est
pas appréciable, Lamartine ayant trouvé sa forme dès
le premier jour et n'en ayant jamais changé. Cependant, si Victor Hugo ne put le décider à pratiquer
plus que de raison l'enjambement et le rejet, à substi-
tuer à son mètre large et d'une seule coulée, « ces
mètres rompus qui boîtent en marchant » (2), il lui
apprit à se respecter davantage, à ne pas « profaner
la poésie par des vers médiocres (3) », à serrer davantage son vers. C'est quelque chose, assurément, mais
ce n'est rien en comparaison de l'influence que Lamartine exerça sur lui et qui éclate dans les pièces de
sentiment et dans celles où il a chanté la nature. Lisez
par exemple, dans les *Orientales*, la pièce intitulée
Fantômes, et dites-moi si certaine strophe n'est pas

(1) Cf. *Racine et Shakespeare*, par Stendhal.
(2) *Epître de Lamartine à Sainte-Beuve*, dans les *Harmonies*.
(3) Lettre à Ant. de Latour, du 21 mars 1829.

PORTRAIT DE LAMARTINE
d'après le buste en marbre de DAVID d'ANGERS, appartenant à M. CHÉRAMY

un écho fidèle des *Méditations* intitulées *le Soir* et *le Souvenir* (1). Dites-moi encore si, dans *les Feuilles d'automne*, *la Prière pour tous* ne fait pas songer aux plus belles pièces religieuses des *Harmonies* et si, dans les *Chants du crépuscule*, la pièce XXIV n'est pas manifestement inspirée du *Lac* ?

Lamartine avait dit :

> Que le vent qui gémit, le roseau qui soupire,
> Que les parfums légers de ton air embaumé,
> Que tout ce qu'on entend, l'on voit ou l'on respire,
>   Tout dise : Ils ont aimé !

Victor Hugo, s'emparant du même thème et le développant à plaisir, comme pour faire éclater sa puissance verbale, s'écrie à son tour :

> Que tout ce que tu vois, les coteaux et les plaines,
> Les doux buissons de fleurs aux charmantes haleines,
>   La vitre au vif éclair,
> Le pré vert, le sentier qui se noue aux villages
> Et le ravin profond débordant de feuillage
>   Comme d'ondes la mer !
>
> Que le bois, le jardin, la maison, la nuée
> Dont midi ronge au loin l'ombre diminuée,
> Que tous les points confus qu'on voit là-bas trembler,
> Que la branche aux fruits mûrs, que la feuille séchée,
> Que l'automne, déjà par septembre ébauchée,
> Que tout ce qu'on entend ramper, marcher, voler,
>
> Que ce réseau d'objets qui t'entoure et te presse,
> Et dont l'arbre amoureux qui sur ton front se dresse
>   Est le premier chaînon,
> Herbe et feuille, onde et terre, ombre, lumière et flamme,
> Que tout prenne une voix, que tout devienne une âme
>   Et te dise mon nom !

(1) Celle-ci, par exemple :

> Doux fantômes ! c'est là, quand je rêve dans l'ombre,
> Qu'ils viennent tour à tour m'entendre et me parler !
> Un jour douteux me montre et me cache leur nombre ;
> A travers les rameaux et le feuillage sombre
>   Je vois leurs yeux étinceler.

16

Puissance verbale, ai-je dit plus haut. Ce mot qu'on répète à tout bout de champ, comme une sorte de cliché, en parlant du style de Hugo, pourrait tout aussi bien être appliqué à Lamartine, car je ne crois pas que le premier, avec un clavier plus riche et plus étendu, ait dépassé jamais l'infinie variété de sons, de nuances et d'images, la virtuosité vraiment extraordinaire que le second déploya dans *les Harmonies* et dans la partie descriptive de *Jocelyn*. Encore Lamartine a-t-il cette supériorité sur son rival qu'il n'offense presque jamais le goût ni l'oreille (2). C'est même en cela qu'il est plus classique que romantique.

Le 12 juillet 1830, comme s'il avait eu vent de la bataille prochaine, Victor Hugo adressait les vers suivants à Lamartine en s'excusant de ne pas l'avoir fait plus tôt.

> Naguère une même tourmente,
> Amis, battait nos deux esquifs.
> . . . .
> C'est alors qu'en l'orage sombre
> J'entrevis ton mât glorieux
> Qui, bien avant le mien, dans l'ombre,
> Fatiguait l'autan furieux.
> Alors, la tempête était haute,
> Nous combattîmes côte à côte,
> Tous deux, moi barque, toi vaisseau,
> Comme le frère auprès du frère,
> Comme le nid auprès de l'aire,
> Comme auprès du lit le berceau.

Ils ne devaient pas cesser de combattre ensemble, mais à partir de la révolution de Juillet, ce ne fut plus seulement pour le triomphe de leurs idées littéraires qui d'ailleurs avaient gain de cause, ce fut encore et

---

(1) « Adoucissez votre palette, lui écrivait-il le 8 juin 1823, à propos du terrible *Han (d'Islande)* qu'il trouvait aussi trop terrible, l'imagination comme la lyre doit caresser l'esprit ; vous frappez trop fort : je *vous dis ce mot pour l'avenir...* » (Lettre publiée par la *Revue de Paris* du 15 avril 1904.)

surtout dans l'arène politique, au milieu et au-dessus des partis, pour l'ordre, pour la patrie, pour la civilisation, pour la liberté.

On a reproché à Victor Hugo de s'être laissé déroyaliser par Sainte-Beuve, dès le mois d'août 1830 (1), et d'avoir célébré les héros de Juillet dans une cantate fameuse, à peine si le vieux roi, son bienfaiteur, avait mis le pied sur la terre d'exil. Il est certain qu'il aurait pu accepter le fait accompli avec un peu plus de discrétion et de dignité. Lamartine a dit quelque part que. « la décadence est la vertu des changements de scènes politiques (2) ». Sous ce rapport, il donna à Victor Hugo une belle leçon et un noble exemple. Royaliste de naissance et d'opinion, il n'aimait pas les d'Orléans à cause de leur conduite tortueuse sous les derniers règnes, mais comme il était convaincu que les royalistes avaient « librement, gaiement et volontairement perdu la France et l'Europe, et que le bon Dieu la leur remît-il dix fois dans la main, dix fois, et mille fois ils la reperdraient », il n'avait aucune raison de se solidariser plus longtemps avec eux. Il donna donc sa démission de diplomate pour ne pas manquer à la reconnaissance et à la convenance, et puis il se rallia sans bruit au gouvernement du roi Louis-Philippe, parce que « les devoirs de l'homme et du citoyen ne cessent pas pour nous le jour où un trône s'écroule et où une famille s'écarte (3) » et que sans Louis-Philippe la France allait à l'abîme. « Je le sers comme citoyen, écrivait-il au comte de Sercey, mais je n'ai pas voulu le servir comme salarié (4). »

(1) L'article de Sainte-Beuve parut dans le *Globe* du 19 août 1830.
(2) *Souvenirs et portraits*, t. II, p. 96.
(3) *Corresp. de Lamartine*, t. III, p. 216-225.
(4)   Id.   p. 226.

Encore, pour bien marquer jusqu'où il entendait aller dans la voie du ralliement, voulut-il s'expliquer dès le mois de novembre avec le peuple des Trois Glorieuses. Victor Hugo, dans sa cantate, ne lui avait parlé que du sang versé, de ses héros, de ses martyrs. Lamartine lui adressa une Ode, non pour le flagorner ou pour lui prêcher la haine, mais « pour l'encourager au bien et à la vertu ». Et il faut lui rendre cette justice qu'il ne se départit jamais de cette attitude. Comme il n'avait aucune ambition politique, il ne fit aucune concession de principes, aucune bassesse, pour se ménager l'accès du pouvoir, de même que dans son opposition contre le gouvernement il eut toujours soin de se tenir éloigné de tous les partis extrêmes, de Chateaubriand qu'il méprisait (1), comme de Lamennais, son ami, dont il garda un mois sous clef le manuscrit des *Paroles d'un croyant* « pour l'empêcher de paraître ainsi », estimant que ce livre, malgré ses beautés de style, était l'évangile de l'insurrection, Babeuf divinisé, et qu'il était à sa politique ce que la Saint-Barthélemy était à la religion (2) ».

Sous Charles X, il n'admettait pas qu'on attribuât aux Jésuites le moindre privilège et qu'ils ne fussent pas soumis à la loi commune. « Il n'est pas d'article de foi, disait-il, qui défende de bien élever la jeunesse en

---

(1) Il écrivait le 18 février 1827 : « Chateaubriand est un intrigant en déroute ; transfuge de deux camps, thersite politique, il faut lui fermer la bouche avec un sceau d'or ; il ne s'est montré digne que d'une telle récompense. Il pouvait mériter le pouvoir et la gloire, il les a sacrifiés à une haine puérile. Je le méprise. »

Et encore, le 12 avril 1828 : « On dit M. de Chateaubriand premier ministre. Tant pis pour lui et pour nous. Il y a des manières de monter qui rendent la chute inévitable quand on arrive au sommet. Mal entré, mal sorti, mal rentré, avec cela il ne peut que mal faire et faire mal. » (*Corresp.* — Lettre à (Virieu.)

(2) *Corresp.*, t. III, p. 337.

reconnaissant la suprématie des lois d'un pays et en s'y soumettant par amour du bien (1). »

Sous Louis-Philippe, il combattit toutes les mesures de rigueur qui avaient pour but de chasser les Jésuites de l'enseignement, non par sympathie pour leurs personnes ou leurs doctrines, mais parce que tous les monopoles lui étaient odieux et qu'il voulait la liberté pour tout le monde.

Et pendant quatorze ans, sans se laisser intimider ou séduire par les menaces ou les flatteries des partis contraires, il traita à la tribune de la Chambre les plus grandes affaires de l'Etat, avec une compétence, une hauteur de vues à rendre jaloux les ministres et les avocats de métier. Mais la politique, si absorbante qu'elle soit, ne l'accapara jamais entièrement. Après avoir discouru sur la conversion de la rente ou sur les chemins de fer, il aimait à se reposer dans la compagnie des Muses ; seulement il cultivait moins celle des *Méditations* et des *Harmonies*. Depuis que le poète s'était doublé d'un homme d'action, les Muses qui avaient ses préférences étaient celles de l'Histoire et de l'Epopée. Dans le court espace de deux ans, il publia *Jocelyn* et la *Chute d'un ange* qui renouvelèrent et accrurent sa réputation. Ces deux poèmes furent bientôt suivis de l'*Histoire des Girondins*, qui donna à son nom la grande popularité. *Les Girondins* secouèrent la France jusque dans ses fondements et vérifièrent, par la révolution de Février qui en fut la suite, la prédiction que lady Stanhope avait faite à Lamartine au cours de son voyage en Orient. Il fut roi. Mais, hélas ! la couronne que le 24 Février lui mit au front

____

(1) *Correspondance de Lamartine*, t. III, p. 102.

ne fut qu'une couronne d'épines. Après avoir rempli
pendant quelques semaines, au péril de ses jours, le
rôle glorieux de Tyrtée et d'Orphée, le lion qu'il avait
d'abord charmé le jeta par terre et faillit le dévorer ;
cependant, il souffrit moins, sous cet opprobre immé-
rité, de la griffe du lion populaire que des coups de
pieds de l'âne qu'il reçut de quelques-uns de ses amis.
Hâtons-nous de le dire, Victor Hugo ne fut pas du
nombre. Sans avoir jamais fait campagne avec lui
contre le gouvernement qui compromettait la monarchie de Juillet, sans partager toutes ses idées politiques, il le suivit dans toutes les manifestations de sa
pensée avec une sympathie d'autant plus vive qu'il se
savait payé de retour (1).

Et, en effet, chaque fois qu'il avait livré bataille à la
Comédie-Française ou à la Porte-Saint-Martin, Lamartine l'avait encouragé de ses applaudissements. Quand
il s'était présenté à l'Académie, il avait été un de ses
plus chauds patrons, et le seul regret d'Hugo dans
cette circonstance était de ne pas être reçu par lui.
« Quel dommage! disait-il à Mme de Girardin, que
j'aurais aimé à dire ce que je pense de lui tout haut et
comme je l'aurais bien dit (2) ! » Quand il avait perdu sa
fille Léopoldine dans les circonstances tragiques que
l'on sait, il avait été l'un des premiers à lui porter ses
condoléances. Un peu plus tard, lors de son aventure

(1) Lors de la publication de *la Chute d'un ange* (1838) il lui écrivait:
« Vous avez fait un grand poème, mon ami. *La Chute d'un ange* est
une de vos plus majestueuses créations. Quel sera donc l'édifice, si ce ne
sont là que les bas-reliefs ! Jamais le souffle de la nature n'a plus profondément pénétré et n'a plus largement remué de la base à la cîme et
jusque dans les moindres rameaux une œuvre d'art ! Je vous remercie
de ces belles heures que je viens de passer tête-à-tête avec votre génie. »
(*Lettres à Lamartine*, 14 mai 1838, p. 159.)
(2) *Lettres à Lamartine*, p. 183.

scandaleuse avec la femme du peintre Biard, qui faillit
lui coûter la pairie, il ne fut pas de ceux qui lui jetèrent
la pierre.

« J'en suis fâché, écrivait-il à Aymon de Virieu,
mais ces fautes-là s'oublient vite. La France est élas-
tique, on se relève même d'un canapé (1). »

Enfin, en 1848, à peine Lamartine était-il installé au
ministère des Affaires étrangères, qu'il prenait comme
secrétaires les deux fils de Victor Hugo, et c'est chez lui,
place Royale, que, le 27 février, pour se dérober aux
embrassements de la « sainte canaille », il vint chercher un refuge, après s'être échappé de l'Hôtel-de-Ville.

· « Cher et illustre ami, lui écrivait ce jour-là Victor
Hugo, j'étais allé vous saluer sur la place publique
pendant que vous veniez chez moi me serrer la main.

« Ce serrement de main, je vous l'envoie.

« Vous faites de grandes choses. L'abolition de la
peine de mort, cette haute leçon donnée par une république née d'hier aux vieilles monarchies séculaires est
un fait sublime.

« Je bats des mains et j'applaudis du cœur. Vous avez
le génie du poète, le génie de l'écrivain, le génie de
l'orateur, la sagesse et le courage. Vous êtes un grand
homme.

« Je vous admire et je vous aime (2). »

Quelques mois plus tard, le 24 mai 1849, Victor
Hugo écrivait de l'Assemblée à Charles de Lacretelle :

« Cher et vénérable ami,

« Mon cœur répond à votre cœur. Ma réélection n'est
rien, ce qui est une douleur pour la France, ce qui

(1) *Corresp. de Lamartine*, t. IV, p. 206.
(2) *Corresp. de Victor Hugo*, t. II.

est une honte pour Mâcon, c'est la non-réélection de
Lamartine, Lamartine a fait des fautes grandes comme
lui, et ce n'est pas peu dire, mais il a foulé aux pieds
le drapeau rouge, il a aboli la peine de mort, il a été
quinze jours l'homme lumineux d'une révolution sombre; aujourd'hui nous passons des hommes lumineux
aux hommes flamboyants, de Lamartine à Ledru-Rol-
lin, en attendant que nous allions de Ledru-Roblin
à Blanqui (1)!... »

On aurait certainement provoqué sa colère, si on
lui avait dit alors qu'un jour viendrait où, par-dessus
les ruines fumantes de Paris, il tendrait la main à
Blanqui et à tous les échappés de la Commune que le
vieux révolutionnaire avait égarés.

★

La séparation, fille du coup d'Etat, n'arrêta pas les
effusions du cœur de Lamartine et d'Hugo. S'ils ne
pouvaient plus se voir, ils pouvaient toujours s'écrire.
Cependant Lamartine, qui était resté en France, avait
un cadenas sur la bouche, cadenas d'autant mieux
fermé que le prince-président, et puis l'empereur, en
avait en quelque sorte la clef de sûreté dans sa poche.
Pour l'attacher à son char de triomphe, Louis-Napo-
léon lui avait offert la présidence du Sénat qu'il avait
très dignement refusée, et plusieurs fois, sachant au
milieu de quelles difficultés matérielles il se débattait,
il lui avait fait offrir de payer ses dettes. On sait qu'à
la veille de mourir, sur les instances de sa nièce et de
ses amis, Lamartine finit par accepter une dotation de

(1) Lettre inédite communiquée par M. Pierre de Lacretelle.

cinq cent mille francs. Mais le bâillon qu'il avait sur
les lèvres ne l'empêcha pas d'admirer, dans *les Châtiments* et *Napoléon-le-Petit*, la nouvelle face du talent
de Victor Hugo quoiqu'il n'aimât pas les diatribes de
ce genre. « Six mille vers d'injures ! disait-il à son secrétaire après avoir lu *les Châtiments*, c'est tout de même
beaucoup ! » Lorsque *les Contemplations* parurent, il
donna à l'exilé d'Hauteville-House, qui lui en avait
adressé un exemplaire avec cette dédicace : « A Lamartine, Victor Hugo », un dernier témoignage d'a-
mitié qui dut le toucher jusqu'aux larmes. On avait eu
la pieuse pensée d'offrir à Mᵐᵉ Victor Hugo, en guise
d'album, un exemplaire richement relié du livre de
son mari, et l'on avait demandé à Lamartine comme
à beaucoup d'autres d'y écrire quelques vers. Naturellement Lamartine s'était empressé de répondre à
ce désir, mais, comme s'il s'était souvenu du mot de
Dante : « Il n'est pire douleur !... » il n'avait trouvé
rien de mieux que de rappeler à Mᵐᵉ Victor Hugo le
plus beau jour de sa vie. Cela portait, en effet, cette
dédicace datée du 5 juin 1856 :

A Mᵐᵉ *Victor Hugo*

SOUVENIR DE SES NOCES (1)

Puis venaient ces vers qu'on peut lire aujourd'hui
en autographe sur l'exemplaire des *Contemplations*
déposé au Musée de la place Royale (2) :

(1) On peut voir aussi dans la Maison de Victor Hugo l'encrier offert
par Lamartine à son ami pendant qu'il habitait à Guernesey.
(2) Lors du mariage de Victor Hugo (12 octobre 1822), Lamartine
était descendu à Paris, « rue Saint-Honoré, 327, dans une maison ayant
un joli jardin sur les Tuileries ». Il est probable qu'il n'assista qu'au
mariage civil, peut-être même qu'au dîner, car sa signature ne figure

Le jour où cet époux, comme un vendangeur ivre,
Dans son humble maison t'entraîna par la main,
Je m'assis à la table où Dieu vous menait vivre,
Et le vin de l'ivresse arrosa notre pain.

La nature servait cette amoureuse agape ;
Tout était miel et lait, fleurs, feuillages et fruits,
Et l'anneau nuptial s'échangeait sur la nappe,
Premier chaînon doré de la chaîne des nuits !

Psyché de cette cène où s'éveilla ton âme,
Tes yeux noirs regardaient avec étonnement,
Sur le front de l'époux tout transpercé de flamme,
Je ne sais quel rayon d'un plus pur élément :

C'était l'ardent brasier qui consume la vie,
Qui fait la flamme ailleurs, le charbon ici-bas !
Et tu te demandais, incertaine et ravie :
Est-ce une âme ? Est-ce un feu ?... Mais tu ne tremblais pas !

Et quand du dernier vin la coupe fut vidée,
J'effeuillai dans mon verre un bouton de jasmin ;
Puis je sentis mon cœur mordu par une idée,
Et je sortis d'hier en redoutant demain !

. . . .

Et maintenant je viens, convive sans couronne,
Redemander ma place à la table de deuil ;
Il est nuit, et j'entends sous les souffles d'automne
Le stupide Océan hurler contre un écueil !

N'importe ; asseyons-nous ! Il est fier, tu fus tendre !
— Que vas-tu nous servir, ô femme de douleurs ?
Où brûlèrent deux cœurs, il reste un peu de cendre :
Trempons-la d'une larme ! — Et c'est le pain des pleurs !

Sans le vouloir, Lamartine remuait bien des choses tristes avec ce pieux souvenir de 1822. Quelques années après il publiait ces vers dans *les Recueillements*, et Victor Hugo pouvait lire à la suite le commentaire que voici :

« Nous avons lu comme tout le monde les deux volu-

pas au bas de l'acte du mariage religieux sur le registre de l'église Saint-Sulpice.

mes de poésies intitulés *Contemplations*, que M. Victor Hugo vient de publier. Il ne sied pas à un poète de juger l'œuvre d'un poète, son contemporain et son ancien ami. La critique serait suspecte de rivalité, l'éloge paraîtrait une adulation aux deux plus grandes puissances que nous reconnaissons sur la terre : le génie et le malheur. »

Une fois cependant Lamartine crut devoir sortir de cette sage réserve. Ce fut à l'occasion de la publication tapageuse des *Misérables* dont les tendances sociales l'avaient quelque peu révolté. Il disposait alors du *Cours familier de littérature* ; il en fit l'objet de plusieurs Entretiens et dit franchement ce qu'il en pensait. Cette franchise ne plut qu'à moitié à Victor Hugo qui, comme on le sait, avait l'épiderme extrêmement sensible. Mais il ne lui en garda pas rancune. C'est tout au plus s'il se permit un quolibet à son adresse (1) et si le *témoin de sa vie* parut s'en souvenir dans le récit légèrement ironique qu'il fit de leur arrivée à Saint-Point en 1825. Hélas ! que ces jours étaient loin! et quelle tragédie que la vie quand elle cesse d'être comique! Mme de Lamartine, qui leur avait semblé un peu collet-monté, un peu province ou trop anglaise, dans sa robe de cérémonie, mourut au mois de mai 1863, emportant avec elle les regrets, la vénération de tous ceux qui l'avaient approchée dans les bons ou les mauvais jours. C'était une âme très haute dont le seul travers fut un puritanisme exagéré. Lamartine, qui l'avait si bien naturalisée française, n'avait jamais pu lui faire perdre l'accent ou, si l'on préfère, le ton de son pays d'origine. Mais par quelles qualités de

(1) Après avoir lu les articles de Lamartine, il dit : Cela pourrait s'appeler *Essai de morsure par un cygne !*

cœur et d'esprit elle rachetait ce petit défaut ! Pendant quarante ans on peut dire qu'elle fut la Providence de son mari, l'ange gardien de son foyer.

« Un grand malheur vous frappe, écrivait Victor Hugo à celui qui venait de la perdre, j'ai besoin de mettre mon cœur près du vôtre. Je vénérais celle que vous aimiez. »

Heureusement qu'en lui prenant sa femme Dieu lui avait laissé une Antigone ! Je ne trouve pas d'autre nom pour qualifier sa nièce Valentine. C'est elle, en effet, qui veilla sur sa vieillesse si triste et qui, après l'avoir consolé de toutes les ingratitudes de ce monde, lui ferma très doucement les yeux.

« Depuis 1821, lui écrivait Victor Hugo, le 10 mars 1869, j'étais uni de cœur avec Lamartine. Cette amitié de cinquante ans subit aujourd'hui l'éclipse momentanée de la mort... Toutes les formes de la gloire, depuis la popularité jusqu'à l'immortalité, Lamartine les a, radieux poète, orateur puissant et durable. »

Il aurait pu ajouter « homme d'Etat-prophète », car jamais pasteur de peuple n'eut au même degré que lui le don de seconde vue (1). A cet égard, comme à tant d'autres, il fut vraiment un magicien.

---

(1) Un exemple entre mille : Le 24 octobre 1830, il écrivait à Aymon de Virieu : « Nous attendons aujourd'hui la nouvelle d'une révolution nouvelle à Paris. Mes lettres sont très alarmantes. Tu auras ta République, j'en frémis. Je ne vois pas comme toi le bien sortant du mal, faux principe : le mal sort du mal, et le mieux sort du bien. Si la Révolution nouvelle a réellement éclaté hier, si nous sommes en république trois mois, je te le dis avec la confiance d'un prophète, il n'y a plus de France ou il n'y a plus d'Europe. J'en suis aussi convaincu que je l'étais des coups d'Etat le jour du ministère Polignac, et de leur impuissance le jour qu'ils éclatèrent. — O seconde vue, malheureux don des hommes très politiques ! Oui, nous restons exactement de même moralement, religieusement, politiquement, mais nous ne pourrions faire un journal ensemble. Nous partons, comme dit très bien ta femme, de deux

IV. — ALFRED DE VIGNY

Ils auraient pu se rencontrer aux Tuileries quand ils étaient dans les gardes du corps; ils ne se connurent que beaucoup plus tard dans les réunions du Cénacle chez Victor Hugo. Mais ils s'appréciaient déjà depuis longtemps. Lamartine avait tout de suite admiré le *Moïse* de Vigny, qu'il préférait à toutes ses œuvres, et Vigny ne cachait pas son admiration pour les premiè- res et pour les secondes *Méditations*. Il écrivait un jour à Victor Hugo à propos de ces dernières : « C'est une chose infâme que la littérature, je commence par là, et ce qui me le fait dire, c'est d'entendre autour de moi tout ce qui se dit de M. de Lamartine. Il est tou- jours mal jugé et tantôt on le prend trop haut ou tan-

principes opposés. Tu dis : la révolution de 89 est le mal sans mélange. Je dis : les grands principes de la Révolution de 89 sont vrais, beaux et bons, l'exécution seule a été atroce, inique, infâme, dégoûtante. Pour que 87 fût si mal, il fallait que ce que 89 détruisait fût beau : or je trouve 88 hideux. Nous ne pouvons nous convertir sur ce grand principe originel. Nous ne nous rencontrons que dans le sentiment d'horreur pour la Révolution-action, mais non pour la Révolution- principe. La Révolution-principe est une des grandes et fécondes idées qui renouvellent de temps en temps la forme de la société humaine ; et si tu veux raisonner sans passion avec toi-même, tu verras que l'idée de liberté et d'égalité légales est autant au-dessus de la pensée aristocratique ou féodale que le christianisme est au-dessus de l'esclavage ancien. Il y a sur ce point une tache dans ton œil. Une idée que le monde entier avoue, adopte, conçoit, défend, ne peut être une erreur ; l'erreur est incomplète, mais non dans sa nature. Plusieurs siècles passeront sur nos tombes avant que cette idée ait enfin trouvé sa vraie forme, mais tout indique qu'à travers des flots de sang et de misères elle la revêtira enfin ; alors le monde sera transformé.

« Les souvenirs, les regrets, les habitudes de pensées et de formes politiques, les positions personnelles font longtemps illusion aux hommes ; ton fils ne pensera plus comme toi, et son fils comme lui. » (*Corresp. de Lamartine*, t. III, p. 215.)

tôt trop bas. On dit que vous tous l'avez excommunié.
Je ne puis le croire. Cela me rappelle les cris que l'on
jeta parmi nous lors des premières *Méditations ;* par
combien d'applaudissements les avons-nous étouffées !
Je n'ai reçu à son sujet aucune lettre de *nous !* J'ai lu
attentivement à plusieurs reprises et seul, ses deux
nouveaux ouvrages, et je veux vous dire ce que j'en
pense pour savoir avec lequel de vous je me serai
accordé. Je ne veux d'abord parler que de l'ouvrage,
je vous dirai ensuite deux mots sur l'auteur. Je pa-
rierais que vous ne les avez pas assez distingués, vous
êtes trop près.

« *Socrate* est un ouvrage très bien composé et auquel
on ne peut pas refuser une poésie grave et majestueuse.
Je veux bien que Platon en ait fait une partie, tout
cela est plus beau par les vers, et il y en a d'une sévérité mâle qui m'a ému, et l'émotion ne se trompe
jamais (1). Mais Psyché est trop longue et sans grâce,
elle interrompt un puissant intérêt, et si l'auteur voulait mettre les tableaux de Raphaël, il fallait en choisir un, celui qui avait le plus de rapport avec le moment, l'immortalité de l'âme. Je renoncerais pourtant
difficilement à ce rayon de poésie qui pénètre dans le
cachot, mais je voudrais l'épurer. Il y a là un *poignard*, une *goutte* de bien mauvais goût, mais les
deux gouttes pour les dieux me paraissent d'une
grande beauté. Je trouve que Lamartine a manqué
son ciel comme tous ceux qui en ont fait, car nous ne
connaissons que le malheur. Je n'aime pas les âmes
qui se fécondent, et Phédon est par trop anacréontique.
Quel parti notre grand Soumet eût tiré de ce grand

(1) C'était déjà le vers de Musset :
    Mais une larme coule et ne se trompe pas.

sujet! Il m'en avait un jour confié le projet. Son plan
était admirable, et il sera peut-être forcé d'y renoncer; ce *Socrate* ébauché fera peut-être trop de bruit
pour qu'on ait l'air original en le traitant. Les sots
iront toujours chercher le germe de ses beautés dans
un hémistiche de l'autre. Je pleure tous les jours cette
tragédie, je la pleure avec les larmes de la postérité.

« Quant aux *Méditations*, certes l'ensemble de ces
nouvelles *Méditations* est fort inférieur aux premières; le ton est désuni et on a l'air d'avoir ramené toutes les rognures du premier et les essais de l'auteur
depuis qu'il est né... Cependant, je le dis avec vérité,
je ne crois pas que M. de Lamartine ait rien fait qui
égale *les Préludes* et les dernières strophes surtout,
Bonaparte et *le Chant d'amour*. Il y a, en général,
dans tous ses ouvrages une verve de cœur, une fécon-
dité d'émotion qui le font toujours adorer, parce qu'il
est en rapport avec tous les cœurs (1). »

Voilà ce que pensait Vigny de *Socrate* et des *Méditations*.

Les Harmonies ne firent qu'augmenter son enthousiasme. J'ouvre son *Journal* et je lis sous la date de
1832: « Je n'ai jamais lu deux harmonies ou méditations de Lamartine sans sentir des larmes dans mes
yeux. Quand je les lis tout haut, les larmes coulent
sur ma joue. Heureux quand je vois d'autres yeux plus
humides encore que les miens! Larmes saintes! larmes bienheureuses, d'adoration, d'admiration et d'a-
mour (2)! »

---

(1) *Victor Hugo avant 1830*, par Edmond Biré.
(2) C'est à peu de chose près ce que pensait Eugénie de Guérin :
« Tous les soirs, écrivait-elle à son frère, je lis quelque *Harmonie* de
Lamartine; j'en apprends des morceaux par cœur, et cette étude me
charme et fait jaillir je ne sais quoi de mon âme qui me transporte

Juste Olivier, qui le fréquentait en 1830, raconte
en ses *Souvenirs*, qui sont si précieux pour l'histoire
littéraire de ce temps, une conversation à laquelle il
assista chez Alfred de Vigny, un soir qu'elle était tombée sur *les Harmonies*, qui venaient de paraître :

« On a parlé de M. de Lamartine (en ce moment à
Mâcon), en sorte que je ne l'ai point vu. M. de Vigny
en a vanté encore les derniers vers *(les Harmonies)*.
— « C'est si beau ! c'est si large !... peut-être trop ! »
a-t-il ajouté en riant, et la petite critique est venue.
J'avoue qu'elle m'a fait plaisir ; elle sentait un peu le
confrère. Ces Messieurs trouvaient fat le *Dernier
regret*, surtout l'endroit: *Ainsi quand je partis*, etc.
M. de Vigny a cité ce vers : *Dans sa première larme
elle noya son cœur.* « C'est joli, c'est gracieux, » disait-
il. Tous critiquaient la *première étoile dans mon ciel;*
« Il y a quelques vers enjambés dans ses *Harmonies*,
ajoutait M. de Vigny, mais peu. Il n'ose pas encore.
Il n'ose pas toujours dire les choses par leur nom :
l'eau qui sort d'une *urne écumante* au lieu d'une
bouillotte. Lamartine me dit il y a quelque temps qu'il
avait acheté les tableaux de Martyns : *le Festin de
Balthazar*, etc. Quelle gravure ? demandai-je, les gravures anglaises, j'espère. — Non. — Oh ! bien, mon
ami, on vous a volé ; les autres ne valent rien. —
Qu'est-ce que cela me fait ? Ce ne sont pas les détails
que je veux, c'est l'idée. » — Et M. Gustave Planche
de laisser échapper une exclamation de dédain. —
Sans doute, ce n'est pas amusant, disait Vigny à Musset, en parlant des *Harmonies*, mais tenez ! la Bible,

loin du livre qui tombe, loin de ceux qui parlent auprès de moi ; je me
trouve où sont ces esprits qui balancent les astres sur nos têtes, et qui
vivent de feu comme nous vivons d'air. » (Journal d'Eugénie de Guérin,
11 avril 1835.)

croyez-vous que ce soit amusant ! La Bible n'est pas
amusante, je le sais bien, moi !... — Enfin, dit Musset,
je ne sais pas, ces *Harmonies*... tout cela ne vaut pas
Faublas !... »

Pauvre Musset! il ne devait pas toujours préférer
Faublas aux poésies de Lamartine. En ce temps-là le
dandy blond et rose qu'il était s'amusait, entre une
ballade à la lune et quelques strophes de *don Paëz*, à
effrayer les bourgeois de son quartier en se prome-
nant le soir dans la rue avec une tête de mort allumée
sur la sienne. Quelques années plus tard, sa liaison
avec George Sand allait mettre fin à ces folies, et des
chants désespérés «qui sont toujours les plus beaux»,
les vers des *Nuits* allaient jaillir de son cœur, comme
le sang d'une blessure mortelle. « Tout cela ne vaut
pas *Faublas !* » Ah! si Lamartine avait eu vent de
cette boutade qui, prise au sérieux, serait un pur
blasphème, quel parti il en eût tiré dans l'admirable
Entretien qu'il fit sur la mort de Musset, pour s'accuser d'avoir méconnu son génie! Je l'entends encore
exprimer le regret, à propos des *Stances à la Malibran*, que le poète qui les avait écrites n'eût pas uni sa
destinée à celle qui les avait inspirées : « Voilà, s'é-
criait-il, la vision à la fois charmante et surnaturelle
que le hasard aurait dû placer à temps sur la route du
poète dont nous parlons! Voilà le *Sursum corda* qu'il
fallait à ce jeune homme pour l'empêcher de regarder
jamais ailleurs. Ils étaient jeunes, ils étaient libres,
ils étaient beaux, ils étaient poètes au moins autant
l'un que l'autre; ils pouvaient s'attacher saintement
dans la vie l'un à l'autre aussi indissolublement que
la musique s'attache aux paroles dans une mélodie de
Cimarosa !... »

17

On dit que cette union si bien assortie quant au talent avait été un moment le rêve de Musset, mais il laissa passer l'heure, et, quand la Malibran mourut, s'il l'immortalisa en des vers qui sont comme un écho direct des *Méditations* et des *Harmonies,* ce n'est pas lui qui fit son épitaphe, c'est le poète « vieilli » à qui il reprochait un jour de le traiter en enfant (1). Car Lamartine aussi aimait beaucoup la « sainte artiste » et il était fier d'avoir remué son « cœur d'ange et de lion » avec les vers que Musset sacrifiait si cavalièrement aux *Aventures de Monsieur de Faublas* (2).

Je reviens à Vigny. Il disait donc à Musset que la Bible n'est pas amusante. Qui a jamais soutenu le contraire ? Mais c'est la source incomparable, unique, où les poètes épris du merveilleux et du divin, les poètes élégiaques comme les poètes épiques, Racine, Milton, Klopstock, sont venus puiser et puiseront toujours. Et si Lamartine et Vigny ont tant d'affinités entre eux, si *Eloa* semble une page détachée du poème des *Visions* que Lamartine ne fit malheureusement qu'ébaucher, si les *Elévations* de l'un font songer aux *Méditations* de l'autre, cela tient à ce que la Bible fut leur livre préféré à tous les deux.

Mais, de même que le vers de Lamartine est moins sobre, moins ramassé, que celui de Vigny, plus moliniste que janséniste, de même aussi son esprit est beaucoup plus large. On sent, à la hardiesse de ses con-

(1) Voici cette épitaphe :
    Beauté, génie, amour furent son nom de femme
    Ecrit dans son regard, dans son cœur, dans sa voix,
    Sous trois formes au ciel appartenait cette âme :
    Pleurez, terre, et vous, cieux, accueillez-la trois fois.
(2) Lire dans les *Lettres à Lamartine* celle que la Malibran lui écrivait de Bath (Angleterre), le 11 août 1830.

ceptions, qu'il a respiré l'air libre du mont Liban. Un soir qu'ils causaient ensemble dans le salon de la marquise Edouard de La Grange, Vigny, lui ayant demandé s'il pensait comme lui que l'islamisme n'est qu'un *christianisme corrompu*, fut scandalisé de l'entendre lui répondre que c'était au contraire un *christianisme purifié*.

C'est aujourd'hui l'opinion d'un ancien prédicateur de Notre-Dame qui, malgré ses variations, est demeuré profondément chrétien. J'ai nommé le Père Hyacinthe. Du temps qu'il portait la robe de carme il rapprochait déjà l'islamisme et le christianisme. Depuis qu'il a visité l'Orient sous l'habit du siècle, il met à certains égards le premier au-dessus du second. Pourquoi? Vigny disait à Lamartine « que le Coran arrête toute science et toute culture; que le vrai mahométan ne lit rien parce tout que ce qui n'est pas dans le Coran est mauvais et qu'il renferme tout(1) ». Et Lamartine lui répondait que les mahométans étaient plus civilisés que nous à cause de la *charité* extrême entre eux. C'est évidemment pour cela que le Père Hyacinthe, sans mettre le Coran au-dessus de l'Evangile, donne la préférence aux sectateurs de Mahomet. Il ne suffit pas, en effet, qu'une religion soit basée sur la charité, il faut encore, il faut surtout qu'elle soit pratiquée dans cet esprit, et malheureusement le christianisme laisse beaucoup à désirer sur ce point (2).

(1) *Le Journal d'un poète*, p. 130.
(2) Après avoir lu ces lignes, que j'avais cru devoir lui soumettre, le P. Hyacinthe m'écrivit : « La remarque que vous faites est juste : il y a plus de charité entre les musulmans qu'entre les chrétiens. J'ajoute qu'à l'encontre des superstitions, je devrais dire peut-être des idolâtries par lesquelles nous avons défiguré la religion de l'Evangile, ils ont conservé un monothéisme aussi grandiose que simple. » (Lettre du 10 septembre 1905.)

Quoi qu'il en soit, le mot de Lamartine le juge et nous donne la mesure de son intelligence et de son cœur. Chrétien de naissance, il avait appris de sa sainte mère à mettre ses actes d'accord avec ses principes, et l'on peut dire que le grand ressort de sa vie privée et de sa vie publique fut la charité évangélique et chrétienne.

Vigny, qui avait été élevé à la même école, avait mis plus d'une fois sa bonté à l'épreuve. Après avoir, dans *Chàtterton*, réclamé pour le poète le droit de vivre, il avait songé à le faire consacrer par le Parlement et avait proposé, en 1838, à Lamartine de rédiger en forme de pétition un projet de loi conçu dans les termes que voici : « Si un poète a produit une œuvre qui obtienne l'admiration générale, il recevra une pension alimentaire de deux mille francs. Si après cinq ans il produit une œuvre égale à la première, sa pension lui sera allouée pour sa vie entière. S'il n'a rien produit dans l'espace de cinq années, elle sera supprimée (1). » Mais la générosité native de Vigny n'avait d'égale que sa naïveté. Il fallait effectivement être bien naïf pour supposer que le gouvernement de Louis-Philippe qui avait tant à se plaindre de l'opposition du prince des poètes qui siégeait au plafond de la Chambre, s'intéresserait au sort de ses malheureux congénères. Il s'y intéressait si peu que, deux ans après, si Lamartine n'avait fait parmi ses collègues de la Chambre une quête qui produisit 455 francs, Lassailly serait mort de faim. Vigny, qui avait demandé pour lui un secours au gouvernement, n'en avait même pas obtenu de quoi le nourrir pendant dix

(1) *Journal d'un poète*, p. 129.

jours (1). Un peu plus tard, c'était dans les premières années de l'Empire, Lamartine, ayant appris par
Auguste Barbier que Brizeux n'avait pour vivre qu'une
pension de 2.400 francs, alla trouver M. Fortoul, ministre de l'instruction publique, qui lui avait des obli-
gations personnelles, et obtint que cette pension fût
portée à 3.000 francs (2).

Toute sa vie se passa ainsi à secourir les uns et les
autres.

Cependant Vigny, qui était si bien fait pour le comprendre, ne comprit jamais son rôle *social* (3). Je me
sers du mot que Lamartine avait créé pour définir sa
politique. Il lui avoua lui-même un jour qu'il n'était
d'accord avec lui sur rien. Sur rien ! c'était beaucoup
dire. Il lui fut reconnaissant au fond d'avoir mis la
poudre et la mèche sous le trône de Louis-Philippe
dont l'avènement avait ruiné à tout jamais ses espérances. Quand le peuple l'eut fait sauter, il applau-
dit comme tout le monde à cette révolution du mépris
public ; il brigua même, sous les auspices de son ami,
le mandat de député dans le département de la Charente. Mais la Charente était déjà convertie au bona-
partisme ; il fut battu par un partisan de la politique
césarienne. « Il n'y a plus, écrivait-il dans son journa
en 1840, il n'y a plus dans notre organisation toute
démocratique et républicaine, depuis 1793, qu'une
forme qui convienne : c'est une république avec une
aristocratie d'intelligence et de richesse élégante. Le
temps en refera une autre. » Mais il n'avait pas prévu

---

(1) *Journal d'un poète*, p. 153.
(2) *Souvenirs d'Auguste Barbier*, p. 279.
(3) Je bénirais les révolutions, lui écrivait-il le 24 mars 1832, si elles
ne faisaient d'autre mal que de rendre à la solitude les véritables et
grands poètes, tels que vous, mon ami... (*Lettres à Lamartine*, p. 140.)

les journées de Juin. Elles mirent fin à son enthousiasme qui n'avait été que de surface. Il alla se terrer
dans ses bois du Maine-Giraud et pendant quatre
ans ne donna aucun signe de vie. Rentré à Paris
après le coup d'Etat, il se rallia doucement et sans
bruit au gouvernement de celui qui, à ses yeux, avait
sauvé l'ordre. « Il était trop honnête homme et trop
patriote, a dit Lamartine, pour chercher dans le socia-
lisme un appui ou une vengeance. Il se repentait de
l'avoir flatté et encouragé littérairement dans *Chat-
terton, ce toast de vin de Champagne, au dessert,
d'une utopie mal conçue et malfaisante ;* il le redou-
tait pour la société comme la mort. République comme
moi, empire comme Napoléon, celui qui le délivre-
rait de ce cauchemar des prolétaires était son idole,
il voulait un sauveur à tout prix, même au prix du
parlementarisme, qu'il n'estimait pas plus que moi...
Il se décida pour Napoléon (1). »

Cela ne l'empêcha pas de garder à Lamartine son
estime et son amitié : il avait tant de raisons pour lui
demeurer fidèle. Quand il avait perdu sa mère — et sa
mère était tout pour lui — Lamartine était allé lui porter moins des consolations que des larmes, sachant par
expérience qu'il y a des pertes dont on ne se console
jamais (2). Lors de sa réception à l'Académie française,

---

(1) *Souvenirs et portraits,* p. 160.
(2) Lui-même, après la mort du père de Lamartine (août 1840) écrivait à son ami : « Votre blessure a fait saigner la mienne, si récente
encore. Et comme je sais qu'il n'y a point de consolation, je ne tente-
rai pas de vous en donner ». Seulement, et c'est là qu'éclate la différence
de leur éducation et de leur philosophie, après chaque perte cruelle,
Lamartine se contentait d'élever son âme à Dieu, disant comme le vrai
chrétien : *Fiat voluntas !* tandis que Vigny, se raidissant sous les coups
qui le frappaient, « parcourait en vain, pour trouver des consolations,
les cercles d'idées philosophiques et religieuses, et quand il répétait à
des amis affligés ou à lui-même ce qu'elles enseignent de plus doux, il

il n'avait pas hésité à blâmer le discours de M. Molé, qui lui avait répondu. Vingt ans après, il se souvenait encore de l'injure qui lui avait été faite ce jour-là par le directeur de l'Académie, et en quelques mots sévères où perçait quelque ressentiment personnel, il avait souligné l'inconvenance de cet homme d'Etat qui, n'ayant « jamais rien écrit que quelques pages à vingt ans pour flatter le despotisme dont la faveur donnait des emplois et de l'or, » n'avait su ni être poli ni être juste.

Enfin quand Vigny mourut (le 17 septembre 1863), voici en quels termes il terminait l'*Entretien* qu'il lui consacra dans son *Cours familier de littérature* :

« Adieu, mon cher Vigny, vous voilà arrivé, quoique plus jeune que moi, devant Celui qui nous crée et qui nous juge, dans ce monde où toutes nos petites passions meurent avant nous, où nous ne serons appréciés ni par nos amis ni par nos ennemis, mais sur le type éternel du bien ou du mal que nous avons fait ! Vous n'avez fait que du bien ! Je vous tends la main d'ici-bas, tendez-moi la vôtre de là-haut. Il n'y a plus d'hommes où vous êtes, il n'y a que l'Etre infiniment bon. Vous êtes bon, allez à lui ! »

C'était la fin d'une oraison funèbre.

---

se sentait tout semblable à un navigateur qui embrasse ses compagnons en leur disant : *Je vois la porte devant nous*, et qui cependant a le cœur serré du sombre aspect de l'horizon. Les espérances, disait-il, ne sont jamais assez ardentes pour sécher toutes les larmes. » (*Lettres à Lamartine*, p. 177.)

V. — SAINTE-BEUVE ET GUTTINGUER

Quand cet *Entretien* tomba sous les yeux de Sainte-Beuve, il aurait dû le faire rougir ou tout au moins lui faire regretter l'article moitié sel et moitié vinaigre qu'il venait de publier sur son ancien camarade, mais je crois bien qu'il ne fit que l'irriter, car, en plusieurs endroits, notamment dans le passage où Lamartine avait exécuté M. Molé de la verte façon que nous avons dit, cet *Entretien* avait l'air d'un reproche à son adresse. N'est-ce pas lui qui, dans les coulisses de l'Académie, avait machiné cette scène scandaleuse ?

Je me suis toujours demandé et je me demande encore quelle avait été la raison véritable de l'animosité de Sainte-Beuve contre Alfred de Vigny. Si le poète de *Joseph Delorme* avait fait du théâtre comme le poète de *Moïse*, on pourrait croire que ce furent les rivalités de théâtre qui les divisèrent : elles en ont divisé tant d'autres ! Comme il n'a jamais touché à l'art dramatique, je me perds en conjectures. Mais c'est un fait qu'à partir de 1832 ou 1833 il n'y eut plus d'intimité entre eux. Elle ne dura guère plus longtemps entre Sainte-Beuve et Lamartine. Seulement Lamartine, avec ses airs détachés de grand seigneur et son mépris inné de la critique, n'attachait aucune importance à ce qu'on pouvait écrire sur lui (1). Du moment qu'il s'était donné à quelqu'un, c'était fini ; ce quel-

---

(1) Il écrivait, le 13 novembre 1823, à Victor Hugo, à l'occasion de l'article peu flatteur que la *Muse française* avait consacré à *la Mort de Socrate* : « ... J'ai lu quelques-unes des petites diatribes en question, mais cela ne mord guère sur mon impassibilité poétique. Je ne suis pas en ce sens du *genus irritabile*. Chacun fait dans ce monde de son

qu'un pouvait le bouder et même lui fausser compagnie, il ne se reprenait jamais plus.

Or, il avait eu tout de suite un faible pour Sainte-Beuve et le lui avait marqué dans une épître en vers à laquelle il ajouta plus tard un commentaire bien fait pour flatter son amour-propre de poète (1). On sait que le secret dépit de Sainte-Beuve était de n'avoir pas obtenu en poésie tout le succès qu'il croyait mériter. Quelques-uns même y ont vu la cause réelle de ses petites rancunes contre ses anciens amis du Cénacle. Ce qu'il y a de sûr, c'est qu'on ne lui faisait jamais plus de plaisir qu'en lui rappelant qu'il était poète :

> Un poète endormi toujours jeune et vivant,

comme le lui disait un jour Musset. Lamartine, qui avait salué en lui un Novalis, avait été le premier à regretter qu'il eût renoncé à la poésie pour se consacrer à la critique, « genre inférieur à son talent ». *Genre inférieur*, non, car il a mis dans ses *Lundis* autant de poésie, sinon plus que dans ses vers, et je crois bien que c'est par ses *Lundis* et son *Port-Royal* qu'il a le plus de chance de durer, quoique je ne sois pas de ceux qui méprisent son *Joseph Delorme* et ses *Consolations*. Lamartine aimait beaucoup ce dernier recueil où son influence religieuse se laisse voir sous le mysticisme amoureux qui en forme le fond. Et Sainte-Beuve, qui le prenait volontiers pour confident, en 1828 et 1829, avait pour lui, dans ces années heureuses, une

---

mieux son petit métier. Les oiseaux chantent et les serpents sifflent, il ne faut pas leur en vouloir de mal... » (Lettre publiée par la *Revue de Paris,* du 15 avril 1904.)

(1) Cette épître a paru dans *les Harmonies.*

admiration qui rendait Victor Hugo jaloux. C'est au point que lorsqu'il fut question d'envoyer Lamartine en Grèce, il lui demanda de le prendre avec lui comme secrétaire. La révolution de 1830, en mettant ce beau rêve en pièces, ne le détacha pas pour cela de Lamartine, au contraire. Comme il était libéral, il trouva tout naturel que, de royaliste qu'il était la veille, Lamartine devînt constitutionnel le lendemain. Cependant c'est la politique qui finit par les diviser ou plutôt qui mit un certain froid entre eux. Encore ce froid vint-il uniquement du côté de Sainte-Beuve, après que Lamartine eut pris position à la Chambre des députés. Sa mauvaise humeur commença de se faire jour vers 1837 et s'accusa nettement dans le compte-rendu de *la Chute d'un ange.*

« Avec quelle admiration, écrivait-il à Juste Olivier le 20 juin 1838, ai-je lu un article du *Semeur* sur *l'Ange déchu* ! Avec quelle édification ! Comme c'est la charité chrétienne dans la critique littéraire ! et penser que probablement Lamartine ne prendra jamais la peine de lire sérieusement cela et qu'il dira négligemment, peut-être en jetant la feuille : « Ils sont furieux contre moi ! » — sans leur en vouloir.

« Quelqu'un lui parlait quelques jours après la publication, ou essayait de lui parler de son poème : « J'ai lu votre dernier. — Ah ! vous êtes plus avancé que moi, mon cher, car je ne l'ai pas lu encore ! »

C'est sur ce ton de persiflage qu'il parlera désormais de Lamartine.

Le 1er janvier 1842, il écrivait à Juste Olivier : « Lamartine vient de faire des bêtises avec sa candidature, le détail de tout cela est affligeant pour l'intelligence humaine. Se peut-il que le génie politique

se voit affligé d'une niaiserie si flagrante, d'une can-
deur d'intrigue si bête ! On n'est jamais sûr, disait
l'autre jour Royer-Collard, que lorsqu'on vient d'entendre de lui un magnifique discours presque sublime,
en le rencontrant dans les couloirs de la Chambre et
en le félicitant, il ne vous réponde à l'oreille : « Cela
n'est pas étonnant, voyez-vous, car, entre nous, je suis
le Père éternel. »

Le 11 février 1843 :

« Le lendemain de son discours, Mme Sand avait
écrit une grande lettre de félicitations à la suite de
laquelle Lamartine l'était allé voir. Il l'a trouvée à
5 heures du soir encore couchée; elle s'est levée pour
lui, a paru en espèce de sarrau un peu ouvert ; on a
fait apporter des cigares et l'on a causé politique et
humanité. C'est la première fois que ces deux grands
génies causaient face à face. Jusque-là, George Sand
avait tout l'air de le mépriser un peu. Quinet aussi a
écrit à Lamartine pour le féliciter. Tout cela n'empêche pas qu'il soit fou et qui pis est un peu ambitieux.
Mais le monde est grand et les goûts sont différents. »

De là à partager l'avis de Chateaubriand, que le
grand poète n'était qu'un *grand dadais,* il n'y avait
qu'un pas(1). Il le franchit sans hésiter, en 1848, quand
il le vit aux prises avec l'insurrection. On a dit qu'il
n'avait pas le sens du chevaleresque; il est certain
qu'il ne se douta pas sur le moment du courage que
Lamartine dut déployer pour forcer les émeutiers à
lever la crosse en l'air devant le drapeau tricolore.

« Il y a encore de la poésie dans les choses, écrivait-il à Juste Olivier, le 17 avril 1848. Imaginez-vous

---

(1) Cf. *Chateaubriand et son groupe littéraire,* appendice.

qu'hier en vous quittant, après être allé faire une petite
visite près de la place de la Bastille, je rabattais du
côté de l'Hôtel de Ville, oubliant que le passage devait
être encombré. Après avoir essayé de pousser jusqu'au
pont d'Arcole et avoir perdu une demi-heure dans la
foule, vers 6 h. 1/2, je rebroussai du côté de l'église
Saint-Gervais pour tourner derrière l'Hôtel de Ville
et arriver chez moi par ce circuit. Je pris une ruelle
qui longe la nef et le chevet de Saint-Gervais : deux
hommes faisaient comme moi et marchaient devant
moi. L'un d'eux se retourna, c'était Lamartine. Il
sortait de l'Hôtel de Ville par une petite porte et se
dérobait à son triomphe pour rentrer chez lui et ras-
surer sa femme. Je l'ai conduit jusqu'à une place de
voitures, près l'imprimerie royale. Dans ces cinq minutes je lui ai dit à *brûle-pourpoint* tout ce qu'on pouvait trouver de plus énergique sur la situation, la nécessité de nous en tirer, de prendre sur soi, et qu'on
aurait une force encore plus grande qu'on pouvait
soupçonner, en faisant appel à la population sur ce
point d'ordre et de vraie liberté : Je vous conterai ce
qu'il m'a dit de très significatif. Il était au reste dans
un grand contentement de cette manifestation qui
passait les espérances (1). »

Un mois plus tard, le 15 mai, quelques minutes
avant que la Chambre fût envahie, une bande d'indivi-
dus demandait à grands cris qu'on lui ouvrît la grille
qui ferme l'entrée du palais de côté du pont. Lamartine vint haranguer cette multitude, escorté de Marie
et d'Hetzel. « J'étais derrière la grille, raconte Auguste
Barbier, au nombre des gardes nationaux qui station-

(1) *Correspondance inédite de Sainte-Beuve avec M. et Mme Juste Olivier.*

naient sur le trottoir. A peine eut-il prononcé quelques paroles qu'on couvrit sa voix sous les huées et les injures, et une bande s'écria : « *Assez de blagues comme cela, nous n'en voulons plus!...* » Un quart d'heure après la grille était forcée... » Et Barbier d'ajouter : « Ce mot *blague* m'est toujours resté dans la mémoire. Quel triste paiement de ses efforts pour établir la République, et quel aimable salaire du livre des *Girondins!* O popularité (1) ! »

A la bonne heure! Voilà au moins un cri qui honore celui qui l'a poussé! Ce n'est pas le seul que la ruine et l'abandon de Lamartine ait arraché au poète de *l'I-dole* et de *la Curée*. Quant à Sainte-Beuve, cette ruine et cet abandon ne lui inspirèrent aucune pitié (2). Que dis-je? il profita de la publication des *Confidences* pour donner au glorieux vaincu de 1848 le coup de pied de l'âne (3).

---

(1) *Souvenirs d'Auguste Barbier,* p. 277.

(2) On lit dans ses *Cahiers,* p. 103 : « 24 juin. Horrible journée. Lamartine et ses collègues abdiquent ; ils ont régné par l'anarchie ; ils lèguent la guerre civile à la dictature. Ce régime *Lamartine,* malgré quelques beaux jours sera aussi méprisé dans l'histoire que le ministère *Laffitte.* Tout ce qu'a fait Lamartine depuis le lendemain de la journée du 16 avril est ce qui a amené ce que nous voyons. »

(3) Il ne fut pas le seul. Quelques années après, Ulric Guttinguer l'outrageait à son tour dans un article de la *Gazette de France,* oubliant les beaux vers qu'il lui avait dédiés, en 1836, après une lecture de *Jocelyn* (1). En ce temps-là, comme il ne partageait pas ses idées sur la peine de mort, Guttinguer l'appelait :

Apôtre libéral d'inique tolérance!

et lui disait :

Homme d'illusion, je t'aime et je t'admire!

En 1858, il l'accusait durement de n'avoir pas sauvé la France en faisant un coup d'Etat. Et comme Lamartine lui reprochait de manquer de générosité et d'opportunité en l'accusant devant ses ennemis de sa seule faute morale en politique ; comme il lui disait : « Que savez-vous si cette fortune n'est pas pour quelques centimes dans la vôtre et si cette vie n'est pas pour quelques gouttes de sang dans vos veines ? », Guttinguer lui ripostait : « Cette fortune, ce sang qui vous doivent peut-être

(1) Lire cette pièce dans les *Deux âges du poète.*

Un autre que Lamartine eût tiré vengeance à la première occasion de cette lâcheté et de cette ingratitude, mais si la vengeance est le plaisir des dieux, elle ne fut jamais le sien. On aurait tordu, suivant son expression, son cœur comme une éponge, sans qu'une goutte de haine ou même de fiel tombât sur aucun nom vivant.

Il avait foi dans la justice de l'histoire et s'en remettait à elle du soin de le venger un jour de ses insulteurs. Quelques années après, le nom de Sainte-Beuve s'étant présenté sous sa plume, il se contenta de lui consacrer les lignes suivantes : « Le sauvage Sainte-Beuve écrit, dans une retraite de faubourg qu'il a fermée jeune sur lui, des critiques quelquefois amères d'humeur, toujours étincelantes de bile, *splendida bilis* (Horace) ; il étudie l'envers des événements et des hommes, en se moquant souvent de *l'endroit*, et il n'a pas toujours tort, car dans la vie humaine l'endroit est le côté des hommes, *l'envers* est le côté de Dieu (1). »

Un peu plus tard encore, comme il passait en revue dans une *Nuit de souvenirs* les hommes de son temps qu'il avait personnellement connus et qui, par l'intelligence, la grandeur de l'esprit ou la supériorité du talent, composaient l'élite du siècle, il s'arrêta devant le nom de Sainte-Beuve et laissa tomber de sa plume la page émue, éloquente et fine que voici :

« Il y eut en ce temps-là un poète que j'aimai, qui

---

quelques centimes et quelques gouttes, suivant vous, ont été bien blessés, bien altérés par votre faute unique, mais immense et terrible, voilà ce qui est bien certain et ce que je sens tous les jours et ce qui m'empêche d'être aussi reconnaissant que je devrais l'être peut-être et de vous admirer de n'avoir pas été un monstre. » (Lettres inédites.)

(1) *Souvenirs et portraits*, t. II, p. 227, article sur Mme Récamier.

m'aima, que j'aime encore et qui ne m'aime plus :
C'est M. Sainte-Beuve. On a raillé ses *Consolations*,
poésies un peu étranges, mais les plus pénétrantes qui
aient été écrites en français depuis qu'on pleure en
France. Quant à moi, je ne puis les relire sans atten-
drissement. Attendrir, n'est-ce pas plus qu'éblouir ?
Si Werther avait écrit un poème la veille de sa mort,
ce serait certainement celui-là. C'est la poésie de la
maladie ; hélas ! la maladie n'est-elle pas un état de
l'âme pour lequel Dieu devait créer sa poésie et son
poète ? Sainte-Beuve fut ce poète de la nostalgie de
l'âme sur la terre. Que les bien-portants le raillent:
quant à moi, je suis malade et je le relis.

« Depuis, il a laissé les vers ; il a donné à la prose
des inflexions, des contours, des *inattendus* d'expression, des finesses et des souplesses qui rendent son
style semblable à des chuchotements inarticulés entre
des êtres dont la seule langue serait le tact.

« Il a écrit à la loupe, il a rendu visibles des mondes
sur un brin d'herbe, il a miniaturé le cœur humain ;
il a été le Rembrandt des demi-jours et des demi-
nuances. Il a efféminé le style à force d'analyser la
sensation.

« Puis, tout à coup, il a changé de plume, comme
on change d'outil sur l'établi du lapidaire, selon qu'on
veut graver sur l'onyx en lettres illisibles ou en lettres
majuscules et il a écrit alors dans un style simple, clair,
solide, tantôt en creux, tantôt en relief, sur la vie et
les œuvres des hommes et des femmes de lettres, des
études qui élèvent la critique littéraire presque à la
hauteur de l'histoire. Qui sait quelle métamorphose
n'attend pas encore cet écrivain que les années trans-
figurent au lieu de le pétrifier ? Mme Récamier l'ado-

rait, je le crois bien ; même entre Ballanche, Brifaut,
le duc de Noailles, M. de Chateaubriand, Ampère,
Mme de Girardin, gloires familières de son salon, où
aurait-elle trouvé un plus fin causeur pour les commo-
dités ou pour les délices de la conversation. Combien
je regrette cette conversation, le plus inédit et le plus
ineffaçable de ses livres (1) ! »

*Sainte-Beuve que j'aime encore et qui ne m'aime
plus !* quel plus tendre reproche !... En lisant ces lignes
le critique des *Lundis* en fut remué jusqu'au fond de
son être, et, prenant sa plume des bons jours, il écrivit
à M. Jules de Saint-Amour la lettre suivante :

« Ce 24 novembre 1856.

« Je reconnais bien là votre bienveillance, monsieur
et cher compatriote, et vos affectueux sentiments.
Vous avez bien raison de croire que quand on a aimé
M. de Lamartine, on l'aime toujours. Il a été, en effet,
l'une des passions de ma jeunesse, ma grande passion
poétique, du moment que l'âme poétique s'est éveillée
en moi. Au temps où j'étais le plus lié avec Hugo, il
me disait : « Vous aimez mieux Lamartine que moi ;
je ne vous en veux pas, et je suis de votre avis. » L'article que M. de Lamartine m'a consacré dans ses *Entretiens* m'est allé au cœur : j'ai reconnu là cette
indulgence supérieure qui dans ce cas particulier était
presque de la clémence. Il a dit de moi ce que j'ambi-
tionnais le plus qu'on en dît ; car qui a été poète
l'est toujours au fond du cœur ; même lorsqu'il a l'air
d'y avoir renoncé.

« Il est bien vrai que lorsque M. de Lamartine est
devenu un politique, je n'ai pu me décider à le suivre :

(1) *Souvenirs et Portraits*, t. III, p. 43-45.

je l'aimais trop sous sa première forme ; je m'étais fait
un idéal, il en substituait un autre. Je ne l'ai pas
voulu. J'en souffrais. C'est là sans doute une manière
exclusive de sentir, mais les affections vives et premières sont ainsi. Le malheur, c'est qu'obligé à un
certain moment, un peu par ma nature et vocation
d'esprit, et beaucoup par la nécessité et le besoin de
vivre, d'embrasser la profession de critique, de *jugeur*,
j'ai été inévitablement amené à exprimer publiquement mes dissidences et à dire tout haut ce qu'il eût
été plus conforme à ma première condition de poète
et *d'honnête homme* de garder pour moi.

« Croyez encore que j'en ai souffert : j'ai dû violer
plus d'une fois ma propre admiration secrète et mon
culte ancien ; les natures délicates ne réagissent pas
sans douleur contre elles-mêmes. Non pas certes que
je n'apprécie les éminents services que M. de Lamartine, homme politique, a rendus à certains jours à la
société : mais l'avouerai-je ? Est-ce un excès de délicatesse et de puritanisme littéraire ? J'aurais encore
mieux aimé qu'il ne se mît pas dans le cas d'avoir à
les rendre. C'est de l'égoïsme, me direz-vous, que se
figurer ainsi obstinément les poètes dans un monde à
part, et de leur interdire d'en sortir, parce qu'on les
préfère et qu'on les trouve plus à son gré dans cette
première forme de jeunesse et avec le nimbe d'or.
Peut-être ai-je tort, en effet ! J'en viens toujours à Virgile que je ne saurais me figurer comme le compétiteur
ou l'antagoniste d'Antoine ou d'Octave. M. de Lamartine, dans une admirable pièce de sa jeunesse (*les
Préludes*), a parcouru six ou sept modes, et montré
qu'il comprenait toutes ces manières d'être et de vivre
comme s'il avait sept âmes ; j'avais fait choix chez lui

18

de deux ou trois âmes. Elles me suffisaient ; je les notais si bien ! quand est venu le tour des autres âmes à se produire, je me suis détaché. J'ai dit : Ce n'est pas lui ! — bien que, pour ceux qui le connaissaient mieux, ce fût sans doute lui encore.

« Agréez, cher monsieur, toutes ces explications et ces excuses. Ce que je sais bien, c'est que le jour où M. de Lamartine passait à l'Arc de l'Etoile cette immense revue parisienne des lilas au bout des fusils (en avril 1848), je passais moi cette après-midi à relire avec une de mes meilleures amies d'alors (la regrettable et poétique Mme d'Arbouville), plusieurs pièces de ses *Secondes Méditations*, sa pièce intitulée *Sagesse* et ses *Préludes* même. On ne fait pas cela quand on n'aime pas un homme, seulement on l'aime autrement que d'autres ne font (1). »

Reste à savoir si cette manière d'aimer est la bonne. Moi, j'en doute. Que Sainte-Beuve ait regretté la première forme de Lamartine, je le comprends, et il y en a d'autres, mais que, sous prétexte qu'il faut vivre, il ait exprimé ses dissidences, quant à la seconde, de la façon injuste et cruelle que chacun peut lire encore, puisque la page est restée dans ses *Lundis*, voilà qui passe les bornes de la critique, lorsqu'on a la prétention d'être toujours poète et « honnête homme ».

Mais faute avouée est à moitié pardonnée, dit-on. Montrons-nous aussi généreux que le fut Lamartine envers tous ceux qui l'avaient outragé ou méconnu, et puisque Sainte-Beuve vient de parler des deux formes de son génie, contentons-nous d'exprimer le regret, nous aussi, qu'il ne se soit pas souvenu plus souvent de la première dans la deuxième forme du sien.

(1) *Lettres à Lamartine*, pp. 281-284.

ÉPILOGUE

LA TOMBE D'ELVIRE

Ce seul titre, j'en suis sûr, fera tressaillir plus d'un cœur. On ne saurait croire, en effet, combien de personnes s'intéressent à la découverte de la tombe d'Elvire. Depuis plus de six mois que je la cherche, j'ai reçu des centaines de lettres de femmes me disant : « Si vous la trouvez, j'irai en pèlerinage, je m'y prosternerai comme au pied d'un autel !... » Hier encore, une grande dame mettait à ma disposition l'argent nécessaire pour opérer des fouilles dans le petit cimetière de village où il y a le plus de chances, selon moi, qu'Elvire ait été enterrée. Mais je tremble qu'elle n'y soit pas ou qu'il ne reste plus rien d'elle, et j'attends, pour faire remuer cette terre sainte, que la fortune qui m'a si bien servi jusqu'à ce jour m'apporte une indication plus précise.

Au mois de mars dernier, quand je découvris l'acte de décès de Mme Charles, sur un registre qu'on croyait perdu de la paroisse Saint-Germain-des-Prés, je fus très étonné de la teneur de cet acte :

« L'an 1817 et le 19 décembre, a été présenté en cette église le corps de Julie-Françoise Bouchaud des Hérettes, épouse de Jacques-Alexandre-César Charles, membre de l'Institut royal de France, âgée de 33 ans

et 5 mois, décédée à l'Institut, *et lui ont été rendus
les honneurs funèbres prescrits par la religion catholique,* en présence de... »

C'était la première fois que je lisais pareille for-
mule.

Interrogé par moi, le curé de Saint-Germain-des-
Prés partagea mon opinion, à savoir que le corps de
Mme Charles, après avoir traversé cette église, avait dû
être transporté en province.

Or, quelque temps après, mes yeux tombèrent sur
le passage suivant des *Souvenirs et Portraits* de
Lamartine.

« ... Cette belle personne mourut... Je n'étais pas
à Paris, j'y revins deux ans après (1). Je parvins avec
bien de la peine à me faire indiquer sa tombe sans
nom dans un cimetière de village, loin de Paris. J'allai
seul à pied, inconnu au pays, m'agenouiller sur le
gazon qui avait eu le temps déjà d'épaissir et de ver-
dir sur sa dépouille mortelle. L'église était isolée sur
un tertre au-dessus du hameau, le prêtre était absent,
le sonneur de cloches était dans ses champs, les villa-
geois fanaient leur foin dans les prairies : il n'y avait
dans le cimetière que des chevreaux qui paissaient les
ronces et des pigeons bleus qui roucoulaient au soleil,
comme des âmes découplées par la mort. J'étendis mes
bras en croix sur le gazon, pleurant, appelant, rêvant,
priant, invoquant, dans le sentiment d'une union surnaturelle qui ne laissait plus à mon âme la crainte de
la séparation ou de la douleur de l'absence. L'éternité
me semblait avoir commencé pour nous deux, et, quoi-

(1) Ce n'est pas tout à fait exact. Lamartine revint à Paris au mois de
septembre 1818, soit neuf mois seulement après la mort de Mme Charles.

que mes yeux fussent en larmes, la plénitude de mon amour, désormais éternel commé son repos, était tellement sensible en moi pendant cette demi-journée de prosternâtion sur une tombe qu'aucune heure de mon existence n'a coulé dans plus d'extase et dans plus de piété (1) ».

Cette page poignante, la seule où Lamartine ait jamais parlé de la sépulture d'Elvire, vérifiait mes pressentiments, mais je n'étais guère plus avancé pour cela, le poète ayant omis volontairement et à dessein de désigner le cimetière de village où reposait celle qu'il avait perdue.

Je me posai alors cette question qui depuis six mois ne cesse d'occuper mon esprit : sur quel lieu fut dirigé le corps de cette femme céleste?

Si l'administration des Pompes funèbres avait existé en 1817, peut-être aurais-je pu trouver dans ses archives la trace de ce transport. Mais il n'y avait dans tout Paris à cette époque qu'un entrepreneur particulier du nom de Léonard — parent du coiffeur de Marie-Antoinette — et nul ne saurait dire ce que sont devenus ses papiers. Donc il n'y avait rien à attendre de ce côté. Restaient les derniers représentants de la famille Bouchaud des Hérettes. Je les interrogeai l'un après l'autre : ils en savaient encore moins que moi. Quant aux de Bergey, qui composaient la famille maternelle d'Elvire, ils ont disparu depuis longtemps.

Cependant il est hors de doute que Mme Charles fut enterrée en province dans quelque caveau de famille. Autrement elle aurait été inhumée dans un

(1) *Souvenirs et Portraits*, t. III, p. 128.

cimetière parisien où son mari lui aurait élevé un
mausolée et aurait retenu sa place auprès d'elle.
Quand elle mourut, elle avait encore son père. Tout
vieux et ruiné qu'il était, peut-être avait-il réclamé
le corps de sa fille. Peut-être avait-elle demandé elle-
même à reposer, en terre nantaise, dans la tombe des
parents qui l'avaient hospitalisée, elle et son père, au
manoir du Plessis-la-Musse, à la suite des événements
de Saint-Domingue. Peut-être enfin avait-elle exprimé
le désir d'être ensevelie à côté de son oncle et de sa
tante de Bergey qui l'avaient élevée et mariée à vingt
ans au physicien Charles. Dans le premier cas, sa
dépouille mortelle avait été dirigée sur Chantenay,
près Nantes ; dans le second, sur Saint-Paterne, près
Tours, à supposer que M. et Mme de Bergey, qui
avaient une belle propriété sur cette commune, aient
eu une concession dans le cimetière local.

J'ouvris donc une enquête et j'appris que les Bouchaud avaient une sépulture dans l'ancien cimetière
de Chantenay, mais que, lors de la création de la
paroisse Saint-Clair, vers 1850, leur sépulture avait
été transportée dans le cimetière de cette paroisse où
chacun peut la voir encore à l'entrée de la grande
allée. Elle était entretenue autrefois par Laurent-Flo-
rian Bouchaud de la Pignonnerie, dernier du nom,
mais depuis sa mort, arrivée le 30 juin 1888, elle est
complètement abandonnée. Il n'y a aucune inscription, aucune date, et comme les herbes poussent à
même dans l'enceinte que protège un entourage de
fonte, seul le concierge peut dire quelle famille
repose sous cette flore naturelle.

Peut-être Elvire est-elle là ? mais comment le savoir ?

Je pensais que, lors de la translation des corps

dans le cimetière de Saint-Clair, on avait rédigé un procès-verbal en présence du commissaire de police, et que dans cette pièce on avait relevé les noms des personnes exhumées. Mais il paraît qu'en ce temps-là ces sortes de cérémonies funèbres avaient lieu, dans ce coin de Bretagne, avec une simplicité toute villageoise. Le fossoyeur de Chantenay, après avoir ouvert une tombe, jetait pêle-mêle dans une charrette à bras les ossements qu'il y avait trouvés, et le fossoyeur de Saint-Clair, à qui ils étaient remis nuitamment pour plus de mystère, les enfouissait sans témoin dans la fosse nouvelle, disant à part lui, comme l'autre : « Dieu saura bien reconnaître les siens ! » — Sans doute, mais nous ?

Il y a donc bien des chances pour que nous ne sachions jamais si les cendres d'Elvire sont là à moins que... Mais quelque chose me dit qu'elles n'y sont pas, qu'elles n'y ont jamais été. La vieille église de Chantenay a beau être isolée sur un tertre, comme celle dont parle Lamartine, elle me semble trop loin de Paris, et je doute que le père de Mme Charles ait fait revenir son corps à Nantes. Je crois plutôt qu'il fut transporté en Touraine et qu'elle repose à l'ombre de la vieille église historique de Saint-Paterne. C'est tout près de là, en effet, sous les ombrages de la Grange-Saint-Martin, que Julie Bouchaud des Hérettes passa les plus beaux jours de sa jeunesse; c'est là, dans l'air si doux de la vallée de la Loire, que son cœur s'épanouit comme une fleur des tropiques; c'est là qu'un matin de thermidor an XII un des plus grands savants de France lui passa l'anneau au doigt; là enfin, car le bonheur se paie tôt ou tard avec des larmes, c'est là que ses parents adoptifs l'attendaient depuis des années sous les cyprès du petit cimetière !...

Mais, au fait, est-ce bien là que M. et Mme de Bergey furent inhumés ? Je le crois, mais jusqu'à ce jour rien n'est venu confirmer cette croyance. Voilà six mois que je cherche leur tombe : ce n'est que lorsque je l'aurai trouvée que je me risquerai à dire : Elvire est là, car encore un coup je suis persuadé qu'elle est avec eux.

Il y a quelques jours j'eus de ce chef une fausse joie.

Le curé de Saint-Paterne m'ayant raconté que, d'après une légende accréditée dans le pays, M. de Bergey avait quitté la Touraine après avoir mangé la plus grande partie de sa fortune, j'avais abandonné mes recherches, quand tout à coup j'appris, de la bouche même du propriétaire actuel de la Grange-Saint-Martin, qu'il était au contraire décédé à Tours le 23 mai 1811, et que le lendemain son testament avait été déposé chez Me Archambault de Beaune, notaire en cette ville, celui-là même qui avait rédigé le contrat de mariage de Mme Charles.

Fiez-vous donc aux légendes ! Cette nouvelle inattendue me remplit d'allégresse, car elle m'apportait l'espérance que le testament de M. de Bergey indiquerait le lieu de sa sépulture. Je demande communication de cette pièce, on me l'envoie, je l'ouvre : les premiers mots me donnèrent un battement de cœur, M. de Bergey disait :

« Je déclare vouloir formellement être enterré le plus simplement et aux moindres frais possibles. Mon âme, souvent le jouet des passions, mais qui n'eut jamais que des erreurs à se rapprocher, n'attend pas son repos du faste des obsèques ! »

Assurément ces lignes n'étaient pas d'une âme vulgaire, mais ce n'est pas cela que je cherchais, et la suite du testament était uniquement remplie par des legs. Ma déception fut plus grande encore que n'avait été ma joie...

Depuis lors j'attends qu'une nouvelle découverte me livre enfin la clef du tombeau d'Elvire, car j'ai fait trop de chemin pour reculer ou m'arrêter en route, et je n'ai pas joué ma dernière carte. Lorsque j'aurai épuisé tous les moyens et toutes mes ressources, je me retournerai une fois encore (1) vers les familles de Lamar-

(1) M. Charles de Montherot, petit-neveu de Lamartine, et M. le comte Henri de Virieu, petit-fils d'Aymon, ¡ont bien voulu, en effet, consulter à mon intention les lettres de jeunesse des deux amis, qui sont entre leurs mains. Par malheur, ils n'y ont trouvé jusqu'ici aucune mention de la sépulture d'Elvire. En revanche, ces lettres renferment les détails les plus circonstanciés et les plus précis sur ses derniers jours.

M. René Doumic a publié, dans les *Débats* du 7 octobre, la lettre d'Aymon de Virieu à Lamartine où sont consignés tous ces détails. Je vais analyser à mon tour les lettres de Lamartine à Aymon de Virieu qui les complètent sur plusieurs points et rectifient sur un autre le commentaire de M. Doumic. J'espère qu'après avoir lu cette analyse nul ne doutera plus de la vertu d'Elvire.

C'est exactement le 25 décembre (1817), — un an jour pour jour après son apparition dans le salon de Mme Charles — que Lamartine apprit sa mort par une lettre du docteur Alin. Il était à Milly depuis le mois d'octobre, en proie à des souffrances physiques qu'augmentaient encore ses souffrances morales. La pire de toutes était l'impossibilité pour lui de se rendre auprès de sa chère malade. — « Ne venez pas, cela vaut mieux! » lui avait-elle dit dans sa lettre testamentaire du 10 novembre. Et il lui avait obéi, la mort dans l'âme. Par un sentiment que l'on comprendra, où la pudeur se mêlait peut-être à un reste de coquetterie, Mme Charles n'avait pas voulu qu'il fût témoin des ravages que la phtisie faisait sur elle. Quand il l'avait quittée, elle était belle encore, elle tenait à demeurer telle au fond de son souvenir. Ainsi avait agi Mme d'Arbouville mourante, à l'égard de Sainte-Beuve. Combien d'autres victimes d'amour ont agi de la sorte! Et cependant l'approche de la mort donne souvent au visage une surhumaine beauté!...

Bien qu'il y fût préparé depuis longtemps et qu'il la désirât presque « comme un bienfait pour eux deux », la mort de Mme Charles porta à Lamartine un coup d'autant plus terrible que, n'ayant auprès de lui personne à qui conter sa peine, il fut obligé de dévorer ses larmes. Aymon de Virieu était à Lemps (Isère) et, devant ses instances, se disposait à partir pour Paris. Il lui avait même promis de s'arrêter, en passant, à

tine, de Parseval, de Vignet et de Virieu, et je leur
dirai : « Vous devez posséder le mot de l'énigme que

Mâcon, pour pouvoir dire à Mme Charles qu'il l'avait vu et lui remettre
de sa part différentes choses.

Lamartine lui transmit le 26 décembre la fatale nouvelle en le sup-
pliant de hâter son départ. La lettre du docteur Alin étant muette sur
les circonstances qui avaient entouré sa fin dernière, il lui tardait d'en
connaître tous les détails, « même les |plus futiles ».

Virieu vint donc passer quelques jours auprès de Lamartine et prit
la diligence de Paris le 12 janvier. A son arrivée, le 16, sa première
visite fut pour Mme de Drée, qui, avec Mme de Sausay, son amie la plus
intime, avait prodigué à Mme Charles les soins les plus tendres et l'avait
assistée à ses derniers moments. Mme de Drée lui raconta tout ce qu'elle
savait, tout ce qu'elle avait vu. Dès le mois d'octobre, quand Mme Charles
était rentrée de Viroflay, elle l'avait engagée à appeler un prêtre. Ce prêtre
n'était autre que le curé de Saint-Germain-des-Prés, un saint homme que
connaissait tout particulièrement le docteur Alin. Il était venu, l'avait
confessée et puis administrée; après quoi le calme et la résignation
avaient succédé dans son esprit à l'exaltation extraordinaire qui la minait
et lui enlevait jusqu'au sommeil. L'arrivée de M. de Bonald, qui depuis
quelque temps était son directeur de conscience, avait achevé l'œuvre de
pénitence et de sanctification commencée par le vénérable curé de Saint-
Germain. Il était près d'elle à la Toussaint. Il ne la quitta que lorsqu'elle
eut fermé les yeux, et tous les jours, pour lui adoucir le passage de l'une
à l'autre vie, il lui lisait quelque chapitre de l'Imitation. Bref, elle mourut en chrétienne, en pardonnant et en demandant pardon !

Mais avant de mourir, elle avait eu soin de mettre ses affaires en
ordre. Elle avait classé et rangé tous ses papiers, et même elle avait
scellé plusieurs plis à l'adresse d'Aymon de Virieu qu'elle n'avait cessé
de demander jusqu'à la fin. Quel pouvait bien être le contenu de ces
plis ? Lamartine, quand son camarade était allé le voir, lui avait dit de
s'informer si Mme Charles n'avait rien laissé pour lui. Peut-être ce
dépôt lui était-il destiné? Effectivement les deux plis renfermaient
sa correspondance. Après avoir relu ses lettres d'amour, après les avoir
trempées de ses pleurs, elle les avait mises sous enveloppes, et puis,
comme pour attester le ciel et la terre que la flamme qui l'avait dévo-
rée était pure, elle avait confié le tout à son mari, qui, sans soupçon,
l'avait gardé religieusement.

Le lendemain, c'est-à-dire le 17 janvier, Virieu se présenta chez
M. Charles qui lui remit en pleurant, de la part de sa femme, deux enveloppes cachetées et écrites à son nom, plus un petit paquet contenant
ses poésies manuscrites et son portrait. Le 18, il rendit compte de
sa mission à Lamartine qui, cinq jours après, lui accusa réception de sa
lettre et le pria de lui acheter, chez le papetier de Mme Charles, plusieurs
cahiers s'ouvrant « à l'italienne ».

M. René Doumic a supposé que ces cahiers étaient destinés, dans la
pensée de Lamartine, à recevoir ses lettres et celles d'Elvire. C'est une
erreur, Lamartine voulait tout simplement y copier sa tragédie de Saül.
La preuve en est que, dans sa lettre, il recommandait à Virieu d'y
essayer sa plume avant de choisir tel ou tel papier.

je ne puis déchiffrer et qui me tourmente. Fouillez
dans la correspondance d'Alphonse, d'Amédée, de
Louis et d'Aymon. Il n'est pas possible que ce dernier, qui, le lendemain de la mort d'Elvire, recueillit de la bouche même des témoins tous les détails de
son agonie, et qui fit remettre à Lamartine par Amédée de Parseval le crucifix qu'elle avait embrassé en
. rendant l'âme, il est impossible qu'Aymon de Virieu
n'ait pas écrit alors à l'un ou l'autre de ses amis :
Elle a été enterrée là !... Cherchez donc cette lettre
précieuse, ce n'est pas moi seulement qui vous en
prie, c'est la famille même d'Elvire, ce sont tous ses
dévots, tous ceux qui la bénissent et qui la glorifient
pour tout le bien qu'à travers les *Méditations*, *Raphaël*
et *Jocelyn*, elle a fait sur la terre. Dites-nous où fut
déposé le corps de cette créature de Dieu, afin que nous
recueillions ses cendres dans un vase d'or, et que sur
son tombeau nous dressions un autel de marbre blanc
où puissent communier, en mémoire d'elle, tous les
croyants de l'amour pur.

Paris, 15 octobre 1905.

Lamartine, en effet, n'avait pas attendu les exhortations de son ami
pour se remettre au travail. Non qu'il fût déjà consolé de la perte de
Mme Charles — il ne s'en consola jamais, il porta son deuil toute sa vie,
— mais il savait qu'elle s'intéressait à sa tragédie de *Saül* et c'est en pensant à elle qu'il la composa. Les poètes ne ressemblent pas au commun
des mortels. Ils chantent tandis qu'ils pleurent encore. C'est leur façon
d'endormir leur mal — ou de l'éterniser. Quand Lamartine n'eut plus de
larmes pour pleurer Elvire, il la chanta — et fit pleurer le monde.

APPENDICE

I

SUR L'ÉCRITURE ET LE PORTRAIT D'ELVIRE

Le hasard m'ayant fait rencontrer au printemps dernier, dans le salon de M. Chéramy, Mme C. Bessonnet-Favre dont on connaît le talent de graphologue et les curieuses recherches de psychologie historique, j'eus l'idée de lui soumettre le portrait de Mme Charles pour voir s'il s'accordait, comme type, avec l'écriture de ses lettres à Lamartine qu'elle avait examinée précédemment.

Voici la très intéressante épître qu'elle m'adresse à ce sujet :

Prémarie (Vienne), ce lundi 25 septembre 1905.

   Monsieur,

L'examen, chez M. Chéramy, de l'écriture de Mme Charles et l'étude du portrait que vous avez d'elle m'ont conduite à des réflexions dont je suis heureuse de vous faire part.

L'être humain ne se montre guère que comme une ombre fugitive; mais, quand on l'observe, on arrive à pénétrer sa lumière intérieure. L'être visible ne dit pas toujours la vérité ; c'est dans un être inconnu ou méconnu qu'il faut pénétrer pour contempler la véritable personnalité. Cet être plane au-dessus ou rampe au-dessous de la figure humaine, ou bien il se cache simplement derrière elle, mais toujours il se dévoile dans le type.

Le type est cette empreinte naturelle ou acquise qui révèle les tendances, les aspirations, les sentiments et les instincts d'un être qui prétend se dérober. Cet être fait des gestes intérieurs dont l'écriture est elle-même le reflet.

C'est ainsi que j'ai communiqué à M. Chéramy les impressions que l'écriture de Mme Charles me donnait d'elle et que nous avons pu, Monsieur, échanger ce que nous pensions du portrait que vous avez eu la bonne fortune de découvrir.

L'écriture de Mme Charles est fine, régulière et serrée : c'est l'écriture d'une femme de forme qui se réserve.

Toutes les lettres à boucles se projettent. Elles aiment à se joindre pour envelopper les autres lettres. C'est autant d'aspirations, d'ailleurs délicates et frêles, à se dévouer. Cependant un être de raison ne permet pas à ces aspirations d'aller trop loin et se refuse au moindre entraînement. C'est ainsi que le geste est soutenu, réfléchi, et que toutes les obliques en deviennent parallèles et les lettres liées.

L'écriture est svelte, mais elle n'est pas souple. A la fois voluptueuse et chaste, elle ondule, mais ne se livre jamais. Pas de vertige, car la femme ne s'abandonne pas. Elle sait ce qu'elle veut, mais elle a toutes les grâces pour le faire vouloir. C'est comme un voile qui flotte sur sa rigidité.

—

Le portrait de Mme Charles répond à son écriture. Toutefois l'étude qu'on en peut faire conduit aux états d'âme les plus divers, car on commencerait par ne pas l'examiner, rien qu'à voir l'affreux turban dont elle est coiffée.

Quand on a bien voulu se familiariser avec une mode incompréhensible, on commence par voir un type assez vulgaire. Du moins est-il que le premier aspect en est plébéien, et la désharmonie entre la tête et le corps ajoute à cette mauvaise impression. Un examen plus attentif permet d'apercevoir l'être intéressant, enfin l'examen de détail révèle un être supérieur.

Il est, dans ce visage, comme deux hémisphères : le menton, la bouche et les ailes du nez sont de lignes très harmonieuses, et les contours en ont une grande finesse. L'ovale parfait va bien avec la chute des épaules et des seins. C'est un type de Greuze, mais d'un Greuze sans coquetterie, ni vice : cela donne l'impression d'une indestructible jeunesse voluptueuse et très pure.

Le nez et les yeux sont, au contraire, d'un type du grand siècle : raison, volonté, logique. C'est la rigidité de la Muse et la chasteté de l'Egérie.

La différence des deux natures : l'une philosophique et l'autre sensitive, n'était point faite pour que Mme Charles eût une heureuse santé. La respiration n'est ni assez rapide, ni assez large pour répondre au rythme du cœur. La poitrine est trop étroite pour les lèvres et le cou trop lourd pour les yeux. Nature ardente et tempérament froid, c'est une contradiction qui l'épuise. Cela se traduit par une anémie nerveuse et une maladie de cœur.

Ce qui reste du type, si l'on ne prend ni le menton, ni les yeux, est triste et dédaigneux. C'est comme l'équateur entre les deux hémisphères : la vie et la raison.

Je ne sais que dire du front qui est malheureusement voilé sous les cheveux. La hauteur des sourcils porterait à penser qu'il est assez serré et fuyant. Dès lors le cerveau, où ne vient qu'un sang pauvre et rare, doit faire un effort pour percevoir les images et fixer les idées dont l'œil est avide. C'est ce travail intérieur dont l'angoisse se marque dans l'élévation des sourcils et la tristesse du milieu du visage.

Donc un être double, sans d'ailleurs la moindre duplicité.

L'être philosophique se fût parfaitement accommodé de M. Charles, si M. Charles, au moment de son mariage, n'avait pas eu 60 ans.

Le portrait de M. Charles, que vous avez bien voulu me communiquer, révèle, en effet, un homme d'ordre et d'expérience. C'est un être qui se complait aux raisonnements élégants. Au reste, une lueur d'imagination dans l'œil bleu, mais cela ne va pas jusqu'au rêve et jamais à la fantaisie.

Le front large et pondéré est le signe d'une intelligence à la fois hardie et rationnelle. C'est un type d'encyclopédiste, sans qu'il y ait en lui rien de l'âpreté des philosophes, mais tout s'y trouve de leur esprit de système et de raison.

Le nez indique des appétits de dilettante et de chercheur. Cela peut conduire jusqu'à des sensualités fines de jouisseur délicat.

Un savant certes, mais en même temps une vieille femme et un adolescent. Comme une douairière et comme un page.

Il recueillit Julie des Hérettes pour que rien ne la froissât de la vie, ni de l'homme ; et c'est bien plus pour elle-même et contre elle-même que pour lui, qu'il l'a garda.

Lorsqu'elle lui présenta Lamartine comme son frère, il l'accueillit comme son fils. Ce ne fut pas sans avoir longuement examiné le poète ; mais il comprit que Lamartine l'aiderait à soutenir, contre la mort, la petite flamme qui s'éteignait.

L'être voluptueux que révèle en Mme Charles le bas du visage n'a vibré que devant Lamartine. Mme Charles en reçoit une vie d'un moment, puis elle meurt.

Heureux événement ! Si elle eût vécu, la contradiction qui était en elle ne lui aurait pas permis de trouver le moindre bonheur dans son amour. Cet amour même eût été fatal à Lamartine, car il eût philosophé avec Mme Charles : l'Egérie eût tué le poète. Et si la Muse, par condescendance, se fût prêtée à l'écouter, la femme de raison ne l'eût pas entendu.

La rencontre de Mme Charles et de Lamartine était d'ailleurs la mise en présence de deux mondes. Mme Charles était de ce passé de la raison humaine et Lamartine de cet avenir de la nature humaine qui, déjà, se jugeaient et s'éloignaient l'un de l'autre. Mme Charles n'avait qu'un idéal philosophique. C'est Lamartine qui lui fit pressentir à la fois l'homme et Dieu. Mais, en même temps, elle l'obligeait à une contrainte et à prendre le sens d'une forme. Cette forme devient plus grande que Mme Charles ; Lamartine en monte et Mme Charles s'en élève. Cela va jusqu'à la mort.

Au reste, le type de Lamartine, fait de lumière hautaine, dépassait le type philosophique de Mme Charles. Tempérament aristocrate et volontaire, ce n'est pas à l'aventure qu'il va, mais à quelque accomplissement de destinée. Il donne pour qu'on lui ressemble ; il éveille pour qu'on l'écoute ; il élève pour qu'on le voie. Sa nature à lui-même est assez froide pour que la rigidité de Mme Charles ne lui soit pas douloureuse.

Il aimait d'ailleurs Mme Charles avant de l'avoir vue et, quand elle fut morte, il continua de l'aimer, car la femme dont un poète rêve est au-dessus des femmes. Il la fait descendre dans des formes qui s'attirent vers cet idéal. Ces êtres qui se suivent ne sont qu'un seul être ; ils ne se trouvent qu'au-dessus de leur tête et la connaissance qu'ils ont d'eux-mêmes, c'est le poète qui la leur donne.

C'est ainsi que Lamartine créait Mme Charles en elle-même, et Mme Charles ne se vit femme que dans la création de Lamartine.

Je ne puis envisager sans rire la pensée qu'ont certaines gens que Lamartine trouva, sur les bords du lac du Bourget, l'aventure d'un petit-fils de famille fatigué de prostitution.

Je conçois, Monsieur, l'indignation où vous entraînent de semblables jugements et je suis heureuse de vous témoigner que j'en conçois, pour vous, la plus grande estime.

Il ne fut pas d'aventure sur les bords du lac du Bourget. Les types de M. Charles, de Mme Charles et de Lamartine le crient.

Veuillez agréer, Monsieur, mes sentiments très distingués.

                                        C. BESSONNET-FAVRE.

PORTRAIT DE CHARLES LOYSON
d'après une eau-forte de FLAMENG

II

UN PRÉCURSEUR DE LAMARTINE

CHARLES LOYSON

1791-1820.

I

Né à Château-Gontier, le 13 mars 1791 (1), dans une petite rue qui porte aujourd'hui son nom (2), Charles Loyson était l'aîné de quatre frères dont l'un, Louis-Julien, devenu successivement inspecteur d'Académie et recteur d'Orléans, de Metz et de Pau, fut le père du grand orateur qui, sous le nom de P. Hyacinthe, illustra la chaire de Notre-Dame, et de l'abbé Théodose Loyson, ancien professeur de théologie à la Sorbonne, mort aumônier du lycée Lakanal, à qui l'on doit un livre excellent sur l'*Assemblée du Clergé de France de 1682*. Mais c'est encore Charles qui a fait le plus pour la gloire de sa maison.

Il venait d'entrer dans sa douzième année, quand, sur

(1) Voici son extrait de baptême :

« Le treizième jour de mars mil sept cent quatre-vingt onze, a été baptisé par nous, vicaire soussigné, Charles, né de ce jour, fils de Julien Loison, sellier, et de Théodose-Sainte-Donatienne Lesuc, son épouse. Parrain, Louis-René Lesuc, secrétaire greffier de la municipalité de Craon, oncle de l'enfant ; marraine, Charlotte Guion, cousine de l'enfant ; le *père absent pour cause de maladie*. (Signé) : Lesuc, secrétaire de la municipalité de Craon, Charlotte Guion, Louise Cocu, Girault, vicaire de Saint-Jean-Baptiste de Château-Gontier. » — Avant 1800, on ne baptisait pas à Saint-Rémy de Château-Gontier ; une seule église de la ville possédait des fonts baptismaux : l'église Saint-Jean-Baptiste. (Communiqué par M. Gadbin, de Château-Gontier.)

(2) Cette rue s'appelait alors la rue du Pélican. Ce fut dans sa séance du 27 avril 1887 que le conseil municipal lui donna le nom de Charles-Loyson.

19

les instances de l'abbé Blouin (1), chapelain de l'hospice Saint-Joseph à Château-Gontier, qui lui avait fait faire sa première communion et lui avait appris les premiers éléments du latin, son père le confia à M. Mongazon (2), supérieur du petit collège de Beaupréau. Il y fut un si brillant élève que le cours auquel il appartenait était désigné couramment sous son nom (3).

M. Boutreux (4), jeune poète de talent, qui périt dans la

(1) Blouin (Joseph), né le 6 janvier 1748 à la Jumellière (Maine-et-Loire), étudia au collège de Château-Gontier, dont le principal était son grand-oncle ; il y professa pendant quelque temps, puis vint enseigner la rhétorique au collège de Beaupréau en 1784. Il mourut le 10 août 1814. — Voici en quels termes Charles Loyson recommandait, au mois de novembre 1819, ce vénérable ecclésiastique au ministre des Cultes, qui lui accorda un secours de 300 francs :

« Son Excellence a bien voulu promettre d'accorder quelques secours à M. Blouin, prêtre résidant à Saint-Laurent-sur-Sèvre, dans la Vendée. M. Blouin a professé la rhétorique pendant près de vingt ans dans les deux collèges les plus renommés de l'Anjou, avant la Révolution : Château-Gontier et Beaupréau ; il est auteur de quelques ouvrages sur la religion et l'éducation, qui ont été utiles. Il n'a point émigré à l'époque des proscriptions. Il est resté caché dans sa province, portant au péril de sa vie les secours de son ministère à ceux qui les réclamaient. Il est le premier qui ait rouvert les temples en Anjou. Il s'est occupé depuis ce temps de catéchiser les enfants, sorte de ministère pour lequel il a un goût et un talent particuliers. En un mot il est un des prêtres qui ont rendu le plus de services à la religion dans le pays. Il est d'ailleurs excellent citoyen.

« Aujourd'hui, âgé de soixante-douze ans, il se trouve sans aucunes ressources. Il n'a point de pension comme prêtre, n'ayant exercé aucune fonction dans le ministère, avant la Révolution. Il n'a point de pension comme membre du corps enseignant, parce que les collèges où il a été professeur n'étaient point considérés comme collèges de *plein exercice*. Il n'a de son côté aucune fortune.

« Il me serait bien agréable de pouvoir annoncer moi-même à ce bon vieillard à qui je dois ma première éducation, la décision que Son Excellence daignera prendre en sa faveur. »

(Note remise à Son Excellence par M. Loyson. — Appartient à la bibliothèque de Château-Gontier.)

(2) Après avoir dirigé pendant longtemps le collège de Beaupréau, M. Mongazon fonda à Angers l'établissement qui porte son nom.

(3) Il remporta en rhétorique (1804-1805) les premiers prix d'excellence, de version latine, de discours français et de discours latin. (Note de M. l'abbé Moreau, supérieur actuel du collège de Beaupréau.)

(4) Charles Loyson a chanté son ancien camarade dans son ode sur la *Conjuration de 1812* :

O triste et cher objet de deuil et de tendresse,
Infortuné Boutreux, tes vertus, ta jeunesse,

conjuration de Malet, Mgr Angebault, évêque d'Angers, l'abbé Gourdon, qui mourut curé de la cathédrale de cette ville, après avoir été vicaire général du diocèse de Nantes, et l'abbé Duchesnay, qui fut secrétaire de l'archevêché de Paris, avaient fait partie de ce cours demeuré légendaire dans ce collège ecclésiastique.

Il en sortit à dix-sept ans pour enseigner la rhétorique au collège de Doué; mais l'ambition l'ayant pris de continuer ses études à l'Ecole normale qui venait de s'ouvrir, il y fut reçu en 1809, et s'y rencontra avec Patin, Victor Cousin, Th. Gaillard, Viguier, Pouillet, Larauza, Dubois (du *Globe*), qui tout de suite lui furent attachés par des liens que sa mort seule devait rompre.

Trois ans plus tard, il passait sa thèse. de doctorat ès-lettres. Il avait pris pour sujet : *De la manière de traduire les poètes anciens.* Grave question qui est toujours pendante depuis que Joachim du Bellay la posa dans sa *Deffence et Illustration de la Langue Françoyse.* On se souvient qu'à cette époque Joachim n'admettait pas qu'on traduisît les poètes anciens; il changea d'avis plus tard en traduisant deux livres et plus de l'*Énéide.* Moins révolutionnaire que son compatriote, tout en estimant que les poètes anciens pouvaient se traduire, Charles Loyson soutenait que les uns devaient l'être en vers et les autres en prose. Et voici ce qu'il écrivait sur la question à M. Papin, régent de rhétorique au collège de Saumur, son correspondant habituel, son Mentor et son ami le plus intime :

... Je vous ai promis de vous envoyer la suite des propositions que je veux développer et soutenir dans ma thèse. Mon plan n'est point encore arrêté. Je vais cependant vous exposer ce qu'une première vue de mon sujet me présente.

Pourquoi s'est-on si peu entendu quand il s'est agi de décider si les poètes doivent être traduits en vers ? 1º Parce que ne con-

> De tes assassins même ont ému la pitié !
> Mais je dois consacrer d'autres chants à ta gloire :
>   Au temple de mémoire
> Puissé-je unir nos noms unis par l'amitié !

venant pas de la tâche que devait se proposer le traducteur, du but vers lequel il devait tendre, on ne s'est point accordé sur le sens du mot traduction ; 2º parce que la question était posée d'une manière trop générale. Faut-il traduire les poètes en vers? Mais les raisons que l'on donnera pour traduire les poètes épiques et tragiques de cette façon, restera-t-il prouvé que l'on doive traduire de la même manière les poètes comiques? etc., etc. Voilà deux écueils qu'il faut que j'évite. Commençons donc par bien fixer nos idées sur le sens du mot traduction.

Si les langues n'avaient point chacune leur génie, et qu'on trouvât dans chacune des mots correspondants à tous les mots d'une autre, on traduirait en substituant le mot correspondant à son correspondant. Un dictionnaire français-latin renfermerait des traductions parfaites de tous les chefs-d'œuvre de la langue de Virgile et d'Horace. Il faudrait exiger du traducteur une exactitude rigoureuse, et elle serait facile à obtenir, mais il n'en est pas ainsi. Chaque langue a son génie ; une traduction parfaitement exacte n'est donc pas possible. Il faut se résoudre à sacrifier beaucoup pour conserver le reste. Voyons ce qu'il est le plus important de rendre et si c'est en vers ou en prose que l'on parviendra à le rendre. Qu'est-ce qu'il y a de plus important à rendre dans un poète? Ne sont-ce pas les images, les tours vifs et poétiques, l'harmonie et surtout l'harmonie imitative, et n'est-ce pas seulement en vers qu'on parviendra à rendre tout cela? Cependant gardons-nous de trop généraliser nos décisions. Entrons dans l'examen de chaque genre et presque de chaque poète. L'ode, l'épopée veulent des vers ; les épîtres d'Horace des vers. Les ouvrages dramatiques souffrent la prose. Les comédies surtout. Nous avons dit que les poètes épiques veulent être traduits en vers. Malgré le paradoxe apparent, nous ne craindrons point d'excepter de cette règle le premier des poètes épiques, Homère. En voici la raison, que j'aurais dû placer plus haut et qui sera peut-être le principe de ma thèse : La poésie est faite pour plaire; elle plaît par ce qu'on appelle le *beau*. Or il y a deux sortes de beau: l'un, qui, se trouvant dans l'expression de certain grand poète de la nature et du cœur humain, n'efface ni n'altère, est le beau universel, le beau de tous les siècles et de tous les pays. Dans quelque poésie que ce soit, on est toujours sûr de plaire aux hommes en le reproduisant. L'autre beau est le beau de tel siècle, de tel pays; il dépend des mœurs, des degrés de civilisa-

tion et il ne peut se transformer d'une langue dans une autre.
Or, qu'on lise Homère, on y retrouve partout cette espèce de
beau. Homère est donc intraduisible en vers. Eh bien! j'ajouterai, si vous voulez, la prose *française*. Et je crois que pour le
rendre il faut une traduction presque interlinéaire, une traduction
qui serait un monstre, considérée comme un ouvrage original,
semblable, enfin, à ces traductions latines si barbares, qu'on lit
avec plus de plaisir que la prose travaillée et brillantée de
M. Lebrun, parce qu'elles nous donnent au moins une idée d'Homère et des mœurs de son temps. Tout cela sent un peu le paradoxe.

J'en ajouterai un autre, je soutiendrai qu'Homère est le plus
grand qui ait existé, et cependant celui qui a mis le moins de poésie de style dans ses ouvrages. M'avez-vous compris? Je crains
bien que non. Je me comprends à peine moi-même. Je n'ai pas
encore, comme vous le voyez, mis de liaison entre mes idées.
Excusez mon style, je vous écris au vol de la plume, dans une
conférence où l'on crie de tous côtés à mes oreilles, et où il faut
que je sois aux aguets, de peur qu'on ne s'aperçoive que je
m'occupe d'autre chose que de la leçon (1)...

Telles étaient les théories, discutables mais assez neuves,
que Charles Loyson soutint, très éloquemment du reste,
dans sa thèse de doctorat sur la manière de traduire les
poètes anciens. Et comme pour joindre l'exemple au précepte, il entreprit vers le même temps sa belle traduction
de Tibulle dont, par malheur, nous n'avons que des fragments, le chrétien qui dormait en lui ayant jugé à propos
d'en faire le sacrifice à son lit de mort, au grand chagrin
de ses camarades qui l'avaient lue et de son ami Papin qui
l'avait encouragé dans cette œuvre.

II

J'ai dit que Papin était son Mentor et son correspondant
habituel. C'est une raison pour que je lui fasse dans cette

(1) J'ai déjà publié cette lettre dans mon édition critique de la *Deffence
et illustration de la Langue françoyse.*

étude la place qu'il occupait dans le cœur de Charles Loyson. Il la mérite bien du reste, car s'il ne lui manqua que de briller sur un plus grand théâtre que celui de sa province, on verra que ce ne fut point la faute des circonstances, mais bien de sa modestie et de son peu d'ambition.

Né à Baugé (Maine-et-Loire), le 13 février 1773, Louis-Guillaume Papin avait à peine terminé ses études au collège de La Flèche qu'il présidait à Angers le club de l'Ouest. C'est dire qu'il avait pris la tête du mouvement révolutionnaire. Il poussa même le zèle jusqu'à écrire aux *Affiches*, lors du procès de Louis XVI, qu'il abjurait le nom de Louis pour prendre celui d'« un homme dont les vertus privées et publiques étaient l'objet de son admiration, le tendre, l'éloquent Cérutti ». Et quand éclata la guerre de Vendée, il suivit les armées de la République en qualité de capitaine quartier-maître. Mais les excès des proconsuls Francastel et Carrier, en révoltant sa conscience d'honnête homme, le dégoûtèrent à tout jamais de la politique qu'ils représentaient. Envoyé à Paris, en 1794, par le département de Maine-et-Loire, pour suivre les cours de l'Ecole normale, il fut nommé à son retour professeur d'histoire à l'Ecole centrale d'Angers. Nous avons son discours d'ouverture et celui qu'il prononça le 10 prairial an IV à la fête de l'agriculture : ils respirent l'un et l'autre une grande sagesse et un patriotisme exempt de l'emphase du temps. Mais le coup d'éclat qui porta son nom au pinacle fut un drame en deux actes et en prose qu'il fit représenter à cette époque sous le titre : *Les détenus au Calvaire d'Angers ou la générosité récompensée par l'amour* (1). Cette pièce de circonstance où Papin, dans une langue enflammée, ne craignit pas de mettre en scène, sous des masques transparents, les bourreaux et les victimes de la Terreur, obtint un succès considérable, que la réaction thermidorienne lui fit payer plus tard de la perte de sa place et, peu s'en fallut, de sa liberté. Il fut obligé de se terrer pendant quelque temps et

---

(1) I vol. in-8° de 64 pages, chez Mame frères.

se réfugia chez son ami Grille (1), au Hutereau, près d'Angers, où il employa ses loisirs à cultiver les Muses. Vint le Consulat. Après avoir occupé la chaire de législation politique à l'Ecole centrale de la Corrèze, il revint en Anjou et fut nommé, en l'an VIII, secrétaire particulier du préfet Desilles, puis, en l'an X, chef de la première division de la préfecture de Maine-et-Loire. Mais l'enseignement public ne cessait de l'attirer, et il n'attendait qu'une occasion pour rentrer dans sa carrière favorite. Cette occasion lui fut donnée, en l'an XII, par la municipalité de Saumur. Une école secondaire communale ayant été établie par elle dans l'ancien couvent des Ursulines, la direction de cette école fut offerte à Papin, qui l'accepta (2). Et telle était sa réputation et la considération dont il jouissait dans le pays que cette école, à l'ouverture des cours, réunit jusqu'à quatre-vingt-dix élèves pensionnaires et un nombre à peu près égal d'externes. Il la quitta cependant au bout d'une année pour épouser la veuve de l'architecte Miet, qui lui apportait une belle fortune, et vint s'établir à Terrefort. Nommé maire de la commune de Saint-Hilaire-Saint-Florent le 14 novembre 1805, il renonça encore une fois aux fonctions administratives pour occuper celles de régent de rhétorique au collège de Saumur, dont il avait été chargé par un arrêté du sénateur grand-maître de l'Université, en date du 27 octobre 1810. Cinq ans après, le 17 décembre 1815, il fut appelé par M. Royer-Collard, dans les circonstances que je dirai plus loin, au poste de maître de conférences de philosophie à l'Ecole normale supérieure (3), mais il déclina cet honneur, par suite du mauvais état de santé de sa femme, et à partir de ce moment il ne songea plus qu'à prendre sa retraite. Vainement, le recteur de l'Université royale d'An-

(1) Le père du futur bibliothécaire de la ville d'Angers.
(2) Il s'était adjoint comme directeur honoraire M. Delaroche, qui lui succéda.
(3) M. Célestin Port, à qui j'emprunte une partie de ces renseignements biographiques, ne parle pas de cette nomination, qui fut le grand évènement de sa vie.

gers insista auprès de lui pour le décider à remplir, en 1818, les fonctions délicates de professeur de philosophie au collège de cette ville, il lui opposa le même refus qu'à M. Royer-Collard, et se réfugia à Saumur, dont il était conseiller municipal depuis 1814, dans une retraite paisible d'où il ne voulut plus sortir, pas même pour remplir, en 1833, le mandat de conseiller général que lui avaient confié unanimement et à son insu les électeurs des cantons ruraux (1). C'est là que, dix ans plus tard, la mort le prit

(1) Voici, à titre de document, la lettre que le préfet de Maine-et-Loire lui écrivait au sujet de cette élection, à la date du 26 novembre 1833 :

Monsieur,

M. le Sous-Préfet de Saumur m'a transmis la lettre que vous lui avez écrite le 22 de ce mois. Quoique je n'aie pas l'honneur de vous connaître personnellement, Monsieur, j'ai souvent entendu parler de vous, et cela dans des termes qui ne pouvaient que me faire désirer de voir des relations s'établir entre nous. J'ai donc sincèrement applaudi au choix de MM. les Electeurs des cantons ruraux de Saumur, et j'éprouverais un vif regret si vous persistiez dans la résolution annoncée par votre lettre. Il est rare qu'il s'établisse au sein du Conseil général des discussions assez animées ni assez prolongées pour fatiguer l'attention des personnes qui y prennent part ou qui y assistent. La composition du Conseil général, tel que vient de le former le suffrage des électeurs des divers cantons du département, est d'ailleurs une garantie de l'harmonie et de l'unité de vues qui règneront dans cette assemblée. Je crois donc pouvoir vous affirmer, Monsieur, que les travaux du Conseil général vous occasionneront moins de fatigue que vous ne le craignez. Dans tous les cas, rien ne s'oppose, il me semble, à ce que vous en fassiez l'essai, ne fût-ce que pour une session, sauf à vous retirer ensuite, si vous vous apercevez que la tâche soit trop pénible, ce qui ne sera sans doute pas. Ce serait une condescendance pour vos commettants, dont le suffrage est d'autant plus flatteur que vous n'y avez pas prétendu, et en même temps une chose fort agréable à l'administration. Je dois vous avouer, en effet, qu'une nouvelle élection dans ce moment nous occasionnerait de véritables difficultés et compromettrait peut-être des intérêts qui ne vous sont pas moins chers qu'à moi. Permettez-moi de croire, Monsieur, que ces considérations ne seront pas sans influence sur votre détermination ; et que vous voudrez bien, au moins quant à présent, ne pas donner suite à votre lettre du 22. C'est de l'avis de MM. Fouché et Collet, que je vous fais cette demande, et ils m'ont assuré l'un et l'autre que je n'aurai pas compté en vain sur votre patriotisme et sur votre disposition à sacrifier vos convenances particulières à l'intérêt public.

Agréez, etc.

(Lettre inédite.)

(10 octobre 1843); mais il y était préparé depuis longtemps par toutes sortes d'infirmités et de chagrins. D'abord, il avait perdu sa femme et quelques amis très chers, dont les deux Bodin et l'abbé Rangeard, ensuite il était devenu sourd et presque aveugle ; je crois même qu'il avait fini par perdre l'usage de la parole. La mort fut donc pour lui une véritable délivrance. Elle ne le prit pas au dépourvu. Quand il la sentit venir, il légua tous ses manuscrits et ceux qu'il avait hérités de l'abbé Rangeard à Toussaint Grille, bibliothécaire de la ville d'Angers. Il ne réserva à son neveu, Florent Papin, maire de Baugé, que sa bibliothèque et sa correspondance ; et tout cela malheureusement périt dans un incendie, à l'exception des quelques lettres de Charles Loyson, que je publie aujourd'hui.

Nous avons sur la mort de Papin une lettre bien touchante de Toussaint Grille ; je suis heureux de pouvoir l'imprimer à la fin de cette courte notice. Elle est précisément adressée au père de M. Paul Pionis (de son vrai nom Louis Papin) :

Angers, le 6 décembre 1843.

Monsieur,

Vous avez perdu un oncle et moi j'ai perdu un fils. Vous pleurez et je pleure, mais votre oncle était vieux, infirme et à la fin de la vie. Il s'est éteint dans l'ordre de la nature, et mon fils était jeune, brillant, dans la voie de l'espérance, et il m'a été arraché par une mort cruelle, injuste, qui ne laisse à mon esprit ni consolation ni recours.

J'aimais votre oncle. Je le vis beaucoup dans sa jeunesse et dans mon enfance. Je savais ses mérites, ses travaux, puis ses mœurs douces et son goût délicat et tendre. J'aurais voulu, Monsieur, avoir de ses ouvrages, de ses cahiers, de ses manuscrits, de ses lettres, pour conserver ici précieusement des documents auxquels d'autres, peut-être, ne mettraient pas autant de prix que moi. Je désirerais consacrer une page de mon catalogue à la mémoire d'un homme qui était une de nos gloires angevines. Malheureusement, il paraît que vous n'avez rien trouvé de lui. Tout est brûlé, perdu, anéanti. Ah ! cherchez encore. Si vous

trouvez, Monsieur, donnez-moi les débris d'un esprit distingué,
afin que j'aie ici du moins quelque trace du passage de cet écrivain que j'ai toujours estimé et chéri.

. M. Defos vous a parlé et je vous écris moi-même, espérant que
vous m'excuserez d'une insistance qui vous prouve le prix que
j'attacherais à un don qui ne serait pas pour moi, mais pour la
ville. Je ne forme point de cabinet particulier, je ne veux rien
avoir qui ne soit pour l'établissement qu'on m'a confié. Tout ce
que j'avais, je l'ai donné, et à présent je demande aux autres
pour accroître tant que je puis une collection qui sera utile.

Aidez-moi, Monsieur, et comptez d'avance sur toute ma vive
gratitude (1)...

Tel fut ce Louis-Guillaume Papin, en qui Charles Loyson
avait mis toute sa confiance. Nous venons de voir qu'un
incendie avait à peu près détruit tous les papiers de ce tra-
vailleur modeste. Le hasard, en sauvant des flammes une
partie de la correspondance du poète, a grandement servi
sa mémoire, car sans les lettres de Charles Loyson, certains
faits qui intéressent l'histoire politique et littéraire de la
France n'auraient probablement jamais été connus, et le
livre de sa vie, qui contient déjà trop de pages blanches,
en aurait davantage encore.

III

Ainsi, pour commencer, voici une lettre qui traite exclusivement des ennuis que Charles Loyson éprouva comme
répétiteur de l'Ecole normale, lorsqu'en 1812 il y rentra
après les vacances. La lettre est amusante et écrite avec une
bonne humeur qui ne laisse pas de cacher un certain dépit :
les poètes sont si facilement irritables, et les débuts sont
d'une telle importance ! dans une carrière aussi ingrate que
celle de l'enseignement !

(1) Lettre inédite.

Monsieur et très bon ami,

Commencez-vous à vous étonner de ne point recevoir de mes lettres? J'avoue que je parais dans mon tort. Il y a plus d'un mois que je vous ai quitté. C'est vous écrire bien tard et cependant c'est encore trop tôt, puisque je n'ai rien à vous dire de certain sur mon sort. Que diriez-vous si dans un mois, dans quinze jours, j'allais vous envoyer une lettre datée de Reims et signée: Loyson, maître élémentaire, remplaçant provisoirement le professeur de rhétorique? mais que diriez-vous si, j'ajoutais à ces titres: ex-répétiteur de l'Ecole normale, ex-suppléant de troisième au lycée Charlemagne, ex-suppléant de troisième, seconde et rhétorique au lycée Bonaparte! Vous me plaindriez sans doute, et vous me demanderiez par quelle faute j'ai mérité une telle disgrâce. Je n'ai point fait de faute, je n'ai point déplu, du moins aux influents; et ce ne serait point une disgrâce. Vous commencez à vous y perdre, vous n'y comprenez rien, et moi pas grand'chose. L'Université est une divinité dont il ne faut pas sonder les conseils; or, écoutez mon histoire, et vous verrez s'il n'y a point là-dessous le doigt de quelque malin démon. Pour moi je trouve à tout cela je ne sais quel air de fatalité qui m'épouvante. Ma fortune est-elle à bout et ne dois-je plus voir de bonheur dans ma vie qu'en regardant derrière moi? Quand j'arrivai ici, je trouvai d'abord M. Guéroult (1) irrité contre moi. Il s'imaginait ne m'avoir pas fait écrire de rester jusqu'au 15; j'eus beau produire la lettre, le témoignage de l'élève qui l'avait écrite, tout fut inutile. Tout ce qui arriva, c'est qu'à mon tort imaginaire j'en ajoutai un réel, celui d'avoir raison contre plus fort que moi. C'est à dater de ce moment qu'il faut mettre *ex* devant mon titre de répétiteur de l'Ecole. On m'offrit cependant généreusement ma pension si j'y voulais rester une troisième année pour me perfectionner. Voilà d'abord comme j'ai été puni de n'avoir pas suivi votre conseil; mais écoutez jusqu'au bout. Ne voyant plus de place ni au lycée Charlemagne ni au lycée Impérial, j'en fais demander une au proviseur du lycée Bonaparte. Je me présente moi-même chez lui. Il me reçut avec une politesse assez froide, prit mon nom et dit qu'il consulterait mes notes à l'Université. Il les consulta, en effet, le lendemain et revint satisfait, car en me voyant entrer

---

(1) M. Guéroult fut le premier directeur de l'Ecole normale. Il fut remplacé en 1815 par M. Guéneau de Mussy,

chez lui le surlendemain, il vint au devant de moi, me prit les
mains et m'assura qu'il avait.le plus grand désir de m'attacher à
son lycée, et que le lendemain même il verrait le Grand-Maître à
ce sujet.

Le Grand-Maître, c'était M. de Fontanes, à qui Mme de
Chateaubriand disait une fois malicieusement : « L'ennui
naquit un jour de l'Université !... »

Deux jours après, je reviens le voir, impatient de savoir la
réponse. « L'affaire est en bon train, me dit-il, j'ai vu le Grand-
Maître, et, *j'ai remis ma demande par écrit à son secrétaire ;
il a dû la lire le soir même.* » Je restai pétrifié en apprenant
qu'il avait écrit au lieu de demander de vive voix, et en le quittant je me résignai tristement à toutes les lenteurs qui sont inséparables d'une telle marche ; cependant, quand je fus un peu
avancé dans la rue, l'idée me vint d'avoir un peu recours à moi-
même et de voir si je ne pourrais pas décider la chose en allant
chez le Grand-Maître. Et de ce pas, tel que j'étais, sans rendez-
vous, sans lettre d'audience, je vais me présenter, je me fais mettre sur la liste, à la suite de ceux qui avaient rendez-vous et à mon
tour j'entre. M. le Grand-Maître me reçut de la manière la plus
aimable, me dit qu'il avait reçu une lettre du proviseur du lycée
Bonaparte, mais trop tard, car un moment auparavant il venait
de me nommer au lycée Charlemagne, sur la demande du proviseur pour faire une division de troisième qui venait de vaquer. Je
lui témoignai quelque regret de n'être pas au lycée Bonaparte. Il
me demanda mes raisons, et il m'avait tellement mis à mon aise
qu'en lui disant d'abord que ce n'était pas au Grand-Maître, mais
seulement à M. de Fontanes que j'allais parler, je lui avouai que
je donnais des leçons dans une pension voisine du lycée Bonaparte
— ce qui est un grand crime dans l'Université — et que je comp-
tais y demeurer. Je lui dis qu'un des principaux motifs qui m'a-
vaient déterminé à prendre ce parti était le désir d'avoir avec
moi mon jeune frère. Il me dit que je faisais fort bien et me pro-
mit pour l'année prochaine une bourse dans un lycée de Paris
pour mon frère. Je sortis tout ravi d'une si aimable audience, ne
regrettant plus que faiblement le lycée Bonaparte. Quel est mon
étonnement, huit jours après, d'apprendre qu'on m'a soufflé ma
place et qu'un autre fait la division que je devais faire. Je ne suis

donc plus suppléant au lycée Charlemagne. Mais laissez-les faire,
ils ne sont pas encore las de me rouler de place en place. Je cours
aux informations et, sans savoir comment se fait le changement,
j'apprends que je suis au lycée Bonaparte, suppléant des classes
de rhétorique et d'humanités. Cette nouvelle me console de l'autre.
Mais ma joie n'a guère été plus longue que mon chagrin. La
chance commence à tourner une deuxième fois, et l'on parle de
m'envoyer à Reims parce que le professeur de rhétorique s'avise
d'être malade. Voilà où en sont maintenant mes affaires. Jusqu'à présent j'ai le titre de suppléant de rhétorique et d'humanités au lycée Bonaparte. Il n'est même pas question de me l'ôter
parce que dans tous les cas je ne serais que provisoire à Reims,
mais voyez comme cela romprait tous mes arrangements.
Je donne des répétitions dans deux pensions. Mais il est temps
de finir ce journal. Voici le feuilleton : je viens de lire en deux
soirées les deux volumes de *Corinne ou l'Italie*. Je trouve que
Mme de Staël est une bien étrange créature. Quel talent, mais
souvent quel ridicule! C'est Chateaubriand avec plus de pensée
et de mauvais goût (1). Elle est parfois inintelligible. Voici par
exemple une de ses énigmes : « Quand on entend des sons purs
et délicieux, dit-elle, il semble qu'on soit prêt à deviner le secret
du créateur et à pénétrer le mystère de la vie. » Devinez si vous
pouvez, mais n'attendez pas que je vous y aide. Adieu, j'embrasse
tout le monde et vous surtout... Votre ami.

CH. LOYSON (2).

Le mot de la fin, le *feuilleton* de ce journal, est d'autant
plus piquant qu'il est tout à fait inattendu. Il nous apprend
— ce dont nous nous doutions bien un peu — que Chateaubriand, malgré l'amitié et les éloges officiels de M. de Fontanes, n'avait pas encore l'oreille de la jeunesse universitaire, et que le jeune Loyson n'avait point l'esprit roman-

---

(1) Quelques années auparavant, le 1er juin 1809, Lamartine, après
avoir lu *Corinne*, écrivait à son ami de Virieu : « Hier au soir je soutins
une thèse de deux heures contre les détracteurs de Mme de Staël. Je
soutins qu'elle avait une imagination aussi riche que Chateaubriand,
moins de style à la vérité, moins de raison, moins de force, moins de
charme... » (*Corresp. de Lamartine*, t. I.)
(2) Lettre inédite.

tique (1). Quant au *journal* lui-même, il nous rend exactement compte de la situation embarrassée dans laquelle se trouvait Charles Loyson en 1812. Si nous y ajoutons que, peu de temps avant, il avait célébré la naissance du roi de Rome dans une ode qui avait fait un certain bruit (2), on comprendra qu'il ait conçu quelque dépit de se voir, pour toute récompense, ballotté ainsi de collège en lycée et menacé de perdre le titre de maître-répétiteur qu'il avait acquis au prix d'un travail acharné. Mais comme ces ennuis ne furent en somme que passagers, nous ne lui ferons pas l'injure de croire qu'il en garda rancune au régime impérial. Peut-être, après l'abdication de Fontainebleau, applaudit-il un peu trop bruyamment au retour de la monarchie légitime, mais en cela, je m'empresse de le dire, il ne fit que suivre l'exemple du haut personnel de l'enseignement. Il ne faut pas oublier, en effet, que les professeurs de la Faculté des Lettres, comme Royer-Collard et Laromiguière, et les inspecteurs généraux, comme Ambroise Rendu et Guéneau de Mussy, étaient des royalistes d'opinion, qui ne s'étaient ralliés au Consulat et à l'Empire que pour sauver le pays de l'anarchie révolutionnaire. L'empereur ne s'était jamais fait d'illusion sur leur dévouement à sa personne et à sa dynastie, et lorsque Fontanes, en sa qualité de Grand-Maître de l'Université, lui avait demandé une chaire de philosophie pour Royer-Collard, Napoléon, qui savait que, de 1797 à 18o3, l'illustre philosophe avait été l'agent du Conseil royal, institué à Paris par Louis XVIII, l'avait nommé sur la foi de ses principes. Mais l'abdication de Fontainebleau, en les déliant

---

(1) Cela ne l'empêcha pas, un peu plus tard, d'aller communiquer à M. de Chateaubriand l'exorde du discours qu'il avait été chargé de prononcer à la distribution des prix du Lycée Bourbon. Il écrivait à ce sujet à son ami Papin : « ... Sérieusement ce que je vous dis là serait d'un bien sot orgueil si je le disais à tout autre qu'à vous. Puisque je suis dans mes confidences de vanité, j'ai fait voir mon exorde à M. Lacretelle et à M. de Chateaubriand, qui l'ont trouvé bien. » (Lettre inédite.)

(2) Cette ode, la première qu'il ait publiée, n'a pas été recueillie dans ses œuvres.

du serment de fidélité, avait rejeté tous ces fonctionnaires dans le parti de leurs préférences, et Charles Loyson, qui était le protégé de Royer-Collard, ne pouvait manquer d'y entrer à sa suite. Il acclama donc le retour de Louis XVIII, et comme professeur dans le discours qu'il fut chargé de prononcer à la distribution des prix du Lycée Bonaparte, et comme poète dans une ode où le « tyran » n'était point ménagé. Voici quelques strophes de cette pièce de vers (1), qui sont d'un beau mouvement lyrique :

. . . .
Qu'est devenu le sceptre inique,
Le sceptre, instrument de forfaits,
Sous lequel un bras despotique
Fit gémir dix ans les Français ?
Insensé ! qui crus en esclave
Pouvoir traiter un peuple brave,
Qu'on ne soumet que par l'amour !
Sous tes pieds en vain terrassée,
La Liberté s'est redressée,
Et te foule aux pieds à son tour.

Heureux, quand le sort l'abandonne,
Le tyran qui, privé d'espoir,
Perd la vie avec la couronne,
Et meurt ainsi que son pouvoir !
Du moins l'éternelle justice
Ne lui fait pas de son supplice
Subir le plus affreux tourment ;
Et ses innombrables victimes,
Du bruit de leurs cris unanimes,
N'insultent que son monument.

Tu vis, despote sans courage,
Que les Français ont rejeté,
Tu vis, échappé du naufrage
Où périt ton autorité.
Vois tes images abattues,
Vois le peuple sur tes statues
Poursuivre encor ton souvenir ;
De l'indignation publique,

(1) Ode I. — *La Restauration*.

Entends le concert véridique
Commencer pour ne plus finir.

Puisqu'à tout prix ton âme vaine
Voulut du bruit et du renom,
Repose-toi sur notre haine,
Du soin d'éterniser ton nom.
De l'oubli bravant les ténèbres,
Les noms des criminels célèbres
Ont aussi leur éternité.
Nous maudissons encor Tibère ;
Et Néron, bourreau de sa mère,
Subit son immortalité !

. . . .

Cependant l'enthousiasme de notre jeune poète reçut un coup terrible, et je vois d'ici l'expression de son visage, quand il apprit que Napoléon, trompant la surveillance de ses gardiens, avait quitté l'île d'Elbe et se dirigeait à marches forcées sur Paris. Le premier chant politique de sa Muse lui avait ouvert les portes du ministère de l'intérieur : il avait été nommé chef du secrétariat de la direction de la librairie. Le 20 mars, en lui enlevant son emploi, lui fit des loisirs qu'il occupa dans sa province natale à défendre la cause du roi par des écrits divers (1). Et lorsque l'empereur eut joué sa dernière carte sur le sombre tapis de Waterloo, Charles Loyson rentra à Paris, derrière Louis XVIII, qui, pour prix de sa fidélité, le nomma chef de bureau au ministère de la justice.

Il faut voir avec quelle sainte indignation il s'élevait alors contre les conspirateurs et les mécontents qui troublaient encore la rue :

Je vous ai instruit de mon bonheur, écrivait-il à son ami Papin, si telle est la fortune de la France que quelques Français puissent se dire heureux dans le malheur public, et l'attente d'un avenir peut-être plus malheureux encore que le présent. *Quod di omen*

_____

(1) Il s'était réfugié, pendant les Cent-Jours, chez son ami Papin, à Saumur, et c'est là qu'il composa sa brochure sur la *Déclaration de la Chambre des représentants*. (Angers, 1815.)

avertant! On est généralement inquiet dans ce pays-ci. On parle
de conspiration sans qu'il soit possible de deviner ni les moyens,
ni l'espérance des conspirateurs. Que veulent-ils? Faire sauter le
vaisseau public pour entraîner la France dans leur ruine, c'est
tout ce qu'ils pourraient se promettre de leur affreuse tentative,
impuissante désormais pour rien établir, leur infernale habileté
en complots et en conspirations pourrait aller jusqu'à tout détruire.
Que pensez-vous qu'il arrivât en France, s'il était prouvé aux
étrangers qu'on eût voulu seulement arracher un poil de la mous-
tache d'un de leurs souverains ou de leurs généraux? Arrêtez-
vous sur cette pensée, si vous en avez le courage. J'espère que
l'exécution éclatante de Labédoyère, que l'on attend de jour en
jour, abattra l'audace des factieux. Elle est portée à un point
extraordinaire. Il n'y a rien au-dessus que les transports d'amour
que témoigne l'immense majorité des Parisiens pour le roi. C'est
de la fureur de part et d'autre, et sans les patrouilles nombreuses
de la garde nationale, toujours sur pied, il y aurait chaque jour
des scènes sanglantes sous les fenêtres mêmes des Tuileries. J'y
étais hier : le roi et la duchesse d'Angoulême parurent à une
fenêtre du château. Figurez-vous tout ce que vous pourrez imaginer d'enthousiasme et de transports, et partez de ce point pour
en imaginer cent fois plus encore et vous aurez une faible image
de ce qui se passait dans cette foule d'hommes et de femmes de
toute condition dont le jardin était rempli. Les cris, les chapeaux
en l'air, les chants, les danses, les mouchoirs et les drapeaux
blancs agités au-dessus des têtes, tout cela formait un spectacle
impossible à décrire. Eh bien, concevez-vous qu'au milieu de cette
foule il se trouve des insensés, des furieux, qui mêlent des cris
de vive l'empereur aux cris de vive le roi; c'est ce qui arrive
cependant tous les jours, c'est de ce dont j'ai été témoin hier.
Heureusement, le roi venait de se retirer. Vous ne pouvez vous
faire une idée de l'indignation publique. Tout le monde se pré-
cipitait sur les factieux avec des cris épouvantables. Trois ou quatre patrouilles se jetèrent au milieu de la multitude, il paraît
qu'il y avait parmi les partisans de Bonaparte un ou plusieurs
officiers. Les sabres furent tirés, les bayonnettes croisées, il fallait voir le mouvement de cette foule poussée et repoussée en sens
contraire, et entendre les cris des femmes effrayées, qui cherchaient à se sauver et ne faisaient qu'augmenter le désordre.
J'étais là avec la petite canne que vous me connaissez, ayant une

envie démesurée d'en faire usage et m'égosillant à crier vive le roi. Enfin, une douzaine de misérables furent arrêtés et le calme revint. Ceux qu'on arrête ainsi avouent presque tous qu'ils sont payés. Payés ou non, je ne conçois rien à cette rage nationale qui cherche à empêcher la multitude d'en faire sur-le-champ justice. Il y en a toujours d'extrêmement maltraités. Une chose fâcheuse, c'est que des innocents sont quelquefois victimes de l'indignation trompée. Je vous avoue que tout cela m'afflige et m'inquiète infiniment. Je ne vous conseille point de venir à Paris que les choses n'aient pris une autre figure, non qu'il y ait le moindre danger, mais à quoi bon venir chercher des sujets d'affliction et d'inquiétude à quatre-vingts lieues de chez soi?...

Il terminait ainsi ce triste et vivant tableau de Paris, en 1815, par les lignes suivantes, qui rentrent dans le cadre de sa biographie :

... A propos, je suis redevenu journaliste. Je donnerai de temps à autre quelque article au *Journal général*, qui, comme vous savez, s'est soutenu avec courage et noblesse pendant l'usurpation. Je dois en avoir un d'inséré très prochainement. Je ne vous dis point le jour, parce que je veux voir si vous le reconnaîtrez ou le devinerez. Il ne portera aucune signature. Je vous prie de ne pas oublier de satisfaire ma curiosité à ce sujet dans votre réponse, si réponse il y a. Je ne puis rencontrer M. Dupuy. Il faudra que j'y renonce. Adieu ! Embrassez tendrement Mme Papin, et priez-la de songer à mes confitures. Mes respects et amitiés à Mme Dupuy, au docteur, à l'aimable garde national, croyez-vous que son nom m'échappe en ce moment. Ma mémoire me joue souvent de ces tours. Il me reviendra avant que ma lettre soit fermée. Bon, le voici : c'est M. Courtiller. Je l'avais cherché pendant deux minutes. Tout à vous.

Charles LOYSON (1).

Qu'auriez-vous fait, à la place de Papin, au reçu de cette lettre? Vous auriez commencé naturellement par recommander à votre femme de songer aux confitures et vous auriez suivi attentivement le *Journal général*, en quête de la prose de Loyson. C'est ce que firent les amis de Saumur.

(1) Lettre inédite.

Mme Papin, que le poète aimait comme une sœur (1), cueillit les plus beaux fruits de son jardin et en fabriqua des compotes pendant que son mari parcourait avec curiosité les pages du *Journal général*. Un jour qu'il avait lu un article de grande tournure sur le *21 Janvier*, il se dit que cette fois cela devait être de la prose de Loyson! Et de prendre sa plume et d'écrire à notre journaliste qu'il l'avait deviné. Je crois même qu'il poussa la malice jusqu'à lui demander s'il n'avait rien emprunté à Thomas ou à Renouard. Toujours est-il que Loyson, piqué au vif, après s'être avoué l'auteur de l'article en question et s'être défendu de tout larcin, railla l'esprit de « divination » du Saumurois, qui ne l'avait pas reconnu dans le morceau du Desservant de X***, lequel lui avait attiré deux grandes colonnes d'injures de la part du *Mémorial religieux*.

Le *Mémorial* était, avec le *Journal du Lys*, l'organe attitré des ultras. Or, Charles Loyson, qui s'était, dès les premiers jours de la Restauration, rangé résolument du côté des Doctrinaires ou des Constitutionnels, avait souvent maille à partir avec ces feuilles intransigeantes, qui affichaient la prétention de ramener la France aux mauvais jours de l'ancien Régime.

IV

Cependant il avait été nommé maître de conférences à l'École normale, aussitôt après que M. Guéneau de Mussy en eut pris la direction. Profitant du passage de Papin à Paris, il le présenta à M. Royer-Collard qui, d'accord

---

(1) Témoin le quatrain suivant qu'il lui envoya un jour en lui offrant une copie de son portrait :

> L'art a daigné deux fois retracer mon image.
> Mon cœur, par un partage aussi juste que doux,
> De ce double portrait dut faire un double hommage :
> Ma mère eut le premier, le second est à vous.

Ce portrait au crayon appartient aujourd'hui à M. Paul Pionis.

avec M. Guéneau de Mussy, et en considération de son
mérite, lui confia la chaire de philosophie de ladite Ecole.
Cet honneur inattendu jeta Papin dans une stupéfac-
tion profonde. A la vérité, quand Loyson était chez ses
amis de Saumur, ils avaient parlé ensemble, à plusieurs
reprises, du projet de se réunir un jour dans la capitale (1),
mais ce projet, vu dans le lointain, n'offrait alors à
Mme Papin, selon l'expression de son mari, que le côté qui
pouvait la flatter, et quant à lui, modeste professeur, il
n'aurait jamais osé, malgré l'éclat des services rendus, porter ses yeux sur une chaire de l'Ecole normale. Or, en même
temps qu'il apprenait sa nomination de maître de conférences de philosophie à cette Ecole, Papin recevait une lettre
du pays lui annonçant que la nouvelle avait surpris sa
femme dans un état de langueur et de souffrances qui ne
lui laissait point assez de forces pour soutenir un coup
aussi imprévu. Il demanda donc à M. Royer-Collard la per-
mission de rentrer à Saumur pour la préparer à un départ
qui n'était pas sans lui causer de vives inquiétudes. Mais,
à peine était-il arrivé chez lui qu'il adresssait la lettre
suivante au président de la Commission de l'Instruction
publique :

(1) Voici justement quelques vers que, le 1er janvier 1816, Charles
Loyson adressait à Mme Papin :

Quels vœux former pour vous lorsque l'on recommence?
Aisance, estime, honneur, bons amis, tendre époux,
Les biens que la fortune ici-bas nous dispense,
    Ne les possédez-vous pas tous?
De mon juste embarras tant d'abondance est cause.
Dans un vase rempli rien ne peut s'ajouter.
Je voudrais bien, soit dit sans trop vous irriter,
Qu'à ce bonheur parfait il manquât quelque chose,
Pour avoir le plaisir de vous le souhaiter.
A ce vœu cependant je mets vite une clause.
   Ce quelque chose, entre nous deux,
   Je voudrais que ce fût moi-même,
Que de vous l'accorder vous priassiez les cieux,
Et que les cieux bientôt, pour mon bonheur extrême
Sur les bords de la Seine accomplissent vos vœux.

(*Communiqué par M. Paul Pionis.*)

Monsieur,

A mon arrivée chez moi, j'ai trouvé ma femme dans l'état de trouble que m'avaient annoncé mes amis. Heureusement ma présence et la promesse formelle que je lui ai faite de ne point contrarier son inclination ont rendu un peu de calme à ses esprits et écarté le danger qui la menaçait.

Si ma femme ne m'eût opposé que des objections ordinaires, j'aurais pu facilement les combattre et en triompher. Mais elle s'est frappée de l'idée que le séjour de Paris lui serait funeste, et que sa santé qui depuis longtemps, en effet, est très chancelante, succomberait dans ce double changement de climat et de régime. Il me semble que, de telles préventions, fussent-elles destituées de tout fondement, sont de nature à être respectées, et que je ne pourrais passer outre sans me charger d'une grande responsabilité.

Il ne fallait pas moins, Monsieur, qu'une considération de cette importance pour me déterminer au sacrifice de l'honorable emploi que je dois à votre bonté. Ce sacrifice est si grand à mes yeux qu'en trouvant dans mon âme la force d'y souscrire j'ai commencé à croire que je n'étais pas indigne d'une chaire de philosophie, et qu'il appartenait peut-être d'en donner leçon à qui savait en donner aussi l'exemple.

Puis-je me flatter, Monsieur, que, daignant entrer dans les motifs qui m'ont dirigé, vous me pardonnerez d'avoir préféré aux plus brillants avantages la paix d'un ménage délicieux, quoi qu'en ait dit La Rochefoucauld, et le bonheur d'une femme dont je n'ai jamais reçu d'autres chagrins que celui-là? C'est moins ici au fonctionnaire public qu'à l'homme et à l'époux que j'ouvre mon cœur et soumets ma conduite.

Il est une autre grâce, Monsieur, que je vous demande encore plus instamment, c'est de ne pas savoir mauvais gré à M. Loyson de ce qu'il a fait pour moi. Il connaissait depuis longtemps mon désir d'habiter la capitale, et il ne pouvait prévoir la répugnance de ma femme pour un séjour si attrayant.

J'ajoute que telle est l'illusion que l'amitié lui fait sur mes faibles talens, qu'il a cru de la meilleure foi du monde procurer à l'École normale une excellente acquisition, erreur étrange sans doute, et dont je sens mieux que personne toute la gravité, mais dont le principe et la fin sont bien pardonnables. Voilà ce qui doit lui servir d'excuse auprès de vous, et lui conserver votre estime et votre bienveillance.

S'il ne m'est pas donné, Monsieur, de propager parmi nous cette philosophie noble et généreuse qui sous vos auspices et grâce à l'influence de vos leçons, va désormais fleurir dans nos Ecoles, je veux du moins lui vouer un culte domestique et consacrer à son étude toute mon application et tous mes loisirs... (1).

En même temps, Papin écrivait à M. Guéneau de Mussy que ce qu'il regretterait éternellement c'était de voir rompues aussitôt que formées les relations qu'il lui eût été si doux d'entretenir avec lui :

J'envierai toujours aux professeurs de l'Ecole normale l'avantage d'avoir pour chef un homme aussi éclairé que sage, qui, par l'élégance de ses manières, la douceur de ses mœurs, l'agrément de son commerce, est si digne d'obtenir leur confiance et leur dévouement.

M. Guéneau de Mussy lui répondit le 6 février 1816 par une lettre que je me reprocherais de ne pas publier ici pour deux raisons : la première, c'est qu'elle fait trop d'honneur à son destinataire. la seconde, c'est qu'elle nous révèle l'état d'esprit du chef de l'Ecole normale en face des difficultés qu'il éprouvait à recruter ses professeurs.

Vous m'avez donné une triste nouvelle, Mon sieur, en m'apprenant que vous ne pouviez revenir à Paris, et que vous étiez obligé de renoncer à l'emploi pour lequel je m'étais trouvé heureux de pouvoir vous présenter. J'aurais bien voulu trouver insuffisants les motifs qui vous ont déterminé, mais je suis forcé de convenir qu'ils sont de nature à ne pas admettre d'objection ; et dans l'embarras où je me trouve, manquant de toute espèce de données pour pouvoir diriger mes recherches, je suis réduit à attendre que la Providence me fasse connaître celui qui pourra vous remplacer dans les fonctions dont je comprends toute l'importance et que pour cette raison même je me réjouissais de voir confiées entre vos mains (2)...

(1) Lettre inédite.
(2) Lettre inédite.

La Providence y pourvoira !... c'est ainsi que raisonne le
chrétien, et l'on sait que M. Guéneau de Mussy était un
chrétien de l'ancienne foi. La Providence vint à son aide en
lui désignant M. de Cardaillac pour la chaire de philosophie, en remplacement de M. Papin (1).

Quant à M. Royer-Collard, il répondit, le 30 janvier
1816, au maître de conférences démissionnaire que, tout en
étant très fâché de la résolution qu'il avait prise, il devait
en excuser les motifs et qu'il ne le trouverait pas moins
disposé à faire dans toutes les occasions ce qui dépendrait
de lui pour lui être utile. Et, en effet, le 23 octobre 1817, il
l'autorisait à donner des leçons de philosophie au collège
de Saumur, tout en continuant d'y enseigner la rhétorique.

V

Est-ce l'ennui de perdre ainsi le compagnon d'étude qu'il
avait voulu donner à l'Ecole normale et le chagrin de
savoir Mme Papin si souffrante qui jeta soudainement
Charles Loyson dans une tristesse nerveuse et puis dans un
état d'abattement que l'on prit parmi les siens pour le commencement d'une maladie de langueur ? Toujours est-il
qu'au printemps de l'année 1816 il obtint, pour raison de
santé, un congé de quelques mois qu'il alla passer en Anjou.
Mais les natures vaillantes comme la sienne sont incapables
d'inaction et ne se reposent que dans le travail. Il n'était
pas arrivé à Château-Gontier qu'il s'adonnait à l'étude de
la langue anglaise en vue d'une traduction qu'il se pro-
mettait de publier du *Tableau de la Constitution d'Angleterre*, par Georges Custance***. En même temps, il repre-

---

(1) En 1816, l'Ecole Normale, qui était installée rue des Postes, 26, était
ainsi composée : Guéneau de Mussy, chef de l'Ecole ; Villemain et Bur-
nouf, maîtres de conférences des élèves de lettres de 3ᵉ année; Loyson et
Patin, de 2ᵉ année ; Mablin, Viguier et Larauza, de 1ʳᵉ année ; de Cardaillac, philosophie ; Cousin, histoire de la philosophie ; Guigniant,
histoire ; Leroy, Dulong, Pouillet et Deflers, sciences physiques et
mathématiques.

nait le doux commerce des Muses et se préparait au concours de poésie que l'Académie française venait d'ouvrir et dont le sujet était le *Bonheur de l'étude*. Il semble que le sujet avait été choisi tout exprès pour lui, car, depuis l'âge le plus tendre, il avait mis dans l'étude toute sa joie. Aussi son discours en vers fut-il un des meilleurs que l'Académie récompensa en 1817 (1). D'aucuns même prétendent qu'il valait beaucoup mieux que l'accessit qui lui fut décerné. Telle ne paraît pas avoir été l'opinion de Victor Hugo, qui, si l'on en croit la légende, pour se venger de n'avoir obtenu qu'un encouragement à ce concours, aurait décoché à Charles Loyson ce trait qui est bien dans son esprit.

Même quand *l'oison* vole, on sent qu'il a des pattes.

Quoi qu'il en soit, si Charles Loyson et Victor Hugo se rencontrèrent pour la première fois dans un concours académique, ce ne fut pas la dernière.

Quand Charles Loyson fonda le *Lycée français* (2), dont le premier numéro parut le 25 juin 1819, Victor Hugo y publia la *Canadienne suspendant au palmier le tombeau*

---

(1) Le sujet « Le bonheur que promet l'étude » avait été mis au concours le 5 avril 1815, pendant les Cent-Jours. Le prix ne fut décerné que deux ans plus tard, le 25 avril 1817. Il y eut quarante-six concurrents, dont Félix Bodin, né à Saumur le 29 décembre 1795. La bibliothèque d'Angers possède le manuscrit de sa pièce de vers. Le prix fut partagé entre Lebrun et Saintine. L'ouvrage qui obtint l'accessit — c'était celui de Charles Loyson — avait pour épigraphe le vers suivant :

Me vero primum dulces ante omnia Musæ.

qu'on retrouva deux ans après sur la couverture du *Lycée français*.

D'après le secrétaire perpétuel, M. Renouard, c'était le discours où il y avait le plus de verve poétique. Victor Hugo, qui avait pris pour épigraphe.

At mihi jam puero cœlestia sacra placebant,

eut un encouragement un peu à cause de son âge qui avait fait croire à une mystification de l'auteur.

(2) Le *Lycée français*, qui ne survécut que peu de temps à la mort de Charles Loyson, avait pour principaux rédacteurs : Casimir Delavigne, qui y publia ses deux *Messéniennes* sur Jeanne d'Arc ; son frère Germain, Eug. Scribe, Brifaut, Patin, Victor Leclerc, Brugnière de Sorsum, Viollet-le-Duc père, Théry, Avenel, Charles de Rémusat, Delécluze, etc.

de son nouveau-né, charmante poésie qu'il n'a pas recueillie dans ses œuvres, sans doute parce qu'elle n'est qu'une
imitation d'une scène d'*Atala*. Un peu plus tard, ils déplo-
rèrent ensemble la mort tragique du duc de Berry. Plus
tard encore, quand parurent les poésies d'André Chénier
et les *Méditations* de Lamartine, Victor Hugo en rendit
compte dans le *Conservateur littéraire*, après que Charles
Loyson s'en fut occupé dans le *Lycée français*. C'est même
ce qui m'a donné l'idée de rapprocher leurs articles. On y
verra que Victor Hugo n'avait alors pas plus de goût que
Charles Loyson pour les hardiesses « barbares » de la versification d'André, tout en rendant justice à « cet homme
si intéressant qui n'avait pas eu le temps de devenir un poète
parfait. »

Nous laissons à d'autres, disait le futur auteur de *Cromwell*,
le courage de triompher de ce jeune lion arrêté au milieu du
développement de ses forces. Qu'on méprise ce style incorrect et
parfois barbare, ces idées vagues et incohérentes, cette efferves-
cence d'imagination, rêves tumultueux du talent qui s'éveille,
cette manie de mutiler ses phrases, et, pour ainsi dire, de les
tailler à la grecque, les mots dérivés des langues anciennes
employés dans toute l'étendue de leur acception maternelle, des
coupes bizarres, *aucune connaissance du véritable mécanisme de
la poésie française ;* ces défauts sont grands, mais ils ne sont
point dangereux ; il s'agit de rendre justice à un homme qui n'a
point joui de sa gloire ; qui osera lui reprocher ses imperfections,
lorsque la hache révolutionnaire repose encore toute sanglante
au milieu de ses travaux inachevés ?...

Et après avoir cité un certain nombre de vers d'une coupe
défectueuse, Victor Hugo ajoutait :

Veut-on maintenant des vers bien faits, des vers où brille le
mérite de la difficulté vaincue, tournons la page, car, pour citer,
on n'a que l'embarras du choix :

Toujours ce souvenir m'attendrit et me touche,
Quand lui-même appliquant la flûte sur ma bouche,
Riant et m'asseyant près de lui sur son cœur,

M'appelait son rival et déjà son vainqueur.
Il façonnait ma lèvre inhabile et peu sûre
A souffler une haleine harmonieuse et pure,
Et ses savantes mains prenant mes jeunes doigts,
Les levaient, les baissaient, recommençaient vingt fois,
Leur enseignant ainsi, quoique faibles encore,
A fermer tour à tour les trous du bois sonore.

. . . .

Les idylles de Chénier sont la partie la moins travaillée de ses ouvrages, et cependant nous connaissons peu de poèmes, dans la langue française, dont la lecture soit plus attachante ; cela tient à cette vérité de détails, à cette abondance d'images qui caractérisent la poésie antique. On a observé que telle églogue de Virgile pourrait fournir des sujets à toute une galerie de tableaux.

Mais c'est surtout dans l'élégie qu'éclate le talent d'André Chénier. C'est là qu'il est original, c'est là qu'il laisse tous ses rivaux en arrière ; peut-être l'habitude de l'antiquité nous égare ; peut-être avons-nous lu avec trop de complaisance les premiers essais d'un poète malheureux ; cependant nous osons croire, et nous ne craignons pas de le dire, que, malgré tous ses défauts, André Chénier sera regardé comme le père et le modèle de la véritable élégie.

. . . .

Il est hors de doute que, s'il avait vécu, il se serait placé un jour au rang de nos premiers poètes lyriques. Jusque dans ses essais informes, on trouve déjà tout le mérite du genre, la verve, l'entraînement, et cette fierté d'idées d'un homme qui pense par lui-même ; d'ailleurs, partout la même flexibilité de style ; là, des images gracieuses ; ici, des détails rendus avec la plus énergique trivialité. Ses odes, à la manière antique, écrites en latin, seraient citées comme des modèles d'élévation et d'énergie ; encore toutes latines qu'elles sont, il n'est point rare d'y trouver des strophes dont aucun poète français ne désavouerait la teinte ferme et originale.

. . . .

Il n'y aura point d'opinion mixte sur André Chénier. Il faut jeter le livre ou se résoudre à le lire souvent ; ses vers ne veulent pas être jugés, mais sentis. Ils survivront à bien d'autres qui leur paraissent supérieurs ; peut-être, comme le dit naïvement La Harpe, peut-être parce qu'ils renferment en effet quelque chose :

en général, en lisant Chénier, substituez aux termes qui vous choquent leurs synonymes latins, il sera rare que vous ne rencontriez pas de beaux vers. Cela ne veut point dire qu'il soit un bon auteur, mais cela prouve du moins qu'il avait tout ce qu'il faut pour l'être, les idées ; le reste est d'habitude.

D'ailleurs, vous trouverez dans Chénier la manière franche et large des anciens, rarement de vaines antithèses, plus souvent des pensées naturelles, des peintures vivantes, partout l'empreinte de cette sensibilité profonde sans laquelle il n'est point de génie et qui est peut-être le génie lui-même. Qu'est-ce, en effet, qu'un poète ? Un homme qui sent fortement, exprimant ses sensations dans une langue plus expressive. La poésie, ce n'est presque que sentiment, dit Voltaire.

Voyons maintenant ce qu'écrit Charles Loyson :

Respect aux morts ! C'est un précepte que je voudrais qu'on suivît à l'égard des ouvrages, non moins que des actions. Lorsqu'un homme a emporté dans la tombe l'estime ou l'admiration de ses semblables, acquise par de grands talents ou de grandes vertus, n'y a-t-il pas quelque chose de sacrilège dans ce soin laborieux qui va, sous prétexte de nous le faire connaître plus à fond, rechercher péniblement ce qui peut lui être échappé, durant sa vie, d'indigne de son génie ou de son caractère ? Je n'ai rien outré en souhaitant, pour la gloire d'André Chénier, qu'on pût faire rentrer dans l'oubli une moitié des écrits qui viennent d'être publiés sous son nom.

De bonne foi, s'imaginait-on servir à l'agrément des lecteurs ou à la réputation de l'écrivain, en imprimant cette foule de fragments imparfaits, d'ébauches informes qui n'avaient peut-être jamais été exposés même au regard indulgent de l'amitié ; un poème sur l'invention qui manque entièrement d'invention et n'est que très médiocrement écrit ; des odes sans génie et sans feu ; des épîtres où quelques beaux vers clairsemés ne rachètent pas la monotonie, la faiblesse et la longueur ; une espèce de dithyrambe, enfin, sur le Serment du Jeu de paume, qu'il faut bien attribuer à André Chénier, puisqu'il a été trouvé dans ses papiers et vraisemblablement écrit de sa main, mais qui, pour la bizarrerie du style et de la versification, rappelle bien plutôt la manière de Ronsard que celle de Pindare, dont l'auteur paraît avoir recherché l'imitation ? Que dire, par exemple, de vers comme ceux-ci, lorsqu'on

ne peut pas présumer qu'ils aient été faits par gageure ? Le poète
s'adresse à un de nos grands peintres :

> Un plus noble serment d'un indigne pinceau
>   Appelle aujourd'hui l'industrie.
> Marathon, tes Persans et leur sanglant tombeau
> Vivaient par ce bel art. Un sublime tableau
>   Naît aussi pour notre patrie.
> Elle expirait : son sang était tari, ses flancs
> Ne portaient plus son poids. Depuis mille ans
> A soi-même inconnue, à son heure suprême,
>   Ses guides tremblants, incertains,
> Fuyaient. Il fallut donc, dans le péril extrême.
>   De son salut la charger elle-même.
>   Longtemps, en trois races d'humains,
> Chez nous l'homme a maudit ou vanté sa naissance ;
>   Les ministres de l'encensoir,
>   Et les grands, et le peuple immense,
> Tous à leurs envoyés confieront leur pouvoir.
> Versailles les attend. On s'empresse d'élire ;
> On nomme. Trois palais s'ouvrent pour recevoir
>   Les représentants de l'empire.

C'est à grand'peine si, en lisant cette prose étrange et sacca-
dée, où toutes les lois du rhythme sont violées à dessein, on peut
s'apercevoir que l'auteur s'est proposé de faire des vers. Le passage suivant va offrir un exemple plus étonnant encore de cette
déplorable et facile hardiesse. L'auteur, non content de déconcer-
ter l'oreille, accoutumée à l'harmonie poétique, par des enjambements qui mettent à chaque instant les vers en pièces, et en
renouent tant bien que mal les lambeaux, pousse tout à coup le
désordre lyrique plus loin, et, sans respect pour le repos de la
strophe, ne craint pas de la faire empiéter sur la strophe suivante. C'était de pareils essais que se vantait notre vieux chantre
de Francus, lorsqu'il s'écriait avec un orgueil ingénu :

> Et le premier en France
> J'ai pindarisé.

Voici le pindarisme d'André Chénier :

XI

D'un roi facile et bon corrupteurs détrônés,

Riez ; mais le torrent s'amasse,
Riez, mais du volcan les feux emprisonnés
Bouillonnent. Des lions si longtemps déchaînés
    Vous n'attendez plus tant d'audace !
Le peuple est réveillé. Le peuple est souverain.
    Tout est vaincu. La tyrannie en vain,
Monstre aux bouches de bronze, arme pour cette guerre
    Ses cent yeux, ses vingt mille bras,
Ses flancs gros de salpêtre, où mugit le tonnerre :
    Sous son pied faible elle sent fuir la terre
    Et meurt sous les pesants éclats.
Des créneaux fulminants, des tours et des murailles
    Qui ceignaient son front détesté.
    Déraciné dans ses entrailles,
L'enfer de la Bastille à tous les vents jeté,
Vole, débris infâme, et cendre inanimée ;
Et de ces grands tombeaux, la belle liberté,
    Altière, étincelante, armée,

XII

Sort. Comme un triple foudre éclate au haut des cieux,
    Trois couleurs dans sa main agile
Flottent en long drapeau. Son cri victorieux
Tonne. A sa voix, qui sait comme la voix des dieux,
    En homme transforme l'argile,
La terre tressaillit. Elle quitta son deuil.
    Le genre humain d'espérance et d'orgueil
Sourit. Les noirs donjons s'écroulèrent d'eux-mêmes.

Je m'arrête de peur qu'on ne soit tenté, à une pareille lecture, d'approuver les plaisanteries de Perrault et de Voltaire sur le chantre des vainqueurs olympiques. Et, en effet, je n'aurais point dû citer ces vers, que l'éditeur n'aurait pas dû mettre au jour, si je n'avais pas cru qu'ils pourraient prêter à quelques remarques utiles.

On y retrouve l'application d'un systéme que s'était fait l'auteur, et qu'il partageait avec Roucher et Lebrun, ses amis et maîtres ; système louable à beaucoup d'égards, mais qui, dans les écrits des deux derniers surtout, est devenu fatal à notre poésie. Ces écrivains, que personne n'accusera certainement d'avoir manqué de talent, nourris des ouvrages de l'antiquité classique, cherchaient à nous en approprier les richesses, et ce fut principa-

lement du côté de la versification qu'ils tournèrent leurs tentatives. Mais ils oublièrent trop qu'en pareil cas ce n'est pas toujours
par les mêmes moyens qu'on parvient à produire les mêmes effets.
Les effets doivent être uniformes dans tous les temps et dans tous
les lieux ; les moyens dépendent du génie des langues et des ver-
sifications. Qu'on y prenne garde, le mot génie n'est point ici
une expression vague, qui couvre le manque de raison. Le vers
des anciens, fortement distingué de la prose au moyen de la
quantité et de l'accent, et terminé de plus par une cadence remarquable, admettait sans inconvénient ces césures, ces enjambements, ces suspensions qui en variaient le rhythme, sans le
détruire. Il n'en est pas de même du nôtre. Presque entièrement
dénué de prosodie, il ne se fait guère sentir que par le nombre
des syllabes que l'oreille s'accoutume à compter à l'aide des repos
réguliers qui partagent l'espace métrique, si je puis parler ainsi,
et de la rime qui le termine et le ferme harmonieusement, en
rappelant celui qui le précède. Si des césures inattendues dépla-
cent ces repos, si la voix ou l'oreille entraînées par le sens sont
forcées de passer sur la rime avec une rapidité qui en détruit
l'effet, alors plus d'espace marqué, plus de mètre, plus de rhythme,
plus de vers ; ce sont des lignes de prose, où rien ne fait ressor-
tir la cadence poétique...

Tout le morceau serait à citer, je me bornerai cependant
à ce passage parce qu'il suffit à faire la preuve qu'en 1819,
à la veille des *Méditations*, si les élégies et les idylles d'André Chénier avaient conquis tous les cœurs par leur douceur, leur grâce et leur caractère original, les audaces de sa
versification blessaient l'oreille et le sentiment de l'harmonie des poètes les mieux doués. Et, en effet, le Cénacle de
la *Muse française*, Victor Hugo et Vigny en tête, tout en
s'inspirant visiblement de l'auteur de la *Jeune captive*, se
garda bien de tomber dans ce qu'il appelait ses erreurs.

Ce n'est qu'en 1828, sous l'influence du *Tableau* de
Sainte-Beuve, que Victor Hugo et ses amis rompirent déli-
bérément avec la facture de Racine et revinrent à celle de
Ronsard et de Joachim, sur les pas d'André Chénier.

A ceux qui en douteraient je conseille de méditer les

lignes suivantes écrites par Emile Deschamps dans la préface de ses *Etudes françaises et étrangères* (1).

... Beaucoup de personnes s'imaginent que, hors de la facture
de Racine, il n'y a point de salut. La versification de Racine est
sans doute admirable, mais celle de Corneille, de Molière et de
La Fontaine es tadmirable aussi par des qualités toutes différentes.
Ceux qui ne comprennent pas d'autre mélodie que celle des vers
de Racine, ne sont pas capables même de sentir les beautés de ce
grand poète. Ils font l'effet de ces *latinistes* qui sont tout décon-
certés quand on les sort de l'*Hexamètre* de Virgile ou du *Penta-
mètre* d'Ovide. Des vers ne sont point durs pour n'être pas
composés dans le système harmonique de Racine. L'harmonie de
Mozart n'a rien de commun avec celle de Cimarosa. Parce qu'une
partition semble obscure à des yeux peu exercés, elle n'en sera
pas moins belle à l'oreille quand elle sera exécutée avec un sentiment juste. Certains beaux vers sont plus difficiles à réciter que
certains autres, mais qu'une voix habile vous les lise, et vous serez surpris d'y trouver des grâces et des effets que vous cherche-
riez en vain dans des vers en apparence plus mélodieux. La
période arrondie, les vers symétriquement cadencés, l'euphonie
continuelle des sons, forment les principales qualités de la versification *Racinienne*, et cette manière a prévalu jusqu'à l'abbé
Delille, qui l'a outrée au point de la rendre méconnaissable. Cet
abbé, avec tout son esprit et tout son talent, a singulièrement
appauvri la langue poétique, en croyant l'enrichir, parce qu'il
nous donne toujours la périphrase au lieu du mot propre. Il a
changé nos louis d'or en gros sols, voilà tout. Et puis quel misé-
rable progrès de versification, qu'un logogriphe en huit alexandrins dont le mot est *carotte* ou *chiendent!*... Ce qu'il y a de
plus triste c'est que beaucoup de nos auteurs ont transporté ce
faux langage dans la tragédie. Ils dépensent tout ce qu'ils ont de
poésie dans leur mémoire pour faire raconter un *détail vulgaire*
par un personnage subalterne, et lorsque arrivent les scènes de
passion, ils n'ont plus que des lieux communs à nous débiter dans
un style éteint, comme cet avocat des *Plaideurs,*

Qui dit fort longuement ce dont on n'a que faire,

et qui glisse sans qu'on s'en aperçoive sur le point essentiel.

(1) Chez Urbain Canel, 1828.

Voilà pourtant, de dégradation en dégradation, où est tombée l'école de Racine. Certes, elle est tombée de bien haut : ne nous étonnons pas si elle en meurt.

André Chénier a rompu ce joug usé. Il a reproduit avec génie la manière franche, l'expression mâle du grand poète Régnier ; en remontant aux premiers âges de notre poésie, il a rendu à nos vers l'indépendance de la césure et de l'enjambement, et ces formes elliptiques, et cette allure jeune et vive, dont ils n'avaient presque plus de traces. C'est le mode de versification que suit l'école actuelle, qui a repris aussi à nos anciens poètes cette richesse élégante de rimes, trop négligée dans le dernier siècle; car la rime est le trait caractéristique de notre poésie, il faut qu'elle soit une parure, pour n'avoir pas l'air d'une chaîne, et des vers rimés à peu près sont comme des vers qui auraient presque la mesure. Cette sorte de vers a le grand avantage d'avoir été beaucoup moins employée, et surtout d'offrir beaucoup plus de ressources et de variété; le récit poétique ne nous paraît même possible que de cette manière. Les repos réguliers et les formes carrées des autres vers sont insupportables dans un poème de longue haleine ; l'admiration devient bientôt de la fatigue. Les personnes peu familiarisées avec la versification d'André Chénier et de nos jeunes poètes se perdent dans les déplacements de césure et dans les enjambements, et crient à la barbarie et à la prose ; ce sont elles qui sont prosaïques et barbares :

Barbarus hic ego sum quia non intelligor illis.

Comment ne sent-on pas que le rythme continue sous ce désordre apparent, et qu'il n'y manque rien que la monotonie ! D'ailleurs, un mode n'exclut pas l'autre ; c'est tout bénéfice. L'art est de les combiner et de les faire jouer dans des proportions et à des distances justes et harmoniques. Lorsqu'après une page de narration écrite en vers si faussement nommés prosaïques, se trouve une suite de beaux vers d'inspiration, pleins et cadencés, comme ceux de l'ancienne école, ils se détachent avec bien plus de grâce et de noblesse, et l'effet en est bien plus puissant. C'est un chant suave et pur qui sort d'un récitatif bruyant et agité. Que peut dire un poète, quand il s'entend reprocher des contrastes comme des dissonances, et des choses étudiées comme des négligences ou des distractions? Rien ; à moins qu'il ne dise avec Voltaire :

Qui n'aime pas les vers a l'esprit sec et lourd,
Je ne veux pas chanter aux oreilles d'un sourd.

C'est une bien grande erreur aussi de croire que tels versifi-
cateurs font mieux les vers que tels poètes. Le talent suit toujours le génie. Sans doute, avec du travail et une organisation
assez heureuse, on parvient, dans les vers comme dans tous les
arts, à une certaine élégance vulgaire, à une froide correction, à
une mélodie molle, que n'ont pas quelquefois au même degré les
hommes d'un vrai génie. Mais les tours variés, les coupes hardies
et pittoresques, les grands secrets de l'harmonie et de la *facture*,
sont interdits au versificateur.

Voilà, certes, une belle page de critique et qui n'étonnera
pas ceux qui connaissent Émile Deschamps.

VI

Que si d'André Chénier nous passons à Lamartine, nous
verrons que Charles Loyson et Victor Hugo subirent l'un et
l'autre au même degré le charme tout particulier des *Méditations*.

Après avoir critiqué l'auteur sur sa négligence poussée
jusqu'à l'excès dans les formes de la versification, et particulièrement dans l'assortiment des rimes ; après lui avoir
reproché ses locutions incorrectes, ses images dépourvues
d'exactitude ou de précision, ses imitations peu soigneuses de
se déguiser et l'abus « de ce vague qui plaît dans la poésie,
dont il forme un des caractères essentiels, mais qui doit en
être l'âme et non le corps », Charles Loyson disait : « Il est
poète, voilà le principe de toutes ses qualités, et une excuse
qui manque rarement à ses défauts. Il n'est point littérateur,
il n'est point écrivain, il n'est point philosophe, bien qu'il
ait beaucoup de ce qu'il faut pour être tout cela ensemble ;
mais il est poète : il dit ce qu'il éprouve et l'inspire en le
disant. Il possède le secret ou l'instinct de cette puissante
sympathie, qui est le lien incompréhensible du commerce
des âmes... »

21

Et Victor Hugo, après avoir lu les vers de la *Semaine Sainte* et de l'*Invocation*, ne trouvait rien de mieux que d'établir un parallèle, assez risqué d'ailleurs, entre Lamartine et André Chénier.

Dans tous les deux, disait-il, même originalité, même variété d'idées, même luxe d'images neuves et vraies ; seulement l'un est plus grave et même plus mystique dans ses peintures, l'autre a plus d'enjouement, plus de grâce, avec beaucoup moins de goût et de correction. Tous deux sont inspirés par l'amour ; mais dans Chénier ce sentiment est toujours profane ; dans l'auteur que je lui compare, la passion terrestre est presque toujours épurée par l'amour divin ; le premier s'est étudié à donner à la muse les formes simples et sévères de la muse antique ; le second, qui a souvent adopté le style des Pères et des Prophètes, ne dédaigne pas de suivre quelquefois la muse rêveuse d'Ossian et les déesses fantastiques de Klopstock et de Schiller. Enfin, si je comprends bien des distinctions, du reste assez insignifiantes, le premier est *romantique* parmi les *classiques*, le second est *classique* parmi les *romantiques*.

Classique ou non, ce qui surprend, de prime abord, c'est que, dans l'œuvre de Lamartine, Victor Hugo soit allé de préférence aux pièces de vers qui étaient les moins *neuves* sinon comme fond, au moins comme forme. Qu'il ait admiré les stances de la *Poésie sacrée* et de la *Semaine sainte*, l'*Enthousiasme* et l'*Epître à lord Byron*, rien de plus naturel, mais qu'il n'ait pas souligné les beautés du *Lac*, du *Soir*, de l'*Isolement*, qui sont les perles et la note originale du recueil, voilà qui est étrange, à moins que cela ne prouve qu'à la date où parurent les *Méditations* Victor Hugo ne savait pas encore au juste ce qui distinguait la poésie romantique de la poésie classique.

Charles Loyson avait été plus judicieux dans son choix et dans ses citations. Si *la Gloire* et l'*Immortalité* lui avaient paru pour le ton, le style et la conduite, à peu de chose près irréprochables, *le Souvenir, la Foi, la Prière, le Soir, le Golfe de Baïa, le Désespoir, la Providence, le Chrétien mourant* l'avaient littéralement enchanté —

ce qui ne saurait étonner d'ailleurs quand on a lu ses belles élégies du *Lit de mort*, du *Retour à la Vie*, des *Souvenirs de l'enfance* et de *l'Air natal*.

Il semble, en effet, que ces pièces de vers, qui, ne l'oublions pas, remontent à l'année 1817, soient les premières *Méditations* d'un Lamartine encore novice.

Écoutez plutôt ce prélude de *l'Air natal :*

> Te voilà, doux pays, témoin de ma naissance;
> Voilà tes champs, tes prés, tes ombrages épais,
> Et ton fleuve si pur, et tes vallons si frais ;
> Mais, hélas! qu'as-tu fait des jeux de mon enfance?
> M'as-tu gardé, dis-moi, mes plaisirs, ma gaîté,
> Un cœur exempt de soins, ma joie et ma santé ?
> Beaux lieux où je suis né, me rendrez-vous la vie?
> Est-il vrai qu'en effet le ciel de la patrie,
> Qui dans leur fleur naissante a vu nos jeunes ans,
> Cet air, ces eaux, ces fruits, nos premiers aliments,
> Cette nature enfin, étrange sympathie!
> Par des liens cachés à la nôtre assortie,
> Lorsque d'un mal cruel nous sentons la langueur,
> Puissent ressusciter notre antique vigueur,
> Réveiller ces esprits qui se meurent à peine,
> Faire d'un sang plus pur bouillonner chaque veine,
> Et de la vie en nous ranimant les ressorts,
> Rendre à l'esprit sa flamme et ses forces au corps ?

Ne dirait-on pas le premier balbutiement, le premier jet de *Milly ou la terre natale?* L'illusion est plus grande encore quand on arrive à ce passage :

> Dieu, sur les bords lointains ne placez point ma mort !
> Et vous, ô de mes jours puissance tutélaire,
> Si de mon lieu natal la mémoire m'est chère ;
> Si je ne l'ai jamais, exilé par le sort,
> Ni quitté sans douleur, ni revu sans transport,
> Lorsque les fiers destins auront marqué mon heure,
> (Et peut-être avant peu je dois sentir leurs coups),
> Je ne vous prierai point de fléchir leur courroux;
> Mais né dans ces beaux lieux, que dans ces lieux je meure
> Dans ce temple sacré qui touche ma demeure,
> Que de l'airain plaintif les tristes tintements
> Annoncent de mon cœur les derniers battements.

A ces sons entendus dans tout le voisinage,
Plus d'une bonne vieille, oubliant son ouvrage,
Et laissant un moment reposer son fuseau,
Viendra sur mon linceul pencher le saint flambeau.
Mais lorsque sur la porte on aura mis ma bière,
Chaque passant près d'elle un moment arrêté,
Secouant un rameau dans l'eau sainte humecté,
Prononcera tout bas une courte prière ;
Même les étrangers, en voyant un long deuil
Jusqu'au dernier asile escorter mon cercueil,
Pleureront ma jeunesse en sa fleur moissonnée :
Une mère plaindra ma mère infortunée,
Et quelques vers peut-être iront dans l'avenir,
Gravés sur mon tombeau, porter mon souvenir.
Mais pourquoi m'attrister par ces pensers funèbres ?...

. . . .

Ce dernier vers [seul, ce *pourquoi* qui revient dans les
plus belles élégies de Loyson comme un refrain lamen-
table (1), ne réveille-t-il pas au fond de la mémoire ces
autres vers de *Graziella*, qui semblent lui faire écho :

Mais pourquoi m'entraîner vers ces scènes passées ?
Laissons le vent gémir et le flot murmurer ;
Revenez, revenez, ô mes tristes pensées,
     Je veux rêver et non pleurer.

Ah ! sans doute, il y a dans le poète des *Méditations* un
vague, un abandon, quelque chose de flottant, de nuageux,
d'incertain, qu'on ne rencontre chez aucun autre et qui fait
son charme propre et son originalité ; cependant, Charles
Loyson a déjà la phrase chantante, le mouvement, la *bouche ronde* et le coup d'archet des maîtres ; son vers, tout
en étant classique, a la souplesse, le balancement, la couleur

---

(1)   Pourquoi vous retracer à ma triste mémoire,
       Doux rêves dont mon cœur fut en vain occupé ?
                     (*Le Lit de mort.*)
       Pourquoi me renvoyer vers ces rives fleuries,
       Dont j'aurai tant voulu ne m'éloigner jamais ?
                     (*Le Retour à la vie.*)
       Pourquoi vous retracer, ravissantes images.
       Beaux jours si tôt passés pour ne plus revenir ?
                     (*L'Office des morts.*)

du vers romantique, car il est romantique sans le savoir, ce
qui est peut-être bien la meilleure façon de l'être, et, de
tous les poètes du premier Empire et du commencement de
la Restauration, il est le seul, avec Millevoye, qui fasse songer à Lamartine, en ayant le mérite de l'avoir devancé.
Encore est-il beaucoup plus près que l'auteur de la *Chute
des Feuilles* de l'auteur des *Méditations,* non seulement
« par l'élévation et le spiritualisme habituel des sentiments »,
suivant la remarque judicieuse de Sainte-Beuve, mais aussi
par la religion de la nature et une secrète tendance au panthéisme. Qu'on lise plutôt son *Hymne à la Lune* qui, pour
moi, est son chef-d'œuvre.

HYMNE A LA LUNE

Salut, astre des nuits. Tandis que dans les cieux,
　　　　Suivant ta course irrégulière,
Tu guides lentement ton char silencieux,
Laisse-moi t'adresser ma nocturne prière,
　　　　Et du charme mystérieux
Que répand dans ces bois ta paisible lumière,
Anime doucement mes chants religieux.
　　　　Déjà sur la hauteur voisine,
Tu ne me montres plus ta rougeâtre clarté,
Comme un grand bouclier dont l'orbe ensanglanté
S'élève et s'arrondit au haut de la colline.
Mais loin de l'horizon t'élevant par degré,
Plus pâle et plus étroit, tu luis sur la nature,
　　　　Comme une flamme blanche et pure
　　　　Suspendue au ciel azuré.
Astre sacré des nuits, je te salue encore,
　　　　Soit qu'un riche et brillant anneau,
Etale autour de toi les couleurs de l'Aurore,
Soit que sous des vapeurs que ta splendeur colore
Tu plonges à demi ton céleste flambeau ;
Soit enfin que toujours immobile à ta place,
A mon œil qui te suit dans les airs transparents,
Tu sembles, au-dessus des nuages errants,
Précipiter ta course et voler dans l'espace.
　　　　Les regards élevés vers toi,
Je crois voir que les tiens vers la terre descendent,
Que nous nous contemplons, que nos âmes s'entendent,

Et que tu rêves comme moi.
M'apprendras-tu quels sont ces pensers ineffables,
Ce vague enchantement, triste à la fois et doux,
    Que ton aspect fait naître en nous,
Et que l'antiquité consacrait dans ses fables,
    Lorsque le crédule Univers
    Adorait ton globe d'albâtre,
    Et dans son respect idolâtre
Divinisait en toi ses sentiments divers?
Tu régnais dans l'Olympe, aux Enfers, sur la Terre.
L'épouse en ses douleurs, au moment d'être mère,
T'implorait, ô Lucine, et t'appelait trois fois.
Hécate, tu portais, dans les royaumes sombres,
Et les clefs du Ténare, et le sceptre des ombres;
La nature à ton ordre interrompait ses lois,
Et la Thessalienne, au sein des nuits profondes,
Dépouillant les tombeaux de leurs herbes immondes,
Les cheveux hérissés, l'œil hagard, le pied nu,
T'adressait un langage aux humains inconnu, ·
Mais son arc à la main le chasseur, ô déesse,
Invoquait dans les bois Diane Chasseresse,
Diane au pas agile, à l'air fier et hautain,
En tunique légère, en léger brodequin,
Le carquois sur l'épaule, errant par les montagnes,
La plus belle au milieu de ses belles compagnes,
Diane redoutable aux monstres des forêts,
Plus redoutable encore au mortel téméraire
Dont l'œil eût profané ces pudiques attraits;
    Car sous tes invincibles traits,
L'esprit, dit-on, s'égare et la raison s'altère,
O détourne de moi, détourne ta colère.
Vierge, mon âme est chaste et mes regards discrets
Plus indulgente au ciel, la lumière tranquille
Eclairait les bosquets de la céleste cour,
    Et parfois propice à l'Amour,
Tu jetais un regard jusque dans son asile,
    Lorsque loin de son triste époux,
Vénus menait en chœur les nymphes bocagères,
Les faunes pétulants et les sylvains jaloux,
Tu souriais, déesse, à leurs danses légères.
Protectrice des champs, vois aussi sans courroux
Folâtrer nos bergers et nos jeunes bergères.
On dit que de ton char, sur un pâle rayon,
Dans l'ombre sans flambeau te glissant demi-nue,
Tu viens d'un pied furtif, tremblant d'être connue,

Réveiller dans les bois le jeune Endymion.
A croire ce récit on te ferait injure.
Oui, j'en prends à témoin de ton front radieux,
L'inaltérable éclat et la blancheur si pure,
Nul d'entre les mortels, nul d'entre tous les dieux,
N'osa toucher au nœud de ta chaste ceinture,
Et ta pudeur sans tache est l'ornement des cieux.

      Mais le Temps, dont les mains sévères
      De ses parures mensongères
      Vont dépouillant la vérité,
Le Temps a dissipé ces profanes images ;
Brillant flambeau des nuits renonce à nos hommages,
Et dégradé du rang de la divinité,
      Retombe au rang de ses ouvrages.
Eh bien ! tu ne perds point tes antiques vertus,
L'âme rêveuse encore éprouve ta puissance :
      Comme autrefois en ta présence
      Les cœurs des mortels sont émus.
Quel est donc le secret de cette sympathie ?
      Que me veux-tu, globe argenté ?
Qu'ont, dis-moi, de commun ton errante clarté,
      Et ces mystères de la vie,
L'inflexible destin qui la tient asservie,
La naissance et la mort, l'amour et la beauté,
Et la stérile fleur de la virginité,
      Et cette tristesse infinie,
Le titre des mortels à l'immortalité !
Qui fait couler en moi, quand mon œil te contemple,
Je ne sais quoi de pur et de religieux ?
      Oh ! que tes rais silencieux
Sont beaux à voir briller sur le faîte d'un temple !
Qu'ils sont beaux dans le cloître, au milieu des déserts,
Et sur le front blanchi du vieil anachorète,
Qui fait monter au ciel sa prière secrète,
Comme un suave encens exhalé dans les airs !
O puissance inconnue ! ô charme involontaire !
Je crois m'associer à ton cours lumineux.
Comme toi, créature, errante et solitaire,
D'un éclat étranger obscur dépositaire,
Je roule et vais cherchant dans ces mondes nombreux
Le soleil inconnu qui m'a prêté ses feux.
Mais tout à coup, parmi ces brillantes merveilles,
Quel son majestueux a frappé mes oreilles !
      Sous ces dômes resplendissants,
J'entends une parole, incréée, éternelle,

Ce Verbe, fils de l'Etre, et vie universelle,
Flambeau de vérité, qui brille avant les temps :
Dieu présent à l'esprit, Dieu caché pour les sens,
Ton silence, ô nuit sainte, est sa voix solennelle,
Et tes astres muets répètent ses accents.
O terre, ô ciel, ô monde, ô région nouvelle.
O de l'intelligence immuable cité !
     Poursuis ton vol, âme immortelle,
     Ton domaine est l'immensité.
Vois-tu de là les cieux, les cieux encor s'étendre,
Et ces siècles sans fin que tu ne peux comprendre ?
Que dis-je ? l'univers, ô spectacle d'effroi !
Les espaces, les temps, hors de moi tout s'abîme,
     Et (qui suis-je, insecte sublime ?)
     L'infini tout entier semble rentrer en moi.
Moi-même, ô mon principe, ô ma suprême loi,
O Roi de l'infini, de l'espace et des âges,
Force, vie et lumière, Océan sans rivages,
Je me perds à mon tour et me retrouve en toi !
     Mais sur quelles hauteurs sacrées
Vas-tu porter ton vol, esprit ambitieux ?
     Retiens tes ailes égarées,
     Et loin des voûtes azurées
Viens jouer sur les fleurs qui parfument ces lieux.
Salut, astre des nuits. En tes belles demeures,
Goûtant ainsi que moi de solitaires heures,
     Peut-être un de tes habitants
Sur ce globe où je suis attache aussi sa vue,
     Et l'œil plongé dans l'étendue
De ces champs lumineux peuplés d'astres flottants,
Sondant de l'Univers l'immensité profonde,
Célèbre la nature et le maître du monde !

Tel est cet *Hymne à la lune* qui parut dans le *Lycée
français,* au commencement de l'année 1820, c'est-à-dire
dix ans avant les *Harmonies* dont il semble vraiment avoir
été détaché (1). Que si l'on compare à présent l'*Ode à
Byron,* de Lamartine, aux épîtres de Loyson à Victor Cou-

---

(1) Mais le souvenir de. Lamartine n'est pas le seul qu'évoquent les élégies de Charles Loyson.
J'y ai relevé, la plume à la main, plus d'un vers dont Victor Hugo semble s'être inspiré, celui-ci entre autres, extrait du *Poète sur le point d'aimer :*

sin (1), à Royer-Collard (2), à Maine de Biran (3), il est

> Chastes déesses de la lyre,

qui rappelle le début de la pièce du *Manteau impérial* des *Châtiments :*

> Chastes buveuses de rosée.

Et cet autre, tiré de l'*Ode à Casimir Delavigne :*

> O gloire, ô triomphe ! ô promesse
> D'heureux et d'immortels succès !

Qui fait songer à la première strophe de l'auteur des *Odes et Balla-des*, sur la *Naissance du duc de Bordeaux :*

> O joie, ô triomphe, ô mystère !

Qu'est-ce à dire ? Tout simplement que les poètes, comme les beaux esprits, sont sujets à de ces rencontres.

(1)   Tandis que devers l'Elbe en des climats lointains
        Tu vas interroger le savoir des Germains
        Et que, Solon nouveau, *tu cours les grandes routes*,
        Cherchant la vérité pour rapporter des doutes.

(2)   Des systèmes menteurs laissons donc l'imposture,
        Pour consulter en nous la voix de la nature.
        J'interroge mon cœur. Hors de lui, comme en lui,
        Mon cœur trouve partout, un éternel ennui ;
        Soit que cherchant un bien dont l'image m'abuse,
        Que tout semble m'offrir et que tout me refuse,
        Rassasié sans cesse et jamais satisfait,
        Il ne me reste enfin qu'un impuissant regret
        D'avoir été trompé tant de fois, et peut-être
        Un regret plus cruel de ne pouvoir plus l'être ;
        Soit qu'après tant d'erreurs seul je revienne à moi,
        Et que, me contemplant d'un regard plein d'effroi,
        De mon vide infini je sonde l'étendue,
        C'est ainsi, malheureux, que mon âme éperdue
        S'égare sans secours dans une épaisse nuit,
        Et se lasse à poursuivre une ombre qui me fuit.

(3)   Pensers mystérieux, espace, éternité,
        Ordre, beauté, vertu, justice, vérité,
        Héritage immortel dont j'ai perdu les titres,
        D'où m'êtes-vous venus ? quels témoins, quels arbitres,
        Vous feront reconnaître, à mes yeux incertains,
        Pour de réels objets ou des fantômes vains ?
        L'humain entendement serait-il un mensonge,
        L'existence un néant, la conscience un songe ?
        Fier sceptique, réponds : je me sens, je me vois ;
        Qui peut peindre mon être et me rêver en moi ?
        Confesse donc enfin une source inconnue,
        D'où jusqu'à ton esprit la vérité venue   ·
        S'y peint en traits brillants comme dans un miroir
        Et pour te subjuguer n'a qu'à se faire voir.
        Que peut sur sa lumière un pointilleux sophisme ?
        Descarte en vain se cherche au bout d'un syllogisme,
        En vain vous trouvez Dieu dans un froid argument :
        Toute raison n'est pas dans le raisonnement.

aisé de se rendre compte qu'ils sont tous deux de la lignée
des poètes philosophes. Par malheur, c'est le destin des
intermédiaires, des types de transition, d'être éclipsés par
ceux dont ils furent les précurseurs.« Ils ne sont rien en un
certain sens, dit M. Fernand Brunetière, puisqu'ils n'ont
d'autre utilité que de se rendre eux-mêmes inutiles : ils tra-
vaillent, pour ainsi parler, à leur propre élimination. Mais,
en un autre sens, ne peut-on pas soutenir qu'ils sont tout,
puisque si nous les négligeons, si nous ne leur prêtons pas
l'attention qu'ils méritent, c'est la succession des faits qui
nous échappe, c'est la généalogie des formes, c'est la conti-
nuité du mouvement intérieur qui vivifie l'histoire (1). »
Eh bien, si Charles Loyson n'avait pas doté la poésie française des élégies qui ont pour titre : *l'Air natal, le Lit de
mort, le Retour à la vie, les Souvenirs de l'enfance*, il
manquerait à la chaîne d'or qui unit Millevoye et Lamartine un anneau dont, historiquement et littérairement, elle
ne saurait se passer. Et l'on dirait vraiment qu'il s'analysait
lui-même, lorsque, saluant les *Méditations* qui venaient
de paraître, il s'exprimait ainsi dans le *Lycée français* sur
le compte de leur auteur :

... On aurait beau revêtir les plus jolis lieux communs de bou-
doir de la friperie mythologique la plus proche et la mieux conservée, orner d'hémistiches pompeux et sonores un grand événement ou des sentiments élevés, étaler dans des vers artistement
tournés une sorte de panorama de la nature, prés, ruisseaux,
forêts, montagnes, et le ciel et la mer, et le jour et la nuit, les
mœurs et les paysages des quatre parties du monde ; avec de
l'esprit, de la mémoire, de l'élégance, on ferait ainsi des tableaux
agréables, on ne ferait pas de la poésie. Ce n'est point l'esprit qui
est poétique, ce n'est point la nature, il y a dans le pacte un sen-

------

    ⌐ Il est une clarté plus prompte et non moins sûre,
      Qu'allume à notre insu l'infaillible nature,
      Et qui de notre esprit enfermant l'horizon,
      Est pour nous la première et dernière raison.
   (1) Ferdinand Brunetière : *Un précurseur de la Pléiade, Maurice
Scève.*

timent singulier, un vrai démon ou génie, comme les anciens l'appelaient; l'esprit lui sert d'instrument, la nature lui fournit des matériaux; mais il est lui-même la partie essentielle de ses œuvres, et si elles plaisent, si elles intéressent, c'est qu'il y respire, qu'il les anime, que par leur moyen il pénètre et descend jusqu'au fond de nos âmes. Je ne puis me figurer un poète alignant des syllabes et tenant son lecteur en vue. Le propre de la poésie est d'avoir des effets et point de but. Le poète chante comme l'oiseau, sans songer qu'on l'écoute, mais parce qu'il en éprouve le besoin, et qu'il est fait pour chanter. Tous ses travaux (et ces travaux sont grands et pénibles plus qu'on ne pense, même dans le moment de l'inspiration), tous ses travaux tendent à le satisfaire lui-même intérieurement, en répondant à un modèle idéal d'harmonie, de sentiment, d'images qu'il se sent pressé d'exprimer fidèlement. Il ne faut pas croire que le caractère du démon poétique soit la fureur, les éclats extraordinaires. L'enthousiasme est souvent doux, tendre, paisible et notre bonhomme La Fontaine est mille fois plus profondément possédé que le pindarique Lebrun. Mais de toutes les sources de l'enthousiasme, la plus élevée comme la plus féconde, c'est incontestablement le sentiment de la religion, parce que c'est celui qui est le plus intime à la nature humaine, et qu'il lui parle éternellement le même langage à travers toutes les formes dont l'ignorance, les préjugés et les erreurs des hommes l'ont revêtu depuis l'origine des siècles. Orphée, Homère, Hésiode, furent des prêtres plutôt que des poètes; l'âme de Virgile était pieuse, et les chœurs d'*Esther* et d'*Athalie* sont les plus beaux morceaux de notre poésie moderne, parce que ce ne sont point des enfantements de l'art, mais les saints mouvements, et comme de véritables prières d'un esprit religieux qui se sent en présence de la divinité. Rousseau était doué d'un vrai génie lyrique : il a puisé à la même source que Racine; toute la pompe et la magnificence des divines Écritures passe dans ses sublimes et harmonieux cantiques. Qu'est-ce donc qui lui manque, et que nous saisissons avec un plaisir si inexprimable dans les chants de l'auteur d'*Athalie?* l'onction d'un cœur intimement pénétré !

Je ne sais si je m'abuse, mais il me semble que je viens de lire un des commentaires éloquents des *Méditations* ou bien quelque fragment de l'*Avenir de la poésie* par

Lamartine. Il n'y a en trop que la phrase sur La Fontaine, auquel Lamartine n'a jamais rien compris.

On dira peut-être qu'en citant ce morceau remarquable, daté de 1820, je ne tiens aucun compte de la chronologie de l'œuvre poétique de Charles Loyson. Mais pourquoi m'en embarrasserais-je, quand lui-même a mis dans son second volume de vers, paru en 1819 (1), les élégies qui figuraient dans le premier, pour lui donner plus d'unité. Entre ces deux volumes, publiés à deux ans de distance, il n'y a, d'ailleurs, aucune différence au point de vue de la forme ; et c'est tout au plus si dans l'épître, qu'il affectionnait et où il excelle, la pensée s'est élevée de quelques degrés, de son épître à Ducis à celles qu'il a dédiées à Victor Cousin et à Royer-Collard. Toutes ses élégies doivent être du même temps ; en tous cas, elles lui ont été toutes inspirées par la vue du pays natal, par ses souvenirs d'enfance et par la pensée de la mort. Cette dernière pensée est même celle qui domine toute son œuvre. Evidemment Loyson avait le pressentiment de sa fin prochaine (2). Et c'est parce qu'il se sentait mortellement atteint qu'il avait hâte de dire tout ce qu'il avait dans la tête et dans le cœur, en prose et en vers, dans le journal comme dans le livre.

Grande nouvelle, écrivait-il en 1818 à son ami Papin, j'ai eu

(1) *Epîtres et Elégies*, Paris, chez P.-F. Delestre, libraire, rue Neuve-de-Seine, n° 79, 1819. — Un vol. in-12 de VI-96 pages.

(2) Il l'avait si bien que, sur le frontispice du temple qu'il rêvait d'élever aux poètes morts jeunes — pensée touchante et digne d'un fils des Muses — il avait gravé l'inscription que voici :

Dormez sous ce paisible ombrage,
O vous pour qui le jour finit dès le matin,
Mes hôtes, mes héros, mes semblables par l'âge,
Par les penchants, *peut-être aussi par le destin.*
Dormez, dormez dans mon bocage.
Et si la Parque sans pitié
Tranche aussi de mes ans l'écheveau délié,
Que dès longtemps déjà son noir ciseau menace,
Permettez, ô mes bons amis,
Que, comme maître du logis,
J'ose au milieu de vous venir prendre une place.

une consultation de médecin, assisté d'un très habile chirurgien.
Le résultat de cette conférence, c'est que mon état est alarmant,
qu'il est rare qu'à vingt ans un homme de cabinet soit aussi
avancé que je le suis dans l'hypocondrie et que si je ne me décide
à faire régulièrement six heures d'exercice par jour, moitié à
pied, moitié à cheval, ajournant tout travail littéraire, j'irai toujours m'enfonçant dans ma langueur, et que j'arriverai à un
marasme affreux d'où rien ne pourra me tirer. Mes intestins sont
presque aussi paresseux que vous ; s'ils le sont d'une manière
aussi incurable, je me regarde comme un homme perdu sans
ressource (1).

Il avait beau rire de son mal et en prendre stoïquement
son parti, ses amis et ses proches n'avaient pas sa résignation et le pressaient d'écouter ses médecins et de se retirer
à la campagne. Mais quoi ! six heures d'exercice par jour et
ne plus toucher à une plume. Autant valait mourir tout de
suite. Et comme son cerveau était sans cesse en ébullition,
comme la lettre moulée l'attirait de plus en plus, il ne tint
aucun compte des prescriptions de ses médecins et se laissa
aller à son penchant naturel.

En moins de trois ans, il publia à droite et à gauche, dans
les *Débats*, les *Archives philosophiques, poétiques et
littéraires*, le *Spectateur* et le *Lycée français*, la matière
de plusieurs volumes de prose et de poésie. Odes, élégies,
épitres, bouts rimés, madrigaux, imitations et traductions,
articles de critique (2), récits de voyages, tout lui était bon.
pourvu que son esprit fût en campagne. Et c'est à cheval
sur Pégase qu'il faisait les six heures d'exercice par jour

(1) Lettre inédite.
(2) On lit à ce sujet dans les *Portraits contemporains* de Sainte-Beuve,
t. I, p. 222 :
« Parmi les morceaux de *littérature classique* que Charles Loyson
donna aux *Archives*, il en est deux sur Pindare qui sont à mentionner :
M. Cousin en fait grand cas, et, en effet, Loyson a le mérite d'avoir,
sans appareil d'érudition ni, comme on dit, d'esthétique, démêlé la poétique de Pindare et compris l'espèce d'unité vivante qui animait ses
odes. Il voudrait qu'en tête de chacune le traducteur mît un avant-propos ou argument qui préparât le lecteur : précisément ce qu'a si bien
fait M. Cousin en tête de chaque dialogue de Platon. »

que lui avaient ordonnées les médecins. Quand il était lassé, quand il n'en pouvait plus, il empruntait la main de son jeune frère, qu'il avait fait venir auprès de lui pour achever son éducation (1). Plusieurs de ses articles de polémique sont demeurés célèbres et se lisent encore avec un réel [plaisir. De ceux-là sont : *Guerre à qui la cherche* ou *Petites lettres sur quelques-uns de nos grands écrivains, par un ami de tout le monde, ennemi de tous les partis*, et sa *Lettre à Benjamin Constant*. Charles Loyson n'était pas de ces poètes que le sort de la patrie laisse indifférents et qui s'enferment dédaigneusement dans une tour d'ivoire ; il avait le cœur français, comme il le disait dans sa *Lettre à Viguier*, et quand il voyait

> ... la Discorde au milieu de nos villes
> Aller semant la haine et les fureurs civiles,
> Et déjà, déployant ses cruels étendards,
> Aux partis désarmés rapporter ses poignards,

son sang se troublait, il se jetait dans la mêlée, et disait courageusement son fait au ligueur fanatique

> Qui, le cerveau rempli de sa chimère antique,
> À Coblentz endormi, veut, à peine éveillé,
> Que tout à son exemple ait trente ans sommeillé ;

au salon de club, au Brutus de cabaret, tour à tour courtisan, factieux subalterne,

> Et qui, pour ex-voto, vient à la liberté,
> Offrir les longs affronts de sa servilité.

Il faut l'entendre parler du rôle de la presse dans *Guerre à qui la cherche*. On dirait vraiment que les lignes suivantes s'appliquent aux journaux et à la situation d'aujourd'hui :

---

(1) « Ma santé est meilleure que vous ne l'avez vue, écrivait-il à Papin, mais cependant toujours capricieuse et fantasque. Dans ce moment j'emprunte la main de Jules parce que j'ai sur l'estomac les plaies de douze sangsues qui m'ont été mises hier... » (Lettre inédite.)

On lit beaucoup en France. Les journaux et brochures politiques sont des espèces de tribunes publiques, d'où les écrivains parlent à la nation entière et forment ses opinions. Car ceux-là même qui ne lisent pas se rangent insensiblement à l'avis de ceux qui lisent; c'est donc aux écrivains principalement de s'efforcer d'accomplir parmi nous l'œuvre de la réconciliation; noble tâche, s'il se trouve quelqu'un qui essaie sincèrement de la remplir, et, malgré toutes les difficultés apparentes, tâche facile encore au vrai zèle et à la bonne foi. Mais les journaux manquent d'autorité, parce que, à tort ou à raison, on ne les croit généralement ni assez désintéressés, ni assez indépendants ; et cette idée, juste ou non n'étant pas de nature à s'évanouir promptement, mettra longtemps un obstacle insurmontable au bien qu'ils pourraient faire. Toute la ressource est donc dans l'influence des écrivains politiques un peu accrédités. Avec deux qualités, je le répète, sincérité et désintéressement, ils peuvent être les anges tutélaires de la nation. Mais où sont les écrivains sincères et désintéressés ? Où sont ceux qui ont une patrie et point de parti ? Je me suis, comme beaucoup d'autres, laissé prendre à l'apparence ; j'ai cru à la bonne foi dans des hommes d'une réputation honorable et d'un caractère estimé ; j'ai compté sur le besoin du repos après tant et de si effroyables agitations ; j'ai espéré en la raison dans un siècle éclairé. En voyant nos intérêts discutés, aux yeux de la nation, dans de nombreux écrits par des esprits si distingués, j'ai cru la France sauvée. On n'est pas d'accord, me suis-je dit, mais le choc des opinions va faire jaillir la lumière, et la lumière montrera la vérité, qui réunira tout à elle. Mon illusion a peu duré. Cette sorte de congrès philosophique, que j'avais créé dans mon imagination, s'est tout à coup transformé en champ de bataille, où, à la place de ces prétendus plénipotentiaires de la raison, je n'ai plus aperçu de tous côtés que les soldats aveugles de la passion et de l'esprit de parti ; je les ai vus à découvert, ces grands hommes en qui j'avais mis mon espoir, et j'ai été frappé du même étonnement qu'Enée, lorsqu'une divinité, après avoir dissipé le nuage qui offusquait ses yeux mortels, lui montra tous les dieux se disputant à l'envi le fatal honneur de porter le dernier coup à la malheureuse Troie...

Là encore, sur le terrain politique, il pensait, il agissait comme Lamartine devait le faire vingt ans plus tard, et

quelque chose me dit que s'il était entré à la Chambre, tout
en appuyant ses amis Royer-Collard, Guizot, de Serre, il
aurait siégé, comme le poète des *Harmonies,* au plafond.

. Ses petites lettres, au nombre de dix-sept, obtinrent un
succès considérable, mais la plus connue, celle qui mit le
sceau à sa réputation de polémiste, fut sa lettre à Benjamin
Constant. Elle parut dans les *Débats* sous la date du 24 mai
1819, avec cette épigraphe malicieuse : *Solâ inconstantiâ
constans.* Cette fois Loyson passait de l'offensive à la défen-
sive. Il répondait à l'article injurieux que Benjamin Constant
lui avait consacré dans la *Minerve* et où il l'accusait d'avoir
inventé, fabriqué, injurié, et d'avoir écrit ses petites lettres
sur commande. Mais la riposte fut à la hauteur de l'attaque.
Après l'avoir félicité ironiquement d'avoir perdu cet air
étranger que nous autres Français désignons par le terme
de *style réfugié*, Loyson démontra à Benjamin Constant
qu'il n'avait rien inventé, rien fabriqué, et qu'en opposant
sa conduite et ses écrits d'hier à sa conduite et ses écrits
d'aujourd'hui, il s'était borné à reproduire textuellement
les passages que lui, Constant, avait jugé à propos de
supprimer dans la réimpression de ses œuvres. Il terminait
ainsi :

Je ne sais, Monsieur, si vos occupations vous laissaient dans
le temps le loisir de lire le *Patriote français,* journal très libéral, dirigé par Jacques Brissot. Jacques Brissot s'avisa d'accuser
de vénalité l'abbé Morellet, homme imbu, comme on sait, de préjugés serviles. Voici la réponse de celui-ci : « M. Brissot ne dit
pas la vérité. Je n'ai pas reçu un écu pour trouver J.-P. Brissot
bien absurde, et j'emploie ici volontiers l'excellente défense de
M. André Chénier contre une semblable imputation, lorsqu'il
observe que ceux qui la lui intentent *affectent bien radicalement
de croire que, pour les mépriser et le leur dire, il faut absolument être payé.* » Je trouve comme lui qu'une si bonne œuvre
peut être faite sans intérêt. Je ne suis point assez injuste, Monsieur, pour vous confondre avec les adversaires de l'abbé Morellet et d'André Chénier; mais en écartant le reproche d'absurdité,

que vous ne mériterez jamais, et le mépris, qui ne saurait être
légitime envers un homme comme vous, quelque raison, d'ailleurs, qu'on ait de s'en plaindre, j'adopte entièrement, à mon tour,
la réponse de l'abbé Morellet. Il n'est point nécessaire d'être payé
pour trouver votre invariabilité souvent en défaut. Ce serait un
argent trop facile à gagner, et la conscience y serait doublement
engagée.

Le trait avait été lancé d'une main si sûre que Benjamin
Constant fit le mort. Naturellement, le nom de Charles
Loyson sortit plus grand de toute cette campagne de presse
et acquit une autorité, un prestige, qui rejaillit sur son
cours à l'Ecole normale (1), car il n'avait cessé de mener de
front l'enseignement et les lettres, sans prendre garde qu'en
allongeant sa gloire il accourcissait ses ans, suivant l'expression de Joachim du Bellay.

VII

Cependant, dans ses moments de crise, il se sentait pris
de nostalgie, il aurait voulu partir pour Saumur, pour
Château-Gontier, où étaient tous ses souvenirs d'enfant et

(1) Un de ses anciens élèves, M. Sorin, qui fut plus tard proviseur
du lycée d'Angers, sa ville natale, et puis inspecteur d'Académie, nous
a laissé de Charles Loyson ce petit portrait ; « De taille moyenne, environ cinq pieds un pouce, il avait un certain embonpoint. Son teint était
coloré; ses yeux expressifs et doux reflétaient son intelligence et la
bonté de son cœur. Sa prononciation manquait un peu de netteté. Son
organe voilé laissait déjà pressentir l'affection de poitrine dont il mourut
un peu plus tard. » (V. *Documents historiques sur Château-Gontier*,
par l'abbé Foucauld, p. 249.)
Un autre de ses élèves, M. Augustin-François Théry, qui devint recteur de l'Académie de Caen, a parlé en ces termes de Charles Loyson :
«... Parmi ces hommes éminents, il y en avait un, *le plus jeune*, qui
nous apprenait à juger la littérature française. La pureté de son goût,
la noblesse de ses vues nous séduisaient. Son dévouement, que n'arrê-
taient pas les progrès trop visibles d'une cruelle maladie, touchait nos
cœurs, et lorsqu'à la fin d'une conférence brillante *nous le voyions porter un mouchoir à ses lèvres, et le retirer taché de sang*, nous éprou-
vions *une de ces sympathies douloureuses qu'inspire la perte prochaine,
inévitable d'un ami. (Etude sur Charles Loyson* lue dans la séance de
l'Académie imp. de Caen, en 1865.)

de jeune homme, mais les devoirs de sa charge et la mission qu'il s'était donnée le retenaient malgré tout à Paris.

Non, monsieur et bon ami, écrivait-il à Papin, le 21 avril 1819, je n'irai point chercher la santé sur les bords de la Loire, auprès de vous, dans les soins et les attentions maternelles de Mme Papin (maternelles sera ici, si vous voulez, une épithète de prudence). Ma mauvaise étoile m'attache à Paris, à la boue, à la fumée, à l'ennui, au dépérissement. Vous conviendrez vous-même que, dans un moment où la fortune est si peu fidèle et à tout moment si prompte à secouer les ailes et à prendre l'envolée, il y aurait de l'imprudence à lui donner soi-même le signal. Je suis cloué ici et j'y reste, non sans regretter les doux entretiens, les courses dans la campagne, cet aimable rien faire, que vous me faites entrevoir pour me séduire, et qui ne me séduisent que trop en effet. Je ne renonce pas cependant tout à fait à l'espérance de réaliser du moins une partie des projets que votre amitié se plaît à former. Mais je n'en vois l'accomplissement que dans un lointain assez reculé, et il faut pour cela que Dieu me fasse la grâce d'être malade encore longtemps. Mon état est pire aujourd'hui que vous ne l'avez vu. Je ne puis plus trouver d'aliments qui me conviennent pour le déjeuner. Potage, thé, café, fruits cuits, confitures, tout m'incommode. Lorsque j'ai une demi-once de pain sur l'estomac, je ne suis plus bon à rien qu'à souffrir. Il me reste un essai à faire, c'est de voir si je pourrai vivre sans manger. Si ce moyen ne me réussit pas, je ne connais plus que les neuvaines qui puissent me tirer d'affaire, mais ce n'est pas à vous que j'en demanderai. Cependant si c'est un bien de connaître son ennemi, je puis me flatter de *quelque mieux*. Le hasard, à qui nous devons tant de découvertes, m'en a fait faire dernièrement une, qui peut avoir des suites intéressantes pour moi. Je nourris dans mon sein, ou pour parler moins poétiquement, dans le gros intestin, un monstre, qui me ronge, et cause tous les maux que je souffre depuis trois ans. Ce monstre, puisqu'il faut l'appeler par son nom, c'est un ver solitaire. J'en rendais depuis longtemps des anneaux, que je prenais pour des déjections indigestes ; enfin je me suis aperçu depuis peu que ces petits anneaux, plats et blancs, avaient du mouvement. J'ai communiqué cette remarque à mon médecin, j'ai recueilli et je lui ai fourni plusieurs de ces anneaux, il a constaté que c'était bien certainement des parcelles de tænia, et l'on a déjà commencé à me traiter. Corneille disait à Louis XIV qui lui demandait comment il se portait : Sire, j'ai la tête pourrie. — Comment ! s'écria le monarque effrayé, la tête pourrie ? — Oui, Sire, il en est sorti plus de quarante mille vers. Hélas ! je n'en ai qu'un, et qui n'est pas dans la tête, mais il n'est pas sorti ! La plaisanterie du vieil auteur du *Cid* ne plut pas à la délicatesse de Louis XIV. Vous n'êtes pas roi de France, mais vous avez autant de goût qu'un roi pour le moins. Que direz-vous de la mienne ?

Vous m'avez appris que je ne suis qu'une bête avec mes sottes délicatesses. Mais que voulez-vous, les hommes de génie le sont bien, comme disait Duclos. J'ai prié M. Cailleau d'acheter quatre livres de chocolat pour Mme Papin. J'aurais voulu faire la provision plus forte, mais on m'a fait craindre que ce ne fût trop charger la personne qui veut bien vous faire ce petit message. Quand le ruisseau sera épuisé, je vous prie de recourir à la source.

Je me suis acquitté de votre commission chez M. Labitte. Il n'a point de Reid, et n'espère guère vous en trouver un aussi promptement que vous paraissez le désirer. Quant à l'ouvrage de M. Ancillon, il n'en connaît qu'un, intitulé, je crois, *Histoire de littérature et de philosophie*, je ne sais si c'est bien là exactement le titre, mais il y a toujours de la littérature. Si c'est celui-là que vous voulez, il vous le procurera. Le deuxième n'étant point imprimé à Paris, il est incertain qu'il le trouve. M. Maugras a aussi demandé un Reid à votre libraire, il passera avant vous. Vous avez pris mes plaisanteries pour des reproches, vous avez cru que je voulais des louanges, et vous m'en avez donné. Je les aime beaucoup, surtout quand elles viennent de vous, mais je ne les demande point, parce que ce n'est point ainsi qu'elles peuvent être flatteuses. Je suis plus mécontent de la réparation que de l'offense. Je suis bien aise de savoir ce que vous répondrez à ceci (puisque vous vous piquez de répondre article par article) et si vous prendrez cela au sérieux ou non. Nous verrons.

Il y a longtemps que mes lettres n'ont renfermé de bulletin littéraire, je veux dire poétique, car ma littérature est tout entière dans la poésie, aujourd'hui que je ne suis plus capable d'un travail sérieux, et ma poésie elle-même ne consiste que dans quelques caprices, quelques épigrammes. Je crois avoir fait un poème épique quand j'ai atteint le dizain. Vous aurez donc aujourd'hui des vers, c'est-à-dire de mes vers. Pour un poète l'explication est inutile. Voici un petit compliment adressé à une personne dont le nom ni le talent ne vous sont inconnus :

> Encore une victoire! Il faut, sur ma parole,
> Il faut bon gré mal gré qu'on devienne jaloux.
> Pourtant au fond du cœur un espoir me console.
> Souffrez que j'ose ici vous le dire entre nous.
> Oui, oui, gardez-la bien, cette illustre couronne.
> C'est la dernière enfin que vous remporterez,
> Et, si l'Académie aujourd'hui vous la donne,
>   L'an prochain... vous la donnerez.

Le héros de ce madrigal n'y ayant pas fait de réponse, empêché apparemment par ses nouvelles et importantes occupations, voici une épigramme qui prit la liberté d'aller lui en demander raison :

> J'aime à gagner sur tout, et j'attendais
> Qu'un de ces jours en belle et bonne prose
> Seraient payés mes méchants verselets.
> Me suis trompé, bien vous savez la chose.
> Or étant donc allé, d'un ton dolent,
> Porter ma plainte à Phœbus, notre maître, ·
> Et m'enquérant d'où le cas pouvait naître,
> Le dieu soudain me fit : Mon pauvre enfant!
> Novice encore es-tu sur ce chapitre :
> L'adresse était à l'homme de talent,
> Mais l'homme en place aura reçu l'épitre.

L'épigramme a été plus heureuse que le madrigal, et j'ai une réponse charmante. N'est-ce pas bien là l'image de ce que nous voyons tous les jours dans le monde ? On laisse les bons de côté, et les méchants on les accueille, on les fête, on les recherche... Trêve de morale et revenons à nos moutons, c'est-à-dire à mes vers, car je veux vous en accabler ; et pour vous ramener encore sur le quolibet du grand Corneille, c'est aujourd'hui que j'ai pris mon premier remède, il me semble déjà que j'en éprouve l'effet. Voici donc une petite pièce que j'ai donnée à M. Auger à l'occasion de sa nomination à l'Académie :

> Pourquoi, malgré la voix publique,
> Ton caractère et tes talents,
> Le sanctuaire académique
> Te fut-il fermé si longtemps?

> C'est que la savante cohorte
> Voulant doublement t'honorer
> Attendait pour t'y faire entrer
> Qu'on eût mis Etienne à la porte.

Adieu, vous en voilà quitte. Vous me direz peut-être que mes épigrammes sont des madrigaux et mes madrigaux des épigrammes. Vous me direz tout ce qu'il vous plaira. Vous les avez lus, c'est la première chose que cherche un poète ; et c'est ce que de notre temps il n'obtient pas toujours.

M. Ducis est donc mort ! Ne serait-ce pas là le commencement d'une nouvelle lettre, bien plus longue que celle que vous venez de lire ? Vous savez tout ce que perd la France, tout ce que perdent les lettres, et vous savez qu'outre la part que j'ai à ce malheur, comme citoyen de l'une et ami des autres, j'ai encore droit à une douleur particulière. M. Ducis avait des bontés pour moi, il m'aimait véritablement. Je l'avais beaucoup vu dans ces derniers temps, et j'avais été à portée d'admirer en lui quelques étincelles de son ancien génie, et toute la noblesse de son âme dont la vieillesse n'avait point diminué la hauteur et la fermeté plus que romaine. Car Brutus reçut des présents de César, et Cicéron fit des harangues à sa louange. C'était Ducis qui disait sans malice à Garat, en lui serrant le bouton où sa mauvaise vue ne lui laissait pas apercevoir le ruban *d'honneur* : « Quand je vois la bassesse des misérables que Bonaparte déshonore de ses faveurs, il me prend un grand dégoût de la vie et des hommes. Je voudrais me réfugier dans la Lune, en ouvrir la fenêtre et jeter mon pot de chambre sur le genre humain. » Il y aura, le 24, à l'Académie une séance où M. Campenon lira une épître de *Ducis à Bouflers*. Que de choses ces deux noms réunis nous disent, les derniers représentants du génie et de la grâce, nous les avons perdus. Il ne nous reste plus, je crois, de l'autre siècle que M. Suard. C'est un miroir qui nous en retrace de belles choses : il est bien poli, mais un peu froid. L'épître de Ducis à Bouflers a des endroits dignes des plus beaux temps de l'un et de l'autre.

Adieu. Mille tendresses à Mme Papin. Je vous embrasse. Je serais curieux de savoir le sujet de votre correspondance avec ma mère, quoique après tout je n'y sois pas si intéressé que si j'étais encore à faire (1).

C. L.

(1) Lettre inédite.

Ducis était alors le chef avoué et reconnu des derniers tenants du classicisme. Ils auraient pu choisir plus mal, car en dehors de son talent que personne ne contestait, le silence obstiné qu'il avait gardé tout le temps de l'Empire pour mieux marquer son opposition au « tyran » lui avait conquis des admirateurs jusque parmi les romantiques. On se rappelle la phrase de Chateaubriand, disant dans son discours de réception à l'Académie française : « Je passe aux nourrissons des neuf Sœurs, et j'aperçois le vénérable auteur *d'Œdipe* retiré dans la solitude et Sophocle oubliant à Colone la gloire qui le rappelle dans Athènes. » Chateaubriand avait appris à l'estimer par Fontanes qui, tout jeune, l'avait fréquenté et se plaisait à raconter à ses amis la rencontre à laquelle il avait assisté de Ducis avec Jean-Jacques. Et j'ai lu dans les souvenirs de Mme Ancelot que, pour faire plaisir aux romantiques et aux classiques qu'elle recevait chez elle, elle avait mis dans son salon le portrait de Ducis en face de celui de Chateaubriand.

VII

Cependant quelques jours plus tard Charles Loyson mandait encore à son ami Papin :

Savez-vous bien que je suis capable de résolutions soudaines et de grandes entreprises. J'ai été sur le point de me mettre en route pour Saumur avec mon frère. Je suis encore tenté de l'y aller attendre à son retour, mais je n'en ferai rien et pour plus d'une raison. Que j'aurais pourtant d'envie de vous voir, de vous embrasser, de vous pratiquer, de tirer de cette amitié ce qui m'en doit revenir, et dont vous me rendez si peu fidèle compte ! Me voilà donc, au lieu de cela, seul dans mon bureau (1), égayé de temps en temps par une barbe juive ou un ministre du saint évangile. N'en plaisantons point, je vous en prie, j'ai, en général, affaire à de braves gens, et je les aime en vérité de tout mon cœur·

(1) Il était alors chef du bureau des cultes non catholiques au ministère de l'intérieur.

Allez, Dieu leur fera miséricorde, ce qui ne m'empêche pas de le
remercier d'être catholique (1).

Catholique, il l'était, en effet, mais à la façon de Royer-
Collard, de Guéneau de Mussy, de Molé, de Pasquier, d'Ambroise Rendu, qui se rattachaient à la grande école de Port-
Royal par les liens du corps et le sang de l'âme. Outre qu'il
appartenait à une famille foncièrement religieuse, il s'était
lié à Paris avec l'abbé Burnier-Fontanel, protonotaire apos-
tolique et doyen de la Faculté de théologie, dont la nièce,
après lui avoir inspiré des vers charmants (2), devait épouser son frère Louis-Julien. Celui-ci, quand il était recteur,
passait pour un évêque laïque aux yeux de ses subordonnés.
Je ne vois donc pas pourquoi Sainte-Beuve dit quelque
part (3) que Charles Loyson aurait été bien surpris, s'il était
revenu au monde vers 1866, d'être l'oncle des deux abbés

(1) Lettre inédite.
(2) Voici la fin de la pièce de vers qu'il lui a dédiée :

A *Mlle Pauline X...*

. . . .
Quand je vous vis pour la première fois
Pleine de feu, folâtre et sémillante,
Votre air, vos yeux, vos gestes, votre voix,
Tout exprimait une gaîté brillante.
Dieu ! A ce point avez-vous pu changer ?
Triste aujourd'hui, plaintive, gémissante,
Nos plus doux jeux semblent vous affliger.
Vous n'y portez qu'une âme languissante ;
Et si parfois un sourire léger
Sur votre bouche a commencé d'éclore,
C'est pour se perdre aussitôt dans les pleurs,
Comme souvent un rayon de l'aurore
Brille et s'éteint dans d'humides vapeurs.
Pauline, enfin, c'est trop longtemps vous taire.
De mes chagrins vous savez le sujet :
Il faut répondre, il faut que sans mystère,
A votre tour, de votre ennui secret,
Vous me rendiez aussi dépositaire.
Oh ! que mon sort me paraîtrait heureux,
Si même mal nous tenait l'un et l'autre !
Mais plût au ciel pour combler tous nos vœux,
Que le mien fût le remède du vôtre !

(3) *Port-Royal*, t. I, p. 555.

Loyson. Le poète qui devait appeler M. Frayssinous à son lit de mort et qui connaissait les sentiments chrétiens de son frère aurait trouvé tout naturel, au contraire, que l'arbre Loyson-Burnier-Fontanel ait poussé des racines dans le sanctuaire de l'Eglise. Sa sainte mère et l'abbé Blouin n'avaient-ils pas eu l'arrière-pensée de faire de lui un prêtre quand ils l'envoyèrent au collège de Beaupréau? Et lui-même n'avait-il pas gardé une pieuse reconnaissance au vieux chapelain de Saint-Joseph de Château-Gontier, qui lui avait fait faire sa première communion? Nous avons vu plus haut en quels termes il le recommandait, peu de temps avant de mourir, au Ministre des cultes; qu'on lise à présent ces vers que j'extrais de ses *Souvenirs de l'enfance*

> L'âge enfin nous mûrit et nous rendit plus sages,
> Nous étions, à douze ans, de graves personnages,
> Vois-tu ce lieu sacré? c'est là qu'un cierge en main,
> Signe mystérieux d'amour et d'innocence,
> Pour la première fois, au céleste festin,
> Un pasteur vénérable accueillit notre enfance.
> O toi dont la bonté, les vertus, le savoir,
> Ont formé mon jeune âge, ô mon guide et mon maître,
> Le ciel loin de ces lieux t'a conduit, et peut-être
> Dans ce mortel séjour je ne dois plus te voir!
> Sois heureux, quelque part que t'ait porté ton zèle,
> Fais pour d'autres encor ce que tu fis pour moi :
> Qu'ils gardent tes leçons, et qu'en pensant à toi
> La vertu chaque jour leur paraisse plus belle.

Pauvre jeune poète! il disait que son destin fut toujours de n'être heureux qu'en songe (1). Il est certain qu'aucun de ses vœux n'a été exaucé. Il s'était épris de Mlle Pauline Burnier-Fontanel, dont il aurait désiré faire sa femme, et le sort voulut qu'après sa mort elle entrât dans sa famille au bras de son frère. Il avait rêvé de reposer dans le cimetière de son pays, au haut de la colline qui dévale si gracieusement vers la Mayenne (2), et il a été enterré dans une

(1) *Epître à Maine de Biran.*
(2)   Là je contemplerai cette enceinte où la croix,

nécropole parisienne (1), loin des siens, loin de sa petite
ville, sans avoir eu le temps de construire la maisonnette
aux volets verts, à la façade blanche, aux tuiles rouges, du
rêve d'Horace, dans le jardin de laquelle il se faisait une
fête de dresser, comme dans un *campo santo*, des mauso-
lées à tous les poètes morts jeunes, depuis Tibulle, son
poète favori, jusqu'à Malfilâtre et Gilbert (2). Mais son lit
de mort, pour n'avoir point été arrosé des larmes de sa
mère et de l'eau bénite des bonnes vieilles de son pays (3),
n'en fut pas moins très entouré. Ses frères, l'abbé Burnier-
Fontanel, ses meilleurs amis étaient là quand il mourut ;
ce fut l'abbé Frayssinous qui l'assista dans ses derniers
moments (4), et voici l'éloge que Maine de Biran fait de lui
dans son journal, à la date du 27 juin 1820, qui est celle
de sa mort :

27 juin. En revenant du bain à 10 heures, j'ai été frappé comme
d'un coup de foudre en apprenant la mort du jeune Loyson, qui
habitait la même maison que moi (3). C'était un compagnon, il
cultivait les lettres et la philosophie avec succès et une facilité
étonnante. Ce jeune homme se nourrissait de sentiments mélan-
coliques qui présageaient, ce semble, sa fin prématurée. Il me
disait dans les premiers jours de sa maladie : « J'ai cru que le
phénomène allait disparaître tout à fait », faisant allusion à nos
conversations précédentes, où nous appelions *phénomène* tout ce

> Saluée en passant du pieux villageois,
> Annonce à mes regards la demeure dernière
> Qui tôt ou tard de l'homme engloutit la poussière.
> Le crois-tu, cher ami? dans ce funèbre enclos,
> J'aime à choisir la place où m'attend le repos.
>
> (*Les Souvenirs de l'enfance.*)

(1) Le cimetière du Père-Lachaise.
(2) Cf. son étude sur André Chénier.
(3) Quelques jours après sa mort, l'abbé Frayssinous écrivait à la
mère du jeune poète : « C'est moi, Madame, qui ai assisté M. votre
fils Charles, dans la maladie qui l'a conduit au tombeau ; je crois pouvoir vous dire pour votre consolation que j'ai été très content de ses
dispositions et que tout me porte à croire que Dieu l'aura reçu dans sa
miséricorde. » (*Œuvres choisies de Charles Loyson*, lettre-préface du
P. Hyacinthe à M. Emile Grimaud.)
(4) Rue du Bac, 86.

qui tient à notre sensibilité actuelle, ou qui s'y manifeste immédiatement.

O mon ami ! si, comme nous l'avons pensé ensemble quelquefois, les âmes ont un mode de communication intime et secrète, auquel les corps ne participent pas, votre âme ne pouvant plus se manifester maintenant par ces moyens visibles dont l'usage m'a tant de fois édifié et consolé, doit avoir d'autres moyens de se faire sentir à la mienne et de lui inspirer des sentiments meilleurs, des croyances plus fixes.

Le 28, à neuf heures du matin, j'ai assisté à la cérémonie funèbre de l'enterrement de mon jeune ami. Il est en paix. Sa vie était pleine de souffrances. J'espère que cette âme si belle, n'étant plus empêchée, offusquée par une mauvaise machine, jouit maintenant de la plénitude de la vie de lumière (1).

Enfin, le jour de ses funérailles, quand le corps de Charles Loyson fut descendu dans la fosse, Victor Cousin, qui l'aimait comme un frère et qui lui a dédié un de ses Dialogues de Platon, se détacha de la foule, visiblement émotionnée, et prononça les paroles suivantes :

... Tu n'as paru qu'un instant sur la terre, mais pendant cet instant si court et si bien rempli, tu as cru à la sainteté de l'âme, à celle du devoir, à tout ce qui est beau, à tout ce qui est bien, et tu n'as cessé de nourrir dans ton cœur les seules espérances qui ne trompent point. Ta vie a été pure, ta mort chrétienne. J'ai besoin de me souvenir que c'est là l'unique éloge que ta pieuse modestie voulut recevoir. Mon silence est la dernière preuve de mon dévouement. O le meilleur des fils et des frères, le plus sûr des amis, noble esprit, âme tendre, jeune sage, combien ne faut-il pas que ton ombre m'impose, pour arrêter ainsi le cri de mon cœur et de mes plus chers sentiments !

C'est ainsi que Charles Loyson, qui toute sa vie n'avait travaillé que pour la gloire, entra dans l'immortalité. Vingt-sept ans après, quand Paris l'avait oublié, sa ville natale demanda au gouvernement l'autorisation d'honorer sa mémoire en posant une plaque de marbre sur la

(1) Ernest Naville : *Maine de Biran, sa vie et ses pensées*, p.308-309.

façáde de la petite maison de ses parents. Et lorsqu'en 1900 je conçus le projet de lui ériger un buste à Château-Gontier, non seulement la municipalité me seconda dans cette entreprise, mais elle choisit comme emplacement de ce buste la promenade du *Bout-du-Monde*, que le poète a célébrée dans ses vers (1), et toutes les classes de la société castrogontérienne se firent un devoir de m'apporter leur offrande. Les monarchistes se rappelèrent que Charles Loyson avait été le défenseur du trône; les républicains, qu'il avait été le champion de la liberté; les catholiques, qu'il avait eu une enfance et une mort chrétiennes; ceux enfin qui mettent au-dessus de tout la religion de la patrie dirent avec Brizeux :

> Il aimait son pays et le faisait aimer !

---

(1)   Pour moi, j'irai rêver sur ce vieux *Bout-du-Monde*,
Superbe promenoir de nos simples aïeux,
Qui depuis deux cents ans suspend au bord de l'onde
Les marronniers plantés sur un roc sourcilleux.
                                        (*Les Souvenirs de l'enfance.*)

III

SUR L'ABBÉ DE KERAVENANT
confesseur d'Elvire.

Pierre-Marie-Joseph Grayo de Keravenant appartenait à une ancienne famille bretonne du pays de Vannes. Il fit ses études au séminaire de Saint-Sulpice et fut admis ensuite dans la communauté des prêtres de cette paroisse. Mais, ayant refusé de prêter serment à la Constitution civile, il se vit obligé de quitter la France. Rentré secrètement à Paris peu de temps après, il fut arrêté et échappa miraculeusement au massacre des Carmes, en 1792. C'est alors que commença son apostolat héroïque. Pendant toute la Terreur, il fut, avec l'abbé de Sambucy et quelques autres, l'un des prêtres les plus connus pour leur dévouement au service des condamnés du Tribunal révolutionnaire. On assure même qu'il eut des rapports très intimes avec Danton, et que, confesseur de la jeune fille que celui-ci voulait épouser, il bénit secrètement leur union et reçut la confession du fougueux tribun. Mais je crois bien que ce n'est qu'une légende. Ce qu'il y a de sûr, c'est qu'en 1804, étant vicaire à Saint-Sulpice, il encourut la colère de Bonaparte pour avoir assisté Cadoudal en prison et jusqu'au pied de l'échafaud. Après avoir été exilé de ce chef dans le diocèse d'Orléans, il obtint de résider à Versailles où il fut nommé chanoine honoraire, mais il ne put revenir à Paris qu'après les événements de 1814. — Promu à la cure de Saint-Germain-des-Prés, en 1816, il fut assez heureux pour sauver son église de la des-

truction. On sait qu'elle servait de dépôt de salpêtre pendant la période révolutionnaire. Le salpêtre ayant miné tous
les piliers, les architectes prétendaient qu'ils étaient incapables de supporter le poids de la voûte. L'abbé de Keravenant, à force de démarches, fit révoquer l'arrêt prononcé
contre la vieille église qui fut restaurée avec beaucoup de
temps et d'argent. Ce beau geste l'avait rendu très populaire
dans la paroisse, où il était également très estimé pour sa
piété et sa charité. Quand il mourut (26 mai 1831), tous les
pauvres accompagnèrent son corps au cimetière Montpar-
nasse. Il avait environ soixante-dix ans.

(Renseignements fournis par M. de la Guibourgère, chanoine de Notre-Dame, ancien curé de Saint-Germain-des-
Prés.)

IV

SUR JOSEPH ROCHER

Un petit-neveu de Joseph Rocher nous ayant communiqué à la dernière heure un certain nombre de lettres inédites, adressées à son grand-oncle par le duc de Rohan, Lamartine et Emile Deschamps, nous en publions ci-dessous quelques-unes, nous réservant de publier les autres dans le *Cénacle de 1824,* où elles ont leur place marquée d'avance.

LETTRE DU DUC DE ROHAN SUR LA MALADIE DE LAMARTINE

Paris, le 7 mars 1820.

Il y a bien longtemps que j'ai le désir et que je forme chaque jour le projet de vous écrire. Je n'ai pas besoin, cependant, de m'excuser de ce long retard, vous concevez mieux que personne les angoisses et les douleurs qui ont déchiré mon cœur depuis quelques semaines. A peine étais-je hors d'inquiétude pour mon pauvre Lamartine que le coup terrible qui nous a tous accablés est venu fondre sur nous et nous a plongés dans la plus profonde affliction. O mon Dieu, que vos desseins sont impénétrables et confondent notre raison, mais qu'ils sont admirables en même temps ! Vous ne frappez que pour consoler et à côté de votre justice vient se placer aussitôt votre miséricorde. Si d'une main vous nous punissez en nous arrachant l'objet de notre amour, de l'autre vous lui ouvrez les portes du ciel et vous nous laissez entrevoir l'espérance.

Rien n'a été touchant, héroïque, chrétien comme la mort de notre excellent prince (1) : une foi vive, un repentir sincère, une charité surnaturelle, une espérance sans bornes ont sanctifié ses derniers moments et nous laissent au milieu de notre douleur la plus douce confiance en pensant que le nombre de nos protecteurs dans le ciel a été augmenté.

Vous n'avez pas su peut-être la maladie de mon pauvre Alphonse. Je n'essayerai pas de vous peindre mon tourment, mais je vous peindrais aussi difficilement ma joie maintenant. Son état a été bien grave et il s'est cru frappé à mort. Loin d'être abattu par cette pensée il s'est jeté avec la plus tendre confiance entre les bras de Dieu, et là ne [songeant qu'à son amour il s'est résigné avec calme à tout ce que la divine providence voudrait décider. Il a demandé un prêtre qu'il a vu plusieurs fois et auquel il a fait une confession générale de sa vie. Dans de cruelles douleurs il ne se permettait pas une plainte ; pâle et défiguré, le sourire était constamment sur ses lèvres comme la paix dans son cœur. Il en était surpris lui-même, ne se dissimulant pas la grandeur de ses fautes, mais ne pouvant envisager que l'amour de son Dieu. Il reprit la ferme résolution de lui consacrer désormais sa vie et de se montrer chrétien jusqu'à son dernier soupir.

Je me réserve de vous dire, quand je vous reverrai, ce qu'il a été pour l'ami qui le soignait pendant cette longue maladie. J'ignore ce que je serais devenu si je l'avais appris malade en pays éloigné Nous parlions de vous souvent ; les soins que je lui donnais me rappelaient ceux que j'ai reçus il y a si peu de temps et j'aime tant à me les rappeler. Quand donc revenez-vous ? Je ne puis vous dire combien je le désire, combien vous me manquez. Oh ! je me suis attaché à vous pour la vie et bien tendrement. — Lagrenée est mieux de santé ; son imagination le fait souvent souffrir et me tourmente bien un peu quelquefois. Il est bien exposé : prions beaucoup pour lui, il n'y a que la prière qui console, qui calme, qui fortifie. Adieu, adieu. Recevez toutes mes tendresses, tous mes vœux pour vous, pour M. votre frère. On dit qu'il se marie. Donnez-moi de vos nouvelles si vous pouvez, mais revenez bien vite.

LE DUC DE ROHAN.

(1) Le duc de Berry.

Aix, 13 juillet 1825.

C'est une vraie joie pour moi toutes les fois que j'entends prononcer votre nom ! Aussi tout ce qui vient à ce titre sera reçu
avec autant de plaisir que d'empressement. Ce nom me rappelle
nos jours de Paris, nos longues promenades, nos conversations
si pleines d'avenir, nos vers, nos enthousiasmes, La Roche-Guyon,
etc., etc., et par-dessus tout un homme que j'ai aimé, admiré, que
j'aimerai, que j'admirerai toujours, un de ces caractères et de
ces esprits d'or pur qu'on retrouve si rarement sans alliage ! Jugez
si votre souvenir s'est effacé !

... Je désirerais bien pouvoir aller par Grenoble, je ferai tout
ce que je pourrai. Mais je crains que des arrangements préala-
bles pris par ma femme ne s'y opposent pour cette fois. Cependant
je n'en veux perdre l'espoir qu'au dernier moment. Mais si je ne
le puis pas, qui pourrait vous empêcher vous-même pendant vos
vacances de venir de chez Madame votre sœur passer huit ou dix
jours avec nous, dans notre solitude de Saint-Point? Vous seriez
reçu rustiquement, mais vous seriez sûr de nous faire un des plus
vifs plaisirs que je puisse éprouver : ce ne sont point de vaines
paroles. Pensez-y et venez.

Vous me parlez de vers, et je n'y pense plus qu'avec crainte
et dégoût. Je ne les aime qu'en me reportant dans le passé quand
nous les rêvions ensemble. Ils sont devenus pour moi une
ennuyeuse réalité. Mais vous? Est-il possible que votre verve se
soit tarie à volonté? Je ne le crois pas et je m'en félicite; on me
dit toujours : Corrigez! et je vous dis : Ne corrigez plus! mais
faites : vous avez un véritable talent et j'ai vu de vous des morceaux trop enchanteurs pour renoncer à en voir encore et à ce
que ce plaisir soit partagé tôt ou tard par les gens qui ont des
oreilles...

Adieu, à revoir ou bientôt, au mois de septembre. Je ne veux
pas renoncer à mon idée : faites mes compliments à un charmant
jeune homme que je vous félicite d'avoir recruté et avec qui je
crois que vous vous lierez avec plaisir. C'est M. (Albert) Dubois

que j'ai connu à Paris et que je reverrai, j'espère, en allant vous voir.

Votre ami de tout temps.

AL. DE LAMARTINE.

Si je n'avais pas la fièvre tierce, je crois que je vous aurais écrit en vers, tant votre nom est poétique pour moi.

Mâcon, 26 décembre 1829.

Mon cher Rocher, soyez mille fois remercié pour votre bonne lettre ; jamais je n'eus un égal besoin de consolations. Jamais je ne les sentis mieux. Je suis dans l'abîme de la douleur et il n'y a pas d'espoir : on retrouve ou l'on peut retrouver tout dans ce bas monde excepté une mère et une mère pareille (1).

Je suis accablé de tous les pays de demandes de recommandation pour vous (2). J'en reçus huit hier. J'en ai éludé sept. Mais en voici une d'un voisin, d'un ami de la famille que je vous soumets. Elle vous sera remise par son fils qu'il désire faire auditeur ou employer au ministère. On dit le jeune homme excellent sujet. La famille est des premières et des plus influentes en richesse et du pays. C'est M. Siraudin. Faites-donc pour lui en sûreté de conscience ce que vos combinaisons vous permettraient. Mais ne me répondez pas. Vous avez autre chose à faire. Je ne veux pas vous dérober une minute par sollicitations, mais tant que vous pourrez par amitié quand je serai à Paris.

J'y serai en mars et avril avec ma femme. Je termine ici de douloureux devoirs et d'ennuyeuses affaires. Puis j'irai vous faire mon discours qui ne sera pas séditieux (3). Si vous avez occasion de dire un mot pour moi assez fort à M. de Polignac, dites-le. Je tiens maintenant à m'éloigner pour plus d'une raison. Il m'a parlé de la Grèce où je pourrais être envoyé comme chargé d'affaires résident. Cela réunirait tout pour moi : diplomatie, poésie, Orient, climat et intérêt politique. Adieu.

LAMARTINE.

(1) Lamartine venait de perdre sa mère.
(2) Rocher était, depuis le 8 août 1829, secrétaire général du ministère de la Justice.
(3) Son discours de réception à l'Académie française.

1840

C'est bien à vous de m'encourager d'un signe de tête amical pendant le combat, combat qui finit par la mort, et qui plus est, par un peu de honte pour tous. Mais c'est mieux de venir me consoler.

Quand on se retire dans ses vieilles amitiés, on se console de ses défaites.

5 mars 1848.

     Mon cher ami,

C'est la voix du rossignol, au milieu d'une nuit d'orage, que votre mot d'amitié dans ce tourbillon.

Nous avons à traverser maintenant une crise financière de six semaines, pénible, affreuse, mais après laquelle tout ira bien.

La France est sublime de haut en bas ! Je ne suis rien qu'un *Curtius* qui veut lui fermer l'abîme. Aimez-moi et priez pour moi.

Excepté le trésor, pour six semaines, tout va merveilleusement. Dieu s'en mêle. Les affaires étrangères n'étaient pas plus assurées après *Austerlitz*.

Nous aurons un système français au lieu de l'isolement.

A vous de cœur.

                     LAMARTINE.

1849 ou 1850.

Un cœur vaut une capitale. J'aime mieux votre accueil que les ovations de trois mois. Je souffre de vous voir souffrant. J'irai dès que j'aurai une minute vous serrer la main.

                     LAMARTINE.

Sans date.

Mon cher ami, je ne sais plus répondre en vers, mais je réponds de cœur. Ce souvenir me touche et m'attendrit presque. Je la porterai, cette épingle, en mémoire de nos belles années et de nos jours avancés qui en conservent les attachements. *Eliciet cadum.*

                     LAMARTINE.

V

LETTRE A M. RENÉ DOUMIC

Paris, ce 22 octobre 1905.

Monsieur,

Le retard apporté dans le tirage de ce livre m'a permis de prendre connaissance du vôtre (1) et de constater à cette place — sans en être autrement surpris, car la piraterie littéraire est plus que jamais dans les mœurs du jour — que vous m'aviez emprunté en plusieurs endroits, sans juger à propos de me nommer.

Où auriez-vous pris, par exemple, que Julie était née à Paris, le 4 juillet 1784, qu'elle était créole par sa mère et qu'elle avait habité à Nantes pendant la Terreur, si ce n'est dans le *Mercure de France* du 1er avril dernier, puisque vous n'en saviez rien, le 1er février, lors de la publication des lettres d'Elvire dans la *Revue des Deux-Mondes*, et que c'est dans le *Mercure de France* du 1er avril que je révélai ces faits au public ?

Mais cela est de peu d'importance, et je n'aurais pas pris la peine de le relever, si vous ne vous étiez rendu coupable envers moi que de cette faute vénielle. Ce qui est beaucoup plus grave, ce que je ne puis laisser passer sans protestation, c'est le fait que voici :

A la page 65 de votre petit livre, on peut lire les lignes suivantes :

« C'est elle-même qui a souligné les mots : *pour expier.*

« Ils se trouvaient dans la pièce de l'*Immortalité* que Lamartine lui avait envoyée. Eux seuls l'y avaient frappée. Et tout de suite elle s'en était emparée, les détournant de leur sens, pour leur en donner un sur lequel l'ensemble de la lettre ne peut laisser aucun doute. »

Ainsi, non seulement vous vous êtes approprié sans vergogne

(1) *Lettres d'Elvire à Lamartine.*

celle de mes découvertes qui a été le point de départ de ce livre, mais encore vous avez eu le courage de la retourner contre El-vire — pour achever de la déshonorer.

En ce qui me concerne, je regrette, Monsieur, d'être obligé de vous dire que ce tour d'Escobar n'est pas digne de vous.

LÉON SÉCHÉ.

FIN DU VOLUME

INDEX ALPHABÉTIQUE

(1) Nous avons omis volontairement dans cette liste les noms de La-martine et de Mme Charles, qui sont cités presque à toutes les pages.

Musset (alf. de) 21, 18, 125, 130, 234, 236, 257, 258, 265.

FIN DE L'INDEX

TABLE DES MATIÈRES

—

I. — Les sœurs des hommes illustres, d'après Sainte-Beuve : Jacqueline Pascal, la sœur de René, la sœur de Jocelyn. — Eugénie de Guérin et Henriette Renan. — Secret de la supériorité
de la sœur sur le frère. — De l'influence de la mère sur son fils.
— L'esprit et le cœur de la mère. — Quelques exemples contemporains de Lamartine : la mère de Sainte-Beuve, la mère de
Victor Hugo, la mère d'Alfred de Vigny. — Conseils de Mme de
Vigny à son fils sur l'honneur de l'homme et celui de la femme,
sur la fréquentation des comédiennes, sur la noblesse, sur la
fidélité au roi et l'amour du pays, sur l'ambition et l'avancement dans l'armée.

II. — La mère de Lamartine d'après son journal. — Ni sermon-
neuse ni puritaine. — Fille d'une sous-gouvernante des enfants
du duc d'Orléans. — Chrétienne à la mode du xviiie siècle. —
Son admiration pour Jean-Jacques. — Mère à la façon de Mme de
Rémusat. — Le droit d'aînesse dans les familles nobles après la
Révolution. — Comme quoi Lamartine fut gâté par tous les
siens et fut, au physique et au moral, le portrait vivant de sa
mère. — La source naturelle de son panthéisme. — Le sentiment
religieux de la nature chez sa mère. — Il apprend à lire dans
la Bible et la *Jérusalem délivrée*. — Comment on développait
autrefois l'imagination des enfants dans les maisons d'éducation
religieuse. — Prières et lectures en commun à Mâcon et à Milly.
— Les comédies de Molière entre la récitation du chapelet et

une méditation. — La mère de Lamartine, pendant une absence
de son fils, brûle ses exemplaires de *l'Emile* et de *la Nouvelle
Héloïse*. — Son goût pour le métier des armes. — La fidélité
de son père à la cause des Bourbons. — Alphonse, maire à vingt
ans de la commune de Milly. — Sa passion pour le jeu. — Visite inattendue que lui fait sa mère à Paris. — Commme quoi,
lorsqu'il eut une situation sociale, il la paya largement de retour.
— Son chagrin quand elle mourut.

CHAPITRE III

CHAPITRE IV

CHAPITRE V

§ I. — LES MÉDITATIONS

I. — Les albums de la Bibliothèque nationale. — Intérêt des ma-

CHAPITRE VI

FIN DE LA TABLE DES MATIÈRES

TABLE DES PLANCHES

—

FIN DE LA TABLE DES GRAVURES

Poitiers.. — Imprimerie Blais et Roy, 7; rue Victor-Hugo.

Histoire — Critique — Littérature

PIERRE D'ALHEIM
Moussorgski................. 3.5o
Sur les pointes (mœurs russes). 3.5o

J. BARBEY D'AUREVILLY
Lettres à Léon Bloy.......... 3.5o

ANDRÉ BEAUNIER
La Poésie Nouvelle........... 3.5o

DIMITRI DE BENCKENDORFF
La Favorite d'un Tzar........ 3.5o

PATERNE BERRICHON
La Vie de Jean-Arthur Rimbaud. 3.5o

AD. VAN BEVER ET PAUL LÉAUTAUD
Poètes d'aujourd'hui, 1880-1900.
Morceaux choisis......... 3.5o

AD. VAN BEVER ET ED. SANSOT-ORLAND
Œuvres galantes des Conteurs
italiens.................. 3.5o
Œuvres galantes des Conteurs
italiens, IIe série........... 3.5o

LÉON BLOY
La Chevalière de la Mort....... 2 »
Les Dernières Colonnes de l'E-
glise...................... 3.5o
Exégèse des Lieux Communs... 3.5o
Le Fils de Louis XVI......... 3.5o
Mon Journal (pour faire suite au
Mendiant Ingrat)......... 3.5o
Quatre Ans de Captivité à Co-
chons-sur-Marne............ 3.5o

LÉON BOCQUET
Albert Samain............... 3.5o

FERNAND CAUSSY
Laclos...................... 3.5o

CHAMFORT
Les plus belles pages de Chamfort 3.5o

JULES DELASSUS
Les Incubes et les Succubes.... 1 »

HENRY DETOUCHE
De Montmartre à Montserrat
(*illustré*)................ 3.5o

A.-J. DULAURE
Des Divinités Génératrices chez
les Anciens et les Modernes.. 3.5o

GEORGES DUVIQUET
Héliogabale.................. 3.5o

EDMOND FAZY ET ABDUL HALIM MEMDOUH
Anthologie de l'amour turc 3.5o

ANDRÉ GIDE
Prétextes, *Réflexions sur quelques points de Littérature et
de Morale*................ 3.5o

A. GILBERT DE VOISINS
Sentiments.................. 3.5o

COMTE DE GOBINEAU
Pages choisies............... 3.5o

REMY DE GOURMONT
Le Chemin de Velours. *Nouvelles
Dissociations d'idées*....... 3.5o
La Culture des Idées......... 3.5o
Epilogues. *Réflexions sur la vie*
(1895-1898)............... 3.5o
Epilogues. *Réflexions sur la vie*
(1899 1901)............... 3.5o
Epilogues. *Réflexions sur la vie*
(1902-1904)............... 3.5o
Esthétique de la langue française 3.5o
Le Livre des Masques, *Portraits
symbolistes*.............. 3.5o
Le IIe Livre des Masques....... 3.5o
Le Problème du Style......... 3.5o
Promenades littéraires..... .. 3.5o

A.-FERDINAND HEROLD
Le Livre de la Naissance, de la
Vie et de la Mort de la Bien-
heureuse Vierge Marie. 6

ROBERT D'HUMIÈRES
L'Ile et l'Empire de Grande-Bre-
tagne..................... 3.5o

Collection de Romans

CLAIRE ALBANE
L'Amour tout simple......... 3.50

ANONYME
Lettres d'amour d'une Anglaise. 3.50

MARCEL BATILLIAT
La Beauté................... 3.50
Chair mystique.............. 3.50
La Joie..................... 3.50
Versailles-aux-Fantômes...... 3.50

MAURICE BEAUBOURG
La rue Amoureuse............ 3.50

ALOYSIUS BERTRAND
Gaspard de la Nuit........... 3.50

G. BINET-VALMER
Le Gamin tendre............. 3.50
Le Sphinx de Plâtre.......... 3.50

LÉON BLOY
La Femme pauvre............. 3.50

HENRY BOURGEREL
Les Pierres qui pleurent...... 3.50

E.-A. BUTTI
L'Automate.................. 3.50

JUDITH CLADEL
Confessions d'une Amante...... 3.50

MRS W.-K. CLIFFORD
Lettres d'amour d'une Femme
du monde................. 3.50

J.-A. COULANGHEON
Le Béguin de Gô............. 3.50
L'Inversion sentimentale...... 3.50
Les Jeux de la Préfecture..... 3.50

JEAN CYRANE
Le Château de félicité........ 3.50

GASTON DANVILLE
L'Amour Magicien........... 3.50
Contes d'Au-delà............. 6 »
Le Parfum de volupté........ 3.50
Les Reflets du Miroir......... 3.50

ALBERT DELACOUR
L'Evangile de Jacques Clément. 3 50
Le Pape rouge............... 3.50
Le Roy..................... 3.50

LOUIS DELATTRE
La Loi de Péché.............. 3.50

GRAZIA DELEDDA
Les Tentations............... 3.50

EUGÈNE DEMOLDER
L'Agonie d'Albion........... 3 »
L'Arche de M. Cheunus....... 2 »
Le Cœur des Pauvres........ 3.50
Le Jardinier de la Pompadour.. 3.50
Les Patins de la Reine de Hol-
lande................... 3.50
La Route d'Emeraude........ 3.50

ÉDOUARD DUCOTÉ
Aventures... .... 3.50

ÉDOUARD DUJARDIN
L'Initiation au Péché et à l'A-
mour................... 3.50
Les Lauriers sont coupés...... 3.50

LOUIS DUMUR
Un Coco de génie............ 3.50
Pauline ou la liberté de l'amour. 3.50

GEORGES EEKHOUD
L'Autre Vue................. 3.50
Le Cycle patibulaire.......... 3.50
Escal-Vigor................. 3.50
La Faneuse d'amour.......... 3.50
Mes Communions............ 3.50

ALBERT ERLANDE
Jolie Personne............... 3.50

GABRIEL FAURE
La dernière Journée de Sapphô. 3.50

ANDRÉ FONTAINAS
L'Indécis... .... 3.50
L'Ornement de la Solitude..... 2 »

ANDRE GIDE
L'Immoraliste;. 3.50
Les Nourritures Terrestres..... 3.50
Le Prométhée mal enchaîné.... 2 »
Le Voyage d'Urien, suivi de Pa-
ludes................... 3.50

A. GILBERT DE VOISINS
La Petite Angoisse 3.50

La Merveilleuse Visite......... 3.50
Les Pirates de la Mer......... 3.50
Place aux Géants............ 3.50
Les Premiers Hommes dans la
Lune..................... 3.50
Quand le Dormeur s'éveillera... 3.50

WILLY

Claudine en ménage........... 3.50

COLETTE WILLY

Sept Dialogues de Bêtes...... 3.50

Poésie

MARIE DAUGUET

Par l'Amour................ 3.50

ÉMILE DESPAX

La Maison des Glycines........ 3.50

ÉDOUARD DUCOTÉ

La Prairie en fleurs.......... 3.50
Renaissance................. 3.50

MAX ELSKAMP

La Louange de la Vie........ 3.50

ANDRÉ FONTAINAS

Crépuscules.............. ... 3.50

PAUL FORT

L'Amour marin 3.50
Ballades Françaises........... 3.50
Les Hymnes de feu, précédés
de Lucienne.... .... 3.50
Idylles antiques 3.50
Montagne................... 3.50
Paris Sentimental ou le Roman
de nos vingt ans........... 3.50
Le Roman de Louis XI........ 3.50

PAUL GÉRARDY

Roseaux.................... 3.50

HENRI GHEON

La Solitude de l'Eté.......... 3.50

CHARLES GUÉRIN

Le Cœur solitaire............ 3.50
L'Homme intérieur........... 3.50
Le Semeur de Cendres........ 3.50

A.-FERDINAND HEROLD

Au hasard des chemins........ 2 »
Images tendres et merveilleuses. 3.50

ROBERT D'HUMIÈRES

Du Désir aux Destinées...... 3.50

FRANCIS JAMMES

De l'Angelus de l'Aube à l'Ange-
lus du Soir.. .... 3.50
Le Deuil des Primevères...... 3.50
Le Triomphe de la Vie........ 3.50

GUSTAVE KAHN

Le Livre d'Images............. 3.50
Premiers Poèmes............. 3.50

KLINGSOR

Schéhérazade................. 3.50

MARC LAFARGUE

L'Age d'Or................. 3.50

JULES LAFORGUE

Poésies complètes. 3.50

LOUIS LE CARDONNEL

Poèmes..................... 3.50

SÉBASTIEN CHARLES LECONTE

Le Sang de Méduse.......... 3.50
La Tentation de l'Homme....., 3.50

CHARLES VAN LERBERGHE

La Chanson d'Eve........... 3.50
Entrevisions................. 3.50

STUART MERRILL

Poèmes, 1887-1897.......... 3.50
Les Quatre Saisons.......... 3.50

ADRIEN MITHOUARD

Les Impossibles Noces........ 2.50
Le Pauvre Pêcheur....... .... 3.50

ALBERT MOCKEL

Clartés..................... 3 »

MARIE ET JACQUES NERVAT

Les Rêves unis.............. 3.50

LOUIS PAYEN

Les Voiles blanches. 3.50

MAURICE POTTECHER

Le Chemin du Repos. . . . . , ...   3 »

PIERRE QUILLARD

La Lyre héroïque et dolente. . . .   3.50

ERNEST RAYNAUD

La Couronne des Jours. 3.50

HUGUES REBELL

Chants de la Pluie et du Soleil.   3.50

HENRI DE RÉGNIER

La Cité des Eaux. 3.50
Les Jeux rustiques et divins. . .   3.50
Les Médailles d'Argile. 3.50
Poèmes, 1887-1892. . . . .   3.50
Premiers Poèmes. 3.50

LIONEL DES RIEUX

Le Chœur des Muses. 3.50

ARTHUR RIMBAUD

Œuvres de Jean-Arthur Rimbaud.   3.50

P.-N. ROINARD

La Mort du Rêve. 3.50

ALBERT SAMAIN

Le Chariot d'Or. 3.50
Aux Flancs du Vase, suivi de
  Polyphème et de Poèmes ina-
  chevés. 3.50
Au Jardin de l'Infante. 3.50

PAUL SOUCHON

La Beauté de Paris. 3.50

LAURENT TAILHADE

Poèmes aristophanesques. 3.50

R.-H. DE VANDELBOURG

La Chaîne des Heures. 3.50

ÉMILE VERHAEREN

Les Forces tumultueuses. 3.50
Poèmes. 3.50
Poèmes, nouvelle série. 3.50
Poèmes, IIIe série. 3.50
Les Villes Tentaculaires, précé-
  dées des Campagnes Halluci-
  nées. 3.50

FRANCIS VIELÉ-GRIFFIN

Clarté de Vie. 3.50
La Légende ailée de Wieland le
  Forgeron. 3.50
Phocas le Jardinier. 3.50
Poèmes et Poésies. 3.50

Théâtre

HENRY BATAILLE

Ton Sang, précédé de La Lé-
preuse. 3.50

PAUL CLAUDEL

L'Agamemnon d'Eschyle. . . . . .   2 »
L'Arbre. 3.50

MARCEL COLLIÈRE

Les Syracusaines. . . . .   1 »

ÉDOUARD DUJARDIN

Antonia. 3.50

ANDRÉ GIDE

Saül. Le Roi Candaule. 3.50

MAXIME GORKI

Dans les Bas-Fonds. 3.50
Les Petits Bourgeois. 3.50

GERHART HAUPTMANN

La Cloche engloutie. 3.50

A.-FERDINAND HEROLD

L'Anneau de Çakuntalâ. . . . . . .   3 »
Les Hérétiques . . . .   1 »
Sâvitri . . . .   1 »
Une jeune femme bien gardée. .   1 »

**ALFRED JARRY ET CLAUDE TER-
RASSE**

Ubu Roi, texte et musique. . . . .   5 »

VIRGILE JOSZ ET LOUIS DUMUR

Rembrandt. 3.50

**JEAN LORRAIN ET A.-FERDINAND
HEROLD.**

Prométhée. . . . .   1 »

CHARLES VAN LERBERGHE

Les Flaireurs. . . . .   1 »

EMERICH MADACH

La Tragédie de l'Homme. 3.50

F.-T. MARINETTI
Le Roi Bombance............ 3.5o

JEAN MORÉAS
Iphigénie, tragédie en 5 actes... 3.5o

PÉLADAN
Œdipe et le Sphinx............ 1 »
Sémiramis................. 1 »

RENÉ PETER
La Tragédie de la Mort........ 1 »

GEORGES POLTI
Les Cuirs de Bœuf............ 3.5o

RACHILDE
Théâtre.................... 3.5o

PAUL RANSON
L'Abbé Prout, *Guignol pour les vieux enfants*. Préface de Georges Ancey. Illustrations de Paul Ranson............ 3.5o

SAINT-POL-ROUX
La Dame à la faulx.......... 3.5o

PAUL SOUCHON
Phyllis, tragédie en 5 actes..... 2 »

ÉMILE VERHAEREN
Philippe II................. 3.5o

Philosophie — Science — Sociologie

EDMOND BARTHÉLEMY
Thomas Carlyle.............. 3.5o

H.-B. BREWSTER
L'Ame païenne.............. 3.5o

THOMAS CARLYLE
Pamphlets du Dernier Jour.... 3.5o
Sartor Resartus............. 3.5o

J.-A. DULAURE
Des Divinités génératrices (*Le Culte du Phallus*).......... 3.5o

JULES DE GAULTIER
Le Bovarysme............... 3.5o
La Fiction universelle........ 3.5o
De Kant à Nietzsche........ 3.5o
Nietzsche et la Réforme philosophique................... 3.5o

REMY DE GOURMONT
Physique de l'amour. *Essai sur l'instinct sexuel*........... 3.5o
Promenades Philosophiques.... 3.5o

PIERRE LASSERRE
La Morale de Nietzsche....... 3.5o

MAURICE MAETERLINCK
Le Trésor des Humbles....... 3.5o

MULTATULI
Pages choisies.............. 3.5o

FRÉDÉRIC NIETZSCHE
Ainsi parlait Zarathoustra...... 3.5o
Aurore.................... 3.5o
Le Crépuscule des Idoles, le Cas Wagner, Nietzsche contre Wagner, l'Antéchrist........ 3.5o
Le Gai savoir............... 3.5o
La Généalogie de la Morale.... 3.5o
Humain, trop Humain (1re partie)................... 3.5o
L'Origine de la Tragédie...... 3.5o
Pages choisies.............. 3.5o
Par delà le bien et le mal..... 3.5o
La Volonté de Puissance, 2 volumes.................. 7 »
Le Voyageur et son Ombre (*Humain, trop Humain*, 2e partie).................... 3.5o

PÉLADAN
Supplique à S. S. le Pape Pie X pour la réforme des canons en matière de divorce......... 1 »

LÉON TOLSTOI
Dernières Paroles............ 3.5o

H.-G. WELLS
Anticipations............... 3.5o
La Découverte de l'Avenir..... 1 »

Poitiers. — Imp. Blais et Roy, 7, rue Victor-Hugo.

MERCVRE DE FRANCE

XXVI, RVE DE CONDÉ — PARIS-VIᵉ

Paraît le 1ᵉʳ et le 15 de chaque mois, et forme dans l'année six volumes.

**Littérature, Poésie, Théâtre, Musique, Peinture, Sculpture
Philosophie, Histoire, Sociologie, Sciences, Voyages
Bibliophilie, Sciences occultes
Critique, Littératures étrangères, Revue de la Quinzaine**

La **Revue de la Quinzaine** s'alimente à l'étranger autant qu'en France; elle offre un nombre considérable de documents, et constitue une sorte d' « encyclopédie au jour le jour » du mouvement universel des idées. Elle se compose des rubriques suivantes :

Epilogues (actualité): Remy de Gourmont.
Les Poèmes : Pierre Quillard.
Les Romans : Rachilde.
Littérature : Jean de Gourmont.
Littérature dramatique : Georges Polti.
Histoire : Marcel Collière, Edmond Barthélemy.
Questions morales et religieuses : Louis Le Cardonnel.
Science sociale : Henri Mazel.
Philosophie : Louis Weber.
Psychologie : Gaston Danville.
Sciences : Dʳ Albert Prieur.
Archéologie, Voyages : Charles Merki.
Ethnographie, Folklore : A. van Gennep.
Questions coloniales : Carl Siger.
Esotérisme et Spiritisme : Jacques Brieu.
Les Bibliothèques : Intérim.
Les Revues : Charles-Henry Hirsch.
Les Journaux : R. de Bury.
Les Théâtres : A.-Ferdinand Herold.
Musique : Jean Marnold.
Art moderne : Charles Morice.
Art ancien : Tristan Leclère.

Musées et Collections : Auguste Marguillier.
Chronique du Midi : Paul Souchon.
Chronique de Bruxelles : G. Eekhoud.
Lettres allemandes : Henri Albert.
Lettres anglaises : Henry.-D. Davray.
Lettres italiennes : Ricciotto Canudo.
Lettres espagnoles : Gomez Carrillo.
Lettres portugaises : Philéas Lebesgue.
Lettres hispano-américaines : Eugenio Diaz Romero.
Lettres néo-grecques : Demetrius Asteriotis.
Lettres roumaines : Marcel Montandon.
Lettres russes : E. Séménoff.
Lettres polonaises : Michel Mutermilch.
Lettres néerlandaises : H. Messet.
Lettres scandinaves : P. G. La Chesnais.
Lettres hongroises : Zrinyi Jànos.
Lettres tchèques : William Ritter.
La France jugée à l'Etranger : Lucile Dubois.
Variétés : X...
La Curiosité : Jacques Daurelle.
Publications récentes : Mercure.
Echos : Mercure.

Les abonnements partent du premier des mois de janvier, avril, juillet et octobre

France		Étranger	
Uɴ ɴᴜᴍᴇ́ʀᴏ.	1.25	Uɴ ɴᴜᴍᴇ́ʀᴏ	1.50
Uɴ ᴀɴ.	25 fr.	Uɴ ᴀɴ.	30 fr.
Sɪx ᴍᴏɪs	14 »	Sɪx ᴍᴏɪs.	17 »
Tʀᴏɪs ᴍᴏɪs	8 »	Tʀᴏɪs ᴍᴏɪs.	10 »

Poitiers. — Imprimerie du Mercure de France, BLAIS et ROY, 7, rue Victor-Hugo.

www.ingramcontent.com/pod-product-compliance
Lightning Source LLC
Chambersburg PA
CBHW050308030726
47505CB00003B/621